LAUREN WEISBERGER
Die Frauen von Greenwich

Lauren Weisberger
Die Frauen von Greenwich

Roman

Aus dem Englischen
von Jeannette Bauroth

GOLDMANN

Die Originalausgabe erschien 2018 unter dem Titel
»When Life Gives You Lululemons« bei Simon & Schuster, New York.

Die englische Ausgabe erschien unter dem Titel
»The Wives« bei HarperCollins*Publishers* Ltd, London.

Sollte diese Publikation Links auf Webseiten Dritter enthalten,
so übernehmen wir für deren Inhalte keine Haftung, da wir uns
diese nicht zu eigen machen, sondern lediglich auf deren Stand
zum Zeitpunkt der Erstveröffentlichung verweisen.

Dieses Buch ist auch als E-Book erhältlich.

Verlagsgruppe Random House FSC® N001967

1. Auflage
Deutsche Erstveröffentlichung März 2020
Copyright © der Originalausgabe 2018 by Lauren Weisberger
Copyright © der deutschsprachigen Ausgabe 2020
by Wilhelm Goldmann Verlag, München,
in der Verlagsgruppe Random House GmbH,
Neumarkter Str. 28, 81673 München
Umschlaggestaltung: UNO Werbeagentur, München,
nach einer Gestaltung von Simon & Schuster, New York
Umschlagillustration (Frau): Istock/Ralwel
Redaktion: Ann-Catherine Geuder
AB · Herstellung: ik
Satz: KompetenzCenter, Mönchengladbach
Druck und Einband: GGP Media GmbH, Pößneck
Printed in Germany
ISBN 978-3-442-48299-3
www.goldmann-verlag.de

Besuchen Sie den Goldmann Verlag im Netz

Für meine gesamte Familie, in Liebe

Teil 1

Kapitel 1

Schon wieder das Nazi-Outfit?
Emily

Emily zerbrach sich den Kopf. Es musste doch etwas geben, worüber sie sich beschweren konnte! Es war Silvester in Los Angeles, einer der nervigsten Abende des Jahres in der möglicherweise nervigsten Stadt der Welt. Warum fiel ihr also nichts ein?

Mit einem Skinny Martini in der Hand beobachtete sie von ihrer Liege aus, wie der wunderbare Körper ihres Ehemanns durchs Wasser schnitt wie eine bewegliche Kunstinstallation. Als Miles auftauchte, stützte er sich am Rand des beleuchteten Infinity Pools ab, in dem das türkisfarbene Wasser über die Seite hinweg geradewegs den Berg hinabzufließen schien. Hinter ihm funkelten meilenweit die Lichter aus dem Tal und ließen die Stadt verlockend, ja geradezu sexy wirken. Los Angeles strahlte eigentlich nur bei Nacht. Dann sah man nichts mehr von dem Smog und den Junkies und dem zermürbenden Verkehr. All das wurde durch die idyllische Aussicht auf den Nachthimmel und die stumm funkelnden Lichter ersetzt, als ob Gott selbst in die Hügel von Hollywood hinabgestiegen wäre und den perfekten Snapchat-Filter für seine am wenigsten geliebte Stadt auf Erden ausgewählt hätte.

Miles lächelte ihr zu, und sie winkte, doch als er ihr bedeutete, zu ihm ins Wasser zu kommen, schüttelte sie den Kopf. Rings um sie herum feierten die Menschen auf diese entschlossene Weise, die man nur an Silvester nach Mitternacht zu sehen bekam: *Heute werden wir so viel Spaß haben wie noch nie zuvor, wir werden haarsträubende Dinge sagen und tun, wir lieben unser Leben und alle Menschen darin.* Im riesigen Whirlpool saßen Dutzende Feiernde, alle mit einem Drink in der Hand, während andere Gäste sich am Rand niedergelassen hatten und damit zufrieden waren, ihre Füße ins Wasser zu halten und darauf zu warten, dass ein paar Zentimeter Platz frei wurden. Auf der Terrasse über dem Pool legte ein DJ einen Hip-Hop-Remix auf, und überall – auf der Veranda, im Pool, auf der Pool-Terrasse, auf dem Weg ins Haus und vice versa – bewegten sich die Leute glücklich zu seiner Playlist. Auf der Liege links neben Emily saß ein Mädchen, das nur ein Bikiniunterteil trug, rittlings auf einem Mann und massierte ihm die Schultern, während ihre Brüste frei herumschwangen. Sie arbeitete sich an seinem Rücken hinab und begann dann recht aggressiv, seine Pobacken zu kneten. Sie war vielleicht dreiundzwanzig, höchstens fünfundzwanzig, und obwohl ihr Körper alles andere als perfekt war – ihr Bauch war leicht gerundet und ihre Oberschenkel waren übermäßig kurvig –, gab es an ihren Armen keinen Winkespeck, und sie hatte keine Falten am Hals. Überhaupt nirgendwo Falten, nur jugendliche Haut. Anders als die kleinen Demütigungen an Emilys sechsunddreißigjährigem Körper: leichte Dehnungsstreifen an den Hüften, ein minimal absackendes Dekolleté, vereinzelte dunkle Haare entlang ihrer Bikinizone, die trotz Emilys regelmäßiger Wachsbehandlungen einfach so zu sprießen schienen. Sie war keine Schreckgestalt – sie war immer noch schlank und gebräunt, vielleicht sogar richtiggehend heiß in ihrem eleganten Zweiteiler von Eres –, aber es wurde mit jedem Jahr schwerer.

Eine unbekannte Nummer mit der Vorwahl 917 leuchtete auf ihrem Handydisplay auf.

»Emily? Hier spricht Helene. Ich weiß nicht, ob Sie sich an mich erinnern, aber wir haben uns vor einigen Jahren bei der Met-Gala kennengelernt.«

Emily blickte gen Himmel, um sich zu erinnern. Obwohl ihr der Name bekannt vorkam, konnte sie ihn nicht zuordnen. Schweigen erfüllte die Luft.

»Ich bin die Managerin von Rizzo.«

Rizzo. *Interessant.* Er war der neue Bieber, der derzeit heißeste Popstar. Er war zu unsagbarem Ruhm gelangt, als er vor zwei Jahren mit sechzehn als jüngster Sänger aller Zeiten einen Grammy für das beste Album des Jahres gewonnen hatte. Helene war nach Hollywood gezogen, um dort bei einer Agentur zu arbeiten – ICM oder Endeavor, erinnerte Emily sich vage. Aber dass Helene jetzt Rizzo vertrat, war komplett an ihr vorbeigegangen.

»Natürlich erinnere ich mich. Wie geht es Ihnen?«, fragte sie und warf einen Blick auf ihre Uhr. Das konnte kein normaler Anruf sein.

»Bitte entschuldigen Sie, dass ich Sie um diese Uhrzeit anrufe«, erwiderte Helene. »Hier in New York ist es schon vier Uhr morgens, aber Sie halten sich vermutlich in L.A. auf. Es tut mir schrecklich leid, Sie zu stören ...«

»Nein, das ist schon in Ordnung. Ich bin im Elternhaus von Gigi Hadid und nicht halb so betrunken, wie ich es eigentlich sein sollte. Was gibt's?«

Vom Pool her ertönte ein Kreischen. Zwei Mädchen waren gemeinsam Hand in Hand hineingesprungen und spritzten jetzt Miles und seine Freunde nass. Emily verdrehte die Augen.

»Nun, äh...« Helene räusperte sich. »Das bleibt unter uns, richtig?«

»Natürlich.« Das klang vielversprechend.

»Ich weiß nicht genau, ob ich die Sache überhaupt selbst richtig verstanden habe, aber Riz ist heute Abend bei Seacrests Time-Square-Show aufgetreten, und alles hat problemlos geklappt. Anschließend wollte ich mich mit ein paar alten Collegefreunden treffen, und Rizzo machte sich auf den Weg zu einer Party im 1 OAK. Nüchtern, zumindest, als ich ihn das letzte Mal gesehen habe. Zufrieden mit seinem Auftritt.«

»Okay...«

»Vor einer Minute hat mir allerdings ein Kollege, der im New Yorker Büro von ICM arbeitet und zufällig gerade im 1 OAK ist, ein Bild geschickt...«

»Und?«

»Und es sieht nicht gut aus.«

»Was ist los? Ist er bewusstlos? Liegt er in seinem eigenen Erbrochenen? Küsst er einen Kerl? Nimmt er Drogen? Befummelt er eine Minderjährige?«

Helene seufzte und sagte etwas, das jedoch von kreischendem Gelächter übertönt wurde. Im flachen Ende des Pools hatte sich ein Mädchen mit grellpinkfarbenen Haaren und in einem Stringbikini für einen improvisierten Hahnenkampf auf Miles' Schultern gesetzt.

»Tut mir leid, können Sie das noch einmal wiederholen? Hier geht es gerade ein wenig chaotisch zu«, antwortete

Emily und beobachtete, wie das winzige Stoffstück sogar noch enger zwischen die nackten Pobacken des Mädchens gezogen wurde, die auf den Schultern von Emilys Ehemann auflagen.

»Wie es aussieht, trägt er eine Nazi-Uniform.«

»Eine *was*?«

»Mit einer Hakenkreuzarmbinde und passendem Stirnband. Springerstiefeln. Das volle Programm.«

»Ach du lieber Himmel«, murmelte Emily, ohne nachzudenken.

»So schlimm?«

»Na ja, toll ist das nicht. Prinz Harry hat das vor einer Ewigkeit auch mal abgezogen, aber wir müssen mit dem arbeiten, was wir haben. Ich will nicht lügen, Jungs oder Drogen wären mir lieber gewesen.«

Im Pool griff das Mädchen mit den pinkfarbenen Haaren auf Miles' Schultern gerade auf ihrem Rücken nach der Schleife ihrer Bikiniträger, riss sie auf und begann, das Oberteil wie ein Lasso über ihrem Kopf zu schwingen.

»Das Wichtigste zuerst: Wer weiß davon?«, fragte Emily.

»Bisher wurde noch nichts online gepostet, aber das ist natürlich nur eine Frage der Zeit.«

»Nur, damit wir uns richtig verstehen: Sie rufen mich an, um mich zu engagieren, richtig?«, vergewisserte sich Emily.

»Ja. Auf jeden Fall.«

»Okay, dann schicken Sie Ihrem Kollegen eine Nachricht, dass er Rizzo auf die Herrentoilette schleppen und aus diesem Outfit rausholen soll. Mir egal, ob er anschließend in einem Tanga aus Goldlamé herumläuft, alles ist besser als diese Naziklamotten.«

»Darum habe ich mich schon gekümmert. Er hat Rizzo sein Hemd und seine Schuhe gegeben, die Armbinde konfisziert, ihm aber die Hose gelassen, die offenbar leuchtend rot ist. Es ist nicht perfekt, aber das Beste, was wir momentan tun können, zumal ich Rizzo selbst nicht erreiche. Aber garantiert postet bald jemand irgendwas.«

»Bestimmt, also hören Sie zu. Das hier ist unser Plan. Sie steigen jetzt in ein Taxi und holen ihn aus dem 1 OAK raus. Nehmen Sie ein Mädchen oder zwei mit, das wirkt besser, und dann bringen Sie ihn in seine Wohnung und sorgen dafür, dass er sie nicht verlässt. Setzen Sie sich vor seine verdammte Tür, wenn es sein muss. Kennen Sie seine Passwörter? Obwohl, vergessen Sie's. Nehmen Sie ihm einfach das Handy weg. Werfen Sie es ins Klo. Wir müssen uns Zeit verschaffen, ohne dass er in der Zwischenzeit im Suff irgendeinen Tweet absetzt.«

»Okay. Wird erledigt.«

»Der nächste Flug von hier geht morgen früh um sechs. Ich fahre jetzt nach Hause, um zu packen, und dann zum Flughafen. Die Geschichte wird auf jeden Fall publik, wenn ich im Flieger sitze, wenn nicht sogar schon zuvor. Geben Sie auf keinen Fall eine Erklärung ab, hören Sie, auf keinen Fall! Lassen Sie ihn mit niemandem reden, nicht mal mit dem Lieferanten, der das Essen bringt. Absolute Informationssperre, verstehen Sie? Ganz egal, wie schlimm die Fotos sind oder wie entsetzt die Reaktionen, und vertrauen Sie mir, die werden entsetzt sein, ich will keine Reaktion von Ihrer Seite, bevor ich bei Ihnen bin, okay?«

»Danke, Emily. Ich bin Ihnen was schuldig.«

»Dann los!«, drängte Emily und verkniff es sich, laut auszusprechen, was sie eigentlich gerade dachte – dass die

Rechnung für ihre Zeit, die Reisekosten und den Feiertagszuschlag Helene einen Herzinfarkt verpassen würde.

Sie nahm den letzten Schluck von ihrer Margarita, stellte sie auf dem Glastisch neben sich ab und stand auf. Dabei versuchte sie, das Paar auf der Nachbarliege zu ignorieren, das eventuell gerade tatsächlich Geschlechtsverkehr hatte.

»Miles? Schatz?«, rief Emily im höflichsten Ton, den sie zustande brachte.

Keine Antwort.

»Miles, mein Lieber? Kannst du ihre Schenkel mal dreißig Sekunden lang von deinen Ohren schieben? Ich muss weg.«

Zufrieden beobachtete sie, wie ihr Ehemann ohne Umschweife das Mädchen ins Wasser absenkte und zu ihr herübergeschwommen kam. »Du bist doch nicht sauer, oder? Sie ist doch nur ein naives Kind.«

Emily kniete sich hin. »Natürlich bin ich nicht sauer. Wenn du mich schon betrügen willst, dann such dir bitte jemanden, der um einiges schärfer ist als die da.« Sie nickte in Richtung des Mädchens, das nicht besonders begeistert davon schien, dass ihre Haare nass geworden waren. »Ich habe einen Anruf aus New York erhalten. Es geht um einen Notfall mit Rizzo. Ich fahre nach Hause, um zu packen, damit ich hoffentlich vor sechs am LAX sein kann. Ich rufe dich an, wenn ich gelandet bin, okay?«

Obwohl es keineswegs das erste Mal war, dass Emily mitten in irgendwas abberufen wurde – eine befreundete Chirurgin behauptete, Emily hätte schlimmere Bereitschaftszeiten als sie selbst –, wirkte Miles absolut schockiert.

»Aber es ist Silvester! Gibt es denn niemanden in New York, der sich darum kümmern kann?« Es war offensichtlich, dass er mit der Situation alles andere als glücklich war, und Emily verspürte einen Stich, bemühte sich aber um einen lockeren Ton.

»Tut mir leid, Schatz. Das hier kann ich nicht ablehnen. Bleib hier, amüsier dich. Aber nicht zu sehr …« Den letzten Satz hatte sie hinzugefügt, damit er sich besser fühlte. Sie machte sich nicht mal ansatzweise Sorgen, dass Miles etwas Dummes tun würde. Sie beugte sich vor und drückte ihm einen Kuss auf die nassen Lippen. »Ich ruf dich an«, versprach sie und wob sich einen Weg durch die Menge bis zur kreisrunden Einfahrt, wo einer der süßen Mitarbeiter vom Parkdienst ihr einen Wagen heranwinkte. Er hielt ihr die Tür auf, und sie schenkte ihm ein Lächeln und einen Zehndollarschein.

»Zwei Fahrtziele, bitte«, erklärte sie dem Fahrer. »Zuerst zum Santa Monica Boulevard, wo Sie auf mich warten werden, und dann zum Flughafen. Aber schnell.«

New York, ihre erste große und wahre Liebe, wartete.

Kapitel 2

Der gelebte Traum
Miriam

Sie hatte gerade erst die zweite Meile begonnen, und trotzdem überkam Miriam schon das Gefühl, gleich zu ersticken. Sie atmete hastig und unregelmäßig, doch egal, wie tief sie Luft einsog, es gelang ihr einfach nicht, ihren Puls zu senken. Zum tausendsten Mal während der vergangenen sechzehn Minuten überprüfte sie ihren Fitbit – wie konnten das nur erst sechzehn Minuten gewesen sein? – und machte sich kurz Sorgen, dass die angezeigte Herzfrequenz von 165 sie umbringen könnte. Was sie offiziell zur einzigen Frau in Greenwich, oder vielleicht sogar weltweit machen würde, die durch Joggen gestorben war. Und ganz ehrlich, eigentlich konnte man es kaum als Joggen bezeichnen, wenn man gerade mal eine lausige Meile innerhalb von sechzehn Minuten schaffte.

Aber sie hatte sich zum Joggen überwunden! Das war doch genau das, was all die Wellness-Blogger und Motivationsredner immer predigten, oder etwa nicht? *Einfach machen! Wer anfängt, hat schon gewonnen! Erwarte keine Perfektion, einfach machen und gut!* »Idioten«, murmelte sie und blies riesige Atemwolken in die eiskalte Januarluft. Sich am dritten Januar um sieben Uhr morgens zum Joggen zu motivieren, noch dazu an einem Sonntag, war mehr als einfach nur machen. Es war ein regelrechter *Triumph*.

»Morgen!«, rief eine Frau, während sie Miriam links überholte und damit das, was von ihrem Herzen übrig war, beinahe zum absoluten Stillstand brachte.

»Hi!«, rief Miriam dem Rücken der Frau hinterher, die wie eine schwarz gekleidete Gazelle wirkte: Sie hatte Leggings von Lululemons mit aufwendigen Netzeinsätzen an, die sowohl cool als auch extrem kälteanfällig wirkten. Dazu trug sie eine taillierte schwarze Daunenjacke, die an ihren nicht existierenden Hüften endete, schwarze Nike-Turnschuhe und eine Art technisch aussehende Mütze mit einem niedlichen Bommel. Ihre Beine schienen endlos, und ihr Po wirkte so fest, dass man vermutlich nicht mal eine Haarklemme darunter verstecken konnte. Ganz zu schweigen von einer Haarbürste, die Miriam einmal zu ihrem eigenen Entsetzen erfolgreich unter ihre linke Pobacke hatte klemmen können.

Miriam verlangsamte ihr Tempo bis auf Schrittgeschwindigkeit, doch bevor sie ihre Fassung wiedergewinnen konnte, kamen ihr auf der anderen Straßenseite zwei Frauen in gleichermaßen fabelhafter Trainingskleidung entgegen. Ein Golden Retriever zog glücklich an der Leine einer Frau in grellpinker Daunenjacke, während ein keuchender brauner Labrador neben einer Frau in Armeegrün hertrabte. Zusammen wirkten sie wie eine bewegliche Weihnachtskarte und waren in einem zügigen Tempo unterwegs.

»Gesundes neues Jahr!«, rief die Besitzerin des Golden Retrievers, als sie an Miriam vorbeisprinteten.

»Gleichfalls«, murmelte sie, erleichtert darüber, dass es sich bei ihnen nicht um Bekannte handelte. Wobei sie in den fünf Monaten, die sie jetzt hier wohnten, kaum andere Mütter kennengelernt hatte. Der Umzug war gerade rechtzeitig zum Beginn der Vorschule für die Zwillinge und der zweiten Klasse für Benjamin in der neuen öffentlichen Schule erfolgt. Bis auf eine kurze Begrüßung einiger anderer Moms beim täglichen Bringen und Abholen an der Schule hatte sie noch nicht viel Gelegenheit gehabt, sich mit anderen Frauen auszutauschen. Paul behauptete, dass das in allen reichen Vororten so war – die Menschen verkrochen sich in ihren großen Häusern, wo sie im Ober- oder Untergeschoss alles hatten, was sie brauchten: ihre Fitnessräume, ihre Filmräume, ihre Weinkeller und Probiertische. Da die Nannys mit den Kindern spielten, mussten die sich nicht mit anderen Kindern zum Spielen treffen. Die Einkäufe wurden von den Haushälterinnen erledigt. Angestellte, Angestellte und noch mehr Angestellte kümmerten sich um alles, angefangen vom Rasenmähen bis hin zum Poolreinigen oder dem Auswechseln der Glühbirnen.

Der berauschende Geruch von brennendem Holz begrüßte Miriam, sobald sie ihr Haus durch den Hintereingang betrat, und ein schneller Blick ins Wohnzimmer bestätigte, dass ihr Ehemann ihr Bedürfnis vorhergesehen hatte, am Kamin zu sitzen. Das gehörte zu den Dingen, die sie bisher am Vorstadtleben am meisten liebte: Kaminfeuer am Morgen. Sie machten ansonsten düstere Vormittage sofort gemütlich und ließen die Wangen ihrer Kinder noch rosiger strahlen als sonst.

»Mommy ist zu Hause!« Matthew, fünf Jahre alt und besessen von Waffen aller Art, verkündete das von der Sofalehne aus, auf der er im Schlafanzug balancierte und dabei ein realistisch aussehendes Schwert schwang.

»Mommy! Matthew gibt mir das Schwert nicht, dabei wollten wir uns abwechseln!«, beschwerte sich seine Zwillingsschwester Maisie lauthals von ihrer Position unter dem Küchentisch aus, was ihr Lieblingsort zum Schmollen war.

»Mom, gibst du mir dein Passwort, damit ich *Hellion* kaufen kann?«, fragte Benjamin, ohne von Miriams iPad aufzublicken, das er sich einfach genommen hatte.

»Nein«, erwiderte sie. »Wer hat dir denn jetzt Elektronikzeit erlaubt? Leg das iPad weg, jetzt ist Familienzeit.«

»Wie wär's mit deinem Fingerabdruck? Bitte? Jameson sagt, es ist das coolste Spiel aller Zeiten. Warum darf er es haben und ich nicht?«

»Weil seine Mommy netter ist als ich«, antwortete sie und schaffte es, ihrem Sohn einen Kuss auf die Haare zu geben, bevor er ihr auswich.

Paul stand in einer Flanellschlafanzughose und einem Fleecepulli am Herd und wendete Pancakes in der Pfanne. »Ich bin echt beeindruckt«, sagte er. »Keine Ahnung, wie du dich heute Morgen dazu motivieren konntest.« Miriam stellte wieder einmal fest, wie gut aussehend er war, trotz der vorzeitig ergrauten Haare. Er war nur drei Jahre älter als sie, aber man hätte ihn leicht für mindestens ein Jahrzehnt älter halten können.

Miriam griff nach ihrer Taille und bekam zwei Hände voll Speck zu fassen. »Damit.«

Paul legte den letzten Pancake zu dem guten Dutzend anderer auf einen Teller und schaltete den Herd aus. Dann kam er herüber und umarmte sie. »So wie du bist, bist du perfekt«, versicherte er ihr automatisch. »Hier, iss einen.«

»Auf keinen Fall. Ich quäle mich doch nicht durch

zwanzig höllische Minuten, um das alles mit einem Pancake wieder zunichtezumachen.«

»Sind sie fertig, Daddy? Ja? Ja?«

»Können wir Schlagsahne dazu essen?«

»Und Eis?«

»Ich will keine von denen mit Blaubeeren!«

Blitzschnell hatten sich alle drei Kinder an den Tisch gesetzt, wo sie vor Begeisterung beinahe Schnappatmung bekamen. Miriam versuchte, das Chaos zu ignorieren und sich darauf zu konzentrieren, wie sehr sich die Kinder freuten und wie nett ihr Mann drauf war. Aber das fiel gar nicht so leicht, wenn die Arbeitsplatte überall mit Mehl bedeckt war, Teigspritzer an den Fliesen hinter der Herdplatte klebten und auf dem Fußboden heruntergefallene Schokoladenstückchen und Blaubeeren lagen.

»Möchte jemand Obstsalat oder Joghurt?«, fragte sie und holte beides aus dem Kühlschrank.

»Ich nicht!«, riefen alle mit vollem Mund.

Ja, ich auch nicht, dachte Miriam, während sie sich ein wenig in eine Schüssel füllte. Sie steckte sich einen Löffel voll in den Mund und hätte ihn beinahe wieder ausgespuckt. Der Joghurt war ganz offensichtlich schlecht geworden, und nicht mal die süßen Erdbeeren konnten den ranzigen Geschmack überdecken. Sie kratzte den gesamten Inhalt der Schüssel in den Mülleimer und überlegte, ob sie sich ein paar Eier kochen sollte. Stattdessen knabberte sie an diesen ballaststoffreichen Kräckern, die wie Pappe schmeckten, doch nach zwei Bissen brachte sie das nicht mehr über sich.

»Gönn dir was«, murmelte sie, nahm sich einen Pancake mit Schokoladenstückchen vom Stapel und schob ihn sich in den Mund.

»Sind die nicht gut, Mommy? Möchtest du auch Schlagsahne dazu?«, fragte Benjamin und schwenkte den Behälter herum wie eine Trophäe.

»Ja bitte«, sagte sie und hielt ihm den Rest ihres Pancakes hin, damit er ihn besprühen konnte. Ach, egal. Schließlich lebte sie ihrer Tochter gerade vor, dass Essen kein Feind war. Alles in Maßen. In diesem Haus gab es keine Essstörungen. Sie hatte gerade eine Kapsel in die Kaffeemaschine eingelegt, als sie Paul »Ach du Scheiße« murmeln hörte.

»Daddy! So was sagt man nicht!«, ermahnte ihn Maisie und klang dabei genau wie Miriam.

»Daddy hat ein schlimmes Wort gesagt! Daddy hat ›Scheiße‹ gesagt!«

»Tut mir leid, tut mir leid«, murmelte er, das Gesicht hinter der Zeitung versteckt, die Miriam auf den Tisch gelegt hatte. »Miriam, komm her und sieh dir das an.«

»Gleich. Willst du auch einen Kaffee?«

»Nein, komm bitte jetzt gleich.«

»Was ist denn los, Daddy? Was steht denn in der Zeitung?«

»Hier hast du noch einen Pancake«, antwortete Paul Maisie und reichte die Zeitung weiter an Miriam.

Unterhalb des Knicks, aber immer noch auf der Titelseite prangte die Schlagzeile: WEHE, WENN SIE LOSGELASSEN! FRAU DES SENATORS BETRUNKEN BEIM AUTOFAHREN ERWISCHT ... MIT KINDERN IM AUTO!

»Heilige Scheiße.«

»Mommy! Du hast ›Scheiße‹ gesagt!«

»Daddy, jetzt hat Mommy ein schlimmes Wort gesagt!«

»Scheiße, Scheiße, Scheiße«, sang Matthew vor sich hin.

»Wer möchte einen Film gucken?«, fragte Paul. »Benjamin, geh runter in den Keller und mach euch *Boss Baby* an.« Wieder begann ein hektisches Stühlerücken, als die Kinder Richtung Treppe davonliefen, und Sekunden darauf legte sich wohltuende Stille über den Raum.

»Das kann nicht stimmen«, meinte Miriam und studierte das Polizeifoto ihrer alten Highschoolfreundin. Sie hatten sich in ihrem letzten Highschooljahr an der Amerikanischen Schule in Paris kennengelernt. Karolina war dort gewesen, um zu modeln und nebenbei Englisch zu lernen, und Miriams Eltern waren wegen einer Anstellung mit ihr dorthin gezogen. »So etwas würde Karolina niemals tun.«

»Aber hier steht es schwarz auf weiß. Sie hat den Alkoholtest bei der Polizeikontrolle nicht bestanden. Auf dem Rücksitz lagen leere Flaschen. Sie hat sich geweigert, in den Promilletester zu pusten. Außerdem hatte sie fünf Kinder im Auto bei sich, darunter ihr eigenes.«

»Das kann auf keinen Fall stimmen«, beharrte Miriam und überflog den Artikel. »Die Karolina, die ich kenne, macht so etwas nicht.«

»Wie lange ist es her, seit ihr euch das letzte Mal gesehen habt? Vielleicht hat sie sich verändert. Das Leben im Scheinwerferlicht, das die beiden jetzt führen, ist vermutlich nicht einfach.«

»Sie war zehn Jahre lang das Aushängeschild für L'Oréal! Der Megastar unter den Supermodels! Ich glaube kaum, dass sie Probleme mit dem Leben im Rampenlicht hat.«

»Ja, aber das Leben als Ehefrau eines Senators ist eine ganz andere Geschichte. Erst recht, wenn besagter Senator als Präsident kandidieren will. Da ist sie der Öffentlichkeit auf eine völlig andere Art und Weise ausgeliefert.«

»Kann sein, keine Ahnung. Weißt du was, ich rufe sie einfach an. Das *kann* nicht wahr sein.«

»Ihr habt seit Monaten nichts voneinander gehört.« Paul trank einen Schluck von seinem Kaffee.

»Was spielt denn das für eine Rolle!« Miriam bemerkte, dass sie laut geworden war, und senkte die Stimme. »Wir kennen uns seit unserer Teenagerzeit.«

Paul hob beschwichtigend die Hände. »Grüß sie von mir, okay? Ich schau mal nach den kleinen Monstern.«

Es klingelte fünf Mal auf Karolinas Handy, bevor der Anruf auf die Mailbox umgeleitet wurde. »Hi. Dies ist die Nummer von Karolina. Ich kann Ihren Anruf derzeit leider nicht entgegennehmen, aber wenn Sie mir eine Nachricht hinterlassen, rufe ich Sie schnellstmöglich zurück. Danke!«

»Lina? Ich bin's, Miriam. Ich habe diesen grässlichen Artikel gesehen und wollte mit dir sprechen. Ich glaube keine Sekunde lang, was da in der Zeitung steht, und das gilt auch für alle anderen, die dich kennen. Ruf mich zurück, sobald du diese Nachricht abhörst, okay? Pass gut auf dich auf, meine Liebe. Mach's gut.«

Miriam drückte auf die rote Taste und starrte dann aufs Display, als könnte sie Karolinas Anruf telepathisch herbeizaubern. Doch dann hörte sie einen Schrei aus dem Keller – einen echten Schmerzensschrei – keinen Ich-hasse-meine-Geschwister-Schrei oder einen Ich-bin-jetzt-dran-Schrei –, daher holte sie tief Luft und stand auf, um nachzusehen.

Das Jahr war noch nicht mal zweiundsiebzig Stunden alt, und schon deutete sich an, dass es ein Loser-Jahr werden würde. Auf dem Weg zum Keller schnappte sie sich einen inzwischen kalten Pancake vom Teller: 2018 konnte sich seine Neujahrsvorsätze sonst wohin stecken.

Kapitel 3

Wie eine gewöhnliche Kriminelle
Karolina

»Hey, Siri! Spiel ›Yeah‹ von Usher!«, rief Harry vom Rücksitz des SUVs. Die Jungs jubelten, als Siri bestätigte: »Okay, ich spiele ›Yeah‹ von Usher«, und die Bässe durch die Lautsprecher zu dröhnen begannen.

Karolina lächelte. Sie hätte niemals gedacht, dass eine Autofahrt mit zwölfjährigen Jungen so viel Spaß machen konnte. Sie waren laut und rauflustig und ja, manchmal rochen sie nicht allzu gut. Aber Harrys Freunde waren auch lieb und fröhlich und gaben sich Mühe, sich ordentlich zu benehmen, zumindest wenn sie dabei war. Es waren gute Jungs aus guten Familien, und sie war wieder mal sehr dankbar für den Umzug, der sie aus New York, der Stadt der gesellschaftlichen Tretminen, nach Bethesda gebracht hatte, wo alles ein wenig lockerer zu sein schien.

Mein Goldjunge, dachte Karolina zum tausendsten Mal, während sie im Rückspiegel einen Blick auf Harry warf. Von Tag zu Tag sah er mehr wie ein Teenager aus: Seine Schultern wurden breiter, über der Lippe spross ein dunkler Flaum, und auf den Wangen zeigten sich vereinzelt Pickel. Aber genauso oft wirkte er noch wie ein kleiner Junge; man wusste nie, ob er gleich mit Lego spielen oder seinen Freunden Handy-Nachrichten schicken würde. Harry war kontaktfreudig und selbstbewusst wie sein Vater, aber er hatte auch eine weichere, sensiblere Seite. Ungefähr zur Zeit ihres Umzugs hatte er begonnen, Graham ungewöhnlich viele Fragen nach seiner verstorbenen Mutter zu stellen: wo sie und Graham sich kennengelernt hatten, welche Bücher sie gern gelesen hatte, wie es ihr während der Schwangerschaft ergangen war. Und immer hatte Graham ihn vertröstet und ihm versprochen, ihm später mehr über seine Mutter zu erzählen. Später, wenn er den Bericht zu Ende gelesen hätte. Später, am Wochenende, wenn sie mehr Freizeit hätten. Später, während ihres Skiurlaubs, weil seine Mutter so gern Ski gefahren sei. Später, später, später. Karolina wusste nicht genau, ob Graham seinen Sohn vertröstete, weil er faul war oder weil das Thema tatsächlich zu schmerzlich für ihn war; aber sie wusste, dass Harry Antworten brauchte. Es dauerte fast drei Tage, während Graham arbeitete und Harry in der Schule war, bis sie alle Fotos, Briefe und Zeitungsausschnitte zusammengesucht hatte, die sie finden konnte, doch als sie Harry die Schachtel mit den Erinnerungen an seine Mom übergab, belohnten seine Erleichterung und seine Freude jede Minute davon. Als sie ihm versicherte, dass seine Mom immer seine Mom bleiben würde und dass es absolut in Ordnung war, sich an sie zu erinnern und über sie zu sprechen, war Karolinas großer, starker Fast-Teenager in ihren Armen zusammengebrochen wie ein Kindergartenkind, das nach seinem ersten Tag woanders nach Hause zurückkehrt.

»Wisst ihr was?«, meldete sich Nicholas, ein schlaksiger Lacrosse-Spieler mit zotteligen blonden Haaren, von seinem Sitz in der dritten Reihe aus zu Wort. »Mein Dad hat uns Karten für das Spiel der Skins gegen die Eagles am nächsten Wochenende besorgt. Es ist das erste Play-off-Spiel. Wer kommt mit?«

Die Jungs johlten.

»Hey, Mom, meinst du, Dad geht mit mir dorthin?«, fragte Harry.

»Mein Dad hat gesagt, die Karten waren nicht besonders teuer«, versicherte ihm Nicholas.

Karolina zwang sich zu einem Lächeln, obwohl die Jungs sie auf dem Fahrersitz nicht sehen konnten. »Das macht er bestimmt gern«, log sie und warf einen verstohlenen Blick auf Harry, um zu sehen, ob er ihrem Ton etwas angemerkt hatte. Obwohl Harry sich sehr für American Football interessierte, ganz besonders für die Redskins, und Graham als US-Senator für jeden beliebigen Platz im Stadion Eintrittskarten bekommen konnte, hatten Vater und Sohn bisher noch nie gemeinsam ein Spiel besucht. Jedes Jahr versprach Graham Karolina und Harry, dass sie in der Loge des Eigentümers sitzen, zu einem wichtigen Auswärtsspiel fliegen oder Harrys Freunde einladen würden, um mit ihnen an der Fünfzig-Yard-Linie zu sitzen, und jedes Jahr verging eine weitere Spielzeit ohne einen Stadionbesuch der Hartwell-Männer. Harry war bisher bei genau einem Spiel gewesen, und zwar vor zwei Jahren, als Karolina aus Mitleid mit ihm Karten bei StubHub gekauft hatte. Er war begeistert gewesen und hatte sich beim Anfeuern die Seele aus dem Leib gebrüllt, von Kopf bis Fuß in Fankleidung gehüllt, aber sie wusste, dass er lieber mit Graham zu dem Spiel gegangen wäre: Karolina hatte aus Unwissenheit Tickets für die Seite der Gegenmannschaft gekauft, und sie konnte nicht wirklich folgen, wer im Ballbesitz war, und egal, wie sehr sie sich bemühte, am Ende jubelte sie immer an der falschen Stelle.

»Mom! Hey, Mom!«, unterbrach Harry ihre Gedanken. »Hinter uns ist Polizei – mit eingeschaltetem Blaulicht.«

»Hmhm?«, murmelte Karolina mehr zu sich selbst. Sie warf einen Blick in den Rückspiegel und sah zwei Polizeifahrzeuge so dicht hinter sich, dass sie beinahe die Stoßstange des SUVs berührten. »Du lieber Himmel, da scheint ja was Wichtiges los zu sein. Okay, okay, einen Moment, ich fahre rechts ran«, sagte sie laut.

Sie war dankbar, dass Harry bei ihr im Wagen saß, denn sie wurde immer nervös, wenn sie ein Einsatzfahrzeug in ihrer Nachbarschaft entdeckte. Selbst wenn ihr Haus brennen würde – solange Harry in ihrer Sichtweite und in Sicherheit war, käme sie mit allem zurecht. Sie schaltete den Blinker ein und steuerte das schwerfällige Fahrzeug so würdevoll wie möglich an den Straßenrand, während sie in Gedanken eine Entschuldigung an die Crains schickte, die fünf Häuser von ihnen entfernt wohnten und denen der wunderschöne Rasen gehörte, den sie vermutlich gerade mit ihren Reifenspuren ruinierte. Allerdings rasten die Polizeifahrzeuge nicht links an ihr vorbei wie erwartet, sondern fuhren ebenfalls rechts ran und hielten direkt hinter ihr.

»Oh Mrs Hartwell, jetzt haben die Cops Sie erwischt!«, rief Harrys Freund Stefan, und die Jungs lachten. Karolina lachte ebenfalls.

»Ach, ihr kennt mich doch«, spielte Karolina mit. »Zwanzig Meilen pro Stunde in einem Wohngebiet. Ich muss verrückt geworden sein.« Sie beobachtete im Rückspiegel, wie die Polizisten neben ihrem Nummernschild stehen blieben und etwas in ein iPad-ähnliches Gerät tippten. Gut, dachte sie. Dann würden sie gleich die Regierungsnummernschilder finden, die sich an allen ihren drei Autos befanden, und der Spuk wäre vorbei.

Aber die beiden Polizisten, die zu ihr ans Fenster traten, lachten nicht. »Ma'am? Ist das Ihr Fahrzeug?«, fragte die Polizistin, während ihr Kollege hinter ihr stehen blieb und zusah.

»Ja, natürlich«, antwortete Karolina und fragte sich, warum man ihr so eine alberne Frage stellte. Schließlich fuhr sie das Auto doch. »Officer, ich kann mir wirklich nicht vorstellen, dass ich zu schnell unterwegs gewesen sein soll. Wir haben buchstäblich gerade erst die Einfahrt verlassen. Sehen Sie? Wir wohnen dort drüben. Ich fahre nur rasch die Freunde meines Sohnes ...«

Die Polizistin blieb unbeirrt. »Den Führerschein und Ihre Fahrzeugpapiere, bitte.«

Karolina blickte der Frau ins Gesicht. Ganz offensichtlich war das kein Scherz. Sorgfältig nahm Karolina ihren Führerschein aus der Brieftasche und stellte erleichtert fest, dass sich die Fahrzeugpapiere vorbildlich im Handschuhfach befanden. »Ich bin ... äh, wie Sie vermutlich an meinem Namen auf dem Führerschein erkennen können, mit Senator Hartwell verheiratet«, erklärte Karolina und schenkte der Polizistin ihr schönstes Lächeln. Normalerweise hielt sie nichts davon, mit Prominamen um sich zu werfen, aber normalerweise wurde sie auch nicht von wütend aussehenden Cops angehalten.

Der männliche Polizist zog die Brauen zusammen. »Ma'am, haben Sie getrunken?«

Karolina nahm unterbewusst wahr, dass die Jungs bei der Frage still wurden, und ihre Gedanken wanderten eine

Stunde zurück, als sie eine Flasche von Grahams sündhaft teurem Cabernet geöffnet hatte, den er in letzter Zeit kistenweise kaufte. Harry und seine Freunde hatten Pizzen vertilgt, und natürlich hatte sie gewusst, dass sie alle kurz darauf nach Hause fahren würde, daher hatte sie nur ein halbes Glas getrunken. Wenn überhaupt. Eigentlich hatte sie den Wein nicht mal trinken wollen, aber es war irgendwie befriedigend gewesen, die Flasche in dem Wissen zu öffnen, dass der Wein schlecht werden würde, bevor Graham nach Hause kam, von wo auch immer er diese Woche weilte. Falls er überhaupt verreist war.

Sie setzte ihr bezauberndstes Lächeln auf und probierte es mit direktem Augenkontakt: »Officers, ich habe Kinder im Auto. Ich versichere Ihnen, dass ich nichts getrunken habe. Ich glaube auch nicht, dass ich zu schnell gefahren bin, aber möglich wäre es natürlich. Falls es so war, tut es mir leid.«

Bei der Erwähnung der Kinder nahm der Polizist seine Taschenlampe hoch, schaltete sie ein und ging dann um das Auto herum. Es schien ihn nicht zu interessieren, dass er die Jungs damit blendete. Karolina sah, wie sie alle die Augen zusammenkniffen.

»Mom, was ist denn los?«, wollte Harry wissen. Er klang nervös.

»Nichts, Schatz. Ich bin sicher, es handelt sich lediglich um ein Missverständnis. Wir lassen sie einfach tun, was sie tun müssen.«

In diesem Moment rief der Polizist nach seiner Kollegin und deutete mit der Taschenlampe auf etwas. Sie tauschten einen Blick. Karolina spürte ihr Herz stolpern, obwohl es nicht den geringsten Grund für sie gab, nervös zu sein.

»Mrs Hartwell, bitte verlassen Sie das Auto. Langsam«, befahl die Polizistin.

»Wie bitte?«, erkundigte sich Karolina. »Warum um alles in der Welt sollte ich aussteigen? Ich habe ja nicht mal eine Jacke an…«

»Sofort!«, brüllte der Polizist, und damit wurde unmissverständlich klar, dass es sich hier nicht um eine routinemäßige Verkehrskontrolle handelte.

Karolina sprang so schnell aus dem Wagen, dass sie nicht mal das Trittbrett benutzte. Als Folge davon verdrehte sie sich den Knöchel und musste sich an der Tür festhalten, um nicht umzuknicken.

Erneut tauschten die Polizisten einen Blick.

»Mrs Hartwell, wir haben rücksichtsloses Fahren bei Ihnen festgestellt und leere Alkoholflaschen auf dem Rücksitz Ihres Wagens gefunden. Nehmen Sie die Arme seitlich herunter und gehen Sie in der Straßenmitte ungefähr sechs Meter geradeaus. Am Ende der Straße stehen Polizisten, es wird Ihnen also kein Fahrzeug entgegenkommen.«

»Was? Was haben Sie in meinem Auto gefunden? Das muss ein Irrtum sein«, widersprach Karolina und versuchte, nicht zu zittern. »Mein Mann wird fuchsteufelswild werden, wenn er das hier erfährt.«

Die Polizistin deutete auf die regennasse Straße, in der Karolina wohnte, damit sie zu gehen begann. Ohne nachzudenken, schlang sich Karolina die Arme um die Brust, um sich in ihrer viel zu dünnen Seidenbluse warm zu halten, und ging selbstbewusst auf ihr Haus zu. Wenn es etwas gab, das Karolina besser konnte als jeder andere, dann war es, einen Laufsteg entlangzuflanieren. Was sie jedoch nicht erwartet hatte, waren die Gesichter ihrer Nachbarn, die in geöffneten Haustüren und hinter den Vorhängen erschienen. In ihren Mienen spiegelte sich die Erkenntnis, wer hier mitten auf ihrer wunderschönen, stillen Straße einen Alkoholtest absolvierte wie eine gewöhnliche Kriminelle.

Ist das Mrs Lowell?, wunderte sich Karolina, als sie eine ältere Frau hinter einem steifen Leinenvorhang hervorspähen sah. *Ich wusste gar nicht, dass sie zu Besuch ist. Kaum zu fassen, dass sie mich jetzt so sieht.* Karolina merkte, wie ihr trotz der Kälte Hitze in die Wangen stieg, und irgendwie musste sie das kleine Schlagloch vor sich übersehen haben, denn bevor sie sichs versah, stolperte sie und stürzte beinahe hin.

»Haben Sie das gesehen?«, fragte sie die Polizisten, die sie genau beobachteten. »Wir beschweren uns schon seit Ewigkeiten bei der Stadt darüber, dass diese Straße unbedingt repariert werden muss.«

Die beiden warfen sich wieder diesen bedeutsamen Blick zu. Ohne ein Wort mit seiner Partnerin zu wechseln, trat der Polizist an Karolina heran. »Ma'am, ich verhafte Sie wegen des Verdachts auf Trunkenheit am Steuer. Sie haben das Recht zu …«

»Was, wie bitte?«, kreischte Karolina, bevor sie bemerkte, dass Harry den Kopf zum Fenster des SUVs herausgestreckt hatte und das Ganze aufmerksam beobachtete. »Ich bin *verhaftet?*«

»… zu schweigen. Alles, was Sie sagen, kann und wird vor einem Gericht gegen Sie verwendet werden. Sie haben das Recht auf …«

Die Worte waren ihr natürlich vertraut. Zusammen mit Graham hatte sie sich viele Krimiserien angesehen, und in ihren Singlezeiten hatten sie ganze Marathons mit

Law & Order eingelegt – aber wer hätte gedacht, dass dieser Text auch im echten Leben aufgesagt wurde? Passierte das hier gerade wirklich? Es kam ihr so unwirklich vor: In der einen Sekunde war sie nichts weiter als eine Mom, die die Freunde ihres Sohnes nach Hause fuhr, und in der nächsten wurde sie auf den Rücksitz eines Polizeiautos geschoben.

»Entschuldigung, warten Sie! *Sir!* Hören Sie, ich kann doch nicht einfach die Kinder hier im Auto zurücklassen!«, rief Karolina, als die Tür zugeknallt wurde. Sie befand sich allein auf dem Rücksitz, komplett abgeschnitten von der Welt durch eine dicke Scheibe kugelsicheres Glas.

Durch eine Art Lautsprecher drang die Stimme des Polizisten: »Officer Williams wird sich um Ihren Sohn und seine Freunde kümmern und dafür sorgen, dass alle sicher nach Hause kommen. Ich nehme Sie jetzt mit aufs Revier.«

Der Motor wurde angelassen und damit auch die Sirene. Karolina konnte Harry nicht hören, aber sie sah, dass er »Mom!« brüllte und sich angestrengt bemühte, nicht zu weinen. Sie legte die Hand ans Fenster und formte mit den Lippen die Worte: »Keine Angst, alles wird gut«, obwohl sie wusste, dass er das nicht sehen konnte. Die jaulende Sirene schnitt durch die stille Nacht, und das Polizeiauto entfernte sich von Karolinas Sohn.

»Was fällt Ihnen ein!«, brüllte Karolina den Officer an, bevor ihr die blinkende Kamera in der Ecke über dem Fenster auffiel, doch er sah nicht mal auf. Noch nie hatte sich Karolina so hilflos gefühlt. So vollkommen allein.

Erst beinahe zwei Stunden nach ihrer Verhaftung wurde Karolina ein Anruf gestattet. War das überhaupt legal?, fragte sie sich und bemühte sich, ruhig zu bleiben. Wenigstens war die Polizistin in ihrer Zelle vorbeigekommen, um ihr zu sagen, dass Harry und seine Freunde alle zu Hause waren. Die Eltern der Jungs waren aufs Revier gekommen, um ihre Söhne abzuholen, und als niemand Graham finden konnte, hatte Harry vorgeschlagen, seine Großmutter Elaine anzurufen, die Harry mit zu sich nach Hause genommen hatte. Karolina war erleichtert, dass Harry sich in Sicherheit befand, aber es graute ihr davor, ihn bei ihrer Schwiegermutter abholen zu müssen.

»Mein Mann geht nicht ans Telefon«, erklärte sie dem Polizisten, der ihren Anruf überwachte.

Er hockte an einem Schreibtisch und erledigte Papierkram. Ohne aufzusehen, zuckte er mit den Schultern. »Versuchen Sie es bei jemand anderem.«

»Es ist beinahe Mitternacht«, erinnerte ihn Karolina. »Wen soll ich denn anrufen, damit er mich mitten in der Nacht vom Polizeirevier abholt?«

Damit hatte sie die Aufmerksamkeit des Polizisten geweckt. »Abholen? Nein, tut mir leid, Mrs Hartwell. Sie bleiben heute über Nacht hier.«

»Das kann doch unmöglich Ihr Ernst sein!« Sie war sich beinahe sicher, dass er Witze machte.

»Strikte Anordnung von oben. Alle Fahrer unter Alkoholeinfluss müssen mindestens fünf Stunden lang ausnüchtern, bevor wir sie auf freien Fuß setzen. Und wir lassen Häftlinge ausschließlich zwischen sieben Uhr morgens und Mitternacht frei, daher haben Sie wohl Pech.«

»Wirke ich auf Sie betrunken?«, fragte Karolina ihn.

Der Officer sah auf. Er wirkte kaum alt genug, um Bier kaufen zu dürfen, und dass ihm Röte den Hals entlangkroch, machte es nicht besser. »Tut mir leid, Ma'am. So lauten die Vorschriften.«

Karolina wählte die einzige Nummer, die sie auswendig kannte. Trip, der Anwalt ihrer Familie und Grahams bester Freund, ging beim ersten Klingeln ran.

»Lina? Was hast du gesagt, von wo aus rufst du an?«, fragte er schlaftrunken.

»Du hast schon richtig gehört, Trip. Aus der Ausnüchterungszelle im Bethesda County Jail. Tut mir leid, dass ich dich geweckt habe, aber ich war mir sicher, du verstehst das. Ich habe es bei Graham versucht, aber der ist nirgendwo aufzutreiben. Was mich nicht überrascht.«

Trip und Graham waren Zimmergenossen in Harvard und Trauzeugen bei der Hochzeit des jeweils anderen gewesen. Außerdem waren sie gegenseitig Paten ihrer Kinder. Trip war für Karolina immer beinahe so etwas wie eine Erweiterung von Graham gewesen, ein zusätzliches Paar Augen und Ohren, ein akzeptabler Ersatz, eine Bruderfigur. Normalerweise hatten sie ein warmherziges Verhältnis zueinander. Doch an diesem Abend versuchte sie nicht einmal, ihren Unmut darüber zu verbergen, dass sie mit Trip sprach und nicht mit Graham.

»Kannst du mich bitte aus diesem Drecksloch holen?«, flüsterte sie ins Telefon. »Sie haben gesagt, dass ich erst morgen früh freigelassen werde, aber das kann unmöglich sein.«

»Ich rufe ein paar Leute an und kläre das«, versprach Trip mit beruhigendem Selbstbewusstsein.

»Beeil dich bitte.«

Doch entweder beeilte er sich nicht, oder er konnte nichts tun, denn Karolina sprach erst wieder mit Trip, als er um sieben Uhr am nächsten Morgen erschien, um ihre Kaution zu hinterlegen. Ohne Graham.

Trip erkannte sofort, was sich in ihrer Miene spiegelte. »Graham wollte natürlich mitkommen. Ich war derjenige, der ihm davon abgeraten hat.«

Karolina setzte sich auf einen der Plastikstühle neben Trip. Ihr ganzer Körper schmerzte von der Liege in der Arrestzelle, die weniger Zelle war als eine Art nicht mehr zeitgemäßes Boardinggate auf einem alten Flughafen.

»Ich bin nicht blöd, Trip. Ich verstehe sehr gut, dass es nicht besonders gut aussieht, wenn ein Senator ins Gefängnis geht, um seine Frau gegen Kaution abzuholen. Aber du nimmst mir ja wohl nicht übel, dass ich mir wünsche, er hätte es trotzdem getan«, sagte Karolina und bemühte sich, die Tränen zurückzuhalten. »Kannst du mir verraten, was zum Teufel hier los ist?«

Trips Handy meldete sich zu Wort, doch er stellte den Ton aus, ohne auch nur einen Blick auf das Display zu werfen. »Ich will ehrlich zu dir sein, Lina. Das Ganze ist ein absoluter Albtraum.«

»Glaubst du, das wüsste ich nicht? Ich bin schließlich diejenige, die letzte Nacht im Gefängnis geschlafen hat. Im *Gefängnis*. Und wo ist mein *Ehemann*, verdammt noch mal?«

Trip zog die Brauen zusammen und räusperte sich. »Lina, es ist nicht ...«

Karolina hob eine Hand, um ihn zu unterbrechen. »Nicht. Zuerst will ich wissen, wo Harry ist. Wer bringt ihn zur Schule?«

Wieder ein Räuspern. Beinahe fühlte sich Karolina schuldig, weil sie ihre Wut auf Graham an Trip ausließ.

Beinahe. Er wirkte so elend. »Harry hat bei Elaine übernachtet.«

»Er ist immer noch dort?«

»Du weißt, dass Harry sie angerufen hat, als du gestern Abend verhaftet wurdest. Natürlich haben einige Journalisten die Nachricht im Polizeifunk abgehört, und als Elaine Harry bei eurem Haus absetzen wollte, warteten dort schon Kameras auf sie. Also ist sie weitergefahren und hat ihn wieder mit zu sich genommen. Die Presse kampiert vor eurem Haus, und dem wollten wir ihn nicht aussetzen. Wenigstens weiß niemand, wo er ist.«

Karolina nickte. So wenig sie ihre Schwiegermutter auch mochte und so wenig ihr der Gedanke, dass ihr Sohn sich bei Elaine verstecken musste, auch gefiel, es klang tatsächlich nach der besten Lösung. »Schön. Und wie gehen wir jetzt mit dem Rest dieses Albtraums um? Das ist Freiheitsberaubung! Unrechtmäßige Verhaftung! Wir sollten klagen!«

Trip hustete, betrachtete Karolina und hustete erneut.

»Trip? Was ist hier los?«

»Es ist so, dass … Na ja, es ist kompliziert.«

»Kompliziert? Das ist eine merkwürdige Umschreibung. Verwirrend trifft es meiner Meinung nach eher. Ich bin jedenfalls sehr verwirrt, dass ich wegen Alkohol am Steuer verhaftet wurde, wenn ich nicht unter Alkoholeinfluss gefahren bin. Und selbst wenn ich das getan hätte – was nicht der Fall war: Mein Mann ist ein Senator der Vereinigten Staaten mit mehr Kontakten als ein Teenager auf Instagram, und ich weiß sehr genau, wenn er gewollt hätte, dass das hier unter den Teppich gekehrt wird, wäre das längst passiert«, zischte Karolina.

Durch den Lautsprecher drang eine verzerrte Durchsage, und eine Polizistin eilte an ihnen vorbei und zur Tür hinaus.

»Warum erzählst du mir nicht, was passiert ist, Lina? In allen Einzelheiten.«

Erst jetzt, viele Stunden nach Beginn ihres Martyriums, hatte sie zum ersten Mal das Gefühl, die Tränen nicht mehr zurückhalten zu können. Während der Verhaftung war sie stoisch geblieben und tapferer, als sie sich zugetraut hätte, selbst als ihr klar wurde, dass niemand sie abholen würde. Doch jetzt, wo sie Trips vertrauter Freundlichkeit ausgesetzt war und seiner offensichtlichen Sorge – obwohl eigentlich ihr Ehemann hätte hier sitzen sollen –, kostete es sie große Mühe, nicht in Tränen auszubrechen.

»Tut mir leid«, sagte sie und unterdrückte einen Schluchzer. »Ich bin einfach ... überfordert.«

Trip räusperte sich. »Warst du mit Harry gestern Abend irgendwo?«

»Nein, natürlich nicht. Es sei denn, du zählst einen Ausflug in den Supermarkt gegen fünf mit, wo ich Nachschub an Chips und Salsa für die Jungs besorgt habe. Er hatte vier Freunde zu sich nach Hause eingeladen. Ich habe ihnen Pizza bestellt, und sie haben Xbox gespielt und wer weiß was gemacht; was zwölfjährige Jungs halt so tun. Mit Mädchen gefacetimed? Sich gegenseitig? Ich weiß es nicht. Ich bin nicht stolz darauf, aber aus Trotz habe ich eine von Grahams Tausend-Dollar-Flaschen Cabernet aufgemacht und ein halbes Glas getrunken. Ich wusste, dass ich nicht mehr trinken würde, aber es war sehr befriedigend, die kaum angebrochene Flasche in den Kühlschrank zu stellen. Ich wusste, wenn er sie dort entdeckt, würde er einen

Herzinfarkt bekommen, und ganz ehrlich, ich habe mich auf diesen Moment gefreut. Aber das war alles. Ein halbes Glas.«

»Okay, und was ist dann passiert?«

»Nichts! Die Jungen haben eine ganze Eistorte in ungefähr dreißig Sekunden hinuntergeschlungen, und gegen halb zehn sind sie alle in den SUV gestiegen. Bevor ich es auch nur bis zu Billy Posts Haus geschafft habe, das weniger als eine Meile entfernt ist, tauchten plötzlich wie aus dem Nichts zwei Streifenwagen auf. Mit Blaulicht und Sirene, wie bei einem echten Notfall. Ich bin rechts rangefahren, um sie vorbeizulassen, aber dann haben sie angehalten und an mein Fenster geklopft.«

Trip nickte, als bestätigte Karolina, was er bereits wusste. »Was haben sie gesagt?«

»Sie haben mich gefragt, ob ich getrunken hätte. Als ich das verneinte, haben sie behauptet, ich wäre sehr auffällig gefahren. Was lächerlich ist, denn ich fahre in unserer Wohngegend immer besonders langsam.«

»Angeblich haben sie hinten im SUV leere Champagnerflaschen herumrollen sehen.« Das sagte Trip sehr leise und blickte hinab auf seine Hände.

»Ach ja? Das ist *unmöglich*. Ich mag Champagner nämlich nicht mal, und Graham auch nicht. Wir bekommen beide Kopfschmerzen davon …« Sie hielt inne. Es sei denn, die Jungs wären das gewesen. Karolina zog die Nase kraus und dachte nach. War das möglich? Mit zwölf war man natürlich nicht zu jung, um zum ersten Mal heimlich Alkohol zu stibitzen. Hatte sie sich lediglich vorgemacht, dass Harry niemals trinken würde? Nein, sie kannte ihr Kind. Sie wusste, dass er genau wie jeder andere Teenager alles Mögliche ausprobieren würde, aber sie war sich hundertprozentig sicher, dass er noch nicht so weit war. Und selbst wenn sie sich irrte und die Jungs Grahams kostbaren Weinkeller geplündert hatten – fünf Zwölfjährige hätten niemals unbemerkt eine Flasche Champagner öffnen können, ganz zu schweigen davon, zwei Flaschen komplett leer zu trinken. Sie erinnerte sich an den Vorabend zurück: Harry und seine Freunde hatten sich völlig normal benommen – aufgedreht, ja, aber ganz bestimmt *nüchtern*. »Nein. Das kann nicht sein. Ich habe keine Ahnung, wie die Flaschen dorthin gekommen sein könnten.«

Trip legte seine Hand auf ihre, und die Berührung war warm und tröstlich. »Es tut mir sehr leid, Lina. Das hier kann nicht einfach für dich sein.«

Lediglich diese kleine Mitgefühlsbekundung war nötig, damit die Tränen wieder zu fließen begannen. Garantiert liefen Karolina drachenartige Wimperntuscheströme die Wangen hinab, aber wenn man bedachte, dass sie gerade eine Nacht im Gefängnis verbracht hatte, war das vermutlich nicht ihr größtes Problem, was ihr Erscheinungsbild betraf.

»Aber eins ergibt überhaupt keinen Sinn: Sie haben mich hierhergebracht und ohne einen Alkoholtest über Nacht in die Zelle gesteckt. Mit welcher Begründung? Leere Flaschen in meinem Auto? Ist das überhaupt erlaubt?«

Trips Handy klingelte erneut, und es erschreckte sie, mit welcher Vehemenz er auf »Ablehnen« drückte. Er räusperte sich. »Die Polizei sagt, du hast sowohl den Atemtest als auch einen Blutalkoholtest verweigert. Maryland gehört zu den Bundesstaaten mit automatischer Zustimmung, das bedeutet, allein der Besitz eines Führerscheins stellt eine Zustimmung zum Test dar. Die Verweigerung aller chemischen Tests resultiert automatisch in einer Verhaftung wegen Trunkenheit am Steuer.«

»Das kann ja wohl nicht dein Ernst sein.«

»Du weißt, dass ich hauptsächlich für Unternehmen arbeite, Lina. Ich habe kaum mit Zivilprozessen zu tun, von Strafrechtsprozessen ganz zu schweigen. Aber ich habe mich von einem Kollegen beraten lassen, bevor ich hergekommen bin, und er hat mir die Gesetzeslage erklärt.«

»Nein, ich meine, das kann ja wohl nicht dein Ernst sein, dass sie behaupten, ich hätte mich geweigert, ins Röhrchen zu pusten. Genau das Gegenteil ist der Fall, ich habe sogar darum gebeten, regelrecht darum gebettelt! Ich wusste, dass sich dieses Missverständnis sofort erledigen würde, wenn ich ...«

»Lina? Du weißt, dass Graham und ich die allerbesten Leute auf diesen Fall ansetzen werden. Solange wir also alle die Ruhe bewahren, können wir ganz sicher ...«

Der Rest seiner Worte verschwamm, während in ihrem Kopf allmählich die Auswirkungen der Geschehnisse Gestalt annahmen, und zwar in den grellsten Farben. Sie konnte praktisch schon die Schlagzeile vor sich sehen: EHEMALIGES SUPERMODEL UND JETZIGE EHEFRAU DES SENATORS TRINKT BEI FAHRT MIT KINDERN, und sie konnte die intensive Medienberichterstattung prophezeien, genau wie die Scham der Leute, die glauben würden, dass sie so etwas tat. Und die Auswirkungen auf Harry. Vor allem Harry. Zwölfjährige sollten sich für die Jeans schämen, die ihre Stiefmutter trug, nicht dafür, dass sie verhaftet wurde, weil sie betrunken mit einem Auto voller Kinder herumgefahren war.

Und dann überfiel sie ein anderes Gefühl, dessen Intensität sie überraschte: eine Sehnsucht nach ihrem Ehemann, die so tief aus ihrem Inneren kam, dass sie ihr beinahe den Atem nahm. Wie waren sie an diesen Punkt gelangt? Wo sie eine Nacht im Gefängnis verbracht hatte und ihr Mann, ihr Lebenspartner, sie hier gelassen und dann am Morgen seinen Freund geschickt hatte, um sie abzuholen. Nein, das konnte nicht sein. Irgendetwas ging hier vor sich, etwas, das außerhalb ihrer Kontrolle lag. Ja, in letzter Zeit hatte sich Distanz zwischen ihnen aufgebaut. Sie hatte sich noch weiter entfernt von Graham gefühlt als sonst. Es hatte weniger Intimität gegeben. Sie hatte sogar vermutet, dass er sie wieder betrog. Aber das hier war *Graham*. Der Mann, der akribische Vorkehrungen getroffen hatte, um die finanzielle Absicherung ihrer gesamten Verwandtschaft zu garantieren. Die Person, die ihr mindestens zehn Mal am Tag versicherte, wie schön sie war. Sie erinnerte sich noch an den Tag ihrer Hochzeit, als wäre es gestern gewesen. Die leuchtend grünen Weinberge hatten einen wunderschönen Hintergrund für den unerwarteten Regen geboten, der einem anderen Paar womöglich den Tag ruiniert hätte, aber ihnen nicht. Sie hatten das Wetter kaum bemerkt, so sehr waren sie mit tanzen, lachen und einander beschäftigt gewesen. Karolina hatte am Tisch gesessen und zu ihrem starken, attraktiven Ehemann aufgesehen, der sich bei den Gästen dafür bedankte, dass sie gekommen waren, um den Tag gemeinsam mit ihnen zu feiern. Als er sich ihr zugewandt und ihr seine Hand entgegengestreckt hatte, waren ihr die Tränen in seinen Augen aufgefallen, und seine an sie gerichtete Tischrede war so aufrichtig und aus tiefstem Herzen empfunden gewesen. Und jetzt das hier.

Trip sprach immer noch, irgendetwas über einen Präzedenzfall. Erschöpfung überfiel sie, und mit ihr auch Traurigkeit, Scham und Einsamkeit.

»Ich bin müde«, sagte sie und wischte sich erneut über die Augen. »Kannst du mich zu Harry bringen?«

»Natürlich. Holen wir dich hier raus.«

Schweigend fuhren sie zum Haus ihrer Schwiegermutter in Arlington. Sobald Karolina die Veranda erreicht hatte, fuhr Trip ab.

»Karolina«, wurde sie von Elaine begrüßt, als sie die Tür öffnete. Es klang, als hätte Elaine gerade etwas Bitteres gekostet.

»Elaine. Danke, dass du Harry abgeholt hast«, zwang sich Karolina zu erwidern, als sie ihren Mantel auf der Bank im Flur ablegte und ihrer Schwiegermutter unaufgefordert in die Küche folgte.

»Jemand musste es ja schließlich tun. Und die Eltern der anderen Jungen informieren.«

»Ja, auch dafür danke. Wo ist Harry?«

»Er schläft noch«, antwortete ihre Schwiegermutter. »Es war eine traumatische Nacht für ihn.«

Karolina ignorierte diese Bemerkung demonstrativ, und nachdem sie vergeblich auf ein entsprechendes Angebot gewartet hatte, stand sie auf, um sich eine Tasse Kaffee zu holen. »Möchtest du auch eine?«, fragte sie Elaine, die jedoch lediglich abwinkte.

»Du hast hier eine echte ... Situation geschaffen, Karolina. Es geht mich zwar nichts an, aber wenn du Schwierigkeiten hast, hättest du dir Hilfe suchen müssen. Aber Fahren unter Alkoholeinfluss? Als Frau eines Senators? Des zukünftigen Präsidenten der Vereinigten Staaten? Dass du nicht an dich denkst, ist eine Sache, aber keinerlei Rücksicht auf Grahams Karriere zu nehmen ...«

»Du meinst bestimmt Harrys Sicherheit? Ich muss das eben gerade falsch verstanden haben.«

Elaine winkte erneut ab und schnalzte abfällig mit der Zunge. »Du weißt, dass ich mich nicht gern in deine und Grahams Angelegenheiten einmische, aber diesmal liegen die Umstände ...«

»Mutter, *bitte*.«

Grahams Stimme ließ Karolina zusammenzucken, und sie verschüttete Kaffee auf ihre Bluse. »Graham?«, fragte sie, obwohl er direkt vor ihr stand, gut aussehend wie immer. Karolina wartete darauf, dass er zu ihr kam und sie in seine Arme zog, und sie streckte ihm ihre Arme entgegen. Er rührte sich nicht. Stattdessen stand er im Türrahmen, blickte zwischen seiner Mutter und seiner Ehefrau hin und her und sah aus, als wäre er am liebsten überall, bloß nicht hier. Alles an ihm war makellos, von seinem maßgeschneiderten Anzug und den Manschettenknöpfen mit Monogramm bis hin zu den dichten dunklen Haaren, die er sich jeden Freitag schneiden ließ. Kaschmirsocken. Professionell rasiert. Aktentasche von Hermès. Und winzige Anzeichen von Krähenfüßen um die grünen Augen, gerade genug, um ihm Würde zu verleihen. Ein Meter neunzig kostspielig gepflegte männliche Perfektion.

»Ich wusste nicht, dass du hier bist«, hörte Karolina sich mit quiekender Stimme sagen, während sie unsicher die Arme wieder herunternahm. »Trip hat gesagt, der Senat tagt.«

»Ich wollte gerade los«, entgegnete er und ging an ihr

vorbei in die Küche. Seine Stimme war so kalt und unpersönlich wie die Kühlschranktüren aus Edelstahl.

»Wo gehst du hin?«, fragte Karolina, entsetzt über seine Distanz. Er war sauer auf *sie*? Natürlich war ihm klar, dass sie die Kinder nicht betrunken gefahren hatte – gerade er wusste besser als jeder andere, dass sie inzwischen beinahe komplett abstinent lebte. Sollte sie nicht eigentlich die Gekränkte sein, nachdem er sie *über Nacht* in einem Gefängnis für ein Verbrechen hatte schmoren lassen, das sie nicht begangen hatte?

»Hier, Liebling, lass mich dir eine Tasse Kaffee holen«, sagte Elaine zu Graham und sprang mit neu erwachtem Elan von ihrem Stuhl auf.

»Elaine, könntest du uns bitte einen Moment allein lassen?«, bat Karolina.

Das schien Elaine zutiefst zu beleidigen, und sie blickte fragend zu Graham, der nickend seine Zustimmung gab. »Danke, Mutter.«

Mit dramatischer Geste nahm Elaine ihren Kaffee und eine Banane. Sobald sie das Zimmer verlassen hatte, rannte Karolina praktisch hinüber zu Graham. »Hey, was ist denn mit dir los?«, wollte sie wissen. Und verzweifelt um einen lockeren Ton bemüht, setzte sie hinzu: »Ich weiß nicht, ob du es gehört hast, aber ich habe die Nacht im Knast verbracht.«

Ruckartig drehte er sich zu ihr um und schüttelte ihre Hände von seinem Arm ab. »Findest du das lustig? Ist das alles nur ein Witz für dich?«

Karolina fiel die Kinnlade herunter. »Lustig? Natürlich nicht. Es war schrecklich, jede einzelne Sekunde davon! Und wo warst du? Du hast Trip geschickt? Du weißt, dass ich …«

»Ich weiß nur, was mir die Polizei von Bethesda gesagt hat, Karolina. Laut Chief Cunningham wurdest du bei einer routinemäßigen Verkehrskontrolle verhaftet, weil du den Alkoholtest nicht bestanden hast.«

Dass er sie bei ihrem vollen Namen, Karolina, nannte, statt nur »Lina« zu benutzen, verfehlte seine Wirkung bei ihr nicht.

»Graham, ich weiß, was *die* gesagt haben, aber ich weiß auch, dass …«

Er schlug mit der Hand auf die Arbeitsplatte. »Wie konntest du nur? Wie konntest du nur so dumm sein?« Rote Flecken sprossen auf seinem Gesicht und seinem Hals. »Und noch dazu mit meinem Sohn im Auto!«

»*Deinem* Sohn?«, wiederholte Karolina. »Du meinst sicher *unserem* Sohn. Auch wenn er mein Stiefsohn ist, du weißt ganz genau, dass ich ihn nie anders genannt oder ihn als etwas anderes betrachtet habe als mein eigen Fleisch und Blut.«

Graham stellte seine volle Kaffeetasse in die Spüle und hielt ihr einen Finger vors Gesicht. Seine Augen waren nur noch enge Schlitze. »Du wirst jetzt sofort Harry wecken und ihn sicher nach Hause bringen. Bist du dazu in der Lage? Selbstverständlich mit einem Uber, da du garantiert nicht selbst fahren wirst. Diese Blutsauger« – er deutete auf die gepflegte Bethesda-Straße vor dem Haus – »werden dir folgen. Ich hoffe, ich muss nicht extra erwähnen, dass du auf keinen Fall mit ihnen sprichst. Kein einziges Wort. Nicht mal Blickkontakt. Hast du mich verstanden?«

Karolina trat näher an ihn heran in der Hoffnung, ihn ein wenig sanfter werden zu sehen. »Warum benimmst du dich so? Du weißt, dass ich nicht betrunken gefahren bin.

Du weißt, wie zurückgezogen ich lebe. Du weißt, dass ich niemals, niemals etwas tun würde, was Harry gefährdet, oder andere Kinder.« Karolina klang verzweifelt, flehend, aber sie konnte nichts dagegen tun. Es war eine Sache, dass ihr Ehemann sie nicht aus dem Gefängnis holte, aber etwas ganz anderes, dass er wegen eines Verbrechens, das sie nicht begangen hatte, so wütend auf sie war.

In seinen Augen entdeckte sie eine ganz neue Härte. »Ich komme heute Abend gegen sieben nach Hause. Denk dran, du sprichst mit niemandem.« Und mit diesen Worten verließ er die Küche.

Kapitel 4

Einige meiner besten Freunde sind Juden
Emily

Als sich die Fahrstuhltüren zu dem Apartment mit raumhohen Fenstern, die den Blick auf den Freedom Tower und sowohl den East River als auch den Hudson River freigaben, öffneten, bemühte sich Emily um einen nonchalanten Gesichtsausdruck. Sie war schon in einigen sehr beeindruckenden Häusern gewesen. Die Residenz der Kardashians in Hollywood war nicht allzu übel. Das Anwesen von George und Amal am Comer See war annehmbar. Und niemand konnte behaupten, dass Miranda Priestlys Haus an der Fifth Avenue nicht spektakulär wäre. Doch dieses zwölf Millionen teure Penthouse im achtundfünfzigsten Stock hatte in seiner gläsernen Pracht etwas an sich, das ihr den Atem nahm. Da es in Tribeca nicht besonders viele Wolkenkratzer gab, vermittelte es das Gefühl, als schwebte man allein in den Wolken. Die Wohnung wurde von so viel Tageslicht durchflutet, dass Emily die Augen zusammenkneifen musste, und die ausgeprägt moderne Einrichtung und der riesige, offene Raum verliehen ihr eine außerweltliche Atmosphäre.

»Vielen Dank, dass Sie gekommen sind«, sagte Helene und schob sich die Haare zurück. Schon so lange sich Emily erinnern konnte, trug Helene einen spektakulären Afro – wild, massiv und fabelhaft –, doch heute hatte sie ihn zu einer Milliarde fester, glänzender Zapfenlocken gebändigt, die ihr gesamtes Gesicht umrahmten.

»Natürlich«, erwiderte Emily und stellte ihre vollgestopfte Goyard-Tasche auf der Bank im Eingang ab. Auf dem Weg vom Flughafen hierher hatte sie sechs panische Nachrichten von ihrer Assistentin Kyle erhalten. Ganz offensichtlich stand Helene kurz vor einem Nervenzusammenbruch. »Ist er hier?«

Helene nickte, und ihre Locken hüpften. »Seine Trainerin ist bei ihm. Sie sollten in ein paar Minuten fertig sein. Kann ich Ihnen irgendwas anbieten? Kaffee? Einen Drink? Ich könnte jedenfalls einen brauchen.«

»Wie wär's mit einer Kombination aus beidem? Dazu sage ich nicht nein.«

Emily folgte Helene in die blendend weiß gestrichene Küche, wo eine hispanische Frau in Dienstkleidung vor einer Espresso-Maschine von Starbucks-Ausmaßen stand. »Clara, könnten wir bitte beide einen Flat White mit einem Schuss Baileys bekommen?« Falls Clara es merkwürdig fand, dass diese beiden Karrierefrauen um neun Uhr morgens einen Kaffee mit Schuss bestellten, ließ sie es sich nicht anmerken. Fachmännisch bereitete sie das Gewünschte zu und führte sie zu einer weißen Ledercouch, von wo aus man einen freien Blick auf die spektakuläre Aussicht hatte.

»So, dann wollen wir mal mit dem Offensichtlichen beginnen«, sagte Emily und nahm einen Schluck. »Warum hat er sich für die Kostümparty ein Nazi-Outfit ausgesucht?«

Helene blickte auf ihre Hände hinab, als suchte sie dort nach Kraft. »Es war keine Kostümparty.«

»Was?«

»Was soll ich sagen, Emily? Er ist ein Kind. Ein dummes Kind mit zu viel Geld und zu viel Zeit und zu vielen Menschen wie Sie und ich, die ihm den Rücken freihalten. Das ist nicht neu.«

»Nein. Aber dadurch wird alles viel schwieriger.« Emily sah hinab auf ihre Uhr. Sie hatte zwar keine anderen Verpflichtungen, aber sie war auf Zuruf durchs ganze Land geflogen, um diesem Jungen zu helfen, und es war allerhöchste Zeit, ihn kennenzulernen.

Das blieb Helene nicht verborgen. »Kommen Sie mit, ich stelle Sie vor.«

Die Frauen gingen einen langen weißen Flur entlang, in dem Streetart-ähnliche Gemälde hingen, und dann eine Wendeltreppe hinab. Ein weiterer Flur, diesmal mit Graffiti dekoriert, führte zu einer Glastür. Dahinter konnte sie Rizzo mit Boxhandschuhen sehen, wie er wild auf einen roten Sandsack eindrosch, der von der Decke hing. Ein wunderschönes Mädchen, nur mit Hotpants und einem fuchsiafarbenen Sport-BH bekleidet, sprang um ihn herum und feuerte ihn an.

Helene klopfte an die Tür. Rizzo und das Mädchen sahen auf, schlugen und sprangen jedoch weiter.

»Riz? Kannst du mal eine Minute Pause machen? Hier ist jemand, den ich dir gerne vorstellen möchte.«

Emily hätte auf seine verschwitzte, nackte Brust und das Sixpack starren sollen, doch ihr Blick wurde sofort von der Trainerin angezogen, an deren Sport-BH sich entlang des unteren Rands ein Cutout zog, was dazu führte, dass fünf Zentimeter Brust unterhalb der Nippel herausquollen und drohten, jeden Moment aus ihrer hauchdünnen Umhüllung auszubrechen. Interessant, dachte Emily, einen Sport-BH zu tragen, der laut Definition die Brüste beim Sport bedecken und stützen sollte, und dann den Großteil des Stoffes zu entfernen, der diese Funktionen erfüllte. Sie kam sich plötzlich uralt vor.

»Hey, gut gemacht, Riz«, sagte das Mädchen und schlug ihm mit einem Handtuch auf den Hintern. Ihre Brüste wogten. Emily fiel auf, dass nicht nur ihr Blick davon angezogen wurde – auch Rizzo und Helene waren davon gefesselt.

»Danke, Baby. Wir sehen uns morgen.« Rizzo riss ihr das Handtuch aus der Hand und schlang es sich um den Nacken. Zu dritt sahen sie zu, wie das Mädchen seine Tasche und die Boxhandschuhe nahm und in Richtung Tür ging.

»Verdammt«, murmelte Rizzo, während er ihr nachblickte.

»Hey, Rizzo? Ich bin Emily Charlton. Helene hat mich hergeholt, damit ich helfe, die ... Situation von gestern Abend unter Kontrolle zu bringen. Schön, dich kennenzulernen.«

Sein Blick traf ihren, und für einen Moment war Emily hin- und hergerissen zwischen dem Gefühl, die einzige Frau auf der Welt zu sein und sich wie eine Pädophile zu fühlen, weil sie einen Achtzehnjährigen so verdammt sexy fand. Niemand konnte solche Augen haben – war diese Grünschattierung überhaupt echt?

»Hey, danke, dass Sie hergekommen sind. Das ist echt cool von Ihnen, aber ich glaube, Helene überreagiert ein bisschen.«

Rizzo schraubte eine Flasche SmartWater auf und trank den gesamten Liter in einem Zug aus. Helene warf Emily einen Blick zu, der besagte: *Wie wär's, wenn Sie das übernehmen?*

»Ich bin sicher, du hattest nichts ... Böses im Sinn, Rizzo, aber vor allem nach dem, was letztes Jahr in Charlottesville passiert ist, macht die Öffentlichkeit inzwischen eine ziemlich große Sache aus allem Antisemitischen, und als solches wird das Tragen eines Nazikostüms in der Regel interpretiert. Deshalb sollten wir uns definitiv um die Sache kümmern, ehe sie große Wellen schlägt.«

Er winkte ab und schraubte eine weitere Flasche auf. »Das war doch nur ein Spaß. Die Leute verstehen das schon. Meine Fans verstehen das.«

Emily holte tief Luft und bemühte sich um einen ruhigen Ton. »Okay, vielleicht. Aber einige Fans verstehen es möglicherweise nicht. Besonders die jüdischen. Oder jeder andere, der den Holocaust nicht besonders gut fand, was vermutlich auf eine Menge Leute zutrifft. Deine Sponsoren – Uniqlo, Lexus, SmartWater – werden ganz sicher nicht begeistert sein. Und Sony auch nicht, könnte ich mir vorstellen. Daher habe ich mir einen Plan überlegt, wie wir dich aus dieser hässlichen Sache retten können. Zu einhundert Prozent sauber, ein Neuanfang. Solange du auf mich hörst und deinen Teil dazu beiträgst, können wir diese Angelegenheit ungeschehen machen, das verspreche ich.«

Rizzo wirkte nicht besonders beeindruckt, aber er sah sie an und wartete.

»Ich rufe alle meine Kontakte bei den üblichen Verdächtigen an: die *Post*, *HuffPo*, TMZ, *Variety* etc., und erkläre ihnen, dass du dachtest, das Hakenkreuz sei ein altes buddhistisches Symbol für Frieden. Wir spielen die Idiotenkarte aus. Es ist nur eine Rolle, aber es ist wichtig, dass du sie überzeugend spielst: Du bist jung und unerfahren und entsetzt, dass du damit Menschen beleidigt hast. Du hast von diesem Symbol in einem buddhistischen Text gelesen, den du im Rahmen eines Meditationskurses studiert hast und der dich mit seiner friedliebenden Botschaft stark beeindruckt hat.«

»Jung und unerfahren?«

»Was du natürlich nicht bist«, versicherte ihm Emily. »Das ist lediglich die Rolle, die du spielen wirst.« Als er nichts erwiderte, fuhr sie fort: »Du wirst für alle respektablen Interviews zur Verfügung stehen, und du wirst entschuldigend und reumütig auftreten. Du wirst eine sehr großzügige Spende an die Anti-Defamation League leisten. Du wirst sehr öffentlichkeitswirksam das Holocaust-Museum in D. C. besuchen, wo du dich mit jüdischen Geistlichen treffen und eine Pressemeldung herausgeben wirst, dass es sich um einen Fehler und ein Missverständnis gehandelt hat und nicht dafür steht, wer du bist. Das wirst du tausend Mal wiederholen, oder so lange wie nötig, ehrlich und aufrichtig, bis die Story gedreht ist und du als Vorreiter des Friedens und Fürsprecher von verfolgten Menschen überall auf der Welt giltst. Vertrau mir, wir können das schaffen, solange wir uns alle an das Drehbuch halten.«

»Das ist sehr klug«, lobte Helene und nickte. »Emilys Plan klingt nach genau dem, was wir jetzt brauchen.«

Rizzo schnaubte. »Wirklich? Ich finde ihn dämlich. Ich soll öffentlich so tun, als wäre ich ein Idiot?«

Emily konnte spüren, dass Helene genauso sehr wie sie selbst bemüht war, einander nicht anzusehen.

»Ich meine, das ist doch alles totaler Bullshit. Völlig überzogen.«

»Hast du einen besseren Vorschlag?«, erkundigte sich Emily im neutralsten Ton, den sie aufbringen konnte. Er war tatsächlich ein genauso großer Idiot, wie sie vermutet hatte.

»Ja, klar, ich poste eine Erklärung. Dass ich mich lediglich an Silvester amüsieren und niemandem auf den Schlips treten wollte. Ich hab überhaupt nichts gegen Juden. Mein Agent ist jüdisch. Mein Steuerberater ist jüdisch. Hey, *alle* meine Anwälte sind Juden. Meine Fans wissen, dass ich kein Hater bin.«

»Rizzo, ich kann dir gar nicht eindringlich genug sagen, dass der Satz ›einige meiner besten Freunde sind Juden‹ auf keinen Fall die beste Reaktion hier ist«, erklärte Emily. »Ich glaube wirklich nicht, dass es ausreicht, wenn du einfach ›Tschuldigung‹ auf Snapchat postest und erwartest, dass die Sache damit vom Tisch ist. Denn das wird nicht passieren.«

»Wenn ich es auf Linger poste, wird genau das passieren.«

Emily hatte nicht die geringste Ahnung, was Linger war, aber das würde sie natürlich nicht zugeben. »Rizzo, das hier ist mein Job. Affleck nach der Nanny. Bieber nach den Fotos, auf denen er sich benimmt wie der letzte Idiot. Kevin Spacey nach dem Vierzehnjährigen. Fahren unter Alkoholeinfluss. Betrunkene Beschimpfungen von Polizisten. Politische Schimpftiraden bei den Oscars. Ladendiebstahl. Mehr Sextapes, als ich zählen kann. Ich kann dir *helfen*.«

»Cool«, erwiderte er. »Ich denk drüber nach und sag Ihnen dann Bescheid.« Und bevor Emily ihr Entsetzen verbergen konnte, verließ er schlendernd den Fitnessraum und schloss die Tür hinter sich.

Emily blickte hinüber zu Helene, die mit den Schultern zuckte. »So ist er«, erklärte sie. »Er weiß, dass Sie recht haben.«

»Wirklich? Den Eindruck hat er nicht gerade auf mich gemacht. Und das hier kann nicht warten. Ich habe bereits die ersten Fotos auf Radar Online gesehen. Er auch?«

»Ich weiß, da stimme ich Ihnen vollkommen zu. Ich spreche mit ihm, sobald er sich ein wenig beruhigt hat, und dann rufe ich Sie an. Sie bleiben in der Nähe?«

Emily nickte, obwohl sie noch keinen Moment lang darüber nachgedacht hatte, wo sie als Nächstes hinwollte. Sie war vom JFK aus direkt mit ihrem Koffer hierhergekommen, weil sie davon ausgegangen war, dass sie den Rest des Tages von Rizzos Apartment aus arbeiten würde, und dann wollte sie in ein Hotelzimmer einchecken. Und nun? Ohne einen klaren Auftrag?

Helene begleitete sie ins Foyer, und dort erschien die Haushälterin mit Emilys Rollkoffer. »Danke, dass Sie so kurzfristig gekommen sind. Ich rufe Sie innerhalb der nächsten Stunde an, okay?«

Doch Emilys Handy klingelte schon, bevor der Fahrstuhl das Erdgeschoss erreicht hatte. »Das war schnell.«

»Es tut mir wirklich sehr leid, Emily, aber ich wollte es Ihnen gleich sagen. Er will ... in eine andere Richtung gehen.«

»Eine andere Richtung? Welche denn, dem KKK beitreten? Denn sogar ich hätte Schwierigkeiten, *das* aus der Welt zu schaffen.«

Helene lachte nicht. »Ich habe ihm erklärt, dass Sie die Allerbeste sind, aber er hat sich für Olivia Belle entschieden. Wie es aussieht, hat sie ihn heute früh angerufen, und ihm hat gefallen, was sie ihm anbot. Ich kann Ihnen gar nicht sagen, wie leid mir das tut. Wir übernehmen natürlich die Kosten für Ihren Flug und Ihre Zeit, schicken Sie mir einfach die Rechnung.«

»Ist das Ihr Ernst?«, konnte Emily sich nicht verkneifen zu fragen.

»Meiner Meinung nach macht er einen Fehler, und das habe ich ihm auch gesagt. Wenn er auf mich hören würde, befänden wir uns gar nicht erst in dieser Situation.«

»Nein, ich verstehe schon«, erwiderte Emily, obwohl das nicht der Fall war. Sie murmelte etwas von ›später weiterreden‹ und legte auf, sobald sie konnte. Glücklicherweise waren die Möbel in der Lobby sowohl einladend als auch unbelegt, denn sie sank, ohne sich umzusehen, in den erstbesten Sessel.

Olivia Belle? Falls das überhaupt ihr richtiger Name war. Sollte das verdammt noch mal ein Witz sein? *Die war noch ein Kind!* Gut, eins mit mehr als zwei Millionen Followern auf Instagram, aber trotzdem. Instagram löste keine Krisen. Followers managten keine Megapromis. Twittern war keine ausreichende Reaktion auf eine Katastrophe.

Trotzdem, das war der dritte große Auftrag, den sie an diese Bitch verloren hatte. Olivia Belle war sechsundzwanzig, wunderschön und tauchte auf jeder nennenswerten Party und jeder Veranstaltung an beiden Küsten auf. Sie war laut, auf allen Social-Media-Plattformen vertreten. Und sie machte sich an Emilys Klienten heran, als ob ihr die Branche gehörte.

Emily begann, Kyles Nummer zu wählen, bevor ihr einfiel, dass es in L.A. noch nicht mal sieben Uhr morgens war. Sie hätte vermutlich stattdessen Miles anrufen können, aber auch das verursachte ihr ein schlechtes Gewissen. Stattdessen drückte sie »Miriam« auf ihrer Favoritenliste und lachte wie immer, als das Bild ihrer Freundin, die albern in die Kamera grinste, auf ihrem Display aufleuchtete.

»Hi«, wurde sie von Miriam begrüßt. Im Hintergrund schrien Kinder. »Ist es bei dir nicht noch total früh?«

»Ich bin in New York, und ich finde es blöd, dass du nicht mehr hier wohnst. Warum hast du nicht mal eine Sekunde lang an mich gedacht, bevor du die alberne Entscheidung getroffen hast, zur Vorstadthausfrau zu mutieren?«

»Ach meine Liebe, du fehlst mir auch.«

»Ich meine es ernst. Wie oft bin ich hier? Zweimal pro Monat? Und du bist einfach weggezogen.«

Miriam lachte. »Ich wohne nur eine halbe Stunde entfernt, Em. Es fahren ungefähr alle fünf Sekunden Züge hierher. Wie lange bleibst du? Ich kann mich morgen mit dir treffen, sobald die Kinder wieder in der Schule sind.«

»Keine Ahnung. Ich wurde gerade von Rizzo Benz gefeuert. Beziehungsweise gar nicht erst angeheuert, das weiß ich nicht so genau. Olivia Belle zerstört mein Leben.«

»Die ist noch ein Kind, die kann dir gar nichts. Und Rizzo Benz ist ein Idiot, wenn er was anderes glaubt.«

»Das war jetzt schon das dritte Mal. Und da zähle ich nicht mal die beiden Aufträge mit, die ich letztes Jahr an sie verloren habe. Egal«, sagte Emily und erwiderte den bösen Blick des Portiers, dem es nicht gefiel, dass sie so laut redete oder die Lobby als Büro benutzte oder beides.

»Wie oft hat Miranda dich inzwischen angerufen?«

»Ich gehe auf keinen Fall zu *Runway* zurück!«, platzte Emily heraus.

»Director of Special Events klingt für mich aber nach einer guten Stelle.«

»Ich weiß, aber eine Rückkehr käme mir lächerlich vor. Sicher, ich wäre wieder in New York. Aber meine Unabhängigkeit aufgeben? Ich entscheide, wo und wann und wie ich arbeite, für wen und wie viel. Es fühlt sich falsch an, das aufgeben zu wollen und dorthin zurückzugehen, wo ich angefangen habe.«

»Ich verstehe dich ja. Aber wir reden hier von Miranda Priestly. Denk doch nur mal an das Klamottenbudget. Die Partys … Für diese Stelle würden eine Million Frauen töten.«

»Das hast du nicht gerade wirklich gesagt, oder?«

»Sorry, ich konnte nicht anders.«

Emily hörte ein lautes Krachen im Hintergrund, gefolgt von Weinen. »Welches deiner Monster war das? Ich lege jetzt auf, damit du dich darum kümmern kannst.«

»Matthew! Wie oft muss ich dir noch sagen, dass du den Kaminschürhaken nicht anfassen sollst! Das ist kein Spielzeug!« Und dann geflüstert zu Emily: »Tut mir leid. Er kann so ein Blödmann sein.«

Emily lächelte. Jede Frau, die ihren liebenswerten Fünfjährigen als Blödmann bezeichnete, war jemand, mit dem sie befreundet sein wollte.

»Em? Wenn du wirklich nichts zu tun hast, warum kommst du dann nicht her? Wir haben ein Gästezimmer, an dessen Tür dein Name steht. Völlig abgelegen im zweiten Stock, keine Kinder in der Nähe. Bleib über Nacht. Oder so lange du willst. Ich schicke dir eine Nachricht mit dem Zugfahrplan.«

»Zug?«, antwortete Emily, als hätte Miriam gerade vorgeschlagen, dass sie zu Fuß von Tribeca nach Greenwich laufen sollte.

»Jeder fährt Zug, Schatz. Nicht nur uncoole Menschen.«

Emily schnaubte. »Na schön, ich komme. Ich bringe es einfach nicht über mich, sofort wieder in den Flieger zu steigen. Und natürlich möchte ich gern deine kleinen Hosenscheißer sehen. Aber nur für eine Nacht«, fügte sie hinzu und beendete das Gespräch, bevor sie es sich anders überlegen konnte. Dann gab sie ihren Standort in die Uber-App ein. Emily Charlton war vielleicht eine abgewrackte Technikfeindin mittleren Alters, aber sie würde ganz sicher nicht mit dem Zug fahren.

Kapitel 5

Gib einfach auf. Ich hab es schon
Miriam

Nachdem sich die Tür leise hinter ihr geschlossen hatte, betrachtete Miriam das Durcheinander an Spielzeug in der Garage, von dem ihre Kinder in New York nicht mal gewusst hatten, dass es so was gab – Fahrräder, Schlitten, Skier, Rollschuhe, Roller, sogar ein altmodischer Holzkarren. Sie lächelte. Sie hatten so ein Glück, an einem solchen Ort zu wohnen, und sogar jetzt noch, ein halbes Jahr später, hielt sie das nicht für selbstverständlich.

Im Hauseingang sah es mal wieder aus, als wäre ein Hurrikan hindurchgefegt. Die Garderobe quoll über vor Schneeanzügen und Handschuhen, Regenmänteln, Mützen, Schneestiefeln, Schals und Schirmen, und die Küche wirkte nach dem Frühstück immer, als hätte sich ein ausgehungerter tollwütiger Waschbär einen Weg in jedes einzelne Schrankfach und die Schubladen gebahnt.

»Hey«, hörte Miriam von der Couch, bevor sie den Ursprung der Stimme sah.

»Em?«, fragte sie, obwohl sie genau wusste, dass sich niemand sonst an einem Dienstagvormittag im Wohnzimmer *Talkshows* anschauen würde. Emily war jetzt seit drei Tagen bei ihnen, brütete über Klatschseiten und Zeitungsartikeln zu Rizzo Benz und Olivia Belle und zeigte keinerlei Anzeichen dafür, demnächst wieder abreisen zu wollen. »Danke fürs Aufräumen. Du hättest dir nicht so viele Umstände machen sollen.«

»Was?« Emily drehte sich um und warf einen Blick in die Küche. Miriam erkannte, dass sie ein altes T-Shirt mit der Aufschrift ABER ERST KAFFEE trug und eine geborgte Flanellschlafanzughose von Miriam, die ihr drei Nummern zu groß zu sein schien. Neben ihr auf der Couch stand ein aufgeklappter Laptop. »Oh, ich wäre nicht mal in die Nähe dieses Desasters gegangen. Also bitte. Hast du niemanden, der sich darum kümmert?«

Miriam verdrehte die Augen und steckte eine Kapsel in die Kaffeemaschine. »Möchtest du auch einen?«

»Kommst du wirklich vom Training?«, wollte Emily wissen. »Oder gelten Yogahosen hier als akzeptables Outfit?«

»Beides. Ich war um neun bei einem SoulCycle-Kurs.«

»Wow, ich bin beeindruckt. Die Miriam Kagan, die ich kenne, ist nicht gerade der Typ Soul-Frau.«

»Na ja, ich versuche, ein paar Mal pro Woche hinzugehen. Im Gegensatz zu den anderen Moms. Der Kursleiter hat heute gefragt, wer eine Doppelstunde einlegt, und die Hälfte der Kursteilnehmer hat sich gemeldet. Drei davon haben sogar drei Stunden gebucht!«

»Drei Stunden deines Tages und hundertzwanzig Dollar weg – das ist ganz schön heftig. Sogar für Greenwich«, kommentierte Emily. »In Santa Monica geben sie es wenigstens nicht zu.«

Miriam gab ihrem Kaffee einen Spritzer Milch hinzu und schnappte sich ein Croissant aus dem Plastikkorb, der ein Sortiment an Frühstücksgebäck von Trader Joe's enthielt.

»Du kannst mit Sport keine ungesunde Ernährung ausgleichen, das weißt du, oder?«, rief Emily ihr zu.

Miriam zeigte ihr den Stinkefinger und schob sich das Croissant in den Mund.

»Ein Moment im Mund macht die Hüften rund.«

»Glaub mir, diese Hüften kommen mit einem Croissant klar.« Miriam packte mit einer Hand eine Speckrolle an ihrer Taille und balancierte in der anderen ihre Kaffeetasse. Das Croissant hing ihr aus dem Mund, während sie sich vorsichtig in den Sessel Emily gegenüber setzte, wobei sie versuchte zu ignorieren, dass ihr Bauchfett über den Gummibund ihrer Leggings rollte. Den großen Gummibund. Mit extra Bauchweg-Spannung. »Woran arbeitest du?«

»Ich versuche, meine Karriere wiederzubeleben. Snapchat macht mich unbedeutsam. Seit wann sind wir so alt?«

»Wir sind sechsunddreißig. Das kann man kaum als Greisenalter bezeichnen.«

»Sieh dich doch mal um. Du hast drei Kinder. Und ein professionell eingerichtetes Haus.« Emily betrachtete das Wohnzimmer. »Es ist hübsch, aber wer auch immer das war, hält offensichtlich nichts von Farbe. Es ist wie Fifty Shades of Gray, aber ohne das S und ohne das M.«

Miriam nickte. »Genau so gefällt es mir. Also, was ist los? Man kann ja wohl kaum behaupten, dass deine Karriere den Bach runtergeht, nur weil sich Rizzo Benz für Olivia Belle entschieden hat. Oder ist das Thema immer noch tabu?«

»Es geht ja nicht nur um Rizzo.« Emily seufzte. »Vielleicht hab ich's einfach nicht mehr drauf.«

»Nicht mehr drauf? Du hast es geschafft, von einer Top-Image-Beraterin in Hollywood zur Krisenmanagerin der Superstars zu werden. Aber wenn dir das nicht mehr gefällt, dann such dir was anderes. Das Zeug dazu hast du auf jeden Fall.« Miriam verputzte auch den Rest ihres Croissants. »Was sagt denn Miles dazu?«

Emily zuckte mit den Schultern. »Du klingst genau wie er. Ich reagiere über. Ich bin toll. Dabei ist er nicht mal da. Er geht demnächst für drei Monate nach Hongkong.«

»Geh mit«, riet ihr Miriam.

»Ich gehe nicht mit nach Hongkong.«

»Die Stadt ist toll.«

»Vielleicht leide ich ja unter Depressionen. Sieh dir nur mal an, was ich anhabe«, gab Emily zu bedenken.

»Ich finde daran nichts auszusetzen. Wenn du hier einziehst, kannst du den ganzen Tag lang im Schlafanzug herumlaufen. Gib einfach auf. Ich hab's jedenfalls getan.«

»Wirklich?«, fragte Emily. »Ich hätte nie gedacht, dass ich mal erleben würde, wie die Miss Redakteurin von *The Harvard Law Review* ihre Kinder zur Schule fährt und anschließend zum SoulCycle-Kurs geht.«

»Das ist ziemlich brutal, aber wahr, nehme ich an. Du solltest mal meine Mutter hören. Die schämt sich regelrecht für mich.«

»Deine Mutter hat mit achtundzwanzig einen Pulitzerpreis gewonnen und dich ignoriert, bis du auf dem College warst.«

»Letzte Woche hat Matthew gesagt: ›Wenn ich erwachsen bin, will ich Erfinder werden, so wie Daddy.‹ Und Maisie hat sofort mit ›Wenn ich erwachsen bin, will ich ins Fitnessstudio gehen, so wie Mommy‹ geantwortet.«

Emily lachte. »Autsch.«

»Ja, ich weiß. ›Schätzchen, Mommy hat einen Harvard-Abschluss. Mit vierunddreißig wurde sie zur Partnerin der renommiertesten Anwaltskanzlei in New York befördert. Bis vor lausigen sechs Monaten hat Mommy achtzig Stunden pro Woche für multinationale Firmen gearbeitet und war die Hauptverdienerin in dieser Familie.‹«

»Hast du das gesagt?«

Miriam schnaubte. »Sie ist fünf. Und das Ziel ist ja, nicht so zu werden wie meine Mutter, oder? Ich habe irgendwas Banales geantwortet, so in der Richtung, egal ob sie später eine Mommy, Musikerin, Architektin oder Feuerwehrfrau werden will, Hauptsache, sie ist glücklich.«

»Und das meinst du ernst?« Emily zog die Brauen hoch.

»Ja! Inzwischen schon. Ich habe hundert Prozent Leistung abgeliefert, seit ich in ihrem Alter war. Im Handumdrehen sind aus meinen Säuglingen echte Menschen im Schulalter geworden, mit eigenen Gedanken und Gefühlen, und ich habe das Meiste davon verpasst, weil ich ständig bei der Arbeit war. Jetzt, wo Paul sein Start-up verkauft hat, ist alles auf den Kopf gestellt, als hätten wir im Lotto gewonnen. Wie soll ich ihnen erklären, dass die Gelegenheit, mitten im Leben eine Auszeit zu nehmen und alles neu zu bewerten, seltener vorkommt als ein doppelter Regenbogen?«

»Bitte sag mir, dass du ihr nicht diesen kompletten Vortrag gehalten hast.« Emily schob sich eine Haarsträhne aus dem Gesicht.

»Hab ich nicht. Ich hab sie gefragt, ob sie ein paar Kräcker mit Käsegeschmack möchte, und sie hat einen hysterischen Anfall gekriegt, weil sie nur die mit Plätzchengeschmack mag. Aber im Ernst, Em, ich habe momentan ein solches Glück. Ich kann mir aussuchen, was ich machen will. Nicht viele Menschen können das von sich behaupten. Und du kannst es auch.«

»Wie lange ist es jetzt her? Ein halbes Jahr, seit du aus New York weggezogen bist? Ich gebe dir noch mal so lange, dann wirst du dich direkt vor einen dieser Range Rover da draußen werfen wollen.«

»Vielleicht. Aber momentan passt es so. Außerdem arbeite ich nebenbei ein wenig auf freiberuflicher Basis. Lokale Projekte, um drin zu bleiben.«

»Zum Beispiel?«

Miriam konnte sehen, dass Emilys Aufmerksamkeit bereits wieder in Richtung Fernseher wanderte. Auf dem Bildschirm tranken Hoda und Savannah gerade einen Rosé.

»Wie Steuergesetze für Nannys. Eheverträge. Nachlassplanung. Solche Sachen.«

»Klingt glamourös.«

»Sei nicht so eine blöde Kuh.«

»Genau das hast du damals in dem Sommer zu mir gesagt, als wir uns kennengelernt haben und du dachtest, ich würde mich über diese Knalltüte lustig machen. Wie hieß sie gleich noch mal? Rosalie?«

Miriam lachte und erinnerte sich daran, wie alle anderen im Ferienlager Angst vor Emily gehabt hatten, die trotz der Kein-Make-up-Vorschrift Lippenstift getragen und in Boxershorts geschlafen hatte, die angeblich ihrem deutlich älteren Freund gehörten. Außerdem hatte sie großzügig das Wort »Scheiße« benutzt. Miriam hatte noch nie zuvor jemanden getroffen gehabt, der sich aus »persönlichen Gründen« rundheraus weigerte, Lacrosse zu spielen, oder darauf bestand, zu den wöchentlichen Tanzveranstaltungen mit dem Jungenferienlager auf dem Basketballplatz Stilettos zu tragen, oder die Hilfserzieher dazu überreden konnte, ihr Zigaretten zuzustecken. In der ersten Woche ihres Kennenlernens hatte Miriam geglaubt, Emily habe sich über das Gewicht einer ihrer Zimmergenossinnen lustig gemacht, und ihr vor allen erklärt, sie solle aufhören, sich wie eine blöde Kuh zu benehmen. Am Besuchstag stellten sie sich ihren Eltern gegenseitig als beste Freundinnen vor, und am Ende des Sommers klammerten sie sich regelrecht aneinander, als es an der Zeit war, Abschied zu nehmen.

»Daran erinnerst du dich noch? Ich war damals davon überzeugt, dass du sie als fett beschimpft hast«, sagte Miriam.

»Sie war ein bisschen moppelig, aber ich bin wie ein Elefant herumgewalzt, weil ich diesen Kasper nachgemacht habe, der im Büro gearbeitet hat. Wie hieß er noch mal? Klang so ähnlich wie Luftverpester.«

»Chester.«

»Ja, Chester! Hast du mal online nach ihm gesucht? Wir sollten ihn googeln! Ich wette, der wurde öfter wegen Pädophilie verhaftet, als wir uns vorstellen können. Da bin ich sicher.«

»Der war wirklich eklig«, stimmte Miriam ihr zu. »Er hat immer die Mädchen angestarrt, wenn sie ihre Post bei ihm abgeholt oder abgegeben haben.«

Miriams Handy klingelte. »Das ist sie. Endlich!« Schnell nahm sie es vom Tisch. »Endlich rufst du an!«, sagte Miriam, bevor Karolina sie auch nur begrüßen konnte. »Wie geht es dir? Wo bist du? Ich habe seit drei Tagen wie eine Stalkerin Nachrichten für dich hinterlassen!«

»Du hast den Zeitungsartikel gesehen«, stellte Karolina fest. Ihr leichter osteuropäischer Akzent war deutlicher hörbar als sonst.

»Natürlich habe ich die Zeitungsartikel gesehen! Das

gesamte Universum hat sie gesehen! Aber ich habe sie keine Sekunde lang geglaubt. Wo bist du? Ich muss dir mindestens tausend Nachrichten hinterlassen haben.«

»Ich bin in Greenwich.«

»Was?«

»Um ›mich zu sammeln‹.«

»Oh mein Gott. Ich komme rüber.« Miriam blickte zur Wanduhr. »Ich muss erst duschen, aber ich kann in einer Stunde bei dir sein.«

Bei diesen Worten sah Emily auf. »Wer ist das?«, formte sie mit den Lippen.

»Du musst dich nicht beeilen. Ich werde sicher eine Weile lang hierbleiben«, erwiderte Karolina mit brüchiger Stimme. »Aber ich vermisse Harry.«

»Oh Liebes, ich bin noch vor elf bei dir. Die Adresse ist dieselbe?«

Karolina schluchzte. »Ja, das scheußliche Haus mit dem goldemaillierten Briefkasten.«

Miriam sah das McMansion vor sich ... auf dem Titelblatt der *Post* an diesem Morgen mit der Schlagzeile: WO WIRD DIE HIGH ÜBER DEN WOLKEN SCHWEBENDE MRS HARTWELL WOHL DIESMAL LANDEN?

»Okay, bis gleich. Kann ich dir irgendwas mitbringen?«

»Vielleicht ein paar Tabletten? Was wirft man sich denn heutzutage so ein? Auch wenn man das nach diesen Artikeln vielleicht nicht für möglich hält, aber ich kenne mich damit nicht mehr aus. Valium? Nein, das ist out. Percocet? Ich finde, der Zeitpunkt ist günstig, um von verschreibungspflichtigen Tabletten abhängig zu werden. Ganz offensichtlich bin ich eine Trinkerin, daher wird es niemanden überraschen.«

»Ich bin gleich da.«

»Was ist? Will da etwa eine Mommy bemitleidet werden, weil ihre Haushälterin das Silberbesteck klaut?«, fragte Emily und tippte wie wild auf ihrem Laptop herum.

»Das war Karolina Hartwell, die mir sagen wollte, dass sie hier in Greenwich ist.«

Miriam war schon auf halbem Weg zur Treppe, als Emily ihr hinterherrief: »Ich komme mit!«

»Nein, momentan ist dafür kein guter Zeitpunkt. Sie klingt wirklich verzweifelt. Ich glaube nicht, dass sie begeistert wäre, wenn eine Fremde bei ihr zu Hause auftaucht.«

»Ich bin keine Fremde! Wir haben uns hundert Mal getroffen, als ich noch bei *Runway* gearbeitet habe. Sie war während meiner Zeit dort mindestens fünf Mal auf dem Titelblatt. Praktisch alle drei Sekunden sind wir uns über den Weg gelaufen. Ich kann ihr helfen!«

»Ich weiß nicht ...«

»Vertrau mir, es wird sich lohnen, dass ich dabei bin. Geh du unter die Dusche. Ich ziehe mich um und packe alles Notwendige ein. Wir beide heitern sie schon auf.«

Miriam nickte. Wie immer fühlte sie sich machtlos, etwas zu verhindern, sobald Emily es sich erst einmal in den Kopf gesetzt hatte. »Wir treffen uns in zwanzig Minuten im Auto. Und bitte, kein Alkohol, bis wir wissen, was wirklich mit ihr los ist.«

Miriam war schon halb die Treppe hinauf, doch sie konnte Emilys Stimme aus dem Kühlschrank hören. »Moët kann man ja wohl kaum als Alkohol bezeichnen!« Miriam lächelte vor sich hin. Sie liebte diese verrückte Kuh.

Kapitel 6

Nur ein Cottage auf dem Land
Karolina

Als die Zeiger beinahe auf elf Uhr gerückt waren, spähte Karolina zum Fenster neben der Tür hinaus, das auf die große kreisrunde Einfahrt hinausging, und drehte sich die Haare zu kleinen Knoten. Als sie einige Jahre nach ihrer Hochzeit das Haus in Greenwich gekauft hatten, hatte Graham darauf bestanden, aus Sicherheitsgründen ein automatisiertes schmiedeeisernes Tor in der Einfahrt zu installieren. Sie erinnerte sich noch an das gefängnisähnliche Gefühl, das sie dabei befallen hatte, doch sie hatte keinen weiteren Streit vom Zaun brechen wollen. »So macht man das«, hatte Graham behauptet. »Alles andere wäre dumm.« Er hatte dabei sowohl äußerst selbstsicher als auch absolut vage geklungen.

Karolina hatte sich schwergetan, Grahams Besessenheit von dem Haus auf dem Land zu verstehen. Sie lebten in einem wunderschönen Apartment in einem Haus mit Empfangs- und Sicherheitspersonal an der Ecke 63. Straße und Park Avenue, ganz in der Nähe der Anwaltskanzlei in Midtown, wo er als neuer Partner endlose Stunden arbeitete. Wer brauchte schon Greenwich? Sie beide, behauptete Graham. Hektarweise gepflegte Rasenflächen und großartige Restaurants und fabelhafte Einkaufsmöglichkeiten, und es war nur einen Katzensprung von Manhattan entfernt. Sie könnten dort einen Garten haben und einen Pool und genug Platz für ihre Freunde an langen, schneereichen Winterwochenenden oder für lange Urlaube im Sommer. All das hatte sie nicht überzeugen können, bis er seine Trumpfkarte ausgespielt hatte: Harry bekäme einen Ort, an dem er herumstreifen und die Gegend erkunden könnte, ohne Angst haben zu müssen, von einem Taxi angefahren oder mitten am helllichten Tag entführt zu werden. Wollte sie ihm das wirklich verwehren? Der Junge war bei ihrer Hochzeit zwei gewesen und lief immer noch nicht barfuß über Gras. Harry war ein Halbwaise – Grahams erste Frau war auf tragische Weise einer seltenen Magenkrebsart erlegen, als Harry noch ein Säugling gewesen war. Wie konnte Karolina ihm also diese Möglichkeit verwehren? War es nicht an der Zeit, dass Harry eine Schaukel bekam?

Die Zeit damals hatte zu den schönsten ihrer Ehe gehört. Sie war noch ganz beeindruckt von Grahams Charme und seinen gesellschaftlichen Verbindungen gewesen, seinen Privatklubs und der Leichtigkeit, mit der er seine Welt navigierte. Er war ein JFK junior des einundzwanzigsten Jahrhunderts, attraktiv, verwegen und reich. Karolina wusste, dass er jede Frau hätte haben können, doch er hatte sich für sie entschieden. So erfolgreich sie im Lauf der Jahre als Supermodel auch gewesen war, tief im Inneren war sie immer noch ein armes Mädchen aus Breslau. Wunderschön, ja. Aber auch behütet von einer abschirmenden Mutter und umgeben von Freunden und Verwandten mit mangelnder Bildung. Wie hätte sie da anders können, als sich in diesen Mann zu verlieben, der sie in Privatklubs mitnahm, wo

Rockefellers und Carnegies aßen? Es war ein flüchtiger Blick in eine komplett andere Welt, als ihr die des Modelns ermöglichte. Voller Geschichten.

In diesen frühen Jahren veranstalteten sie aufwendige Partys und extravagante Abendessen und alkoholschwere Cocktailabende. Sie lachten viel miteinander und mochten dieselben Fernsehsendungen. Es war schwer, genau zu sagen, wann sich die Dinge verändert hatten, aber Karolina glaubte, dass es eine Menge mit der Suche nach dem perfekten Haus in Greenwich zu tun hatte.

Es dauerte nicht lange, bis Grahams Wunschliste sowohl im Hinblick auf die Größe als auch auf die Pracht des Anwesens wuchs: Die Suche nach einem bescheidenen Haus mit vier Zimmern in einer Sackgasse wurde rasch zu einer intensiven Jagd nach einem Haus mit mindestens sieben Zimmern, knapp einem Hektar Land, einem Pool und einem Tennisplatz. Und obwohl Graham zu dieser Zeit ausschließlich Bier oder Whiskey trank, war es plötzlich unerlässlich, dass sie einen luftfeuchtigkeitskontrollierten Weinkeller mit einem Verkostungsraum besaßen. Das Neueste, Größte, Aufwendigste. Karolina hätte damals auf diese Alarmglocken hören sollen, doch das tat sie nicht.

An einem spektakulären Oktoberwochenende, als die Bäume gerade ihr farbenprächtigstes Kleid zeigten, verliebte sich Graham bei ihrem vierten Besuch in ein Haus, das von einem berühmten Architekten entworfen worden war. Es war ultra-modern, mit vorspringenden Kanten und unzähligen Glasflächen: 35 Honeysuckle Lane klang, als ob es alle Anforderungen erfüllte, aber es sah aus, als gehörte es in einen Film über einen Soziopathen, der sein ahnungsloses Opfer stalkte. Es war womöglich das kinderunfreundlichste

Haus, das sie je gesehen hatte, aber angesichts Harrys offensichtlicher Begeisterung, als er durch den wunderschönen Garten lief und unkontrolliert kicherte, als die übergroßen Fische im Koi-Teich hochsprangen, um nach den Bagelstückchen zu schnappen, die er ihnen zuwarf, sagte sie nichts. Fünfzehn Tage später unterschrieben sie den Kaufvertrag – ein Rekord, wenn man der blauhaarigen Immobilienmaklerin glauben durfte. Karolina war klug genug gewesen, darauf zu bestehen, dass das Haus auf ihrer beider Namen lief. Das Geld für den Kauf stammte ausschließlich von ihr – sie hatte es sich mit mehr als einem Jahrzehnt Modeln verdient, während Graham immer noch von den Zinsen eines Treuhandfonds lebte, auf den er erst mit vierzig Zugriff hatte. Er hatte das Argument vorgebracht, dass es »aus steuerlichen Gründen« besser sei, nur seinen Namen in die Urkunde einzutragen, aber sie hatte auf ihrem Standpunkt beharrt. Damals wusste sie noch nicht, wie viele Wochen und Monate das Haus leer stehen bleiben würde, bis auf einen schnellen Ausflug hier und da, um den Verwalter und die Haushälterin zu bezahlen und sicherzugehen, dass es noch stand. Als Familie waren sie das letzte Mal hergekommen, bevor Graham vier Jahre zuvor die Senatswahlen gewonnen hatte und sie nach Bethesda umgezogen waren, und auch das war nur für eine Nacht gewesen.

Karolina blickte wieder zum Fenster hinaus. Sie war erst seit einigen Tagen in Greenwich, noch nicht lange genug, um sich einsam zu fühlen, aber trotzdem wartete sie jetzt verzweifelt auf Miriam. Normalerweise wohnte ein älteres Ehepaar als Hausmeister-Haushälterin-Duo hier, aber Karolina hatte sie gefragt, ob sie ein paar Tage Urlaub machen wollten, und sie waren nur allzu bereitwillig zu ihrer Tochter gefahren. Ihr war nicht nach höflicher Konversation gewesen. Nicht mal nach Duschen. Und die Einsamkeit hatte ihr gutgetan. Nach dem Paparazzi-Sturm in Bethesda war es eine Erleichterung gewesen, beim Blick aus dem Fenster nichts weiter als endlose Weite zu sehen.

In diesem Moment traf eine Textnachricht von Harry ein.

Was ziehe ich zu einem schulball an???

Lächelnd tippte sie eine Antwort. *Deinen dunkelblauen Anzug von Brooks Brothers und ein weißes Hemd.*

Krawatte????

Ja. Winterparty! Dein erster Schulball!

Er antwortete mit einem »J«.

Geht Daddy mit? Er weiß doch, dass auch Eltern eingeladen sind, oder?

Diesmal tauchten die drei Punkte auf, verschwanden wieder, kehrten zurück. Dann: *Nein, er setzt mich dort ab. Bist du dir sicher wegen der Krawatte???*

Karolina spürte einen Kloß im Hals. War es nicht offensichtlich? Der Junge brauchte sie. Um ihn wegen des Outfits zu beraten, ja, aber auch, um ihn zu seiner ersten Winterparty in Sidwell zu begleiten. Wer sollte ihm dabei helfen, die Schuhe auszusuchen, oder ihn neben der Tanzfläche anfeuern, wenn er bei Spielen mitmachte, oder mit seinen Freunden und deren Eltern plaudern? Sie wusste, dass Harry älter wurde, dass er sich in Kürze allein um diese Dinge kümmern würde, aber du liebe Zeit – der Junge war erst zwölf! Und Zwölfjährige brauchten ihre Mutter.

Endlich ertönte die Klingel – es hörte sich an, als schlüge ein buddhistischer Mönch auf einen riesigen Gong. Karolina riss die Haustür auf. Davor stand eine lächelnde Miriam, die sehr vorstadtmäßig aussah – in Jeans, Uggs und wuchtiger Daunenjacke, die Arme ausgestreckt. Es war merkwürdig, Miriam in etwas anderem als einem Kostüm zu sehen. Die Frauen umarmten sich, und Karolina atmete den Vanilleduft von Miriams Feuchtigkeitscreme ein, die sie seit zwanzig Jahren benutzte. Wie freute sie sich, mit jemandem zusammen zu sein, der sie nicht hasste! Miriam deutete auf ihren SUV, wo Karolina auf dem Beifahrersitz eine Frau erblickte, die eine Zigarette rauchte und in ihr Handy brüllte. Sie zog die Brauen hoch.

»Tut mir leid. Das ist Emily Charlton. Sie wohnt momentan bei mir, bis ... Keine Ahnung, wie lange. Sie ist eine alte Freundin. Nachdem sie unser Gespräch mitangehört hatte, wollte sie unbedingt mitkommen. Sie sagt, ihr kennt euch von *Runway*? Ich fühle mich schrecklich, weil ich sie einfach unangekündigt mitgebracht habe, deshalb habe ich sie gebeten, im Auto zu warten, während ich ...«

Karolina hielt sich eine Hand an die Stirn, um besser sehen zu können, und kniff die Augen zusammen. »Emily?«, rief sie. »Komm rein! Und bring die Zigaretten mit!« Sie wandte sich an Miriam. »Na klar erinnere ich mich an sie. Miranda Priestlys erste Assistentin. Sie war eine solche Bitch.«

»Oh, ich weiß. Emily hat mir alle Geschichten erzählt ...«

»Nein, ich meine Emily! Sie war eine wahnsinnige Spielverderberin und unglaublich witzig. Jemand Lustigen kann ich momentan gut brauchen.«

Beide Frauen sahen zu, wie Emily einen Finger auf das Display stieß, um den Anruf zu beenden, und von einer Rauchwolke umgeben die Tür öffnete. »Wurde mir der

Zutritt erlaubt? Habe ich die Überprüfung bestanden?«, rief sie, während sie aufs Haus zuging.

Karolina und Emily tauschten beidseitige Wangenküsse aus. »Es ist so schön, dich wiederzusehen! Wie lange ist es her seit unserer letzten Begegnung? Jahre!«, stellte Karolina fest und führte die beiden ins Wohnzimmer. Dort richtete sie eine Fernbedienung auf den Kamin, und sofort erwachten Flammen zum Leben. »Hier, setzt euch. Ich habe Tee gemacht, ich hole ihn rasch.«

Als sie mit einem Emailletablett, drei Gläsern und einer gläsernen Teekanne zurückkam, musterten die beiden anderen Frauen gerade das Zimmer. »Gemütlich, nicht wahr?«, fragte Karolina, die nur allzu genau wusste, wie es auf Fremde wirkte. Die Sofas waren niedrig, steif und alles andere als einladend, nirgendwo standen Bücher oder Dekoartikel, und die Wände waren bis auf ein paar wenige Schwarz-weiß-Drucke nackt.

»Mir gefällt es verdammt gut«, erwiderte Emily. »Als ob niemand hier wohnt.«

»Weil niemand hier wohnt«, bestätigte Karolina. »Obwohl ich womöglich bald hier einziehen werde.«

Miriams Miene wurde traurig. »Es tut mir so leid, was passiert ist.«

»Ja, das war ein ganz schönes Drama«, ergänzte Emily. »Die Schlagzeile heute Morgen lautete: *Der meistgehasste Promi: Rizzo Benz oder Karolina Hartwell?* Mein Gott, seit Harvey Weinstein habe ich die Presse nicht mehr so aufgeregt erlebt.«

Karolina öffnete den Mund zu einer Erwiderung, aber sie verspürte den inzwischen vertrauten Knoten im Hals. »Es war ... schwer. Und verwirrend. Ich habe einfach nicht erwartet, dass es in Washington so brutal zugeht. Die Reporter ...«

»Kampieren vor dem Haus, nehme ich an?«, fragte Emily.

»Oh mein Gott, sie sind überall! So etwas habe ich noch nie erlebt. Nicht mal damals, als sie dachten, ich hätte eine Affäre mit George Clooney in seiner Zeit vor Amal. Oder als Graham in den Senat gewählt wurde. Sie standen in Dreierreihen vor unserem Haus in Bethesda.« Sie deutete auf die Haustür. »Gott sei Dank hat Graham hier diesen grässlichen Zaun bauen lassen.«

»Wie geht es Harry?«, erkundigte sich Miriam und nippte an ihrem Tee.

Karolina schüttelte den Kopf. »Ich weiß es nicht. Graham hat darauf bestanden, dass wir mit einem Uber vom Haus meiner Schwiegermutter zurückkehren, und sobald wir die Einfahrt hochfuhren, stürzte sich der Mob auf uns. Und wisst ihr, wie die allererste Frage lautete? ›Sind Sie gerade betrunken, Mrs Hartwell?‹«

»Das sind Tiere«, bestätigte Emily.

»Gott sei Dank konnten wir direkt in die Garage fahren. Keine Ahnung, was passiert wäre, wenn wir durch die Reportermenge hätten gehen müssen. Sie haben sich buchstäblich ans Auto geworfen. Harry hat geweint.«

»Wo war Graham?«

Karolina holte tief Luft. »Er konnte es nicht riskieren, mit mir gesehen zu werden.«

Sie erzählte Miriam und Emily, wie sie versuchte hatte, Beth anzurufen, ihre beste Mommy-Freundin. Es hatte geklingelt und geklingelt, bis der Anruf schließlich auf die Mailbox umgeleitet wurde. Das war nichts Ungewöhnliches – niemand ging heutzutage noch ans Telefon. Schon allein bei diesem Anruf hatte Karolina sich unsicher gefühlt. Doch als ihre erste Nachricht unbeantwortet blieb und dann auch die nächsten beiden, war eine ungute Ahnung in ihr aufgestiegen. Das sah Beth so gar nicht ähnlich – sie machte immer gerne Witze darüber, dass ihr das Handy geradezu an der Hand festgeklebt war. Beinahe zwei Stunden später erhielt Karolina endlich eine Antwort: *Cole darf nicht mehr mit Harry spielen. Bitte kontaktiere uns nicht mehr.*

Karolina hatte sich gefühlt, als hätte sie jemand geschlagen. Beinahe eine ganze Minute lang hatte sie versucht, ihren Atem unter Kontrolle zu bringen und sich gefragt, ob sie womöglich gerade einen Herzinfarkt erlitt. Als sich ihre Atemzüge endlich so weit beruhigt hatten, dass sie beinahe wieder normal wirkten, hatte sie eine Gruppennachricht an die anderen Mütter der Jungs vom Vorabend geschickt: *Hi, ich rufe noch jede von euch separat an, aber ich wollte euch wissen lassen, dass ich NICHT betrunken war und die Sache von gestern Abend ein riesiges Missverständnis ist. Eure Kinder waren zu keiner Zeit in Gefahr. Alles Liebe, K.*

Die Antworten trafen schnell und unbarmherzig ein:
Wir haben dir unseren Sohn anvertraut!
Wie kannst du dich nach dem, was du getan hast, überhaupt noch im Spiegel betrachten?!

Und die schlimmste von allen, obwohl es sich dabei um die einzige Nachricht ohne wütende Ausrufezeichen handelte:

Bitte, bitte, bitte: Hol dir Hilfe. Ich war auch schon mal in dieser Lage. Du schaffst es nicht ohne Profis, und du machst dir was vor, wenn du was anderes glaubst.

Diese vier schlichten Nachrichten hatten Karolina auf

eine Art und Weise zugesetzt, wie es der Schubs auf den Rücksitz eines Polizeifahrzeugs, die Wut ihres Ehemanns und eine gesamte Nacht im Gefängnis es nicht gekonnt hatten. Das Handy rutschte ihr aus den Händen, und sie ergab sich den Schluchzern. Das hier waren ihre Freunde! Nicht die stutenbissigen Frenemies aus der Zeit Mitte zwanzig. Nicht die New Yorker Society-Frauen, die abwechselnd von ihrem Äußeren eingeschüchtert und von ihrem fehlenden Stammbaum abgeschreckt waren. Die Gruppe Frauen, mit denen sie sich nach ihrem Umzug nach Bethesda angefreundet hatte, war von Anfang an unkompliziert gewesen. Einige von ihnen arbeiteten, andere nicht; es gab eine große Bandbreite an Bildung und Hintergründen und Einkommen, aber hauptsächlich versuchten alle, ihre Kinder so gut wie möglich großzuziehen und dabei nicht den Spaß zu verlieren. Niemanden interessierte es, dass sie einmal ein berühmtes Model gewesen war. Niemanden interessierte es, dass ihr Mann Senator war. Und ganz sicher interessierte es niemanden, dass sie nicht Harrys biologische Mutter war. Sie trafen sich für Geburtstagsfeiern und an Halloween zur Süßes-oder-Saures-Tour mit den Kindern, und sie teilten sich den Fahrdienst zum Softballtraining. Die Ehemänner tranken bei Grillabenden am Wochenende gemeinsam Bier. Die Kinder vertrugen sich meistens miteinander und gingen in den Häusern ihrer Freunde ein und aus. Es war unkompliziert, natürlich. Und jetzt war es vorbei. Ihr wurde übel.

Miriams Hand auf ihrem Arm holte Karolina zurück in das wenig reizvolle Wohnzimmer, wo sie mit zwei Frauen zusammensaß, die sie nicht verachteten. »Wie lange bleibst du?«

Tränen stiegen ihr in die Augen. »Graham sagt, es ist besser, wenn ich erstmal hier in Greenwich wohne, damit Harry nicht dem Stress des Medieninteresses ausgesetzt ist, aber ich bin mir da nicht so sicher.«

»Wann hast du das letzte Mal mit Graham gesprochen?«, wollte Emily wissen.

»Gestern Abend. Ich bin so verwirrt. Wisst ihr, ich habe Harry sogar nach dem besagten Abend gefragt.«

»Wonach genau?«, erkundigte sich Miriam.

Karolina betupfte sich das Auge mit einem Taschentuch. »Ich konnte nicht anders. Ich habe ihn gefragt, ob er sich erinnert, was ich getrunken habe. Er sagt, er habe mich ein Glas Wein trinken sehen. Ich hatte es als »Mommysaft« bezeichnet, was er vor seinen Freunden total peinlich fand. Er wusste sogar noch, dass ich es eingeschenkt hatte, nachdem ich zuvor den Jungs ihre Sprite gegeben hatte, und er hatte sich Sorgen gemacht, dass Graham sauer werden würde, weil ich eine neue Flasche geöffnet hatte. Was er mir jedoch nicht beantworten konnte, war die Frage, warum zwei leere Champagnerflaschen hinten im SUV lagen, als die Polizei mich angehalten hat.«

»Du hältst es nicht für möglich, dass er und seine Freunde das waren?«, hakte Miriam nach. »Ich bin sicher, er ist ein guter Junge, aber immerhin ist er zwölf, und er wäre nicht der Erste, der so was tut.«

»Diese Jungs haben keinen Champagner getrunken. Es war keiner von uns. Und ich habe geradezu um einen Alkoholtest gebettelt, nachdem die Jungs aus dem Auto aussteigen mussten – aber die Polizei behauptet, ich hätte ihn verweigert. Es ist ein Albtraum.«

Emily schlug sich mit den Händen auf die Oberschenkel.

»Ich kann mir das keine weitere Sekunde lang schweigend anhören. Warum flippen wir denn eigentlich gerade alle so aus? Fahren unter Alkoholeinfluss stellt doch keinen langfristigen Imageschaden dar! Wenn man das proaktiv angeht, verschwindet es wieder in der Versenkung.«

»In der Versenkung?«, wiederholte Karolina. »Hast du während der vergangenen drei Tage mal den Fernseher eingeschaltet oder die Zeitung aufgeschlagen?«

»Ja, ich verstehe das. Das ehemalige Aushängeschild von L'Oréal und die derzeitige Frau von New Yorks Senator Graham Hartwell wird beim Fahren unter Alkoholeinfluss erwischt. Das ist doch keine große Sache! Schließlich hast du niemanden umgebracht. Die Kinder sind ein erschwerender Faktor, das gebe ich zu, aber konzentrieren wir uns mal aufs Wesentliche: Niemand wurde verletzt, niemand ist gestorben, es gab nicht mal einen Unfall. Diese ganze Hysterie ist völlig unnötig.«

Karolina sah, wie Miriam Emily einen Blick zuwarf, der eindeutig ›Halt die Klappe‹ besagte. Sie erinnerte sich jedoch noch gut genug an Emily, um zu wissen, dass die Wahrscheinlichkeit dafür gering war. Und außerdem – so wie Emily es formulierte, klang es gar nicht mehr so schrecklich.

»Sprich weiter«, sagte sie daher.

Emily zuckte mit den Schultern. »Ich sage dir jetzt, was ich einem Klienten in so einem Fall sagen würde. Niemanden interessiert, ob du betrunken warst oder nicht. Du musst dich dafür entschuldigen, dass du ein Problem hast und Kinder in Gefahr gebracht hast. Auf jeden Fall musst du dich irgendwo dreißig Tage lang stationär einweisen lassen – der visuelle Faktor hier ist einfach unschlagbar, erst recht, wenn wir der Presse vorab einen Tipp geben. Es gibt eine fabelhafte Einrichtung in Montana. Erinnert an ein Luxushotel von Aman.«

»Dreißig Tage stationär? Wie ein Entzug? Aber ich habe gar kein Alkoholproblem!«

»Das ist vollkommen irrelevant«, erklärte Emily und warf einen Blick auf ihr vibrierendes Handy. »Die Menschen lieben es, reuigen Sündern zu vergeben. Schau dir nur Mel Gibson an. Reese Witherspoon. John Mayer. Grahams Affäre verkompliziert die Dinge ein wenig, aber auch das bekommen wir in den Griff. Sie werden auch dir vergeben.«

»Seine ... Affäre?«, flüsterte Karolina.

»Das war eine Annahme meinerseits. Irre ich mich da?«

Karolina blieb eine Minute lang stumm und sagte dann: »Falls er eine hat, dann mit Regan Whitney.« Sie erkannte das Entsetzen in Miriams Gesicht, bevor die sich um eine neutralere Miene bemühte. War sie überrascht, dass Graham möglicherweise Karolina betrog, oder nur überrascht, dass er es mit der jungen, wunderschönen und eleganten Tochter des ehemaligen Präsidenten Whitney tat? Karolinas Verdacht basierte ausschließlich auf einigen Textnachrichten, die sie gesehen hatte und die insgesamt eher zweideutig als eindeutig belastend waren. Und auf der Tatsache, dass Graham innerhalb der vergangenen sechs Monate jegliches Interesse an Sex verloren hatte.

»Sie ist nicht mal annähernd so hübsch wie du«, sagte Emily mit Nachdruck. »Bei Weitem nicht.«

»Sie ist acht Jahre jünger als ich«, erwiderte Karolina. »Muss sie da überhaupt noch hübsch sein?«

»Nein«, stimmten Miriam und Emily ihr gleichzeitig zu.

»Gute Verbindungen wirken sowieso anziehender auf

Graham als Schönheit«, fuhr Karolina tonlos fort. »Egal: Trip hat uns jedenfalls geraten, uns momentan ruhig zu verhalten. Angeblich telefoniert er herum und glaubt, dass wir gute Chancen haben, dass die Anklage fallengelassen wird.«

Ein summendes Geräusch durchbrach die Stille.

»Da ist jemand am Tor«, stellte Karolina fest. Ihre Gedanken flogen zurück zu der Horde Kamerateams und Reporter vor ihrem Haus in Bethesda. »Denkt ihr, die Polizei hat sie durchgelassen?«

Glücklicherweise hatten sich die Nachbarn zu beiden Seiten der Hartwells über die Belästigung durch die Paparazzi beschwert, und die Polizei von Greenwich hatte daraufhin die Straße für den Verkehr gesperrt. Nur Anwohner und geladene Gäste durften noch durchfahren. Es war das Einzige, was sie momentan nicht verrückt werden ließ.

Miriam sprang von der Couch auf. »Von wo aus kann man die Kamera am Tor einsehen? Von der Küche aus?«

Karolina nickte nur. Allmählich beschlich sie das Gefühl, diesem Albtraum niemals entfliehen zu können.

»Es sind nur zwei Pfadfinderinnen!«, rief Miriam. »Soll ich sie reinlassen?«

»Keine Plätzchen in Zeiten wie diesen!«, befahl Emily. »Das Letzte, was sie jetzt braucht, sind Unmengen an leeren Kalorien.«

Karolina trank einen Schluck Wasser. »Ich nehme an, nicht mal die Polizisten konnten den Pfadfinderinnen etwas abschlagen.«

Miriam kam zurück und warf Emily einen angewiderten Blick zu. »Ich habe sie reingelassen. Man darf kein Plätzchenangebot ausschlagen, das bringt sieben Jahre Pech.«

»Oh, na klar, das wollen wir natürlich auf keinen Fall«, entgegnete Emily. »Ich meine, wo doch gerade alles so wunderbar läuft.«

Diesmal brach Karolina in lautes Lachen aus. Sie fühlte sich dem Wahnsinn nahe, und ihr Leben lief gerade völlig aus dem Ruder, aber es fühlte sich verdammt gut an, einfach mal zu lachen. »Her mit den Pfadfinderinnenplätzchen. Ich habe Hunger!«

Kapitel 7

Wodka und Tampax: ein Traumpaar à la Greenwich
Emily

»Emily! Ein halb entkoffeinierter Skinny Latte für Emily!« Die Starbucks-Barista trug einen Ring durch den Rand ihrer linken Ohrmuschel und eine Reihe von kleinen Silberringen an der rechten. Emily wollte sie am liebsten umarmen, einfach nur, weil sie in Greenwich existierte, ohne einen blonden Pagenkopfschnitt oder ein Paar Joan-of-Arctic-Stiefel von Sorel zu tragen.

»Danke«, sagte sie, nahm den Becher entgegen und ging zu ihrem Platz in der Ecke zurück, bevor ihn ihr eine der Frauen, die auf der Suche nach einem freien Tisch herumschlenderten, wegnahm.

Sie nippte an ihrem Kaffee und riss sich von einem Foto los, auf dem Olivia und Rizzo beim Mittagessen in einer Brasserie im East Village zu sehen waren, und scrollte stattdessen durch eine Liste von Designern, die sie in allerletzter Minute in Sachen Kim Kelly ansprechen konnte. Kim Kelly, die Schauspielerin, die durch gewagte Rollen bekannt geworden war (sprich: Sie war bereit, sich jederzeit auszuziehen), durchlebte gerade eine Kleiderkrise. Kim war Emilys erste Klientin nach *Runway* gewesen und bis zum heutigen

Tag ihre verrückteste geblieben. Bis zu den SAG Awards waren es nur noch knapp zwei Wochen, und laut Kim war das Kleid von Proenza Schouler, das Emily als Leihgabe für sie besorgt hatte, ein »total abgefuckter Albtraum«. Da sie seit beinahe zehn Jahren diese Frau ausstattete, erwartete sie diese Reaktion ungefähr jedes zweite Mal. Was sie aber diesmal nervte, war Kims totaler Meinungsumschwung. Bei der ersten Anprobe vor einigen Wochen war Kim von dem Kleid begeistert gewesen und hatte sich kichernd vor dem dreiteiligen Spiegel gedreht. Die Schuhe stammten von Chanel, der Schmuck von Harry Winston, und das Einzige, was noch fehlte, war die perfekte perlenbesetzte Clutch – keine besonders schwierige Aufgabe. Emilys Handy vibrierte, als eine weitere hysterische Nachricht von Kim eintraf.

Schau dir das an! Ein total abgefuckter Albtraum, schrieb Kim.

Emily kniff die Augen zusammen und betrachtete das iPhone-Foto von Kim, die in dem Kleid genauso aussah wie zwei Wochen zuvor: wunderschön. *Albtraum? WTF? Du siehst wie eine Disneyprinzessin aus, nur heißer.*

Ich sehe aus wie ein Gnu. Du weißt es, ich weiß es, und bald wird es auch jeder wissen, der sich E anschaut.

Hör auf! Wir reden hier von Proenza. Die machen keine Gnus.

Dann haben sie diesmal eine Ausnahme gemacht, denn ich sehe in dem Ding riesig aus. Ich kann das nicht tragen. Ich werde das nicht tragen.

Okay, ich verstehe dich, tippte Emily, allerdings schien sie das laut gesagt zu haben, denn eine der Frauen neben ihr drehte sich zu ihr um. »Wie bitte?«

Emily sah auf. »Was? Oh, Entschuldigung, ich meinte nicht Sie. Sie verstehe ich nicht.«

Die Frau wandte sich wieder an ihre Freundin, allerdings konnte Emily diesmal nicht anders, sie musste die beiden belauschen. Ein diskreter Seitenblick verriet ihr, dass die Frauen ihre Handys hervorgezogen hatten und ihre Kalender-Apps öffneten.

»Also ja, es wäre toll, wenn sie sich treffen könnten. Ich kann kaum glauben, dass es bis zur ersten Klasse gedauert hat, bis sie mal in derselben Gruppe sind. Elodie kann mittwochs. Geht das bei euch?«

»Nein, mittwochs ist schlecht. Da ist India beim Fechten. Wie sieht es denn am Montag aus?«

»Mm, montags ist schwierig. Da muss ich meine beiden älteren Kinder zum Schwimmen fahren, dann zurück zur Schule, um Elodie vom Geigenunterricht abzuholen, und dann bringe ich sie alle drei zu diesem Kurs für gesunde Ernährung, an dem sie gemeinsam teilnehmen. Wie wäre es denn mit nächster Woche?«

Die Frau schüttelte den Kopf. »Nächste Woche fahren wir nach Deer Valley zum Skifahren. Ich weiß, ich weiß, so kurz nach den Weihnachtsferien sollte ich sie nicht schon wieder aus der Schule nehmen, aber Silas besteht darauf. Ich hab ihm gesagt, ›Schatz, wir fahren doch in der Woche vom President's Day nach Vail. Können wir nicht irgendwo hin, wo es *warm* ist?‹«

Ihre Freundin nickte. »Oh ja, Patrick ist ganz genauso. Ich musste mit allen Mitteln darum kämpfen, dass wir im Februar in die Karibik fliegen. Er wollte ausschließlich nach Tahoe. Aber ich hab ihm gesagt, ›Schluss mit Tahoe! Du bist keine achtzehn mehr! Es geht nicht mehr nur noch um dein Snowboarden! Irgendwann diesen Winter *müssen* die Kinder auch mal draußen schwimmen!‹«

Das pingende Geräusch einer eintreffenden E-Mail war das Einzige, was Emily zurück in die Realität holte. Sie öffnete die Mail von Kim Kelly und begann zu lesen.

Camilla,
ich habe es noch mal versucht, genau wie du es wolltest, aber ich KANN einfach nicht mehr mit ihr arbeiten. Ich liebe Emily, das weißt du. Sie hat während der vergangenen zehn Jahre viel für mich getan, aber sie hat es nicht mehr drauf. Ich habe keine Ahnung, wie jemand mit Augen im Kopf glauben kann, dass ich in diesem abgefuckten Albtraum von einem Kleid gut aussehe. Und jetzt behauptet sie, ich muss etwas von der Stange nehmen, weil uns nicht mehr genug Zeit bleibt?????? Von der Stange zu den SAG Awards, soll das ein verdammter Scherz sein? Ich habe viel Gutes über Olivia Belle gehört. Kannst du dich mit ihr in Verbindung setzen und nachfragen, ob sie während der nächsten 24 Stunden Zeit hat? Und bitte schreib an Emily und bring es ihr schonend bei. Ich mag sie, wirklich, aber es ist an der Zeit, mich zu verändern. Bitte feuere sie auf nette Art.
Xx KK

Ohne sich dessen bewusst zu sein, blinzelte Emily den Bildschirm an und rieb sich dann über die Augen. Camilla war Kim Kellys Managerin, und es war offensichtlich, was hier gerade passiert war. Emily brauchte nur einen Augenblick, um sich zu entscheiden, ob sie auf Camillas Mail warten oder direkt an Kim antworten sollte.

*Kim,
obwohl es offensichtlich ist, dass du nicht den Mumm hattest, mich selbst zu feuern, leide ich nicht an derselben Scheu. Daher will ich dir gern direkt ins Gesicht sagen, dass weder das Kleid, der Designer noch ich das Problem sind. Du bist es, genauer gesagt, deine aus dem Ruder gelaufene Essstörung, die dich glauben lässt, dass du mit siebenundvierzig Kilo und Kleidergröße 32 aussiehst wie ein Gnu. Ich hoffe, du lässt dir helfen, bevor es zu spät ist. Ganz sicher wird Olivia Belle *perfekt* zu dir passen.
Alles Liebe
Emily Charlton*

Sie drückte auf »Senden«, ohne sich den Text vorher noch einmal durchzulesen. Auf Nimmerwiedersehen, dachte sie. Doch dann setzte der Dämpfer ein. Der Schreck. Schon wieder eine Klientin an Olivia Belle verloren. Schon wieder eine peinliche und sehr öffentliche Entlassung. Ein weiterer Schritt in Richtung Schließung ihres Geschäfts. Sie schickte Miles eine schnelle, leicht panische Mail mit einem Update, aber sie hatte nicht die geringste Ahnung, wie spät es gerade in Hongkong war.

Die Frauen neben ihr hatten es inzwischen aufgegeben, einen gemeinsamen Termin zum Spielen für ihre Kinder finden zu wollen. Stattdessen waren sie irgendwie bei einem hemmungslosen Gespräch über wodkagetränkte Tampons gelandet.

»Ich habe gelesen, dass Collegestudentinnen es wirklich toll finden. Aber ich bringe es einfach nicht über mich«, sagte Elodies Mom. Sie trug von Kopf bis Fuß Sportkleidung: Laufschuhe, Leggings, ein Funktionsfleeceshirt und ein reflektierendes Stirnband, abgerundet mit einer Daunenweste.

Ihre Freundin trug eine abgewandelte Version des gleichen Outfits, allerdings hatte sie statt des Stirnbands eine Strickmütze mit einem riesigen Fellbommel auf. Diese Frau – Indias Mommy – beugte sich vor und sagte: »Oh, es ist fabelhaft! OBs funktionieren am besten, weil da kein Applikator dabei ist. Die volle Dröhnung, ganz ohne Kalorien.«

»Wow!«, antwortete die Stirnbandmom ehrfürchtig. »Das klingt großartig. Hast du es auch schon mal mit Tequila ausprobiert? Ich bin kein großer Fan von Wodka.«

»Aber das ist doch das Beste daran!«, schwärmte die Fellbommel. »Es ist ganz egal, was du nimmst, du kannst es ja nicht mal schmecken! Und ich hab auch noch nicht bemerkt, dass eine Sorte meiner Vag mehr bekommt als eine andere, daher ... solange es keine Geschmacksstoffe enthält, kannst du alles benutzen, was du herumstehen hast, denke ich.«

»Das probiere ich aus. Gleich dieses Wochenende. Moment ... Heißt das, man würde einen Alkoholtest bestehen? Wenn man den Alkohol nicht über den Mund aufnimmt, dürfte es doch nichts anzeigen, oder?«

Emily wollte gerade antworten. Die beiden waren absolute Idiotinnen, wenn sie glaubten, dass durch ihre Vaginas absorbierter Alkohol nicht dieselben Auswirkungen auf ihren Blutalkoholspiegel hatte wie über den Mund aufgenommener, aber sie hielt sich zurück. Nach zehn Tagen in Greenwich sah Emily immer wieder dieselben Gesichter. Den Leuten in ihrem Lieblings-Starbucks die Meinung zu geigen war vermutlich keine gute Idee.

Sie blickte sich um. Es war, als ob jemand an jedem

Arbeitstag frühmorgens um sieben einen männerabschreckenden Wirkstoff vernebelte und den Diffuser erst nach zwölf Stunden wieder schloss. Die einzigen Männer, die das überleben konnten, waren über achtzig oder zu reich, um so zu tun, als ob sie arbeiteten, aber sie verbrachten ihre Zeit nicht bei Starbucks. So weit das Auge reichte, sah man nur Frauen. Frauen in ihren Dreißigern, die Kinderwagen schoben und Kleinkindern hinterherjagten; in ihren Vierzigern, die jede Sekunde ausnutzten, bevor die Kinder um drei aus der Schule zurückkehrten; in ihren Fünfzigern, die sich auf einen Cappuccino und einen Schwatz trafen; und in ihren Sechzigern, die von ihren Töchtern und Enkelinnen begleitet wurden. Nannys. Babysitterinnen. Die gelegentliche Mittzwanzigerin, die einen Yoga- oder Spinningkurs gab. Aber nicht ein einziger verdammter Mann. Emily stellte einen großen Unterschied zu L.A. fest, wo jeder freiberuflich tätig und flexibel war und irgendwie arbeitete und irgendwie auch nicht. Sie vermisste L.A., aber es vermisste sie nicht. Olivia Belle hatte vermutlich inzwischen die halbe Stadt unter Vertrag genommen.

Ihr Handy klingelte, und ihr Display zeigte »Miles« an.
»Em? Hey, Schatz.«
»Hi. Ich bin so froh, dass du anrufst und nicht die Bitch, die mich gerade gefeuert hat.«
»Du wurdest gefeuert? Von wem?«
Emily lachte. »Kim Kelly. In einer E-Mail, die nicht mal für mich gedacht war.«
»Kim Kelly ist eine Fotze.«
»Ich weiß deine Unterstützung zu schätzen, Schatz, wirklich, aber könntest du bitte darauf verzichten, dieses Wort zu benutzen?«

»Was, ›Fotze‹? Seit wann stört dich das? Du bist schon zu lange in Greenwich.«

»Vermutlich.«

»Hast du das Wort ›Fotze‹ schon immer gehasst? Wieso weiß ich das nicht? Ich meine, mein Gott, wir …«

»Hör auf, dauernd ›FOTZE‹ zu sagen!«, brüllte Emily in ihr Handy, woraufhin sich Elodies und Indias Mom zu ihr umdrehten und sie anstarrten. »Was glotzt ihr denn so?«, fragte sie die beiden.

»Ich?«, wollte Miles wissen.

»Nein, nicht du«.« Emily erhob ihre Stimme und sagte laut: »Ich bevorzuge das Wort ›Muschi‹. Zum Beispiel, wenn du dich das nächste Mal betrinken willst, solltest du dir wodkagetränkte Tampons in die Muschi stecken. So machen das jedenfalls die *coolen* Moms.«

Diesmal tauschten die beiden Mütter entgeistert einen Blick.

»Was? Wodkagetränkte Tampons? Wovon redest du denn da?«, fragte Miles.

»Nichts, vergiss es.« Emily nahm einen Schluck von ihrem inzwischen kalten Latte. »Wo bist du denn gerade?«

»Ich war essen und bin gerade ins Hotel zurückgekommen. Es ist unglaublich! Ich würde es dir so gerne zeigen!«

»Ja, das wäre schön. Die Bilder sehen toll aus.«

»Ich komme in ein paar Wochen nach L.A. zurück. Bis dahin bist du doch wieder zu Hause, oder?«

»Natürlich. Arbeitslos, abgehalftert und blamiert, aber zu Hause.«

»Ach komm schon, Em. Wen interessiert es schon, dass Kim Kelly dich gefeuert hat? Sie ist sowieso eine miese Schauspielerin.«

»Sie hat drei Oscars und zwei Golden Globes gewonnen. Sie war eine meiner besten Klientinnen.«

»Sie ist nur Mittelmaß, und außerdem wird sie minütlich älter und fetter. Du, meine Liebe, bist die Königin der Verrückten. Ich weiß es und alle anderen auch.«

Ganz offensichtlich gab er sich Mühe, damit sie sich besser fühlte, aber damit erreichte er nur, dass Emily so schnell wie möglich auflegen wollte. »Miles? Ich muss los. Miriam erwartet mich zu Hause.«

»Okay. Du fehlst mir, Schatz. Denk dran, Kim Kelly ist ein schlimmer Autounfall, und du hast Glück, dass du nicht mehr darin verwickelt bist. Wir sehen uns in ein paar Wochen, und dann führe ich dich aus, um dich aufzuheitern. Vergiss nicht, du bist ein Rockstar!«

»Ein Rockstar, klar.« Sie konnte sich nicht erinnern, schon mal so negativ über sich gedacht zu haben, allerdings war sie auch noch nie von drei großen Klienten hintereinander gefeuert worden. Sie schaffte noch ein »Ich liebe dich«, bevor sie auflegte.

Als Emily gerade ihren Laptop zuklappen wollte, kam eine weitere E-Mail herein. Camillas Betreffzeile lautete: *Bitte unverzüglich lesen.*

Die offizielle Kündigungsmail. Wow, das hatte gerade mal drei Minuten gedauert. »Fuck you«, sagte Emily und drückte auf »Löschen«, ohne sie überhaupt zu öffnen. Zwei Frauen, die den Tisch der anderen Moms übernommen hatten und ebenfalls von Kopf bis Fuß in Fitnessklamotten von Lululemon gekleidet waren, starrten sie mit offenen Mündern an.

»Kümmern Sie sich um Ihren eigenen Scheiß«, blaffte Emily. »Und nur damit Sie es wissen, wenn Sie sich über

Ihre Muschi statt über den Mund betrinken, gilt das genauso als Fahren unter Alkoholeinfluss, was Sie unweigerlich dazu zwingen wird, Ihr Haus zu verkaufen, Ihren Namen zu ändern und ans andere Ende des Landes zu ziehen, weil keine Mommy hier mehr mit Ihnen sprechen wird, obwohl alle genau dasselbe machen. Das nur zu Ihrer Information.«

Emily schnappte sich ihre Computertasche und schlang sich den Riemen über die Schulter. »Einen schönen Tag noch!«, flötete sie und zeigte für einen winzigen Augenblick den Mittelfinger, als sie an dem Tisch vorbeiging. Neue Freundschaften zu schließen war völlig überbewertet. Ganz besonders in der Vorstadt.

Kapitel 8

Mehr trinken und weniger betrachten
Miriam

Miriam ging auf Zehenspitzen zurück in ihr immer noch dunkles Schlafzimmer und schlüpfte unter die Decke. Es fühlte sich so unglaublich luxuriös an, zurück ins Bett zu klettern. Wie damals, als Paul und sie frisch zusammen waren und am Wochenende bis um elf ausschliefen, sich anschließend in Jogginghosen Kaffee und Bagels holten und danach mit ihren jeweiligen Lieblingsteilen aus der *New York Times* auf direktem Weg wieder zurück ins Bett gingen. Jetzt war ein Mittwoch um acht Uhr fünfzehn das neue Wochenende: Paul arbeitete an diesem Tag vom Homeoffice aus und würde nicht vor zehn Uhr anfangen, da er an den meisten anderen Tagen früh aufstehen und das Haus verlassen musste. Sie kuschelte sich an ihn heran, drückte ihren Körper an seinen und inhalierte seinen Duft. Irgendwie roch sein Hals morgens immer köstlich.

Ohne die Augen zu öffnen, lächelte er und murmelte: »Was hast du mit unseren Kindern gemacht?«

»Alle drei zur Schule gebracht. Jetzt sind nur noch du und ich hier. Und Emily, aber die zählt nicht. Was hältst du davon?« Sie griff unter die Decke und unter den Bund seiner Boxershorts, aber er drehte sich weg.

»Ich muss aufstehen. Ich fange heute etwas früher an als sonst, wegen eines Anrufs.« Er gab ihr einen kurzen Kuss auf die Lippen, ging ins Bad und schloss die Tür hinter sich. Einen Moment später hörte sie, wie die Dusche angestellt wurde.

Miriam schob die Decke weg und seufzte. Sie hatte daran gedacht, ihre ausgeleierten Leggings und ihr joghurtbespritztes T-Shirt auszuziehen, bevor sie ihn weckte, und sogar etwas übergezogen, was nach drei Kindern und sieben Jahre Ehe als Reizwäsche durchging: ein ärmelloses Baumwollnachthemd ohne Slip. Was wollte der Mann denn noch?

Sie folgte ihm ins Bad und musterte ihn, als er nach seiner üblichen Schnelldusche auf den Badevorleger trat. Es gab keinen Zweifel daran, dass er immer noch attraktiv war: breite Schultern und eine irritierend schmale Taille. Seine kurzen Haare waren bereits von grauen Strähnen durchzogen, aber das verlieh ihm lediglich ein würdevolleres Aussehen. Und er besaß noch immer den Körper eines Läufers: schlank, durchtrainiert und straff, obwohl Miriam inzwischen mehr lief als er, was allerdings nicht viel zu bedeuten hatte.

»Was hast du heute vor?«, fragte Paul, während er sich ein Handtuch um die Hüften schlang und Deodorant auftrug.

Paul hatte ihre Entscheidungen immer zu einhundert Prozent unterstützt. Ob sie nun achtzig Stunden pro Woche bei Skadden arbeitete oder ihr neues, entspannteres Leben genoss, er stand absolut hinter ihr. Auch jetzt war das keine Spitze von ihm, sondern er interessierte sich einfach für ihren Tag. Trotzdem kam sie sich ein wenig albern vor, als sie ihm erklärte, dass sie um elf Freunde besuchen wollte, die zum ersten Mal ihr Baby präsentierten und daher eine kleine Party gaben.

»Das klingt doch nett«, erwiderte er durch einen Mund voller Zahnpasta.

»Ich meine, wer macht so was? Eine förmliche Babypräsentation an einem Mittwochvormittag um elf? Haben die Leute da nichts anderes vor?«

Er spuckte die Zahnpasta aus und spülte nach. »Genieß es einfach. Das hast du dir verdient.« Noch ein sexloser Kuss, diesmal auf die Wange. »Ich muss mich um den Anruf kümmern. Wir sehen uns um drei an der Schule. Viel Spaß auf der Party!«

»Danke«, murmelte sie, doch er war bereits fort.

Ein rascher Blick in ihren Schrank enthüllte eine Menge ehemalige Bürokleidung und viele Sportklamotten, aber nicht viel dazwischen. Sie zog eine schwarze Hose heraus, die weit geschnitten war und professionell wirkte, dazu eine weiße Seidenbluse, Lederpumps und die Kette ihrer verstorbenen Großmutter mit dem goldenen Blattanhänger. Miriam blickte in den Spiegel und nickte zustimmend. Absolut unbedenklich. Unauffällig. Perfekt für alles vom Konferenzraum bis zu einem Mittagessen mit der zionistischen Frauenorganisation Hadassah. Doch als sie die Küche betrat, drehte sich Emily auf ihrem Platz vor dem Fernseher um, eine Kaffeetasse in der Hand, und fragte: »Ist das dein Ernst? Du siehst aus wie eine Hilfskellnerin.«

»Danke. Du findest einfach immer die richtigen Worte.« Miriam stellte eine Tasse unter die Kaffeemaschine und drückte den Startknopf. »Wo willst *du* denn hin?«, fragte sie Emily und musterte ihre Lederleggings, die in der Taille geknotete weite Strickjacke und die Stiefeletten mit den zehn Zentimeter hohen Absätzen.

»Ich begleite dich«, erwiderte Emily.

»Ganz sicher nicht.« Miriam schüttete sich die Milch in den Kaffee, die in einem der Cornflakesschälchen der Kinder übrig geblieben war, und nahm einen Schluck. »Im Ernst, wo willst du hin?«

»Ich kann hier einfach nicht mehr herumsitzen. Bitte nimm mich mit.«

»Ich fessele dich ja wohl kaum jeden Tag ans Bett. Du kannst jederzeit gehen. Ich habe dir sogar angeboten, dich zum Flughafen zu fahren.«

»Ich weiß, ich weiß. Miles kommt erst in ein paar Wochen nach Hause, und du weißt, wie sehr ich das Alleinsein hasse. Außerdem kann ich nach dem Debakel mit Kim Kelly niemandem unter die Augen treten. Bitte zwing mich nicht zu gehen. Mir gefällt es sogar irgendwie hier. Auf eine merkwürdige, abartige Weise.«

»Ich zwinge dich nicht zu gehen! Aber ich nehme dich auf keinen Fall mit zu dieser Babyparty. Du bist nicht eingeladen. Du magst Babys nicht mal.«

»Ich bin sicher, es wird jede Menge Wein geben, also mach dir um mich keine Sorgen. Bitte? Ich blamier dich auch nicht.« Emily deutete auf Miriams Outfit, einen angewiderten Ausdruck im Gesicht. »Wobei ich kaum das Problem sein werde.«

Miriam musste lachen. »Du bist so eine blöde Kuh. Okay. Ich werde sagen, dass du meine bemitleidenswerte, kinderlose Freundin von außerhalb bist, die gerade eine sehr schwere Zeit durchmacht. Aber versprich mir, dass du den Mund hältst. Es wäre schön, wenn ich mal ein paar neue

Leute kennenlernen könnte, ohne dass du sie gleich alle verschreckst.«

Emily ging in Richtung Tür. »Na los, wir wollen schließlich nicht zu spät kommen.«

Die Fahrt zur Babyparty führte sie durch die Innenstadt von Greenwich, die auf den ersten Blick aussah wie eine charmante Version einer fußgängerfreundlichen, typisch amerikanischen Stadt – bis man sich die Geschäfte genauer ansah: Tiffany, rag & bone, Baccarat, Alice and Olivia, Joie, Vince, Theory. Einer der wenigen Familienbetriebe verkaufte Pelzmäntel. Mindestens fünfzig Prozent der Parkplätze waren mit Range Rovers und Audi-SUVs belegt.

Doch kurz darauf hatten sie das hinter sich gelassen und fuhren durch den eher ländlichen Teil am Stadtrand Richtung Bedford, bis zu einer hübschen Straße, die sich durch den Wald schlängelte. Miriam bog auf einen Weg mit einem sehr kleinen und subtilen Schild PRIVAT ein und folgte ihm bis über einen steilen Hügel und dann auf der anderen Seite in eine dichter bewachsene Waldgegend, bis sich die Bäume lichteten und dahinter ein wunderschönes, weitläufiges Grundstück zum Vorschein kam. Ein attraktiver Parkserviceangestellter, der aussah, als ob er eher auf ein Surfboard gehörte als in eine Uniform, erschien auf der Fahrerseite und nahm Miriams Schlüssel entgegen.

»Jetzt wird's interessant«, sagte Emily und starrte ihn an. »Was hast du gleich noch mal gesagt, um wen es hier geht?«

»Eine der Moms aus Maisies Klasse. Sie hat gerade ihr viertes Kind bekommen. Ich kenne sie nicht besonders gut, aber meine Freundin Ashley, die gemeinsam mit mir Elternsprecherin ist, hat die Feier organisiert und mich eingeladen.«

»Ich bin keine Expertin, aber ich dachte, nach dem ersten Kind veranstaltet man keine Babypartys mehr.«

»Das hier ist keine Babyparty, es ist eine *Präsentation*. Außerdem reden wir hier über Greenwich. Wir nehmen dankbar jeden Grund an, tagsüber zu trinken.«

Eine korpulente Frau in schwarzer Hose und weißer gestärkter Bluse öffnete die Haustür. Emily warf einen Blick auf die Kleidung der Hausangestellten, drehte sich zu Miriam um und zog vielsagend die Brauen hoch.

Sie wurden durch eine großzügige Küche und in ein spektakuläres Gewächshaus geführt, das den Blick auf den mehrere Hektar großen, schneebedeckten Garten freigab. Überall standen exotische Kakteen und tropische Pflanzen in handbemalten Übertöpfen, Sukkulenten in allen Formen und Größen, Orchideen und Strelitzien in knalligen Farben. Zwischen diesen Schönheiten der Natur tummelten sich ungefähr sechzig der bestangezogenen Frauen, die Miriam je gesehen hatte. Sie saßen auf gepolsterten Sofas oder standen in Dreier- oder Vierergruppen zusammen und nippten an Mimosas und Bloody Marys. Mit glänzenden Frisuren und in Outfits genau wie das von Emily strahlte jede von ihnen ihre eigene Version von Perfektion aus. Weitere attraktive Kellner gingen herum, füllten Getränke nach und boten Obstspieße, Miniparfaits aus griechischem Joghurt und andere kohlenhydratfreie Köstlichkeiten an. Dekoriert war alles in Rosa, aber ansonsten deutete nichts auf ein Babythema hin: Nirgendwo waren Windeln oder Babyfläschchen zu sehen.

»Ich komme mir vor, als wären wir mitten in einer Folge der *Housewives* gelandet«, zischte Emily. »Nur ohne das ganze Geschrei. Und viel geschmackvoller.«

Bevor Miriam antworten konnte, kam die zweite Elternsprecherin Ashley herübergesprungen, ein Abbild von kecker Fröhlichkeit: kecker blonder Pagenkopf, kecke Brüste, keckes Lächeln. Überkronte Zähne. Hübsch, auf eine Mädchen-von-nebenan-Art, und gerade stylish genug, um in einem kurzen Kleid mit knöchelhohen Stiefeletten und einer knappen Lederjacke nicht einschüchternd zu wirken. Ihre Diamanten waren wunderschön, aber nicht protzig, ihre Bräune genau richtig, und ihr Parfüm war wahrnehmbar, aber nicht überwältigend. Sie wirkte so *glücklich*.

»Miriam! Ich bin so froh, dass du kommen konntest!« Dann wandte sie sich an Emily und sagte ohne einen Hauch von Missbilligung: »Hi, ich bin Ashley. Ich glaube, wir kennen uns noch nicht.«

Miriam wollte gerade erklären, warum sie eine nicht eingeladene Freundin mitgebracht hatte, aber Emily hatte inzwischen selbst ein strahlendes Lächeln aufgesetzt. »Ashley! Miriam hat mir so viel über dich erzählt. Dass du ihr eine Einführung in … alles gibst. Ich bin Emily Charlton, zu Besuch aus L.A. Miriam hatte Mitleid mit mir, weil ich ansonsten allein zu Hause gesessen hätte, daher hat sie mich mitgebracht. Ich hoffe, das macht nichts?«

Ashley wirkte wie vom Donner gerührt. »Moment. Du bist Emily Charlton? Doch nicht etwa *die* Emily Charlton?«

Miriam bemühte sich, nicht zu lachen, während sie zusah, wie Emilys Miene sich von aufgesetzter Fröhlichkeit zu echter Freude wandelte. »Kennen wir uns?«, fragte sie mit falscher Bescheidenheit.

»Nein, nein! Ich meine, natürlich kennst du *mich* nicht«, antwortete Ashley und wirkte zum ersten Mal, seit Miriam sie kannte, ein wenig aus dem Konzept gebracht. »Aber ich interessiere mich sehr für Mode, auch wenn man das diesem alten Ding hier nicht ansieht, und na ja, ich habe deine Karriere seit deiner Zeit bei *Runway* verfolgt. Ich finde es unglaublich, was du für Kim Kelly geleistet hast. Vorher war sie eine wandelnde Katastrophe.«

Miriam bemerkte, wie sich Emily bei der Erwähnung von Kim anspannte. Das könnte schnell hässlich werden. Bevor Emily irgendetwas Haarsträubendes erwidern konnte, packte Miriam sie rasch am Arm. »Ashley, wir sind gleich wieder da. Ich will sie dem Ehrengast vorstellen.« Sie riss Emily mit sich zur anderen Seite des Raumes und warf ihr einen warnenden Blick zu. »Du hast mir bestes Betragen versprochen«, rief sie ihr leise in Erinnerung.

»Ja, *Mom*«, antwortete Emily. »Aber du kannst mich nicht ewig von meinen bewundernden Fans fernhalten …«

Das Geräusch von Besteck gegen Kristall ließ sie innehalten. »Meine Damen! Es ist so weit!«, rief Ashley strahlend.

Alle hielten ihr Getränk hoch und stießen miteinander an. Miriam hörte eine Frau hinter ihr leise einer anderen zuflüstern: »Sie hat bei Nummer drei auf ein Mädchen gehofft, und als das nicht funktioniert hat, hat sie sich in vitro dieses hier machen lassen. Warum tun wir alle so, als wäre das eine große Leistung?«

»Lassen wir Christina die Geschenke öffnen«, verkündete Ashley. »Chris, womit möchtest du anfangen?«

Alle wandten sich dem Geschenketisch zu, der überraschend spärlich bestückt war. Miriam zählte genau drei Geschenke, eins davon von ihr.

Christina riss die Karte von der ersten Schachtel, die in wunderschönes Blumenpapier eingewickelt und mit einem Sträußchen echter Pfingstrosen zusammengebunden war.

Sie las die Karte, und nachdem sie erklärt hatte, dass es von ihrer Schwiegermutter stammte, öffnete sie das Geschenk und enthüllte eine Rassel, einen Babylöffel und eine Lerntasse aus Sterlingsilber.

»Roses Name ist eingraviert«, sagte eine dünne Frau in einem Chanel-Kostüm von ihrem Stuhl aus.

Christina warf ihr einen Handkuss zu und öffnete dann das zweite Päckchen. »Oh Marta, das wäre doch nicht nötig gewesen!«, quiekte sie und hielt ein typisches Set aus Kapuzenbadetuch und Waschlappen hoch, das mit kratzig aussehender pinkfarbener Spitze verziert war. Sie winkte die uniformierte Hausangestellte herbei, die die Gäste an der Haustür begrüßt hatte, und die Frau trat schüchtern näher. »Ich liebe es. Vielen Dank!« Die Haushälterin beugte sich hinab für eine unbeholfene Umarmung und eilte dann wieder davon. Christina reichte das Handtuchset weiter an Ashley. Es war kein Monogramm eingestickt. Es bestand nicht aus ägyptischer Baumwolle. Es kam nicht aus einer französischen Boutique. Sogar Miriam wusste, dass die Wahrscheinlichkeit, dass dieses Handtuch oder der Waschlappen jemals die Haut des Babys berühren würden, gleich null war.

»Hier, bitte«, flötete Ashley und reichte ihr die letzte verpackte Schachtel: Miriams.

Christina packte sie schnell aus und zeigte der Menge den Inhalt. Zwei pinkfarbene Strampler mit Reißverschlüssen – Miriam hatte bei ihren eigenen Kindern die Reißverschlüsse eindeutig den Knöpfen vorgezogen –, eine dazu passende Babymütze und ein Paar pinkfarbener Fellstiefelchen. »Oh wie süß! Ich *liebe* es! Danke, Miriam, das ist so lieb von dir!«

Christina schien das Outfit zu gefallen, und Miriam spürte eine Welle der Erleichterung über ihre gute Wahl. Aber wo waren die Geschenke von allen anderen? Warum hatten nur Miriam, die Schwiegermutter und die Haushälterin etwas geschenkt?

Stille senkte sich über den Raum. Christina sah erwartungsvoll auf.

»Okay, Ladys! Der Moment, auf den wir alle gewartet haben. Es ist Zeit für das Gruppengeschenk!«, verkündete Ashley wie die Chefcheerleaderin bei einem Footballspiel.

Erst da bemerkte Miriam eine riesige pinkfarbene Decke, die über etwas Großes in der Ecke gelegt war. Eine Babyschaukel, nahm sie an. Vermutlich eins dieser neuen Hightech-Modelle, die man per App übers Handy kontrollieren und mit Spotify verbinden konnte. Wer wusste das heutzutage schon? Sie hatte nicht die geringste Ahnung – vielleicht befand sich daran auch eine Kamera oder ein Diffuser für Aromatherapie.

»Das hier ist also vom Rest von uns«, trällerte Ashley. »Weil wir wissen, dass es nur zwei Wochen dauert, bis du wieder trainieren kannst, aber mit vier Kindern ist es vielleicht nicht mehr so einfach, ins Fitnessstudio zu fahren, daher ... Tada!« Und mit überschwänglicher Geste riss sie die Decke herunter, unter der ein brandneues Peloton-Spinningrad zum Vorschein kam. Auf einem Tisch daneben stand ein riesiger Drahtkorb, in dem ein weiteres Paar anklickbare Pedale lag, schnurlose Kopfhörer, elegante weiße Spinningschuhe, eine YETI-Wasserflasche und ein Stapel Sportkleidung von Lululemon, der so groß war, als hätte jemand den kompletten Warenbestand eines Ladens in Größe sechsunddreißig aufgekauft.

»Oh mein Gott, ganz genau das, worauf ich gehofft hatte!«, quiekte Christina mit offensichtlicher Begeisterung. »Danke, vielen Dank an jede Einzelne von euch! Ihr seid der Wahnsinn.«

Der gesamte Raum klatschte und jubelte und stellte sich in einer Reihe für die Dankesumarmung auf.

»Wo ist das *Baby*?«, zischte Emily. Ein bisschen zu laut, fand Miriam. »Sogar in L.A., das ich bisher für die abgefuckteste Stadt gehalten habe, bringen die Frauen zur Babyparty tatsächlich das Baby mit.«

Miriam sah sich gerade um, als sie ihr Handy vibrieren spürte. Besorgt, dass es die Schule der Kinder sein könnte, zog sie es hervor. Es war jedoch nur eine Erinnerung an ein Meeting. Sie hatte den Alarm damals bei Skadden eingerichtet, damit sie niemals die wöchentlichen gemeinsamen Mittagessen vergaß, bei denen die Partner abwechselnd die anderen über ihre laufenden Fälle auf den aktuellen Stand brachten. Punkt zwölf Uhr dreißig, jeden Mittwoch. Sie hatte diese Meetings gehasst, absolut gefürchtet, aber aus irgendeinem Grund hatte sie den Erinnerungsalarm nie deaktiviert. Jetzt sah sie sich in dem wunderschönen Raum mit den wunderschönen Pflanzen und den wunderschönen Frauen um, die Gourmethäppchen knabberten und an morgendlichen Cocktails nippten, und verspürte plötzlich Sehnsucht nach diesem farblosen Konferenzraum und den schwadronierenden Partnern und den trockenen Putensandwiches. Zwar nur für eine Millisekunde, aber trotzdem.

Emily hob ihr Champagnerglas. »Versteh mich nicht falsch, ich habe kein Problem damit, nur zu trinken, ohne mir ein Baby anzuschauen, aber du lieber Himmel.«

Sie wurden von Ashley unterbrochen, die liebevoll ein

Bündel aus unglaublich luxuriös aussehenden Kaschmirdecken im Arm hielt.

»Oh! Ist das Baby Rose?«, rief Miriam und trat näher, während Emily einen Schritt zurückmachte.

Ashley wirkte verwirrt. »Was? Ach, das hier?« Sie warf den Stapel auf die Couch, und die anderen beiden Frauen holten erschrocken Luft. Ashley betrachtete Miriam und Emily, als hätten sie nicht mehr alle Tassen im Schrank. »Das sind Geschenke.«

»Ach so«, erwiderte Miriam.

»Hört mal, habt ihr einen Moment Zeit? Es wäre toll, wenn ihr mir beim Verteilen der Gastgeschenke helfen könntet. Wir haben Trinkflaschen von S'wel mit ›Rose‹ gravieren lassen und sie für jeden Gast zusammen mit einer Flasche Whispering-Angel-Roséwein einpacken lassen. Versteht ihr? Rose und Rosé? Die sind so süß geworden.«

»Immer schön den Level beibehalten«, kommentierte Emily und zog an Miriam gewandt die Brauen hoch.

Miriam warf Emily einen warnenden Blick zu. »Natürlich, wir helfen dir gern, Ashley.«

Kapitel 9

Meine romantische Beziehung Karolina

Karolina hatte es satt, immer das liebe gute Mädchen spielen zu müssen. Was zum Teufel hatte Trip getan, außer sie daran zu erinnern, dass sie keinerlei Rechte hatte? Sie wusste immer noch nichts Genaues und besaß keinerlei stichhaltige Informationen. Wie lange wurde von ihr erwartet, dass sie sich in Greenwich versteckte und mitspielte wie befohlen, damit sie endlich wieder Harry sehen durfte?

Sie konnte nicht aufstehen. Ihre Decke bestand aus Daunen, schien aber fünfhundert Kilo zu wiegen. Genau wie ihre Beine, die sich kaum stark genug anfühlten, um sie die wenigen Meter bis ins Bad zu tragen. Sie hatte seit zwei Tagen nicht mehr geduscht, spürte Haarstoppeln an inakzeptablen Stellen und ein pelziges Gefühl auf der Zunge. Sie wusste, dass es sich um eine Depression handelte. Sie war während ihrer endlosen Versuche, schwanger zu werden, schon einmal damit in Berührung gekommen, aber diesmal fühlte es sich zehnmal schlimmer an.

Sogar die Fernbedienung festzuhalten schien ihr zu anstrengend, daher konnte sie CNN nicht abschalten, wo man offensichtlich heute nicht besonders viel zu berichten hatte: Sie zeigten wiederholt einen Bericht über die neue Gesundheitsreform, der Graham vorstand. Sogenannte Experten aus beiden Lagern, Gegner und Befürworter, tauchten an Anderson Coopers Tisch auf und verschwanden wieder und stritten darüber, ob das Gesetz die USA im Alleingang retten oder für alle Zeiten ruinieren würde. Sie hatte es inzwischen vier Mal gesehen. Niemand hatte irgendetwas Neues oder Interessantes beizutragen. Sie hätte sich viel lieber *Ellen* oder *Bravo* oder überhaupt nichts angeschaut, aber die Fernbedienung war irgendwo in der unfassbar schweren Überdecke verschwunden, und es hätte Karolina viel zu viel Energie abverlangt, sie zu suchen. Erschöpft betrachtete Karolina die grässliche Lampeninstallation, die Graham nach dem Kauf des Hauses ausgesucht hatte. Die glatten automatischen Jalousien verliehen dem Raum eine kühle Krankenhausatmosphäre. Eines Tages würde sie sie herausreißen, und alles andere auch, sofern sie sich dazu aufraffen konnte.

Karolina merkte nicht mal, dass sie eingeschlafen war, bis sie vom Klang von Grahams Stimme geweckt wurde.

»Graham?«, rief sie laut und schoss schneller hoch, als sie für möglich gehalten hätte.

Keine Antwort. Karolina blickte sich um, aber alles war genauso wie zuvor. Und dann sah sie ihn: allein an Anderson Coopers Tisch. Der Rest der TV-Sprecher war verschwunden, damit der Mann der Stunde die Bühne für sich allein haben konnte.

»Ich verstehe Sie, Anderson, wirklich«, behauptete Graham und nickte ernst. »Und das macht auch mir Sorgen, genau wie allen Amerikanern. Aber jetzt ist es an der Zeit, unser Zögern und unsere Ängste zur Seite zu schieben und das zu tun, von dem wir alle wissen, dass es das Richtige ist.«

Karolina ließ sich zurück in die Kissen fallen und atmete aus. Wo hatte er nur diesen Anzug her? Sie kaufte seine gesamte Kleidung, und den hier hatte sie ganz sicher noch nie zuvor gesehen. Was noch ärgerlicher war, Graham sah großartig darin aus.

Die Sendung wurde für eine Werbepause unterbrochen, und Karolina machte einen ernsthaften Versuch, die Fernbedienung zu finden. Niemand sollte den Anblick und die Stimme des Noch-Ehemanns im Fernsehen ertragen müssen, während man sich in Selbstmitleid suhlte. Es war knapp drei Wochen her, dass sie ihn zuletzt gesehen hatte, aber es kam ihr vor wie drei Jahre.

»Falls Sie gerade erst eingeschaltet haben, heute ist Senator Graham Hartwell bei mir, der demokratische Junior Senator aus dem Bundesstaat New York und Schirmherr der Hartwell-Connolly-Gesetzesvorlage. Danke, dass Sie heute hier sind, Senator.«

»Es ist mir wie immer ein Vergnügen, Anderson.« Graham lächelte ungezwungen. Er fühlte sich im landesweiten Live-Fernsehen absolut wohl. Er fühlte sich überall wohl.

»Nun, vor der Pause haben wir über die Auswirkungen des Hartwell-Connolly-Entwurfs auf eine bestimmte Bevölkerungsgruppe gesprochen. Inwiefern bietet Ihre Gesetzesvorlage Schutz, wenn die Republikaner wollen, dass die Behandlung psychischer Erkrankungen und Suchtkrankheiten nicht mehr standardmäßig mit abgedeckt ist?«

Graham schien nachzudenken. »Nun ja, Anderson, ich glaube, die Amerikaner machen sich mehr Sorgen um psychische Erkrankungen und Suchtkrankheiten, als wir in Washington uns vorstellen können. Nehmen wir zum Beispiel mal meine ganz persönliche Situation. Sie haben es vielleicht gehört, meine Frau ist vor einigen Wochen in ernsthafte Schwierigkeiten geraten.«

Die Kamera zoomte auf Andersons Gesicht, das Schock und dann ungebändigte Freude widerspiegelte, in genau dieser Reihenfolge. Hatte der Senator tatsächlich gerade *freiwillig* die allgemein bekannte Verhaftung seiner berühmten Frau angesprochen? Hatte er tatsächlich die Formulierung »Sie haben es vielleicht gehört« benutzt, um das bisher im Monat Januar am häufigsten in den US-Medien vertretene Thema einzuleiten? Gab es überhaupt einen Politikexperten, Journalisten, Komiker, Talkshowmoderator, Nachrichtensprecher oder Klatschkolumnisten, der noch nicht seinen Kommentar zu Karolinas Konflikt mit dem Gesetz abgegeben hatte? Jimmy Fallon hatte dem Thema einen kompletten Eröffnungsmonolog gewidmet.

Anderson brauchte einen Moment, um sich zu fassen. Es war nicht einfach, den Silberfuchs zu überraschen, und unter anderen Umständen hätte Karolina ihren Mann dafür bewundert. »Ja, natürlich«, sagte er, wobei seine Stimme den Ernst der Situation widerspiegelte. »Ich bin sicher, das war nicht einfach.«

»Ganz sicher nicht. Meine Frau ist sehr krank. Es hat sehr lange gedauert, bis ich verstanden habe, dass Alkoholismus eine Krankheit ist, aber inzwischen habe ich es begriffen. Ihr stehen alle Hilfsmöglichkeiten offen, und mir ist bewusst, dass das ganz sicher mehr sind, als der amerikanische Durchschnittsbürger zur Verfügung hat. Trotzdem behält sie ihr riskantes Verhalten bei. Ich versuche schon seit vielen Jahren, ihr zu helfen. Wenn es nur um mich ginge…« Graham ließ seine Stimme stocken, und man konnte den Zuschauern nicht vorwerfen, wenn sie glaubten, dass es ihm die Kehle zuschnürte.

Schon zuvor war es Karolina schwergefallen, sich zu bewegen, als ob sie gegen einen Widerstand anschwömme – doch jetzt hatte sie das Gefühl, am ganzen Körper gelähmt zu sein. Ihr Kopf hatte aufgehört, bestimmte Worte zu verarbeiten. *Krankheit? Alkoholismus? Riskantes Verhalten?*

»Das ... tut mir leid?«, sagte Anderson, der erneut um Fassung rang. Hatte es im Lauf seiner gesamten Karriere schon mal einen Gast gegeben, noch dazu einen US-Senator, der so bereitwillig ein herrlich schlüpfriges Problem aus seinem Privatleben angesprochen hatte?

»Aber hier geht es nicht nur um mich. Ich muss auch an meinen Sohn denken. Es wäre fahrlässig von mir als Vater, wenn ich zulassen würde, dass meine romantische Beziehung mein Kind weiterhin in Gefahr bringt.«

Ein Jaulen entwich Karolinas Lippen. Hatte sie gerade dieses Geräusch gemacht? Hatte Graham eben ihre zehnjährige Ehe als seine romantische Beziehung bezeichnet? Und Harry als *seinen* Sohn, nicht ihren gemeinsamen?

Anderson räusperte sich. Er wirkte sprungbereit, wie ein Löwe kurz vor einem Angriff. »Soll das heißen, dass Ihre Ehe ...«

Graham verschränkte die Hände und blickte düster. »Man macht viele Ausnahmen für die Menschen, die man liebt. Aber ich sehe keine Zukunft mehr für uns.«

»Ich verstehe«, erwiderte Anderson, obwohl das ganz offensichtlich nicht der Fall war.

»Habt ihr schon vergessen, dass es eigentlich um dieses verdammte Hartwell-Connolly-Gesetz ging?«, brüllte Karolina.

Als hätte Anderson sie durch den Fernseher gehört, verkündete er genau in diesem Moment: »Ich muss eine kurze Pause machen, Senator, aber ich hoffe, dass Sie bei mir bleiben, damit wir weiter darüber – und alles andere – sprechen können.«

Graham nickte. »Natürlich, Anderson. Gern.«

Unmittelbar danach klingelte ihr Handy. Es war ihre ehemalige Agentin Rebecca, die Frau, die ihr während all der Jahre an der Spitze der Modelwelt als Mentorin zur Seite gestanden hatte. Karolina wusste, dass Rebecca seit Jahren immer im Hintergrund CNN laufen ließ, und ganz offensichtlich hatte sie Grahams Interview gesehen. Während Karolina noch mit sich rang, ob sie den Anruf annehmen sollte oder nicht, wurde er auf die Mailbox umgeleitet. Kurz darauf rief ihre Tante an. Nachdem sie diesen Anruf und die nächsten beiden direkt auf die Mailbox geschickt hatte, schaltete Karolina ihr Handy aus. Sie riss die Decke zurück, um zurück ins Bett zu kriechen, und setzte sich beinahe mitten in einen apfelgroßen Fleck aus grellrotem Blut. Ein Blick hinab auf ihren blutbeschmierten Slip bestätigte es. Wie hatte sie das nicht bemerken können?

Seufzend schleppte sich Karolina ins Bad, warf ihre schmutzige Kleidung in ein mit kaltem Wasser gefülltes Waschbecken und stellte sich unter die Dusche. Obwohl es ihr übermenschliche Kraft abverlangte, wusch und rasierte sie widerwillig alle Stellen, die nach Aufmerksamkeit verlangten, und wickelte sich anschließend in ein riesiges Badetuch von Frette ein. Erst als sie frische Unterwäsche und einen sauberen Flanellschlafanzug überziehen wollte, bemerkte sie, dass sie keine Tampons mehr hatte.

»Verdammt«, murmelte sie und stopfte sich ein Bündel

Klopapier in den Slip, wie sie es zu Schulzeiten gemacht hatte, wenn sie nichts dabeihatte.

Es war noch nicht mal fünf Uhr nachmittags, doch sie war vollkommen allein. Das Hausmeisterehepaar hatte bereits zwei Mal angerufen und sich erkundigt, ob sie wollte, dass sie zurückkehrten, aber Karolina hatte ihnen versichert, dass sie wunderbar allein klarkäme. Eine Frau aus dem Ort kam ein paar Mal pro Woche vormittags zum Saubermachen vorbei, aber nicht freitags. Da ihr nichts weiter übrig blieb, als tatsächlich das Haus zu verlassen, watschelte Karolina in die Küche. Weil sie nicht widerstehen konnte, griff sie nach ihrem iPad und öffnete ihre E-Mails. Schon bei der ersten blieb sie hängen, einer Nachricht von ihrer Tante, die nur zwei Dinge enthielt: ein angehängtes Foto und eine ganze Reihe Fragezeichen. Das Bild war ziemlich körnig, da ihre Tante es irgendwo mit dem Handy abfotografiert und dann an Karolina gemailt hatte, vermutlich in der niedrigsten Auflösung, aber es dauerte nicht lange, bis sie die darauf abgebildeten Personen erkannte. An einem Tisch im Capitol Prime in D. C., auch als der angesagteste Ort für Mittagessen unter politischen Amtsträgern bekannt, saßen Trip, Graham und Joseph, Grahams Stabschef. Die interessanteste Person war jedoch die umwerfend schöne Frau links von Graham. *Regan. Die Eiskönigin.* Die Kamera hatte sie nur im Profil erwischt, doch sie sah zu Graham auf, während sie den Kopf leicht zurückwarf und lachte. Graham schnitt sein Essen und grinste breiter, als der gegrillte Lachs es vermutlich verdiente. Alle vier trugen einen Anzug beziehungsweise ein Kostüm. Für den normalen Betrachter schien es genau das zu sein, was es war: ein geschäftliches Mittagessen unter Kollegen. Der Ottonormalverbraucher würde nicht das Foto betrachten und sofort denken: *Die beiden haben doch was miteinander.* Aber Karolina würde darauf wetten, dass es so war. Und ihre Tante offensichtlich ebenso.

Schließ es, schließ es, schließ es, redete sie sich zu, möglicherweise sogar laut. Ihre Hände griffen in Richtung der Schutzhülle, um sie zuzuklappen, aber Karolina konnte sich nicht beherrschen. Schon rief sie Google auf und tippte den Namen der Frau ein: Regan Whitney. Karolina hielt einen Moment inne, weil sie genau wusste, dass sie nicht ungesehen machen konnte, was sie gleich erfahren würde. Sie war gleichermaßen stolz darauf, dass sie bisher dieser Versuchung nicht nachgegeben hatte, und beschämt darüber, dass sie jetzt zu schwach war, um ihr weiterhin zu widerstehen. Dann drückte sie »Enter«.

Karolina übersprang den Wikipedia-Eintrag, den Facebook-Link und eine Handvoll aktueller Zeitungsartikel und klickte direkt auf »Bilder«, wo sie mit Tausenden Fotos belohnt wurde. Regan Whitney bei vier verschiedenen Amtseinführungsbällen, in vier verschiedenen Abendkleidern, mit vier verschiedenen Gästen. Beim Englischunterricht in einem baufälligen Schulgebäude im ländlichen Nigeria während eines kurzen Einsatzes beim Friedenskorps. Auf einer Gala, deren Erlöse der Make-A-Wish Foundation zugutekamen. Hand in Hand mit einem kleinen traurigen syrischen Jungen, dem ein Visum für die USA gewährt worden war. Absolut strahlend, ganz in Weiß, bei einem Muschelessen am Strand in den Hamptons.

Karolina klickte zurück auf die Biografie, die sie sich vorher nicht zu lesen gestattet hatte. Einige Fakten waren ihr bekannt, denn als die Tochter eines ehemaligen US-Präsidenten hatte Regan seit ihrer Kindheit im Licht der Öffentlichkeit gestanden. Zum Beispiel, dass Regans Mutter während der Geburt gestorben war und sie, das jüngste von fünf Kindern, aber das einzige Mädchen, das Lieblingskind ihres Vaters war. Doch da standen auch einige Informationen, denen Karolina während der Amtszeit von Präsident Whitney nicht besonders viel Aufmerksamkeit geschenkt hatte. Sie hatte entweder nicht gewusst oder wieder vergessen, dass Regan die Sidwell Friends School besucht und dort in zwei verschiedenen Sportarten für die Schulmannschaft gespielt oder dass sie ihren Abschluss mit einer perfekten Note gemacht hatte. Es gab Fotos, wie sie am Prom-Abend von ihrer Verabredung am Weißen Haus abgeholt wurde. Sie war für Teach for America tätig gewesen und hatte schließlich einen Master in Harvard gemacht. Das Skandalähnlichste, was Karolina finden konnte, war ein peinliches Foto von Regan, wie sie eine Wasserpfeife umklammerte und einen langen Rauchfaden in die Luft blies, ganz offensichtlich in den Räumen einer Studentenverbindung mit einigen anderen blankgeschrubbten, weißen und adrett gekleideten Princeton-Studenten.

Karolina schnaubte. Regan Whitney war in dieser Generation so etwas wie politischer Adel. Sie war neunundzwanzig, brillant, hatte viel erreicht, war wunderschön, stilvoll und dazu noch humanitär tätig. Doch so hübsch die junge Frau auf ihre blauäugige, blonde, durch und durch amerikanische Art auch war, Karolina wusste, dass Regan es äußerlich nicht mit ihr aufnehmen konnte, nicht mal mit dem Vorteil, beinahe ein Jahrzehnt jünger zu sein. Trotz ihrer siebenunddreißig Jahre drehten sich die Menschen überall nach Karolina um, sobald sie vor die Tür trat.

Regans Körper war schlank und fit, doch Karolinas war der Hammer: kurvig, gebräunt, sexy und straff – ziemlich genau die Fantasie aller Männer und Jungen weltweit. Regans Pagenkopf umrahmte ihr hübsches Gesicht und betonte ihre helle Haut; Karolinas Haare fielen ihr in wilden braunen Wellen über den Rücken bis zu ihrem Po und wirkten immer so, als wäre sie gerade aus jemandes Bett gestiegen. Hübsch im Vergleich zu scharf. Brillant im Vergleich zu sexy. Ivy-League-Absolventin mit humanitären Einsätzen im Vergleich zu Unterwäschemodel ohne Schulabschluss. Privilegierte Amerikanerin mit vornehmer Erziehung im Vergleich zu bäuerlichen Wurzeln und einem leichten, aber hartnäckigen polnischen Akzent.

Karolina hätte den ganzen Tag damit verbringen können, wie wild auf dem Tablet herumzuklicken, aber sie musste sich um weibliche Bedürfnisse kümmern. Daher schlüpfte sie in ihre Lieblingsstiefel und eine riesige Daunenjacke von Canada Goose. Sie schob ihre feuchten Haare unter eine Mütze und setzte sich eine altmodische Sonnenbrille auf, die sie in einer Küchenschublade gefunden hatte. Im Auto wies sie Siri an, sie zur nächstgelegenen Drogerie zu lotsen, doch die schickte sie stattdessen zu einem Whole-Foods-Supermarkt. Da sie keine Lust hatte, noch weiter zu fahren, parkte Karolina und wappnete sich gegen den eisigen Januarwind, bevor sie sich in der Dunkelheit auf den Weg zum Eingang machte. Als wäre die Kälte nicht schlimm genug, wurde es auch schon mitten am Tag dunkel. War das in Bethesda auch so gewesen? Warum kam es ihr hier so viel schlimmer vor? Und machte der gruselige Typ im Eingang einen Facetime-Anruf, oder hielt er sein Handy auf diese Art hoch, weil er sie fotografierte? Sie erschauderte, nicht bereit, sich der Antwort zu stellen, und hatte gerade mit ihrer panischen Suche nach dem Regal mit Damenhygieneartikeln begonnen, als sie eine vertraute Stimme hörte.

»Oh mein Gott. Karolina!« Miriam erschien mit einem Einkaufswagen neben ihr, die Wangen bezaubernd gerötet von der Kälte, doch ihre Miene besorgt.

»Hey, du bist auch hier.«

»Karolina! Du siehst aus wie eine Obdachlose! Was ist denn los mit dir?«

»Ich habe meine Tage.«

Miriam runzelte die Stirn. »Ist das Geheimsprache für irgendwas? Oder … Moment. Bist du erleichtert? Oder traurig? Versuchst du *immer noch*, schwanger zu werden?«

Karolina lachte, doch sogar in ihren Ohren klang es verbittert. »Ja, und das seit fünf Jahren – du siehst ja, wie erfolgreich.«

»Es tut mir leid, ich wollte damit nicht sagen, dass …«

»Nein, ist schon gut. Ich bin hier, um Tampons zu kaufen.«

Miriam wirkte erleichtert. »Wie geht es dir sonst? Ich habe dich während der letzten beiden Wochen mehrere Male angerufen und dir Nachrichten geschrieben, aber … Ich wollte jedenfalls nicht unangekündigt bei dir auftauchen.« Mit bedeutungsvollem Blick musterte sie Karolina von Kopf bis Fuß. »Vermutlich hätte ich das aber tun sollen.«

Karolina winkte ab, doch die Tränen hatten bereits zu fließen begonnen. »Mir geht es gut«, behauptete sie und wischte sich über die Augen.

»Komm her«, sagte Miriam, und obwohl es Karolina peinlich war, mitten im Supermarkt zu weinen, fühlte es sich wunderbar an, in den Arm genommen zu werden. »Alles wird gut. Ich bin ja jetzt da.«

Eine zierliche Frau in Sportkleidung schob einen Einkaufswagen mit einem Kleinkind darin an ihnen vorbei. Das kleine Mädchen steckte sich Cornflakes in den Mund, doch die Frau konnte nicht verhehlen, dass sie Karolina anstarrte. Nicht verstohlen, sondern direkt, mit offen stehendem Mund.

»Ja?«, fragte Karolina in ihre Richtung. Sie ging davon aus, dass eine direkte Ansprache die Frau so beschämen würde, dass sie wegsah, doch das geschah nicht. Die Kleine schrie und zog am schweißabsorbierenden Shirt ihrer Mutter, doch die Frau nahm den Blick nicht von Karolina.

»Sie sind Karolina Hartwell«, murmelte sie wie in Trance.

»Können wir Ihnen helfen?«, fragte Miriam höflicher, als Karolina lieb war.

»Es ist nur so... Sie waren mein Lieblingsmodel. Ich werde nie vergessen, wie ich Sie damals bei der Modenschau von Victoria's Secret gesehen habe... wann? Vor ungefähr hundert Jahren. Sie waren damals der Engel des Jahres.«

Karolina zwang sich zu einem Lächeln. »Hundert Jahre ist das nicht direkt her, aber knapp fünfzehn. Sie waren dabei?«

Die Frau nickte und ignorierte völlig ihr Kind, das die Tüte mit den Cornflakes auf den Boden warf. »Sie waren spektakulär. Mein Gott! Das Aushängeschild von L'Oréal, hier in Greenwich! Ich fand es toll, als Sie Botschafterin für Save the Children wurden. Das hat einer Sache, die viel zu wenigen Leuten am Herzen liegt, eine Menge Publicity eingebracht.«

»Danke«, sagte Karolina und wischte sich mit den Fingerspitzen unter den Augen entlang, obwohl sie gar kein Make-up trug. »Das ist sehr nett von Ihnen.«

»Aber was ist bloß mit Ihnen passiert?« Der Gesichtsausdruck der Frau drückte jetzt vorwurfsvolle Wut aus. »Von Save the Children zu *betrunkenem Fahren mit Kindern*? Unschuldigen *Kindern*?« In diesem Moment schien sie sich wieder an ihr eigenes zu erinnern und legte beschützend einen Arm um ihre Tochter. »Sie sollten sich schämen!« Den letzten Satz sagte sie laut genug, dass sich andere Kunden zu ihnen umdrehten.

Karolinas Gesicht wurde feuerrot, und ihr Herzschlag beschleunigte sich. Sie wollte gerade zu ihrer Verteidigung ansetzen, als sie spürte, wie ihr Blut in die Schlafanzughose floss. Sie erstarrte.

Miriam zog sie am Arm. »Sie haben ja nicht die geringste Ahnung, wovon Sie da reden!«, rief sie der Frau durch den halben Gang hinterher.

»Es war überall in den Nachrichten! Ich weiß ganz genau, wovon ich spreche!«, brüllte die Frau zurück, und ihr Kind begann zu weinen.

Karolina ließ sich von Miriam zum Ausgang ziehen, wo ihr Miriam einen Autoschlüssel aus ihrer Tasche in die Hand drückte. »Der blaue Highlander in der ersten Reihe links, wenn du rausgehst. Hinten drin müsste ein Handtuch für den Hund liegen. Vielleicht setzt du dich da erst mal drauf? Ich hole, was du brauchst, und komme gleich nach.«

Karolina nickte. Miriam – immer auf Zack, immer zuverlässig.

»Geh. Bevor noch eine große Sache draus wird«, drängte Miriam und eilte davon.

Karolina fand das Auto und das leicht schmutzige Hundehandtuch genau dort, wo Miriam es vermutet hatte. Kaum hatte sie auf dem Beifahrersitz Platz genommen, kam ihre Freundin schon zurück.

»Hier, ich habe dir zwei verschiedene Sorten mitgebracht. Ich wusste nicht, was du lieber magst«, erklärte sie, reichte Karolina eine Plastiktüte und setzte sich hinters Lenkrad.

»Warte, wo sind denn deine Sachen?«, wollte Karolina wissen.

»Ich komme später noch mal her. Jetzt fahre ich dich erst mal nach Hause.«

»Nein, du musst mich nicht nach Hause bringen. Ich kann selbst fahren. Aber vielleicht könnte ich mir das Handtuch borgen?«

»Ich bringe dich nicht nach Hause, ich nehme dich mit zu *mir*. Und ich will kein weiteres Wort darüber hören.«

»Aber mein Auto! Und ich bin im Schlafanzug! In einem blutgetränkten Schlafanzug! Ich muss nach Hause.«

»Ich bringe dich später wieder zu deinem Auto. Jetzt brauchst du erst mal ein wenig liebevolle Zuwendung, und die bekommst du in deinem Glaspalast nicht«, erklärte Miriam und fädelte sich in den Verkehr ein.

Karolina war zu erschöpft, um mit ihr zu diskutieren. Obwohl sie nicht ganz sicher war, inwieweit Miriams Haus mit dem Hund und den drei Kindern als liebevolle Zuwendung gelten konnte, war sie einfach nur froh, momentan keine Entscheidungen treffen zu müssen.

Als sie das Haus betraten, stolperten sie beinahe über bergeweise nasse Schneehosen und -jacken, matschige Stiefel und Unmengen von Handschuhen, Mützen und Schals, die über den Fußboden und die Bank verteilt lagen. In

Bethesda schneite es kaum einmal genug, damit Harry im Schnee spielen konnte, und er fühlte sich in letzter Zeit zu alt, um etwas so Kindisches zu tun, doch der Anblick der kindlichen Schneeausrüstung nahm Karolina den Atem.

Und weil Miriam eben Miriam war, bemerkte sie das sofort. »Du musst ihn sehr vermissen.«

»Es ist schon fast einen Monat her, dass ich ihn das letzte Mal gesehen habe. So lange waren wir noch nie getrennt.«

»Aber du sprichst mit ihm, oder?«

»Jeden Abend. Und wir nutzen Facetime. Aber das ist nicht dasselbe.«

»Nein, natürlich nicht.«

Maisie entdeckte ihre Mutter. »Mommy! Hast du gesehen, was wir draußen gebaut haben? Einen echten Schneemann! Sein Name ist Bobsy. Ist das nicht lustig?« Die Wangen des kleinen Mädchens waren von der Kälte gerötet, und ihre Nase und ihre Lippen waren mit Rotz bedeckt, aber trotzdem überfiel Karolina das überwältigende Verlangen, sie zu küssen.

»Bobsy sieht toll aus, Schatz. Sag Ben und Matthew Bescheid, dass es in zehn Minuten Essen gibt, okay?«

Als Karolina in der Küche Paul entdeckte, der auf seinem Laptop herumklickte, bekam sie beinahe einen Herzinfarkt. Wieder schien Miriam ihre Gedanken lesen zu können. »Keine Angst«, flüsterte sie. »Solange er glaubt, ich wäre allein gekommen, wird er nicht mal aufsehen. Geh einfach über die Hintertreppe ins Gästezimmer. Im Bad dort findest du frische Handtücher, und ich bringe dir eine saubere Jogginghose. Ich bin in ein paar Minuten bei dir.«

Wie vorhergesagt rief Paul seiner Frau zwar eine Begrüßung zu, nahm den Blick aber nicht vom Bildschirm. Als

Karolina wieder herunterkam, die Haare feucht von der zweiten Wäsche innerhalb von zwei Stunden und in einem superbequemen Jogginganzug, der ihr mindestens drei Nummern zu weit war, saß die gesamte Familie um zwei große Pizzen herum am Küchentisch.

»Karolina!«, begrüßte Paul sie herzlich und stand auf, um sie zu umarmen. Ganz offensichtlich hatte Miriam ihn vorgewarnt, denn er ließ kein Wort über ihr Aussehen verlauten. »Ich freue mich so, dich zu sehen.«

»Danke, dass ich in euren Freitagabend platzen darf. Ich glaube, ich bin schuld, dass es heute bei euch Pizza gibt und nicht das, was Miriam eigentlich im Supermarkt kaufen wollte.«

»Pizza, Pizza, Pizza«, sang Ben durch einen Mund voll halb gekautem Essen. »Ich liebe Pizza!«

»Ja, du siehst ja, wie enttäuscht wir alle darüber sind.« Lächelnd zog Paul ihr einen Stuhl heraus. Dann wandte er sich an Miriam. »Isst Emily mit uns?«

»Nein, sie übernachtet heute in New York. Morgen früh kommt sie wieder her, um zu packen. Ihr Flug geht um drei vom JFK aus.«

»Wo will sie denn hin?«, fragte Karolina.

»Nach Hause, ist das zu glauben? Aus der einen Nacht hier wurden dreieinhalb Wochen. Ich dachte schon, sie geht nie wieder.« Miriam lachte und schien nicht zu bemerken, dass Matthew ein wenig Milch auf seinen gedämpften Brokkoli schüttete, den sie ihm als Beilage hingestellt hatte.

»Ach, ich bitte dich. Du hast doch jede Sekunde genossen, die sie hier war«, warf Paul ein. »Ich habe euch beide noch bis spät in die Nacht miteinander kichern hören wie zwei Hexen.«

»Natürlich! Es war toll. So viel Zeit haben wir nicht mehr miteinander verbracht, seit wir fünfzehn waren. Was sollte ich daran auszusetzen haben?«

Karolina zwang sich zu einem Lächeln. Sie stellte jedem der Kinder Fragen nach der Schule und ihren Freunden und schaffte es sogar, ein Stück lauwarme Pizza hinunterzuwürgen, obwohl sie das Gefühl hatte, sich gleich übergeben zu müssen.

»Ich nehme einen Uber zu meinem Auto«, verkündete sie schließlich, und es war ihr egal, dass es sowohl unhöflich war als auch völlig aus dem Nichts kam. »In drei Minuten kann ein Fahrer hier sein.«

»Blödsinn«, winkte Paul ab. »Miriam hat gesagt, du übernachtest heute hier.«

Miriam nickte. »Ich hab schon die Bettwäsche im Gästezimmer gewechselt. Du bleibst.«

Karolina wollte widersprechen, aber sie brachte die Worte nicht über die Lippen. Draußen war es kalt und dunkel, bei Miriam hingegen warm und gemütlich. Außerdem war die Vorstellung, nicht schon wieder einen Abend allein zu verbringen, eigentlich ganz nett. Sie nickte und ließ sich von Miriam nach oben führen.

»Ich bringe schnell die Kinder ins Bett und komme dann wieder, okay? Dann können wir uns irgendwas Trashiges auf Bravo ansehen. Ich zünde uns auch ein Feuer im Kamin an.«

»Danke«, murmelte Karolina. Sie schloss die Tür und kletterte sofort ins Bett. Kurz dachte sie darüber nach, den Fernseher einzuschalten, aber sie wollte nicht riskieren, versehentlich wieder bei einer Nachrichtensendung zu landen. Stattdessen nahm sie ihr Handy in die Hand. Auf dem

Bildschirmschoner befand sich zu Ehren ihres elften Hochzeitstages ein Foto von ihrer Hochzeit: Karolina in einer hauchzarten Originalrobe von Vera Wang, Graham in einem maßgeschneiderten Anzug von Tom Ford. Damals war er dreiunddreißig gewesen und hatte unfassbar jung ausgesehen. Neben ihm stand Harry, damals gerade erst zwei, und umklammerte seinen Lieblingsplüschwaschbären und die Hand seines Vaters. Karolina war fünfundzwanzig gewesen, als sie Graham auf einer Dinnerparty in den Hamptons kennengelernt hatte. Ein halbes Jahr später hatten sie sich verlobt. Sie erinnerte sich noch an das Gefühl, nicht wirklich gut darauf vorbereitet zu sein, über Nacht zur Mutter dieses lieben, kleinen Jungen zu werden, aber Harry hatte es ihr wirklich leicht gemacht. Ihn zu lieben war ihr überhaupt nicht schwergefallen, und sie hatte geglaubt, dass sie ihm eines Tages eine ganze Armee an Brüdern und Schwestern schenken würde.

Zu dritt waren sie in die Flitterwochen gefahren und hatten in einer Suite mit direktem Zugang zum türkisfarbenen Wasser der Karibik gewohnt. Ihr gefiel, dass Graham ein so liebevoller Vater war. Parrot Cay war unglaublich teuer und exklusiv, aber nicht übermäßig vornehm. Man konnte dort vom Frühstück bis zum Abendessen barfuß und in nichts weiter als einem Bikini und einem Strandkleid herumlaufen, und alles war so entspannt, so langsam und träge wie die Hitze. Harry planschte stundenlang im flachen Wasser und quietschte lachend, während er in die Wellen hineinrannte oder ihnen hinterherjagte, während Graham und Karolina ihm händchenhaltend von ihren Liegestühlen aus zusahen. Sie ließen Harry abends Spaghetti oder Hähnchensticks essen und wuschen sich danach gemeinsam unter der Außendusche hinter ihrer Suite. Wenn Harry dann in seinem gestreiften Schlafanzug, mit feuchten Haaren und lecker nach Kokosnuss riechend im Bett lag, las Graham ihm etwas vor, während Karolina sich umzog. An manchen Abenden kam eine nette ältere Dame von der Gästebetreuung vorbei, um auf Harry aufzupassen, doch da Karolina ihn nur ungern zurückließ, trugen sie ihn meistens zum Restaurant am Strand, schoben zwei Stühle zu einer Art Kinderbett zusammen und legten Harry darauf. Sofort kuschelte er sich in seine Decke ein und schlief. Dann aßen sie köstlichen frischen Fisch und gingen anschließend zurück in ihre Suite, Harry fest schlafend auf Grahams Armen. Dort liebten sie sich, von zu viel Wein kichernd, als wäre es das Natürlichste auf der Welt, was es damals auch war, und schliefen auf dem Deckbett ein, während die Brise des Deckenventilators sie abkühlte.

Jetzt, in Miriams Gästebett, fragte sich Karolina, ob sie sich das womöglich nur eingebildet hatte. Aber nein! Es war nicht immer so wie jetzt zwischen ihnen gewesen. Die Hochzeit und die Flitterwochen waren real gewesen, genau wie viele der Jahre, die sie anschließend miteinander geteilt hatten. Natürlich hatte es auch Meinungsverschiedenheiten gegeben, sogar den einen oder anderen lautstarken Streit, aber die frühen Jahre bestanden vor allem aus glücklichen Erinnerungen: Harrys erster Tag im Kindergarten; Grahams Beförderung zum Partner; all die Geburtstage und Abendessen und Cocktailpartys, die Karolina sorgfältig geplant und ausgerichtet hatte, jedes Detail perfekt, damit sich jeder Gast willkommen fühlte. Graham hatte ihr zu den Geburtstagen teuren Schmuck geschenkt, und ja, vermutlich hatte den immer seine Sekretärin ausgesucht, aber bei den Tennisarmbändern und Diamantenohrringen hatten immer im Laden gekaufte Karten gelegen, auf die er aufrichtige Liebesbeteuerungen gekritzelt hatte. Wenn sie auf den furchtbar langweiligen Anwaltsfeiern durch den Raum ging, hatte er sie mit Lust und Bewunderung angeschaut und ihr versichert, dass sie den Raum zum Strahlen brachte. Wann hatte er sie zum letzten Mal so angesehen? Vielleicht war die ganze Sache nichts weiter als ein Missverständnis. Vielleicht war sie im Hinblick auf Regan Whitney viel zu misstrauisch. Sie hatte schließlich keine *Beweise* für eine Affäre zwischen den beiden, und ihr Bauchgefühl lag definitiv nicht immer richtig. Würde der Graham, mit dem sie seit einem Jahrzehnt ihr Leben teilte, derselbe Mann, der geschworen hatte, sich immer um sie zu kümmern, wirklich im landesweiten Fernsehen seine Scheidungsabsichten verkünden? Oder gab es womöglich eine andere Erklärung? Das musste es sein. Etwas, das sie bisher noch gar nicht in Betracht gezogen hatte.

Karolina schoss hoch. Hier ging es um mangelnde Kommunikation, nicht um fehlende Liebe oder absichtliche Sabotage. Sie drückte Grahams Namen in ihrer Favoritenliste und lauschte, wie es am anderen Ende der Leitung klingelte, wieder und wieder. Mailbox. Sie hinterließ ihm eine etwas zusammenhanglose, aber liebevolle Nachricht mit dem groben Inhalt: »Lass uns dieses Chaos gemeinsam bewältigen, das ist alles ein großes Missverständnis, ich liebe dich und vermisse, wie es zwischen uns gewesen ist.«

»Ruf mich zurück«, bat sie, aber es klang eher flehend. »Mir ist so vieles klar geworden, und ich möchte mit dir reden.« Dann schickte sie ihm den gleichen Text noch als Nachricht. Zwei Mal.

Anschließend beobachtete sie eine Weile ihr Handy, doch es kam weder ein Anruf noch eine Nachricht. Irgendwann musste sie eingeschlafen sein, denn als sie fünf Stunden später aufwachte, war es beinahe zwei Uhr morgens und jemand hatte das Licht ausgeschaltet und eine Decke über sie gebreitet. Da fiel es ihr wieder ein: Sie hatte Kontakt zu Graham gesucht, um sich mit ihm auszusprechen und dieses schreckliche Missverständnis aus dem Weg zu schaffen. Sie würde sich dafür entschuldigen, dass sie schlecht von ihm gedacht hatte, und er würde sie um Verzeihung bitten, weil er sie über Nacht im Gefängnis hatte schmoren lassen. Sie würden sich schwören, dieser Angelegenheit gemeinsam auf den Grund zu gehen. Als ein Team. Sie sah ihr Handy friedlich auf dem Nachttisch liegen, ans Ladegerät angeschlossen und den Ton rücksichtsvoll ausgeschaltet. Miriam. Die immer fürsorgliche Miriam. Kein Wunder, dass Karolina seinen Rückruf verpasst hatte! Doch als sie durch ihre Anrufliste scrollte, war da kein entgangenes Gespräch. Erst als sie auf ihre Nachrichten klickte, fand sie seine Botschaft:

Karolina, du bist offensichtlich krank, aber so leid es mir tut, ich kann dir nicht helfen. Als du Harrys Leben riskiert hast, hast du dein Schicksal besiegelt. Bitte kontaktiere mich in Zukunft ausschließlich über Trip.

Bis sie wieder in einen tiefen, traumlosen Schlaf fiel, hatte sich der Himmel bereits zu röten begonnen. Und als sie um neun wieder erwachte, das Kissen durchtränkt von Tränen und die Augen blutunterlaufen vom Weinen, hatte sie das Gefühl, von einem Bus überfahren worden zu sein. Doch da regte sich noch eine andere Emotion in ihr, etwas, das sich gleichzeitig furchteinflößend und gesund anfühlte. Etwas, das eine sehr große Ähnlichkeit mit Wut hatte.

Kapitel 10

Die Vorstadt macht dich fett
Emily

Der Zug verließ rumpelnd die Grand Central Station, der Schaffner rief die folgenden Stationen aus wie ein Auktionator auf Drogen, und Emily bemühte sich mit null Erfolg um eine beruhigende Atemtechnik. Wie zum Teufel konnte man denn mitten in der abendlichen Rushhour die I-95 lahmlegen? Wegen eines Terrorangriffs oder etwas Wichtigem – schön, das hätte sie noch verstanden. Aber wegen einer Öllache? Die den gesamten Highway-Verkehr von Manhattan bis Fairfield zum Erliegen brachte? Und unschuldige Menschen zwang, *mit dem Zug zu fahren?* Das war unfassbar.

Emily hatte gerade hörbar ausgeatmet, als ein Mann in einem zerdrückten, aber eindeutig teuren Anzug fragte, ob der Platz neben ihr noch frei sei. Sie brauchte Ruhe und Platz, um den Stapel Porträtfotos durchgehen zu können, der ihr gerade von dem besten Talentmanager der Stadt in die Hand gedrückt worden war. Sänger, die vor ihrem Broadwaydebüt standen, neue Schauspieler, die erfahrene Regisseure beeindruckt hatten, Musiker, die aus der Menge hervorstachen. Die Liste der Senkrechtstarter war lang und vielfältig, aber Emily war zuversichtlich, dass sich ihr nächster neuer Star in diesem Stapel verbarg. Sie brauchte den nächsten Trendsetter, und sie brauchte ihn oder sie sofort, daher gab sie sich gar nicht erst Mühe, ihren Ärger zu verbergen, als sie ihre überquellende Goyard-Tasche vom Sitz neben sich auf ihren Schoß hob und anschließend aus dem Fenster starrte. Der Zug nach Greenwich war voll, aber nicht brechend voll. Hätte der Mann wirklich keinen anderen Platz finden können?

»Vermutlich schon«, sagte der Mann mit vornehmem britischem Akzent. Er war süß, daran gab es keinen Zweifel. »Aber die einzigen freien Plätze, die ich von hier aus sehen kann, sind neben Übergewichtigen oder Babys. Daher sind Sie die glückliche Gewinnerin.«

»Was?«, fragte Emily. Hatte sie ihren Gedanken laut ausgesprochen?

»Wenn Sie nicht möchten, dass im Metro-North-Zug jemand neben Ihnen sitzt, sollten Sie vermutlich ein wenig zunehmen. Das hilft enorm.« Und mit diesen Worten zog er ein Paar Ohrstöpsel aus seiner Aktentasche und steckte sie sich in die Ohren.

Beinahe eine volle Minute saß sie vollkommen verblüfft da, bevor sie sich ihm zuwandte. »Sie haben sich diesen Platz ausgesucht, weil ich *dünn* bin?«

Er zog einen der Stöpsel aus dem Ohr und beugte sich weit genug vor, dass sie seinen Duft einatmen konnte. Trotz des zerzausten Äußeren roch er sauber und adrett. Und als er lächelte, bemerkte sie die Fältchen um seine Augen. Die waren blaugrün – nicht so auffällig, dass man sie als Allererstes an ihm bemerkte, aber eine schöne Farbe, die sich vermutlich veränderte, je nachdem welchen Grundton das Hemd hatte, das er trug. Emily war so auf seine Augen, seine Zähne, seinen Duft fixiert, dass sie beinahe verpasste, wie er sie aufzog.

»Ich hoffe, Sie nehmen es mir nicht übel, aber ich bin nicht gerade ein Zugschwätzer.«

»Was?«, fragte sie. Hör auf damit!, schalt sie sich. Kannst du auch etwas anderes sagen als immer nur »Was?«.

»Sie machen den Eindruck, als ob Sie plaudern möchten. Nichts für ungut, aber dafür bin ich nicht wirklich der Typ.« Seine Worte wurden von einem winzigen Lächeln begleitet.

»*Sie* sind dafür nicht der Typ? Sie wissen ja gar nicht, mit wem Sie hier sprechen. Ich rede nicht mit Menschen in Zügen. Ich *fahre* nicht mal mit Zügen!«

Er zog die Brauen hoch. »Ich kenne Sie nicht gut genug, um zu sagen, dass Sie ein wenig verrückt klingen, aber wenn ich Sie besser kennen würde, wären das vermutlich meine Worte.«

»Das ist das schönste Kompliment seit Wochen. Selbst wenn es von einem Mann kommt, der sogar in einem Brioni-Anzug aussieht wie ein Obdachloser.«

Daraufhin lachte er. »Hedgefonds-Arsch, zu Ihren Diensten. Mein Name ist Alistair, denn mal ehrlich, wie könnte ich sonst heißen?«

Auch Emily musste lachen. »Ich hätte vielleicht auf Nigel getippt, aber Alistair wäre mein zweiter Tipp gewesen. Ich bin Emily. Ehemalige Modeikone auf dem unfreiwilligen Weg zur totalen Bedeutungslosigkeit aufgrund meiner Weigerung, mein Leben ausschließlich auf Social Media zu führen.«

»Hmm.«

»Was hmm?«

»Da habe ich mich in Ihnen geirrt.«

»Was haben Sie denn vermutet? Dass ich Kelsey oder Kinley oder Lulu heiße?«

Das entlockte ihm ein weiteres Lächeln. »Nein, ich war mir sicher, dass Sie eine nicht berufstätige Mutter aus Greenwich mit einer Vollzeit-Nanny sind, verheiratet mit einem Kerl wie mir.«

Emily wusste, dass sie an dieser Stelle eigentlich Miles erwähnen sollte, aber warum sollte sie sich den Spaß verderben? Ein unschuldiger Flirt in einem Zug, mit dem sie nie wieder fahren würde, mit einem Mann, den sie nie wieder sehen würde. Warum sollte sie das nicht genießen? »Moment – Sie glauben, ich wohne in Greenwich? Das ist womöglich das Beleidigendste, was Sie bisher zu mir gesagt haben.«

Sein Lachen klang tief und sexy. »So schlimm ist es da doch gar nicht.«

»Ganz offensichtlich haben Sie noch nicht viel Zeit dort verbracht.«

»Da irren Sie sich. Ich wohne dort. Schon seit fünf Jahren.«

»Tut mir leid.«

»Sie haben mich nicht beleidigt.«

»Nein, ich meine, es tut mir leid, dass Sie dort wohnen. Das muss schwer sein.«

Erneut das Lachen, und Emily konnte nicht verhindern, dass sie ihn anlächelte. Sie wäre zu beinahe allem bereit gewesen, um ihn wieder zum Lachen zu bringen.

»Schwer ist nur das Leben dort als geschiedener Vater. Sagen wir mal so, man kann nicht gerade aus einem großen Angebot an alleinstehenden Frauen auswählen.«

Er war also geschieden. Interessant, wie er das eingestreut hatte. Er war vermutlich höchstens Mitte bis Ende dreißig – wie zum Teufel hatte er da überhaupt genug Zeit gehabt, zu heiraten, Kinder zu kriegen, sich scheiden zu lassen und wieder auf den Markt zurückzukehren?

Der Zug hielt an der 125. Straße, und einige weitere Passagiere drängten herein. Ein massiv übergewichtiger Mann beäugte Emily und schleppte sich dann weiter in den hinteren Teil des Abteils.

»Dafür können Sie mir dankbar sein«, bemerkte Alistair.

»Warum haben Sie sich scheiden lassen?«, fragte Emily, nicht unbedingt, weil sie der Meinung war, das ginge sie etwas an, sondern um ein wenig Kontrolle zurückzugewinnen. Sie hatte das Gefühl, dass er sie einwickelte, und daran war sie nicht gewöhnt.

»Sollten Sie sich nicht eigentlich nach den Namen meiner Kinder erkundigen? Oder wie alt sie sind? Irgendwas Unverfänglicheres?«

»Ich mag Kinder eigentlich nicht besonders.«

»Na gut. Wenn Sie es unbedingt wissen müssen: Meine Frau und ich haben uns in einem Nachtklub in Istanbul kennengelernt und sind drei Monate später durchgebrannt. Sie hat gern gefeiert, aber ich dachte, es geht um das Übliche: Alkohol, Gras, ab und zu ein bisschen Ecstasy. Woher konnte ich wissen, dass sie sich in Adderall und dann Oxy und dann Smack verlieben würde? Dass ich sie beim Spritzen in unserer Dusche ertappen würde? Das war vielleicht ein Spaß. Dass sie zehn Jahre lang immer mal wieder auf Entzug sein würde, während ich mich ständig fragte, wann sie sich wohl eine Überdosis setzen würde. Dann kamen die Kinder, und nicht mal für die konnte sie clean bleiben. Das

Fass endgültig zum Überlaufen hat der Tag gebracht, als ich früher von der Arbeit heimkam und sie mit ihrem Dealer in unserem Bett erwischt habe, während unsere Töchter im Wohnzimmer vor dem Fernseher saßen. Und das war jetzt vermutlich mehr, als Sie eigentlich wissen wollten.«

»Oh mein Gott, wirklich?«, fragte Emily und fühlte sich plötzlich unglaublich schuldbewusst, dass sie die ganze Sache aufgewühlt hatte.

»Nein, natürlich nicht! Wir haben uns im Abschlussjahr an der Brown University kennengelernt und waren einige Jahre lang mehr oder weniger zusammen.«

Diesmal lachte Emily. »Sie sind ein Arsch.«

»Ja, das findet sie auch. Ich meine, eine Zeit lang waren wir glücklich, aber allem Anschein nach habe ich sie zu sehr unter Druck gesetzt: zu heiraten, bevor sie so weit war, mit mir zurück nach London zu gehen, obwohl sie ihre Familie nicht verlassen wollte, ihren Job aufzugeben und bei den Mädchen zu Hause zu bleiben. Nett, oder?«

»Ich hab schon Schlimmeres gehört. Und ich bin sicher, es lag nicht ausschließlich an Ihnen.«

»Nein. Sie hatte eine ausgeprägte Angststörung, bei der die Medikamente kaum geholfen haben. Das brachte viele irrationale Ängste und Grenzen mit sich. Sie wollte nicht fliegen, nicht auf Highways fahren, solche Sachen. Egal, das ist alles Vergangenheit. Inzwischen sind wir glücklich geschieden. Wir haben eine dieser hochfunktionalen Co-Elternbeziehungen, wo wir uns gegenseitig überwiegend rational und anständig finden, die Kinder an erster Stelle stehen, wir nur Bio-Essen auftischen und alle glücklich sind.«

»Das kaufe ich Ihnen nicht ab«, erwiderte Emily.

»Eigentlich ist es ziemlich langweilig, wenn Sie es unbedingt wissen wollen. Die Mädchen kommen gut damit zurecht, wir gehen beide zu ihren Sportveranstaltungen, veranstalten gemeinsame Geburtstagsfeiern und verbringen häufig das Wochenende zusammen. Ich hatte heute Morgen ein Kundenmeeting in der City, aber jetzt fahre ich zu ihr, damit wir alle am Wochenende gemeinsam Skifahren gehen können.«

»Wie fortschrittlich.«

»Ja. Unmengen Therapiesitzungen. So trennt sich unsere Generation angeblich, wussten Sie das? Wir sind alle so geschädigt von den bösartigen Scheidungskriegen unserer Eltern, dass wir uns weigern, unseren eigenen Kindern so etwas anzutun. Wir reden nicht mal schlecht über unsere Expartner, können Sie sich das vorstellen? Überall nur Unterstützung, Freundlichkeit und ›Familienliebe‹.«

»Meine Eltern haben sich scheiden lassen, als ich zehn war, und die beiden haben sich definitiv gehasst.«

»Selbstverständlich«, erwiderte Alistair. »Meine Mutter hat meinen Vater eines Tages mit der Haushälterin im Bett erwischt, und am Tag darauf war er fort. Das war angemessen. Zu erwarten. Aber trotzdem …«

Genau in diesem Moment kam der Zug quietschend im Bahnhof von Greenwich zum Stehen, und die Türen öffneten sich. Sie eilten zum Ausgang und schafften es gerade noch auf den Bahnsteig, bevor der Zug wieder abfuhr. Sie sahen einander an, während sich die Menschenmenge um sie herum verlief.

»Also, Emily, es war mir ein Vergnügen, Sie kennenzulernen«, sagte Alistair und streckte die Hand aus. Sie war warm, trocken und stark.

»Gleichfalls. Viel Spaß beim Skifahren. Ich will Sie nicht anlügen, das klingt fürchterlich.«

Er lachte. »Was? Ein Wochenende in der Kälte mit der Ex und zwei Kindern klingt nicht nach einem wahrgewordenen Traum? Ich hoffe, Sie haben etwas Schöneres vor, Emily.« Und mit diesen Worten drehte er sich um und ging zur Treppe.

Sie starrte ihm nach. War er wirklich gerade gegangen? Nach *diesem* Gespräch? Ohne nach ihrer Telefonnummer zu fragen oder ob er sie wiedersehen konnte?

Miriam war nicht beeindruckt, als Emily zu ihr ins Auto stieg und sich genau darüber beschwerte. »Du bist *verheiratet*!«, entgegnete sie und steuerte den grässlichen, vollgekrümelten SUV vom Bahnhofsparkplatz.

»Das wusste er aber nicht!«

»Nun, abgesehen von der Tatsache, dass du ihm das hättest sagen sollen, trägst du zufällig einen Ehering mit geradezu blendenden Diamanten. Ich bezweifle, dass er den übersehen konnte.«

»So was fällt Männern gar nicht auf.«

»Worum geht es dir denn? Hättest du mit ihm geschlafen, wenn er dich angerufen hätte? Oder geht es hier nur um dein Ego?«

Emily seufzte. Sie liebte ihre Freundin wie eine Schwester, aber Miriam brachte sie manchmal zur Verzweiflung. Wie konnte Emily mit jemandem befreundet sein, der so perfekt war? Klar, rein optisch waren da die überflüssigen acht Kilo, die strohigen Haare und diese abscheuliche Vorstadt-Mommy-Sucht nach Sportkleidung, aber Miriam war einfach so *gut*. So ausgeglichen und rational. So klug und vernünftig. So rücksichtsvoll. Und erst der liebevolle Ehemann und die drei Kinder und das perfekte Haus in der perfekten Vorstadt? Ohne sichtbare Anzeichen für Eheprobleme oder Unzufriedenheit mit ihrem Leben oder ganz normale Depression? Hätte Emily sie nicht so gerngehabt, wäre ihr das mächtig auf die Nerven gegangen.

»Egal. Können wir bei Starbucks halten?«

»Ich hab Kaffee zu Hause.«

»Deine Kapseln sind kein Vergleich zu echtem Kaffee.«

»Aber die stammen von Starbucks. Das ist echter Kaffee.«

Emily seufzte laut.

»Na schön. Aber nur den Drive-through. Karolina ist bei mir, sie hat bei uns übernachtet.«

»Übernachtet? Warum?«

»Ich hab sie gestern Abend im Supermarkt aufgegabelt. Sie sah aus, als käme sie geradewegs aus einer Drogenhöhle. So konnte ich sie auf keinen Fall nach Hause gehen lassen.«

»Geht es ihr gut?«

»Ja. Aber ich vermute mal, ihr Verhalten hat etwas damit zu tun, dass Graham bei *Anderson Cooper* das Ende ihrer Ehe verkündet hat.«

»Oh Shit, natürlich. Das hab ich gesehen.«

»Ja, es war schlimm. Er hat sie im Prinzip vor der ganzen Welt eine Alkoholikerin genannt und behauptet, dass ihr nicht mehr zu helfen sei. Und dass er an seinen Sohn denken müsse. Nicht an ihren *gemeinsamen* Sohn. *Seinen* Sohn.«

»Er ist ein richtiges Schwein. Und es muss ihm mit dieser anderen Frau sehr ernst sein, denn das war ein echt aggressiver Schachzug. Ich frage mich, wer wohl *sein* Berater ist.«

Miriam zuckte mit den Schultern.

»Wenn Karolina meine Klientin wäre, würde ich ihr

raten, in die Offensive zu gehen. Sie kann nicht einfach dasitzen und zusehen, wie er ihren Ruf ruiniert. Wer ist ihre Agentin? Wo ist ihr Anwalt?«

»Ich bin nicht hundertprozentig sicher, aber ich glaube, sie und ihre Agentin haben sich getrennt, bevor all das passierte, und sie hat noch keinen Ersatz engagiert. Ihr Anwalt ist ein Freund der Familie. Grahams bester Freund, genauer gesagt, daher habe ich ihr angeboten, ihr auf diesem Gebiet zu helfen. So merkwürdig es auch ist, aber sie hat eigentlich niemanden.«

Emily verdrehte die Augen. »Dann muss sie sich sofort um jemanden kümmern. Sofort! Wenn es jemand schafft, sie davon zu überzeugen, dann du, Miriam.«

Miriam fuhr in den Drive-through bei Starbucks, Emily beugte sich über ihre Freundin hinweg und rief durchs Fenster: »Einen großen Skinny Vanille-Latte, bitte. Extra heiß und ohne Schaum.« Sie wandte sich an Miriam. »Was nimmst du?«

»Ich mache mir zu Hause einen.«

»Du bist wie meine Mutter. Jetzt genieß doch mal ein bisschen das Leben, kauf dir einen Kaffee!«

Miriam seufzte. »Na schön. Einen Filterkaffee, bitte. Einen kleinen.«

»Sexy!« Während sie warteten, trommelte Emily mit den Fingern. »Was hat Karolina als Nächstes vor?« Und dann, als sie zusah, wie Miriam ihren Becher entgegennahm: »Hier, du Rockstar. Genieß ihn.«

Bis sie Miriams Haus erreichten, hatte Emily bereits ihren Kaffee hinuntergestürzt und wünschte sich, sie hätte einen größeren genommen. Ihr Handy piepte mit einer Nachricht, und obwohl sie weder Nummern ausgetauscht noch einander ihre Nachnamen genannt hatten, wünschte sie sich, sie wäre von Alistair. Als sie Miles' Worte las (*Hi, Baby, guten Flug zurück nach L.A. heute. Du fehlst mir so sehr, und ich kann es kaum erwarten, dich wiederzusehen. Xoxo*), verspürte sie einen Hauch Schuldgefühl. Dabei war es nur ein unschuldiger Flirt gewesen. Die Art von Flirt, die Miles ständig abzog, häufig sogar direkt in ihrer Gegenwart. Sie waren sich beide in ihrer Beziehung sicher genug, um sich diesen Spaß mit anderen zu gönnen. Keine große Sache.

»Ich freue mich auf Miles«, verkündete Emily, als sie Miriams Haus betraten.

Miriam drehte sich zu ihr um. »Das höre ich gern«, sagte sie langsam.

»Nein, wirklich. Wir haben uns fast einen Monat lang nicht gesehen.«

»Nun, wir werden dich vermissen. Es war schön, dich hierzuhaben. Den Kindern hat es genauso gefallen wie uns.«

Wie aufs Stichwort kam Maisie die Treppe heruntergesprungen. »Mommy! Daddy sagt, Tante Emily fährt heute nach Hause!«, kreischte sie, einen panischen Blick in ihrem kleinen, runden Gesicht.

»Das stimmt, Schatz. Es ist an der Zeit für mich, nach Los Angeles zurückzukehren.« Emily streckte die Arme aus, und Maisie rannte ihr entgegen. Obwohl sie nicht besonders angetan von Ben oder Matthew war – sogar wenn die Jungs sauber waren, wirkten sie irgendwie eklig, mit ihren fortwährend laufenden Nasen und dem Schmutz unter den Fingernägeln, ganz zu schweigen von ihrem ständigen, ermüdenden Bewegungsdrang –, war Maisie ihr richtig ans Herz gewachsen. Das kleine Mädchen zog es immer zu Emily hin, sie tauchte ständig in ihrem Zimmer auf und fragte, ob sie Emilys Schuhe anprobieren oder ihr beim Schminken helfen durfte. Eines Abends hatte Emily ihr ein wenig Rouge, Lipgloss und Lidschatten aufgelegt, und dann beinahe befürchtet, dass das Mädchen vor lauter Begeisterung ohnmächtig werden würde. Natürlich hatte Miriam ihre Tochter sofort ins Bad geschickt, um sich das Gesicht zu waschen, und Emily hatte etwas nicht besonders Nettes über Mütter gemurmelt, die jeden Spaß im Keim erstickten, aber von diesem Moment an war Maisie ihr treu ergeben gewesen.

»Warum musst du denn zurückgehen?«, jammerte Maisie.

Emily setzte zu einer Antwort an und war überrascht, dass ihr nicht sofort etwas einfiel. Sie freute sich auf Miles, aber er würde nur für ein paar Tage da sein, bevor er zurück nach Hongkong flog. Und ihr Job? Nun, der war eine Katastrophe. Da Kim Kelly und Rizzo Benz zu Olivia Belle abgewandert waren, blieben ihr nur noch einige wenige Reality-TV-Stars, die sie im Schlaf betreuen konnte. Solange sie ihnen gratis Designerklamotten beschaffte und einige halbherzige Anrufe für sie bei den Klatschblättern tätigte, waren die glücklich. Wenn Emily ihren Status erhalten wollte, musste sie sich etwas einfallen lassen.

»Weil es an der Zeit ist«, war alles, was ihr einfiel. Sie hatte ihre Mailbox nicht abgehört und Kyle angewiesen, jedem zu erzählen, dass sie an einem Schweigemeditationskurs teilnahm. Bei einem berühmten Mönch. In einem weit entfernten Land.

»Bist du dir sicher?«, hatte Kyle gefragt, wobei ihre Zweifel laut und deutlich herauszuhören gewesen waren.

Emily hatte gerade lange genug geschwiegen, bis das

Mädchen sich wand. »Ob ich mir sicher bin? Willst du wissen, ob ich weiß, was ich tue? Promis stehen auf solchen Mist, erst recht, wenn sie dann den Eindruck bekommen, dass ich schwer zu kriegen bin. Du verkündest das sofort, hast du mich verstanden?«

Kyle hatte ihr versichert, das umgehend zu tun, doch Emily nahm sich vor, sich so bald wie möglich einzuloggen und einen Blick auf die beruflichen E-Mails ihrer Assistentin zu werfen. Sie konnte nicht riskieren, dass dieses wunderschöne und gesellschaftlich gut vernetzte Mädchen womöglich noch herausposaunte, dass sich Emily in *Connecticut* befand. Um Himmels willen! Ihr Ruf vertrug nur ein gewisses Maß an Schaden.

Paul kam ins Zimmer gejoggt. Er trug Kompressionsleggings mit Sportshorts darüber, ein sehr figurbetontes langärmeliges Performanceshirt und neue Turnschuhe.

»Du hast dich dem Vorstadtleben hervorragend angepasst, Paul«, kommentierte Emily, nachdem sie ihn von oben bis unten gemustert hatte. »Wie sportlich.«

Paul lachte. »Hey, ich bin auf dem Weg zum Fitnessstudio. Gegen Mittag bin ich wieder da. Brauchst du irgendwas?«, fragte er Miriam und nahm sich einen Apfel aus der Schüssel auf der Arbeitsplatte.

»Verabschiede dich von Emily«, erwiderte Miriam. »Sie fährt gleich zum Flughafen.«

Paul gab Emily einen Kuss auf die Wange. »Guten Flug, meine Liebe. Grüß Miles von mir, okay?«

»Mache ich. Danke, dass ihr es so lange mit mir ausgehalten habt. Drei Wochen ist schon eine Hausnummer. Ich weiß das sehr zu schätzen.«

Sie umarmten sich liebevoll, und Paul ging in die Garage.

»Er sieht großartig aus«, stellte Emily fest, als sie ihm nachsah. »Das Leben als Internetmillionär bekommt ihm.«

Miriam verdrehte die Augen. »Er geht ständig trainieren. Du solltest mal dieses Fitnessstudio sehen, dem er beigetreten ist. Das sieht aus wie ein asiatisches Luxushotel und kostet mehr im Monat als unser erstes Apartment damals. Wer hätte je gedacht, dass mein Mann ...« Sie verstummte und wirkte beunruhigt.

»Was?«, wollte Emily wissen.

»Du glaubst doch nicht, dass ...«

»Was? Dass er eine Affäre hat? Nein, natürlich nicht. Doch nicht Paul«, erwiderte Emily und hoffte, dass sie überzeugend klang.

»Mommy, was ist eine Affäre?«, fragte Maisie.

»Nichts, mein Schatz. Kannst du nach oben gehen und Karolina fragen, ob sie frühstücken will? Mal nach ihr sehen?«

Das kleine Mädchen freute sich sichtlich über die Aufgabe und rannte davon.

Emily sah zu, wie Miriam einen Apfel in Stücke schnitt. »Das war keine ernst gemeinte Frage, oder, Miriam?«

Ihre Freundin zuckte mit den Schultern. »Nein, nicht wirklich. Ich meine, natürlich glaube ich nicht, dass er eine Affäre hat, aber das ist ja genau das Problem aller betrogenen Ehefrauen, nicht wahr?«

»Hast du irgendwelche Beweise?«

»Beweise? Nein. Nur, dass er kürzlich zu einer Menge Geld gekommen ist und sich neuerdings für sein Aussehen interessiert, was zuvor noch nie ein Thema für ihn war.«

»Was ist mit Sex?«

»Was soll damit sein?«

Emily seufzte hörbar. »Habt ihr welchen?«

»Natürlich!« Miriam zog die Brauen zusammen, das Messer in der Luft. »Hm, obwohl, eigentlich ist es schon eine Weile her ...«

»Definiere ›eine Weile‹.«

Noch mehr Stirnrunzeln. »Ich überlege ja schon.«

»Das ist nicht gut.« Emily holte einen Behälter mit griechischem Joghurt aus dem Kühlschrank. »Aber es ist auch nicht das Ende der Welt. Jeder gerät in Alltagstrott. Es hat nicht unbedingt etwas Schlimmes zu bedeuten, wenn man mal eine oder zwei Wochen lang keinen hat.«

»Eine oder zwei Wochen?«, zischte Miriam. »Eine oder zwei Wochen? Ist das dein Ernst? Entspricht das einem Leben ohne Kinder? Denn wenn du glaubst, ein oder zwei Wochen ohne Sex stellen ein Problem dar, hätte ich mich schon vor sechs Jahren scheiden lassen müssen.«

»Ihr seid doch erst seit sieben Jahren verheiratet.«

»Ganz genau«, bestätigte Miriam.

»Ach du liebe Zeit. So schlimm ist es? Ich meine, ich habe von anderen Müttern gehört, dass alles ein wenig nachlässt, aber ich wusste ja nicht ...«

»Also hat er vielleicht doch eine Affäre. Das willst du doch damit sagen.«

Eine Stimme überraschte sie beide von der Treppe her. »Ich hätte nicht gedacht, dass ihr beiden das hinter meinem Rücken diskutiert«, sagte Karolina, die sich am Geländer festhielt. Sie war blass und wirkte in Miriams übergroßer Jogginghose leicht verlottert.

Emily winkte ab. »Wir reden nicht über dich und deinen möglicherweise fremdgehenden Ehemann. Sondern über Miriams.«

»Sprich leiser!«, herrschte Miriam sie an. »Die Kinder hören alles!«

»Paul?«, fragte Karolina ungläubig. Sie nahm die Kaffeetasse entgegen, die Miriam ihr reichte.

»Natürlich geht er nicht fremd«, beschwichtigte sie Emily.

»Ich glaube es ja auch nicht – aber wer weiß das schon so genau?«, antwortete Miriam.

»Ich wusste es immer«, sagte Karolina leise.

Emily warf einen Blick zu Miriam, die ihn erwiderte. Niemand sagte etwas.

»Es waren die einzigen Male, wo er nicht an Sex interessiert war«, fuhr Karolina fort. »Das totale Klischee, aber es stimmt.«

»Das passiert also nicht zum ersten Mal?«, hakte Miriam nach. Sie schien sich angestrengt zu bemühen, keine Kritik in ihre Stimme einfließen zu lassen, allerdings erfolglos, wie Emily fand.

»Nein. Ich weiß von zwei anderen Affären. Er hat beide zugegeben. Ich ... ich habe angenommen, dass es diesmal ähnlich sein würde.«

Erneutes Schweigen.

»Vielleicht stimmt das ja auch«, fuhr Karolina fort. »Die beiden anderen Male hat er mich angefleht, ihm zu verzeihen. Er hat mir versichert, dass er ohne mich nicht leben kann, genauso wenig wie Harry, und dass er ein Idiot war, unsere Ehe zu riskieren. Beim zweiten Mal waren wir sogar bei einer Eheberatung, auf seinen Vorschlag hin. Ich will sein Verhalten nicht entschuldigen, aber ich glaube fast, er kann gar nicht anders. Meine Mutter hat mir immer erzählt, dass es bei meinem Vater genauso war, dass er immer diese bedeutungslosen Affären hatte und sich ihr anschließend wieder zu Füßen geworfen hat. Sie war davon überzeugt, dass alle Männer so sind.«

»Das sind sie nicht!« Emily hatte nicht vorgehabt, so barsch zu klingen.

»Emily!«, schalt Miriam.

»Was? Darf ich nicht ehrlich sein? Soll ich sie glauben lassen, dass alle Männer fremdgehende Arschlöcher sind? Auf viele trifft das zu, aber nicht auf alle. Nehmen wir doch mal Miles, zum Beispiel. Er geht auf Partys, er flirtet, er geht in Stripklubs und würde niemals das Angebot ausschlagen, sich das Nippelpiercing eines heißen Mädchens anzusehen. Aber er ist loyal und treu. Er hat eine Menge Fehler, und glaubt mir, wenn ich euch die alle aufzähle, sind wir stundenlang beschäftigt, aber er geht nicht fremd. Nicht alle Männer betrügen ihre Frauen.«

Es wurde so still in der Küche, dass Emily den Kühlschrank summen hören konnte. War sie zu weit gegangen? Sie wusste, dass sie so etwas immer schlecht einschätzen konnte. Karolina wirkte betroffen. Miriam klaubte die Überreste eines Blaubeermuffins von einem Teller der Kinder und steckte sie sich in den Mund. Emily warf ihr einen bösen Blick zu.

»Lass mich in Ruhe«, verlangte Miriam mit vollem Mund.

»Ich werde dich an diesen Muffin erinnern, wenn du dich später wieder über dein Gewicht beklagst.«

»Die Vorstadt macht mich fett. Weißt du noch, wie schlank ich war, als wir in New York gewohnt haben?«, fragte Miriam. »Ich bin überall zu Fuß hingegangen. Habe den ganzen Tag lang gearbeitet. Und was tue ich hier? Ich esse.«

Karolina trank einen Schluck von ihrem Kaffee. Sie schien ganz woanders zu sein. »Ich glaube, ich habe viel zu viel Druck auf unsere Beziehung ausgeübt, weil ich unbedingt ein Baby wollte«, meinte sie und ignorierte völlig, was Miriam gerade gesagt hatte. »Früher hatten wir wahnsinnig guten Sex, bevor es nur noch darum ging, schwanger zu werden. Aber daran allein kann es doch nicht liegen, oder? Ich glaube, Graham wird zur Vernunft kommen. Er kann doch unmöglich wirklich eine Scheidung wollen?«

Emily streckte die Arme über den Kopf. »Ich lege dir jetzt mal die Fakten vor, Karolina. Das mache ich auch bei meinen Klienten so, wenn sie sich in unschönen, verfahrenen Situationen befinden und nicht ganz das Ausmaß der Sache abschätzen können, weil sie zu tief drinstecken.«

»Äh, ich bin mir nicht sicher, ob das momentan eine so gute Idee ist«, warf Miriam ein und nahm sich ein weiteres Stück Blaubeermuffin.

»Nein, lass sie ausreden«, bat Karolina.

Emily räusperte sich. »Graham ist schon mal fremdgegangen. Von zwei Vorfällen weißt du. Beide Male hat er es zugegeben und dich um Verzeihung gebeten, richtig?«

Karolina nickte.

»Obwohl es diesmal keine greifbaren Beweise gibt, glaubst du jedoch, dass er wieder eine Affäre hat, stimmt das?«

Ein weiteres Nicken.

»Aber diesmal liegt der Fall offensichtlich anders. Diesmal ist er nicht nur ein lüsterner Kerl, der Mist gebaut hat und es bedauert. Diesmal steckt mehr dahinter.«

»Was meinst du mit ›mehr‹?« Karolinas Stimme war kaum lauter als ein Flüstern.

»Entweder glaubt er, verliebt zu sein, oder er braucht

etwas von ihr. Ich neige zu Letzterem. Regan Whitney, das bildschöne Vorzeigekind eines ehemaligen Präsidenten, ist ein echter Fang. Sie hat sich viel zu sehr im Griff, um bedeutungslose Techtelmechtel zu haben, erst recht nicht mit verheirateten Männern.«

»Ich verstehe nicht, warum wir gerade jetzt darüber reden müssen«, warf Miriam ein, die sich mit dem Thema äußerst unwohl zu fühlen schien.

»Aber das müssen wir«, eiferte sich Emily. »Jeder Zeitungsleser weiß, wie ehrgeizig Graham ist. Er ist geradezu der König der WASP. Harvard, Oxford, Partner bei Cravath und jetzt Senator von New York. Beim Parteitag der Demokraten in Tallahassee hat er diese brillante Rede über Familienwerte gehalten, und plötzlich wurde er von allen als Topkandidat für die Präsidentschaftswahlen 2020 gehandelt.«

»Das hat ihn sehr überrascht«, warf Karolina ein. »Er konnte kaum glauben, wie viel Aufmerksamkeit ihm das eingebracht hat.«

Emily warf ihr einen eindringlichen Blick zu. Im Gegensatz zu den landläufigen Vorurteilen war Karolina nicht dumm.

»Und jetzt hat sich Graham, der mögliche Topkandidat für die Demokraten bei der *Präsidentschaftswahl*, also mit einer anderen Frau eingelassen. Einer, die politisch sogar über noch mehr Verbindungen verfügt als er. Was kann Mr Familienwerte jetzt also tun? Einfach seine Frau verlassen? Ein Modell gegen eine jüngere Version eintauschen?«

Bei diesen Worten zuckte Karolina sichtlich zusammen.

Emily ignorierte es. »Natürlich nicht! Er muss einen Ausweg finden, bei dem ihm niemand etwas am Zeug flicken kann. Also arrangiert er alles so, dass *du* aussiehst wie diejenige, die eine glückliche Familie zerstört hat!«

Karolina riss die Augen auf. »Was?«

»Graham. Er hat dich reingelegt. Damit er sich von dir scheiden lassen kann, ohne sein Image zu beschmutzen. Das ist doch offensichtlich.«

»Ach ja?«, meldete sich Miriam zu Wort. »Mir fallen hundert ...«

»Miriam, zieh den Kopf verdammt noch mal aus dem Sand!«, rief Emily. Leugnen hatte noch nie jemanden weitergebracht. »Karolina, du hast uns erzählt, dass du ein einziges Glas Wein getrunken hast und dann dreißig Sekunden nach dem Verlassen deiner Einfahrt angehalten wurdest. Ich nehme mal an, dass du in Maryland in einer wunderschönen Nachbarschaft wohnst, mit großen Familienhäusern. Das ist nicht unbedingt eine typische Gegend für routinemäßige Alkoholkontrollen durch die Polizei. Und obwohl weder du noch dein Sohn wusstet, wo sie herkamen, lagen leere Flaschen in deinem SUV. Dann lassen sie dich auf der Straße irgendeinen bescheuerten Nüchternheitstest machen, den du angeblich nicht bestanden hast, und du wirst aufs Revier gebracht, wo sie weder einen Atemtest noch einen Bluttest durchgeführt haben, die tatsächlich *bewiesen* hätten, dass du nicht betrunken warst.«

Karolina starrte sie mit ausdrucksloser Miene an.

»Und trotz der Tatsache, dass du die Ehefrau eines Senators bist, keine Vorstrafen hast und ganz offensichtlich *nüchtern* bist, wirst du auf dem Revier wie eine gewöhnliche Kriminelle eingesperrt und über Nacht dabehalten. Ergibt irgendetwas davon einen Sinn für dich?«

Immer noch regte sich kein Muskel in Karolinas Gesicht.

»Ja, für mich auch nicht. Das kann alles nur passieren, wenn jemand will, dass es so stattfindet. Jemand, der mächtig genug ist, einige Alkoholflaschen zu platzieren, und der dann seine Kumpels bei der Polizei von Bethesda anruft, damit sie ›mal nach dem Rechten sehen‹. Jemand wie Graham. Ich weiß zwar nicht, warum, aber ich habe keinerlei Zweifel daran, dass er hinter all dem steckt.«

»Emily, hör auf!«, verlangte Miriam, widersprach aber nicht.

»Sie hat recht«, flüsterte Karolina.

Beide Frauen drehten sich zu ihr um.

»Du hast recht«, wiederholte Karolina an Emily gewandt. »Es würde alles erklären. Die Flaschen, dass sie mich nicht haben pusten lassen, wie die Polizei mich behandelt hat. Dass mein sogenannter Anwalt, Trip, nichts getan hat, um mir zu helfen. Dass mich Graham praktisch aus meinem eigenen Haus geworfen hat. Und dann dieser … Mist über die Sicherheit *seines* Sohnes. Es war alles geplant. Wieso habe ich das nicht früher gemerkt?«

Niemand sagte etwas.

»Oh mein Gott. Mir wird schlecht. *Er* steckt dahinter.« Karolina legte sich eine Hand an den Hals.

»Er will die Scheidung«, fuhr Emily fort. »Was wird er tun, einfach darum bitten wie ein normaler Mensch? Natürlich nicht. Amerikaner wählen keine geschiedenen Männer, nicht nach Donald Trump. Sie stimmen für Familienwerte! Sie stimmen für Anstand! Sie wollen keinen zukünftigen Präsidenten, der seine wunderschöne Frau verlässt, nur weil er eine neue und bessere Version gefunden hat.«

Schmerz spiegelte sich jetzt in Karolinas Gesicht.

»Tut mir leid, wenn ich zu ... deutlich war«, entschuldigte sich Emily.

Daraufhin bekam sie Schweigen zur Antwort.

»Na gut.« Sie stand auf. »Ich muss jetzt packen, wenn ich rechtzeitig am Flughafen sein will.«

Sie war schon auf halbem Weg die Treppe hoch und zählte in Gedanken die Sekunden, bis sie in einen Uber steigen und sich um ihre Arbeit kümmern konnte, als sie Karolina ihren Namen rufen hörte. »Emily?«

Karolinas grimmige Miene ließ ihr den Atem stocken. Sie entdeckte keine Tränen, nur absolute, harte, kalte Entschlossenheit. Sehr schön, dachte Emily. Du wirst diese Sache nie überleben, wenn du nur weinend herumsitzt. Es ist höchste Zeit, richtig wütend zu werden.

»Ja?«

»Hilfst du mir?« Ihre Frage klang zwar wehleidig, doch ihr Ton erzeugte ein ganz anderes Bild.

»Dir helfen?«, wiederholte Emily, obwohl sie sofort wusste – hoffte –, was Karolina meinte.

»Hilfst du mir, meinen Sohn zurückzubekommen? Und dieses Arschloch an die Wand zu nageln, um der Welt zu zeigen, was für ein Betrüger und Monster er in Wahrheit ist?«, wurde Karolina deutlicher.

»Karolina, mein Liebling.« Emily lächelte breit und deutete eine Verbeugung an. »Es wäre mir ein Vergnügen.«

Kapitel 11

Mommy-Mädelsabend
Miriam

»Mommy? Mommy?« Miriam versuchte, den Verzweiflungsgrad in Maisies Stimme abzuschätzen, und hoffte insgeheim, ihre Tochter würde wie durch Zauberhand vergessen, was sie wollte, und einschlafen, was natürlich lächerlich war. »MOMMY!«

Miriam holte tief Luft und rief sich zur Geduld. Ihre Tochter war erst fünf. Dass sie versuchte, ihre Bettgehzeit hinauszuzögern, gehörte dazu und war völlig normal. »Ja, Schatz?«, fragte sie und öffnete Maisies Tür gerade weit genug, um den Kopf hindurchstecken zu können.

»Ich brauche dich.«

»Ich bin hier, Liebling. Was kann ich für dich tun?«

»Komm her.«

»Schätzchen, wir haben drei Geschichten gelesen und zwei Lieder gesungen. Du hast Wasser getrunken. Wir haben deinen Meerjungfrauenschlafanzug aus dem Wäschekorb geholt, und du hast ihn angezogen. Ich habe den gruseligen Grüffelo aus deinem Regal genommen und nachgesehen, ob sich auch wirklich keine Füchse unter deinem Bett verstecken. Du musst jetzt schlafen.«

»Ich will mit dir kuscheln«, bat Maisie in ihrer liebsten

Stimme. Das Mädchen war nicht dumm – schon vor langer Zeit hatte es gelernt, dass Kuscheln das Einzige war, was Miriam niemals ausschlagen würde.

Wie viele Jahre würde ihr kleines Mädchen überhaupt noch mit ihr kuscheln wollen? Sie legte sich zu Maisie unter die Decke und zog den kleinen warmen Körper ihrer Tochter zu sich heran. Gut, dann blieb ihr halt keine Zeit mehr, sich für den Abend mit den anderen Müttern zu schminken. Kein Problem. Lächelnd atmete sie den Duft der immer noch feuchten Haare ihrer Tochter ein. Dann gab sie ihr einen letzten Kuss, murmelte »Ich hab dich lieb« und war anschließend in der Lage, ohne weitere Proteste auf Zehenspitzen aus dem Zimmer zu schleichen und die Tür hinter sich zu schließen. Vielleicht blieb ihr ja doch noch genug Zeit für Make-up.

Ihr Handy piepte mit einer Nachricht von Ashley. Sie wartete in der Auffahrt.

»Verdammt.« Miriam erhaschte einen Blick auf sich im bodenlangen Spiegel: nicht gut. Sie hatte es geschafft, einen so weit sauberen Rollkragenpullover in einem hübschen Hellblau hervorzukramen, aber an ihren Leggings hafteten Fusseln, und ihre Bemühungen um einen schicken, unordentlichen Haarknoten hatten zu einem miesen Dutt geführt. Ihr war immer noch nicht so richtig klar, was sie in der Stadt am besten tragen sollte.

Egal, dachte sie. Sie gingen schließlich nicht auf eine Gala. Es war ein Donnerstagabend in der Vorstadt, und alle geladenen Gäste waren Frauen. Ashley hatte sich zwar nicht konkret zum Thema der Zusammenkunft geäußert, aber sie hatte Miriam versichert, dass es lebhaft werden und es ausreichend Wein und viele weibliche Gesprächspartnerinnen geben würde. Wieso sollte Miriam da ablehnen, wo sie doch kaum jemanden kannte? Es würde bestimmt schön werden.

»Hey, tut mir leid, dass du auf mich warten musstest. Maisie war heute Abend sehr anhänglich«, erklärte sie und hörte selbst die Kurzatmigkeit in ihrer Stimme, als sie die Beifahrertür zuschlug. »Danke fürs Abholen.«

»Aber natürlich, Schätzchen! Schau dich nur an, so ein süßes Outfit«, gurrte Ashley. Sie trug ebenfalls einen Rollkragenpullover, aber ihrer war kamelfarben und sah aus, als wäre er aus den Wimpern von Babylämmchen gewoben. Sie hatte ihn mit einer engen weißen Jeans, Diamantschmuck in hauchzarter Pavé-Fassung und einem Paar wunderschöner schwarzer Lederstiefel kombiniert. Ihre blonden Haare wirkten professionell geföhnt. Sie duftete sogar köstlich. Alles an ihr strahlte einfach.

»Wie kriegst du deine Haare so hin?«, erkundigte sich Miriam und betastete ihren Knoten. Vor Kurzem hatte sie einen New Yorker Friseur aufgesucht, der für seine sexy Schnitte bei lockigen Haaren bekannt war. Er nannte sie den »Diva-Cut«. Aber ihre neue Frisur hatte nur ganze sechsunddreißig Stunden lang gut ausgesehen, bevor alle Anzeichen von Divasein wieder zu einem fransigen Desaster explodiert waren.

»Ach, das hier? Ich bitte dich. Ich habe meine Haare seit einer Woche nicht mehr gewaschen. Ich kann dir gar nicht sagen, wie viel Trockenshampoo ich verbrauche. Lucy hat mir neulich gesagt, dass meine Haare unschön riechen.«

Miriam lachte. »Na ja, falls du dich dann besser fühlst, ich habe neulich in Matthews Kunstmappe aus der Schule eine Zeichnung von mir gefunden. Als ich ihn gebeten habe, sie mir zu erläutern, hat er mir stolz die drei tiefen Falten quer über meine Stirn und die Ringe unter meinen Augen gezeigt. ›So siehst du aus, wenn du richtig müde bist, Mommy‹, waren seine genauen Worte, glaube ich.«

Ashley lachte. »Ein Klassiker.«

»Also, was haben wir heute Abend vor? Ich habe eine Flasche Malbec dabei, aber ich wusste nicht, was ich sonst noch ...«

»Nein, nein, das ist perfekt! Wir sind nur eine kleine lustige Gruppe. Ein bisschen trinken, ein bisschen shoppen. Die anderen werden dir gefallen.«

Ein bisschen shoppen. Da war es. Miriam lächelte in sich hinein, während Ashley durch die dunklen, kurvenreichen Straßen fuhr. Sie hätte es wissen sollen, schließlich hatte sie jede Menge über diese Abende in der Vorstadt gehört: »Partys« für ausschließlich Frauen, wo die Gastgeberin für Getränke und Knabberzeug sorgte und dann in einer pseudo-entspannten, aber in Wahrheit hochgradig aggressiven Art versuchte, den Anwesenden die Produkte zu verkaufen, für die sie jetzt als »Stylistin« oder »Beraterin« tätig war. Ashley hatte Miriam einmal erzählt, dass sie bei solchen Abenden, die ursprünglich als Buchclubtreffen oder Mädelsabende angekündigt worden waren, von stapelbaren Armreifen über Sportkleidung bis hin zu Faltencreme schon alles gekauft hatte.

Als sie bei ihrer Gastgeberin eintrafen, waren die anderen Frauen bereits im Wohnzimmer versammelt, nippten an ihren Getränken und plauderten vor dem wunderschönen Kamin. Miriam erkannte einige der Anwesenden von der Babyparty und einige weitere von der Schule der Kinder wieder, aber ansonsten waren es überwiegend Fremde: wunderschöne, selbstbewusste, perfekt frisierte Fremde.

»Hey, alle mal herhören! Einige von euch kennen sie vielleicht schon, aber für alle anderen: Das hier ist Miriam Kagan. Sie hat ganz süße Zwillinge im Vorschulalter, Maisie und Matthew, und ihr Sohn Benjamin geht in die zweite Klasse. Sie sind gerade erst aus New York hierher gezogen.«

Miriam spürte, wie ihr Hitze vom Hals bis in die Wangen hochstieg. Am liebsten hätte sie sich verdrückt. Nachdem sie mehr als ein Jahrzehnt lang ganz genau gewusst hatte, wo sie in New York stand, fand sie diesen Neuanfang schwieriger, als sie jemals gedacht hätte. Doch alle Frauen lächelten sie freundlich an, winkten ihr zu und setzten dann ihre Gespräche fort. Beinahe sofort im Anschluss verschwand Ashley, und Miriam blieb verlegen allein in der Küche zurück. Aus einer bereits offenen Flasche schenkte sie sich ein Glas Merlot ein. Da sie nicht wusste, was sie als Nächstes tun sollte, steckte sie sich ein Stückchen Parmesan in den Mund und blickte sich um.

Das Haus war natürlich spektakulär. Gewölbedecken, ein überhoher Kamin, genügend Decken und Dekokissen, um damit eine Boutique zu eröffnen. Der Läufer unter dem Couchtisch mit natürlichen Holzkanten bestand aus Tierfellen in allen Schattierungen von Grau und Weiß. Sorgfältig zusammengenäht, erzeugte er eine Art modernen Bodenquilt, der in krassem Kontrast zu den trendigen, grau lasierten Holzdielen stand. Überall brannten Diptyque-Kerzen. Aus den versteckten Lautsprechern drang leise, sexy Musik. Frauen mit langen Haaren und langen Beinen schwebten zwischen den Räumen hin und her, küssten einander die Wangen und erkundigten sich nach Kindern, Trainingseinheiten und Urlaubsplänen.

»Du bist Miriam, richtig?« Eine elegante Frau mit nachtschwarzem Pagenkopf und porzellanweißer Haut lächelte sie an. »Ich bin Claire. Schön, dass du heute Abend kommen konntest.«

»Claire? Oh, das hier ist dein Haus, richtig? Es ist wunderschön. Gerade habe ich deinen Geschmack bewundert.«

Claires Lächeln wurde breiter. »Vielen Dank, meine Liebe. Also, Ashley hat gesagt, du hast drei Kinder, alle im Vorschul- und Grundschulalter?«

Miriam nickte.

»Und du bist bei ihnen zu Hause?«

Miriam öffnete den Mund und schloss ihn wieder. »Ja. Das war zwar nicht immer so, aber die letzten Monate waren wirklich toll, wo wir ...«

»Ja, oder?«, wurde sie von Claire unterbrochen. »Hey, hättest du vielleicht Lust, bei mir im Vorstand von Opus mitzuarbeiten? Die finanzielle Belastung hält sich in Grenzen, obwohl das Geld so viel Gutes bewirkt, und wir organisieren tolle Veranstaltungen. Außerdem sorgt das gesammelte Geld für wahnsinnig viele positive Veränderungen im Leben der Kinder, die ganz in unserer Nähe leben und trotzdem so viel erleiden müssen.«

»Hm, das klingt interessant«, murmelte Miriam. Was stimmte – wer wollte denn nicht Kindern helfen? –, aber sie verstand nicht zu hundert Prozent, was Claire ihr da vorschlug.

»Hallo, Mädels«, trillerte Ashley, als sie hinzutrat, um ihr Glas nachzufüllen. »Schön, dass ihr euch kennengelernt habt. Claire, es ist so toll, Miriam als zweite Elternsprecherin an meiner Seite zu haben! Ich wusste, dass ihr zwei euch super verstehen würdet.«

»Damit hattest du natürlich recht«, bestätigte Miriam, vielleicht ein wenig zu laut.

Es folgte ein kurzer peinlicher Moment, bevor sich Ashley vorbeugte und Claire hörbar zuflüsterte: »Du siehst toll aus. Ich kann kaum glauben, dass es erst einen Monat her ist.«

Miriam tat so, als ob sie es nicht gehört hätte, doch Claire wandte sich ihr zu. »Ich habe mich vor einigen Wochen der kompletten Mommy-Behandlung unterzogen: Brüste, Bauch und Vagina. Es war eine Quälerei, aber die Sache definitiv wert.« Liebevoll strich sie über ihren konkaven Bauch. »Ich habe heute so viel Salz gegessen, und außerdem müsste jederzeit meine Periode eintreten, aber schaut mal: flach wie ein Brett.«

Ashley bestaunte Claires Taille. »Ich bereue es wirklich, bei den Brüsten damals nicht gleich den Bauch mitgemacht zu haben. Oder die Vag! Da habe ich einfach nicht nachgedacht. Nur weil ich drei Kaiserschnitte hatte, muss das doch nicht bedeuten, dass mein gesamter Beckenboden hinüber ist. Sobald ich beim Sport hochspringe, fallen meine Tampons raus.«

»Ganz genau.« Claire nickte. »Beim Sex hat es sich angefühlt, als ob man ein Würstchen in den Flur wirft. Mir hat das ja nicht so viel ausgemacht, aber meine Güte, Eddie hat sich ständig darüber beschwert. Zwei perfekte Kinder waren offensichtlich nicht genug, ich sollte für ihn auch noch so eng wie ein Teenager sein.«

»Natürlich. Das wollen sie alle. Und er hat ja auch gekriegt, was er wollte.«

Claire tat beschämt. »Das stimmt.«

Miriam lachte mit den anderen mit, aber innerlich fühlte

sie einen Anflug von Panik. War Paul deshalb in letzter Zeit so wenig an ihr interessiert? Sie hatte Ben auf natürlichem Weg geboren und die Zwillinge per Kaiserschnitt. Wenn sie lachte, nieste oder hochsprang, machte sie sich nicht direkt in die Hose – reichte das vielleicht nicht? Entging ihr da etwas Wichtiges?

Nach einem Blick auf ihre Uhr schnappte Claire nach Luft. »Oh, schon beinahe halb neun.« Dann, lauter in die Menge: »Ladys? Treffen wir uns im Wohnzimmer?«

Bevor sich alle gesetzt hatten, klingelte es an der Tür. Jemand quiekte erfreut auf. Miriam fragte sich, wer wohl so viel Begeisterung auslösen konnte. Vielleicht ein Promi? Sie hatte Gerüchte gehört, dass Blake Lively hierher gezogen war, aber niemand schien Genaueres zu wissen. Sie hatte auch mitangehört, wie jemand erwähnte, dass Karolina, die Frau des Senators, sich in Greenwich versteckte, aber glücklicherweise hatte diejenige beinahe sofort danach das Thema gewechselt.

Als eine Frau in der Tür erschien, erkannte Miriam sie als eine der Mütter aus Bens zweiter Klasse wieder. Wenn sie sich richtig erinnerte, hatte sie ein kleines Mädchen mit feurig roten Haaren, das Miriams Mutter als »frech« bezeichnen würde. Sage. So hieß die Frau. Sage trug ein fließendes Maxikleid und eine Kaschmirstrickjacke, dazu ein Gewirr aus zarten Goldketten. Ihre roten Haare waren locker zu einer Krone geflochten, die ihr Gesicht umrahmte, und ihre Haut wirkte beinahe durchscheinend, makellos und dazu auch noch ungeschminkt. Sie sah aus, als gehörte sie nach Coachella, wo sie einen langen, sinnlichen Zug von einem Joint nehmen würde, ihre Strickjacke ablegen und dann träge an Lagerfeuern in der Wüste und mit jungen

Männern mit Zungenpiercings die Nacht durchtanzen würde. Sage lächelte den Raum voller netter Frauen an und verkündete dann mit überraschend tiefer Stimme: »Dann wollen wir die Party mal steigen lassen!«

»Oh, ich kann es kaum erwarten zu sehen, was sie diesmal mitgebracht hat«, sagte Ashley und zog Miriam am Arm zu einem Platz in vorderster Reihe auf der Couch. »Hoffentlich hast du deine Kreditkarte dabei.«

Der Rollkoffer, den Sage hinter sich herzog, wirkte für Schmuck ziemlich groß, aber was wusste Miriam schon? Sie nippte an ihrem Wein, während Sage es sich bequem machte.

»Erst einmal vielen Dank an Claire, die Gastgeberin der heutigen … Festlichkeit. Schätzchen, ich verspreche dir, keine Gleitcreme auf deine Sachen zu schmieren.«

Alle lachten.

»Ist sie nicht Kinderärztin?«, flüsterte Miriam Ashley zu, die den Blick nicht von Sages Koffer nahm.

»Früher einmal. Sie praktiziert nicht mehr. Der Bereitschaftsdienst war angeblich die reinste Hölle.«

Miriam nickte. Sage blickte sich im Zimmer um. »Meine Damen, zuerst sage ich euch, was ich nicht tun werde. Ich werde kein albernes Icebreaker-Spiel veranstalten. Ich werde euch nicht dazu drängen, Körperfarbe aus Schokolade zu kaufen. Oder irgendetwas anderes. Und ich werde ganz sicher keinen widerlichen Plastikdildo auspacken und euch erklären, inwiefern der euer Leben verändern wird.«

Einige Frauen lachten, aber zu ihrer Erleichterung sahen auch viele Frauen genauso unangenehm berührt aus, wie sich Miriam fühlte.

»Betrachtet mich als eure Intimitätskundenbetreuerin

für Luxusprodukte der Extraklasse.« Sage machte eine dramatische Pause. »Wie viele von euch gehen davon aus, dass ihr Ehemann auch weiterhin an ihr interessiert bleibt?«, fragte sie mit Blick in die Runde.

»Ist mir doch egal!«, riefen einige, aber die meisten Frauen hoben zögernd die Hand.

»Und wer von euch tut was dafür, damit es so bleibt?«

Schweigen. Keine Meldungen.

»Kann sich eine von euch erinnern, wann sie das letzte Mal ein echtes Negligé im Bett getragen hat?«

»Falls du mit ›Negligé‹ ein altes College-T-Shirt und ein Paar Boxershorts meines Mannes meinst, dann gestern Abend!«, rief eine.

Alle lachten. Miriam nippte rasch noch einmal an ihrem Wein und machte sich Sorgen, dass sie zu laut gelacht hatte.

»Und darf ich fragen, wann jemand in diesem Zimmer das letzte Mal ihrem Mann einen geblasen hat?«

»Dem *Ehemann?*«, kreischte Ashley.

Das erzeugte Lacher bei der gesamten Gruppe.

Sage schüttelte den Kopf, als wäre sie von allen enttäuscht. »Nach Analverkehr muss ich dann wohl gar nicht erst fragen. Aber eins sage ich euch, da entgeht euch wirklich einer der Hotspots der weiblichen Lust.«

Die einzige Schwangere in der Runde meldete sich zu Wort. »Mein Mann kriegt einfach nicht genug, erst recht unter diesen Umständen hier.« Grinsend rieb sie sich über den riesigen Bauch. »Wen machen Schwangerschaftshämorrhoiden schließlich nicht an? Oder Gespräche über meine Verstopfung am Abendbrottisch?«

Plötzlich kam Miriam die Lage zwischen ihr und Paul gar nicht mehr so schlimm vor.

Sage hob gespielt überzeugt die Hände. »Leesa, du bist die Einzige hier mit einer Entschuldigung. Aber die anderen – wenn ihr nicht Zeit und Mühe investiert, um eure Ehemänner zu befriedigen, dann werden sie woanders danach suchen.«

»Versprichst du mir das?«, wollte eine zierliche Frau in Jeans und Lederjacke wissen.

Die Frauen lachten, und einige klatschten, doch Sage ignorierte sie und zog Tuben, Flaschen und Gläser aus ihrem Koffer. Sie waren allesamt wunderschön verpackt, wie die Produkte in der Make-up-Abteilung bei Barneys. »Hier haben wir unsere Bad-und-Körper-Linie. Badesalze, Aromatherapiezerstäuber, parfümierte Massageöle und feuchtigkeitsspendende Lotionen. Alles ist parabenfrei und nach Rezepturen von erstklassigen kosmetischen Dermatologen exklusiv in den USA hergestellt. Nichts hiervon wird eine Hefepilzinfektion oder Ausschlag bei euch auslösen, aber alle diese Produkte wurden speziell dafür entwickelt, auf Männer zu wirken.«

Miriam betrachtete eine Glasflasche, die zu ihr weitergereicht wurde. In kleinen Druckbuchstaben stand SINNLICHES MASSAGEÖL auf der Vorderseite, und als sie die Verschlusskappe abdrehte, um daran zu riechen, wollte sie sich am liebsten gleich hineinlegen. Oh ja, sie würde nur zu gern ein wenig Massageöl kaufen und Paul eine Schultermassage anbieten. Wie lange war es her, seit sie das zum letzten Mal getan hatte? Sie nahm ein gefülltes Weinglas von Ashley entgegen und ließ sich zurück in die Couch sinken.

Sage holte immer weitere bunte Objekte in allen Formen und Größen aus ihrem Koffer. Genau wie die Badprodukte waren auch sie in schlanken, minimalistischen Schachteln verpackt und gaben kaum einen Hinweis auf ihren Inhalt.

»Bitte, ihr dürft gern alles öffnen und anfassen.«

Miriam nahm eine Schachtel in die Hand, von der man auch problemlos hätte annehmen können, dass sie ein Produkt aus einem Apple-Store enthielt. Das Bild darauf zeigte etwas in der Form eines lavendelfarbenen Eies, das auf Druck mit Vibration reagierte. Es gab zehn voreingestellte Vibrationsmuster, und man konnte auch bis zu sechs eigene einprogrammieren. Als sie die Packung öffnete, sah sie es darin auf einem schnittigen weißen Ladegerät stehen. Daneben lag außerdem ein weißer Transportbeutel aus Seide, und es fühlte sich so glatt wie ein Flusskiesel an, nur weicher und ein wenig flexibel.

»Das dort ... Tut mir leid, ich weiß nicht, wie du heißt!«, rief Sage zu ihr herüber.

Miriam war viel zu sehr damit beschäftigt, das lilafarbene Ei zu untersuchen, um zu bemerken, dass Sage auf sie deutete.

»Miriam. Miriam Kagan«, half Ashley aus.

Miriam riss den Kopf hoch und merkte, dass alle im Raum ihr zusahen, wie sie den Vibrator betastete. Die Hitze, die ihr von der Brust aus rasch ins Gesicht stieg, fühlte sich beinahe überwältigend an.

»Das Produkt, das Miriam Kagan in der Hand hält, ist ein Bestseller. Miriam, kannst du es bitte mal hochhalten?«

Miriam hob den Arm fünfzehn Zentimeter.

»Dieses kleine Juwel ist ein regelrechter Triumph im Bereich Design«, verkündete Sage, als spräche sie von einem neuen architektonischen Meisterwerk von Frank Gehry. »Es reagiert schneller als euer Porsche, und glaubt mir, es wird *euch* viel glücklicher machen. Es eignet sich perfekt für Partnerspiele, weil es sich nicht um eine primitive Nachbildung der Geschlechtsteile eures Ehemanns handelt. Das Silikon in medizinischer Qualität wird nicht porös, wodurch es leicht zu reinigen ist und vollkommen wasserfest und somit auch geeignet für ein bisschen Spaß in der Dusche oder bei einem schönen heißen Bad. Miriam, was meinst du?«

»Meinen?«, quiekte Miriam. Warum verhielt sie sich denn so prüde? Es war ein Vibrator, um Himmels willen, keine Lederpeitsche, und trotzdem hätte sie sich am liebsten unter der Couch verkrochen.

»Er ist sehr … schön?«

Alle lachten. Sage lächelte glückselig.

»Er gehört dir«, sagte sie. »Ein Geschenk von mir. Aber sorg dafür, dass er gut genutzt wird.«

Der Raum brach in Applaus aus. Miriam brachte ein peinlich berührtes Danke heraus, bevor sie den Vibrator samt Ladegerät und Verpackung in ihre Handtasche steckte wie ein schmutziges kleines Geheimnis.

Die Aufmerksamkeit aller Anwesender konzentrierte sich jetzt auf einen Vibrator, der genau wie ein Lippenstift aussah, komplett mit dem Logo von YSL an der Seite, und Miriam schlüpfte aus dem Zimmer und in die Küche, wo sie sich das größte Stück Parmesan von der Käseplatte nahm und es sich in den Mund stopfte. Sie wollte sich gerade ein zweites Riesenstück nehmen, als Ashley vor ihr auftauchte.

»Ist das nicht lustig?«, fragte sie lachend und schenkte sich ihr Weinglas zum dritten Mal nach. Miriam wollte sich zwar nicht aufführen wie eine tugendhafte Mutter, aber

Ashley war immerhin ihre *Fahrerin*. »Es ist so gut. Wir müssen die Dinge im Schlafzimmer frisch halten.«

»In meinem Schlafzimmer ist alles abgestanden«, platzte Miriam heraus und war sofort entsetzt über sich.

»Ach, meine Liebe, ich bin sicher, das stimmt nicht. Wenn die Kinder klein sind, beruhigt sich alles ein wenig, aber später nimmt es wieder Fahrt auf.« Ashley nahm sich die kleinste Babykarotte vom Tablett und dippte sie einen Millimeter in den Hummus. »Wie oft machst du es denn mit Paul?«

»Nicht oft.«

»Also, einmal pro Woche? Einmal alle anderthalb Wochen?«

Du lieber Himmel, dachte Miriam. Ashley klang schon genauso schlimm wie Emily, nur dass diese Frau selbst drei Kinder hatte.

»So was in der Art«, log sie. »Wie oft macht ihr es denn?«

Ashley lachte. »Nicht so oft, wie Eric es gerne hätte, das ist sicher. Er klettert ständig auf mich drauf, und ich gebe so drei, manchmal vier Mal pro Woche nach.« Miriam musste schockiert ausgesehen haben, denn Ashley schob schnell hinterher: »Wenn ich mitten in der Nacht ja sage, steht mir zu, einfach nur dazuliegen.«

Miriam zwang sich zu einem Lachen. »Absolut«, pflichtete sie ihr bei, obwohl sie sich nicht daran erinnern konnte, dass Paul sie jemals mitten in der Nacht für Sex geweckt hätte.

»Es freut mich, dass Paul und Eric heute den Abend gemeinsam verbringen«, fuhr Ashley fort. »Es ist einfach so schwer, Paare zu finden, wo beide beide mögen, nicht wahr?«

»Aber nicht heute Abend«, widersprach Miriam, obwohl

sie sich plötzlich nicht mehr ganz sicher war. »Paul hat zu Hause das Babysitting übernommen. Streich das – er kommt seiner Aufgabe als Vater nach. Ich hasse es, wenn Leute sagen, ein Dad ist der ›Babysitter‹ seiner eigenen Kinder.«

Ashley zog ihr Handy heraus und zeigte Miriam eine Nachricht von Eric. *Die Jungs kommen zum Pokerspielen vorbei. Habe Paul eingeladen, wie du wolltest. Er ist dabei.*

Miriam griff nach ihrem Handy. *Wo bist du?*

Drei Punkte erschienen und dann … *Pokerabend bei Eric. Die Tochter der Millers von gegenüber passt auf die Kinder auf. Alle schlafen. Amüsierst du dich?*

Ja, schrieb sie zurück und versuchte, sich nicht darüber zu ärgern, dass Paul eine Babysitterin besorgt hatte und zu einem Freund gegangen war, ohne ihr wenigstens eine Nachricht zu schicken.

Noch eine winzige Karotte, die in einen Millimeter Hummus gedippt wurde. Ashley schüttelte beim Kauen den Kopf. »Angeblich spielen sie Poker, aber das ist Bullshit. Sie beglotzen unser neues Au-pair-Mädchen.«

»Ihr habt ein neues Au-pair-Mädchen?«

»Brüste bis hier hoch und einen Arsch, für den ich töten würde. Wir waren letztes Wochenende in einem dieser ekligen Indoor-Wasserparks, und ich dachte schon, Eric würde bei ihrem Anblick gleich einen Herzinfarkt bekommen. Sie trug einen dieser Bikinis nach brasilianischem Schnitt, die nicht wirklich ein Tanga sind, aber fast. Und was hatte ich an? Ein Wetshirt und Wassersocken. Kannst du dir das bildlich vorstellen?«

»Nein«, erwiderte Miriam und fragte sich, wie dieses Au-pair aussehen musste, wenn sie Ashley, die Größe 34 trug, eine perfekte Figur und herrliche blonde Haare hatte und vor Botox nur so strotzte, das Gefühl gab, unzureichend zu sein.

»Sie ist unser drittes Au-pair-Mädchen, und die letzten beiden waren perfekt: unbeholfen, moppelig, eine hatte sogar schlimme Akne. Was sie allerdings nicht davon abhielt, in Tylers Zimmer Sex mit einem Kerl zu haben, den sie aus New York mitgebracht hatte, weshalb wir sie feuern mussten. Bäh, ich versuche immer noch, diesen Anblick zu vergessen.«

»Nein!«, rief Miriam und gab sich keinerlei Mühe, ihre Begeisterung zu verstecken.

»Doch. Aber rate mal, wer übrig bleibt, wenn du mitten im Jahr einen Ersatz brauchst? Nur die scharf aussehenden. Keine Mom will die. Die hässlichen Mädchen gehen weg wie warme Semmeln, und im August sind nur noch Supermodels übrig. Claire hatte letztes Jahr eine, die aussah wie ein Klon von Scarlett Johansson, nur hübscher.«

»Mein Gott.«

»Aber was soll man sonst machen? Sich selbst um die Kinder kümmern? Gott bewahre!« Ashley lachte, und es war offensichtlich, dass sie ganz genau wusste, wie das klang, es ihr aber egal war.

Claire tauchte in der Küche auf. »Ich habe jedenfalls ganz sicher nicht meinen Job an der Wall Street aufgegeben, um eine Mutter ohne Vollzeit-Nanny zu werden!«, sagte sie und zwinkerte. »Wo bliebe denn da der Spaß?«

»Ganz genau!« Ashley hob ihr Weinglas und stürzte es hinunter, ohne darauf zu warten, dass die anderen mit ihr anstießen. Miriam nahm sich vor, einen Uber zu rufen.

»Miriam? Sage sucht nach dir.«

Allein beim Klang von Sages Namen wurde Miriam rot und erinnerte sich an das lavendelfarbene Ei in ihrer Handtasche. »Nach mir? Ich, äh, ich ...«

»Vermutlich bist du an der Reihe für das Privatgespräch«, erklärte Ashley und schenkte sich nach. »Nach der Demonstration geht Sage mit jeder in ein separates Zimmer, damit du deine Einkäufe unter Ausschluss der Öffentlichkeit machen kannst. Und jetzt bist du dran.«

»Oh, ich brauche nichts. Danke. Ich habe ja jetzt schon die eine Sache, und ...«

»Na los!« Ashley packte Miriams Arm und verschüttete dabei etwas von ihrem Wein auf die Arbeitsplatte. »Sei nicht so prüde. Vertrau mir, Paul wird es dir danken. Denk doch an den Schmuck. Männer haben oft das drängende Verlangen, ihren Frauen Diamanten zu kaufen, wenn es in ihrer Ehe plötzlich wieder Sex gibt.«

»Es ist ja nicht so, als hätten wir gar keinen Sex«, murmelte Miriam, hielt dann aber inne. Warum hatte sie mit Ashley überhaupt über etwas so Persönliches wie ihr Sexleben mit Paul gesprochen?

»Komm. Kauf einfach, was immer *dir* gefällt. Ihm wird alles gefallen, das verspreche ich dir.«

Bevor Miriam noch einmal protestieren konnte, kam Sage wie aus dem Nichts angerauscht, zog Miriam in ein Zimmer und schloss die Tür hinter ihr. »Willkommen in meinem Boudoir«, sagte sie und machte eine ausholende Bewegung mit den Armen.

Der Unterschied zwischen der maskulinen Mahagoni-Einrichtung im Büro von Claires Mann und den Objekten, die dort jeden freien Zentimeter bedeckten, war beinahe lustig. An der Wand hinter dem Schreibtisch hing ein klassisches Ölporträt irgendeines Industrietitanen, der auf einen Schreibtisch voller Sexspielzeuge in allen erdenklichen Formen und Farben hinabzublicken schien. Auf der Samtcouch lag neckische schwarze Reizwäsche verteilt, und die Fensterbank diente als Ablage für verschiedene Gleitmitteltuben.

»Danke für den heutigen Abend«, sagte Miriam und versuchte, den Blick auf Sage gerichtet zu halten. »Es war sehr ... informativ. Und auch noch mal vielen Dank für das lavendelfarbene ... Ding. Aber ich glaube, damit bin ich momentan erst mal versorgt.«

»Kein Druck!«, flötete Sage und zog Miriam im Raum umher. »Sieh dich einfach ein wenig um. Ich weiß, es kann manchmal ein wenig peinlich sein, aber vertrau mir, ich kann dir gar nicht aufzählen, wie viele Ehen ich schon mit einigen gut ausgewählten Artikeln gerettet habe.«

Miriam lachte hohl. »Oh, Paul und ich haben keine Probleme. Nur kleine Kinder, verstehst du? Nichts Ernstes also.«

»Natürlich nicht«, stimmte Sage ihr zu. »Aber diese ... nennen wir sie mal die mageren Jahre, okay? Die können schnell zur Norm werden, wenn man nicht aufpasst. In der einen Minute schiebt man es aufs Stillen, und in der nächsten ist dein jüngstes Kind vier, und du kannst dich gar nicht daran erinnern, wann du zum letzten Mal Sex hattest.«

Fünf, dachte Miriam.

»Und ehe du dichs versiehst, sextet dein Mann mit der Nanny oder der Tennistrainerin oder seiner Krankenschwester oder seiner Sekretärin, und zack! Nichts ist mehr, wie es mal war. Klischees existieren aus gutem Grund.«

Miriams Gedanken wanderten zu Paul, der vermutlich genau in diesem Moment in einem anderen Multimillionen-

Dollar-Haus herumsaß und das wunderschöne, ahnungslose Au-pair-Mädchen beglotzte, das den Fehler begangen hatte, wegen einer Banane oder einer Dose Cola in die Küche zu kommen. Miriam betrachtete die Reizwäsche, die mikroskopisch klein auszufallen schien. »Davon kann ich nichts tragen«, erklärte sie und deutete mit der Hand auf einen Catsuit aus Netzstoff, der eventuell einer Zehnjährigen hätte passen können.

Sage nickte zustimmend, und Miriam bemühte sich, deswegen nicht beleidigt zu sein. »Nein, an so etwas habe ich auch nicht gedacht. Hier, schau dir mal das an. Es handelt sich dabei um meinen absoluten Bestseller und eine großartige, harmlose Möglichkeit für Schüchterne, sich mal auszuprobieren.«

»Was ist es?«, fragte Miriam und nahm die marineblaue Schachtel entgegen, auf der in kleiner Schrift *Liebe ist Kunst* stand.

»Eine riesige weiße Leinwand, etwa so groß wie ein Duschvorhang, und dazu vollkommen unbedenkliche Körperfarbe in Bioqualität. Man legt sie auf den Boden im Schlaf- oder Badezimmer, bemalt sich gegenseitig mit der Farbe und liebt sich dann auf der Leinwand. Anschließend duscht man gemeinsam und wäscht sich gegenseitig, um alle Farbreste zu entfernen. Ich wette, ihr habt früher immer zusammen geduscht. Kannst du dich überhaupt noch an das letzte Mal erinnern?«

»Nein«, murmelte Miriam und betrachtete die Schachtel.

»Am besten daran ist jedoch, dass ihr ein Meisterwerk erschaffen werdet, das ihr einfach zurück an die Firma schickt, die es dann in einer Farbe eurer Wahl rahmt, damit ihr es euch übers Bett hängen könnt. Jedes Mal, wenn ihr euch abends hinlegt, könnt ihr euch dann an diese Nacht erinnern. Es ist buchstäblich der beste Pärchenabend aller Zeiten.«

»Das klingt tatsächlich ziemlich cool«, musste Miriam zugeben und versuchte sich vorzustellen, wie sie und Paul einander mit schwarzer Farbe bemalten und dann über die Leinwand rollten. Das klang nach Spaß. Dafür war es nicht erforderlich, dass sie sich in irgendetwas Kratziges oder Einschnürendes zwängte oder etwas in ihren Körper einführte – oder seinen. Sie würde nicht so tun müssen, als wäre sie ein Cowgirl oder ein Schulmädchen oder überhaupt irgendein Mädchen. Es wäre guter, altmodischer sexy Spaß mit ihrem Ehemann. Ja, Sage hatte recht. Das hier war ein guter Anfang.

»Du kannst dir gar nicht vorstellen, wie viele davon ich heute Abend verkauft habe. Die Hälfte aller Schlafzimmer in Greenwich wird so ein Bild über dem Bett hängen haben.«

»Ich nehme es!«, beschloss Miriam und holte ihre Amex-Kreditkarte hervor.

»Du wirst es nicht bereuen«, versprach Sage und steckte die Schachtel in eine diskrete braune Papiertüte. »Das wird deinem Ehemann gefallen. Hier, unterschreib mit deinem Finger. Das war's dann auch schon.«

Miriam nahm das iPad von Sage entgegen und fiel beinahe in Ohnmacht, als sie die Summe sah: 475 Dollar.

»Äh, mir war nicht klar ... Ich dachte ... Das ist ziemlich viel Geld.«

»Aber nur, weil auch schon das Rahmen mit dabei ist, Schätzchen! Vertrau mir. Es wird dein Leben positiv verändern, und das ist unbezahlbar.«

Es klopfte an der Tür. »Einen Moment!«, rief Sage. »Wir sind fast fertig.«

So viel zum Thema kein Kaufzwang, dachte Miriam, als sie ihren Namen mit der Fingerkuppe hinkritzelte. Sage sah ihr dabei über die Schulter, drückte dann »Bestätigen« und lächelte Miriam strahlend an. »Viel Spaß damit, okay? Und komm bald wieder. Er wird garantiert süchtig danach werden.«

Miriam stolperte mehr oder weniger zurück ins Wohnzimmer, wo Ashley mit drei oder vier anderen Frauen zusammensaß. Sie lachten so sehr, dass ihnen Tränen über die Wangen flossen.

»Was hast du gekauft?«, wollte Ashley von Miriam wissen.

»Ach, eigentlich nichts«, wiegelte Miriam ab und versuchte, die verräterische braune Tüte hinter ihrem Bein zu verbergen.

»Ich wette, du hast die Leinwand genommen!«, rief eine Frau, die Miriam als die Schulelternsprecherin erkannte. Die Frauen nickten alle.

»Hey, ich will dich nicht aushorchen«, sagte eine von ihnen, die Zwillinge im selben Alter wie Miriam hatte. »Aber Ashley hat uns erzählt, dass du mit Karolina Hartwell befreundet bist. Stimmt es wirklich, dass sie eine ganze Flasche Tequila getrunken und sich dann mit den Kindern ins Auto gesetzt hat?«

»Nein, daran stimmt überhaupt nichts«, widersprach Miriam. Sie merkte, dass es still im Raum geworden war, doch sie hatte nicht die geringste Ahnung, was sie als Nächstes sagen sollte. Hier war weder der richtige Ort noch die richtige Zeit, um zu verkünden, dass der Senator Karolina hereingelegt hatte. Daher holte Miriam sich rasch noch einen Schluck Wein und wartete mit angehaltenem Atem darauf, dass die Gruppe das Thema wechselte.

Es dauerte einen Moment, bis Miriam feststellte, dass sie ein wenig beschwipst war, aber auf eine gute, warme Art. Außerdem, wie lange war es her, seit sie mit Freundinnen etwas getrunken hatte? Ashley war zwar anstrengend, aber auch freundlich und bereit, Miriam überall vorzustellen und dafür zu sorgen, dass sie sich wohlfühlte. Und was noch wichtiger war, Miriam hatte den ersten wichtigen Schritt unternommen, um zu verbessern, was immer Merkwürdiges da in letzter Zeit zwischen ihr und Paul lief. Sie holte einige Male tief Luft, nahm ihr Handy aus der Tasche und schickte ihrem Mann eine Nachricht, die in Mommy-Kreisen als schlüpfrig durchging: *Bin bei einer Sexspielzeugparty und habe mich eingedeckt. Hoffe, du hast Spaß beim Pokern. Bis später. xoxo.* Lächelnd packte sie ihre Sachen zusammen und machte sich auf die Suche nach einem weiteren Glas Wein.

Miriams Gedanken wanderten zu Karolina. Sie war froh, dass Karolina Emily engagiert hatte, da ganz offensichtlich halb Greenwich sie für eine Alkoholikerin hielt. Da gab es eine Menge zu tun. Doch davon abgesehen musste Miriam zugeben, dass dieser Abend kein kompletter Reinfall gewesen war. Greenwich war vielleicht doch gar nicht so übel.

Kapitel 12

Keine gute Tat
Karolina

»Es tut mir so leid. Wirklich, wirklich leid. Ich wünschte wirklich, die Dinge lägen anders.« Nathalie verschränkte die Hände ineinander und blickte auf den Tisch.

Der Coffeeshop in Georgetown, in dem sie saßen, erlebte gerade den Mittagsansturm: junge Berufstätige im Anzug, Collegestudenten in Hoodies und Mommys in Spandex. Karolina war überrascht und erleichtert, dass sie bisher noch niemandem begegnet war, den sie kannte.

»Ich verstehe es«, erwiderte Karolina, obwohl das nicht stimmte.

»Du weißt ja, wenn es nach mir ginge, stünde das nicht mal zur Debatte. Aber die Entscheidung des Vorstands war einstimmig. Und ich möchte noch mal betonen, dass es hier nur um eine vorübergehende Lösung geht. Nur bis die ganze … Situation aufgeklärt werden kann.«

»Klar.«

Nathalie griff über den Bistrotisch und legte ihre Hand auf Karolinas Ellbogen. »Lina, sag etwas. Bitte. Kann ich irgendwas für dich tun?«

»Du kannst mir meine Position zurückgeben. Du weißt aus erster Hand, dass ich niemals tun würde, was sie mir vorwerfen, und dass mir diese Schule mehr am Herzen liegt als allen anderen.«

»Ich wünschte, das könnte ich, Schatz. Aber die Schule ist zu einhundert Prozent abhängig von der Großzügigkeit ihrer Sponsoren, von denen die größten wiederum den Vorstand stellen, der beschlossen hat, dich vorübergehend zu suspendieren, bis alles geklärt ist. Alle rechtlichen Schwierigkeiten oder negativen Berichterstattungen in den Medien lenken von unserer Mission ab. Das verstehst du doch sicher.«

»Ja. Aber es gefällt mir trotzdem nicht.«

»Mir auch nicht.«

Es folgte ein unangenehmes Schweigen, bevor Nathalie die Hände auf den Tisch legte. »Tut mir leid, dass ich unser Gespräch so kurz halten muss, aber ich habe den ganzen Nachmittag über Elterngespräche.«

»Natürlich«, beeilte sich Karolina zu sagen, obwohl es sie überrumpelte, wie abrupt Nathalie ihr Treffen beendete.

»Wir bleiben in Kontakt? Und sag mir Bescheid, falls ich irgendwas für dich tun kann.«

Karolina stand auf, um sie zum Abschied zu umarmen, und spürte dabei die Blicke der anderen Gäste auf sich. Daran war sie gewöhnt – wenn man einen Meter dreiundachtzig groß und ein ehemaliges Cover-Model war, gewöhnte man sich daran, angestarrt zu werden –, aber inzwischen fragte sie sich, ob die Leute sie aus den Nachrichten wiedererkannten. Der Artikel in der *Post* war heute besonders hässlich gewesen: ein Foto von Karolina im Whole Foods von Greenwich mit der Überschrift ABGEWRACKT! in Großbuchstaben und Schriftgröße 100. Emily hatte sie beruhigt, als Karolina sie halb hysterisch deswegen angerufen hatte, und ihr versichert, sie habe einen Plan.

»Klar«, antwortete Karolina, aber Nathalie war bereits auf halbem Weg zur Tür. Karolina setzte sich wieder hin und pustete auf ihren Tee. Ein Mann Mitte vierzig in einem hässlichen grauen Anzug wandte den Blick ab, als sie ihn ansah.

Ihr Handy klingelte. »Trip?«

Seine Stimme klang vertraut, aber distanziert. »Lina? Hi. Okay, ich habe mit Graham gesprochen, und es ist alles organisiert. Du kannst gerne heute Harrys Schwimmwettkampf besuchen.« Er sagte das in einem Ton, als hätte er ihr das Sorgerecht verschafft. »Unter den gegebenen Umständen finde ich das sehr großzügig ...«

»Spar dir den Scheiß, Trip. Du weißt ganz genau, was hier vor sich geht, und ich auch.«

»Lina, es ist nicht so, dass ...«

»Ich werde um vier beim Wettkampf sein.«

»Eins noch ...« Trip klang besorgt. »Graham besteht darauf, dass ihr euch nur unter Aufsicht seht.«

»*Unter Aufsicht?* Die Veranstaltung findet am Swimmingpool der Schule statt. Harrys gesamte Mannschaft, die anderen Eltern und die Trainer werden dort sein. Ich bitte dich, Trip, das ist doch lächerlich.«

»Das sind die Bedingungen für ein Treffen mit seinem Sohn.«

»*Seinem* Sohn? Auf wessen Seite stehst du hier eigentlich?«

»Ich versuche, unparteiisch zu bleiben und euch beide fair zu vertreten.« Trip machte eine kurze Pause, und seine Stimme wurde weicher. »Es tut mir wirklich leid, Lina, aber wir wissen beide, dass er das alleinige Sorgerecht für Harry hat.«

Karolina sog scharf die Luft ein, als hätte man sie geschlagen. »Wie oft habe ich Graham gebeten, mich Harry adoptieren zu lassen? Hundert Mal? Dreihundert Mal? Immer hat er einen Grund vorgebracht, warum der Zeitpunkt angeblich ungünstig war. Inzwischen verstehe ich auch genau, warum: damit er seine Zeit nicht mit einem hässlichen Sorgerechtsstreit verschwenden muss, wenn er mich unweigerlich gegen die Nächste eintauscht. *Was für ein anständiger Mann dein bester Freund ist.* Und du bist kein bisschen besser.«

»Lina, wir haben im Lauf der Jahre alle darüber gesprochen, und ich weiß, dass ...«

»Hör auf, mich Lina zu nennen! Das dürfen nur Freunde. Zu denen du nicht länger gehörst. Und auch wenn deine Definition eines Elternteils darin besteht, wer das Sorgerecht hat, meine Definition lautet anders. Ein Elternteil ist, wer mitten in der Nacht aufsteht, um den Schrank nach Monstern zu durchsuchen, und wer sich endlose Stunden lang *Transformers* ansieht, wenn das Kind krank zu Hause ist, und wer ihm die Hand hält, wenn es zum ersten Mal eine Zahnfüllung bekommt. Ganz abgesehen davon, wer ihm das Frühstück für die Schule einpackt und alle seine Freunde kennt und ihn zum Training fährt und ihn tröstet, wenn er weint, weil ihn die anderen Jungs in der Schule hänseln. Ganz sicher trifft nichts davon auf Graham zu.«

»Lina, ich habe wirklich ...«

»Karolina!«

»Karolina«, wiederholte er langsam. »Ich habe mir erlaubt, Elaine anzurufen, damit sie heute bei Harrys Wettkampf dabei ist.«

»Ich habe keine Ahnung, wie du dich überhaupt noch im Spiegel betrachten kannst.«

»Mit dieser Entscheidung hat sich Graham ... am wohlsten gefühlt.«

»Ich habe dir nichts mehr zu sagen. Richte Graham aus, ich werde heute da sein und freue mich darauf, seine Mutter zu sehen, den kalten Fisch. Auf Wiedersehen.« Kraftvoll drückte sie den Daumen auf die »Beenden«-Taste und rief Trip dann sofort zurück.

Er ging beim ersten Klingeln ran.

»Eins noch. Du vertrittst mich nicht länger. Du bist gefeuert.«

Karolina hatte gar nicht bemerkt, dass sie weinte, bis der Mann, der sie zuvor beobachtet hatte, herüberkam und ihr eine saubere Serviette reichte. Sie dankte ihm und legte einen Zwanzigdollarschein auf den Tisch, bevor er sich zu ihr setzen konnte.

»Ich muss los«, sagte sie rasch und nahm Tasche und Jacke. Sie schaffte es bis zum Auto, das sie direkt vor dem Georgetown-Familienmedizin-Zentrum geparkt hatte, wo Jerry Goldwyn, ihr Hausarzt und ein enger Freund aus Grahams Kindheit, seine Praxis hatte. Das war einer der Vorteile vom Umzug nach Washington gewesen, fand Karolina – individuelle medizinische Betreuung durch einen lieben Freund der Familie. Er hatte Dutzende Stunden mit Karolina und Graham verbracht, um sie bei ihrem Empfängnisproblem zu beraten, sogar, als sie noch in New York gelebt hatten. Jerry war Mitte fünfzig und gehörte damit weder so richtig zur Generation ihrer Eltern noch zu ihrer eigenen, weshalb er in einem Raum zwischen Freund und Familienmitglied existierte.

Karolina wischte sich so gut wie möglich die verlaufene Wimperntusche ab und stieg die Treppe zu Dr. Goldwyns

Townhouse-Praxis hoch, wo sie warmherzig von seiner Rezeptionistin Gloria begrüßt wurde.

»Karolina! Meine Liebe, haben Sie einen Termin?«

»Hi, Gloria. Nein, ich war gerade in der Nähe und wollte sehen, ob Jerry da ist.«

Die ältere Frau tat so, als wischte sie sich über die Stirn. »Puh. Und ich dachte schon, ich werde senil. Ich weiß, dass er Sie gern sehen würde, aber er ist zum Mittagessen gegangen. Soll ich ihm etwas ausrichten?«

Auch wenn das Wartezimmer leer war, fragte sich Karolina, ob es sich womöglich um eine Ausrede handelte und Jerry Gloria angewiesen hatte, Karolina fortzuschicken, sollte sie, die peinliche Alkoholikerin, auftauchen und etwas wollen. Gerade, als sie sich fast davon überzeugt hatte, öffnete sich die Haustür hinter ihr, und Jerry kam herein.

»Karolina, meine Liebe, bist du es?« Jerrys Stimme klang genauso herzlich wie immer.

»Höchstpersönlich. Tut mir leid, ich habe vor eurer Tür geparkt und wollte nur schnell Hallo sagen. Ist es gerade ungünstig?«

»Ungünstig? Für dich? Komm, wir gehen in mein Sprechzimmer. Möchtest du einen Kaffee oder etwas anderes?«

»Nein danke.«

»Gloria, bitte stellen Sie nur echte Notrufe durch. Danke.«

Karolina folgte ihm in sein vollgestopftes Sprechzimmer, wo sich in raumhohen Regalen massenweise Bücher drängten und auf dem Schreibtisch ein großer Stapel Patientenakten lag. »Entschuldige die Unordnung. Ich bin garantiert der letzte praktizierende Arzt in der westlichen Welt, der noch nicht auf digital umgestellt hat. Ich komme damit einfach nicht klar ...« Er nahm einen Kittel vom Stuhl und warf ihn in eine Ecke. »Bitte, setz dich doch. Lass dich mal anschauen.«

»Da gibt es nicht viel zu sehen, befürchte ich.«

»Blödsinn. Du siehst immer fantastisch aus. So strahlend.«

»Schwangere strahlen. Im Gegensatz zu Frauen, die von ihren Ehemännern rausgeworfen wurden.«

»Ja.« Seine Miene war schmerzverzerrt. »Es tut mir so leid, was sich da in der Presse abspielt. Kann ich irgendwie helfen?«

Karolina war eigentlich nur auf der Suche nach einem freundlichen Gesicht hierhergekommen, aber plötzlich wurde ihr klar, dass Jerry ganz sicher wusste – und das auch bezeugen konnte –, dass sie weder jetzt noch in der Vergangenheit ein Alkoholproblem gehabt hatte.

»Nun, obwohl mein Mann versucht, allen etwas anderes weiszumachen, weißt du sehr gut, dass ich keine Alkoholikerin bin. Ganz im Gegenteil! Bei all den Hormonen und IVF-Zyklen und den Terminen mit Spezialisten habe ich während der vergangenen fünf Jahre kaum Alkohol angerührt.«

»Natürlich. Das weiß ich.«

»Dann könntest du das vielleicht bezeugen? Nicht vor Gericht oder so, aber eventuell könntest du dich öffentlich dazu äußern? Gegenüber einer Zeitung oder einem Fernsehsender oder etwas in der Art?«

Anhand seiner Reaktion erkannte sie, dass er ablehnen würde. »Lina, meine Liebe, ich würde meine gesamte Praxis darauf verwetten, dass du kein Alkoholproblem hast. Ich weiß das. Was ich nicht weiß und auch nicht verstehe und was mich eigentlich auch nichts angeht, ist, was da zwischen Graham und dir abläuft. Ich weiß, dass ihr getrennt seid, weil ich es in der Zeitung gelesen habe, nicht, weil er es mir erzählt hat. Ich hoffe, du kannst das verstehen, aber als dein Arzt und der von Graham, und wichtiger noch, als euer Freund, kann ich mich da nicht hineinziehen lassen. Ich habe euch beide gern.« Jerry schenkte ihr ein trauriges Lächeln. »Ich kann mir vorstellen, wie schwer das alles für dich sein muss. Aber du bist eine unglaubliche Frau, und ich weiß, dass du diese Sache durchstehen wirst. Nicht nur durchstehen – gestärkt daraus hervorgehen. Da bin ich mir sicher.«

»Danke, Jerry. Ich weiß das zu schätzen, besonders aus deinem Mund. Und ich verstehe es«, behauptete Karolina, obwohl das eigentlich nicht ganz stimmte.

Das Telefon auf Jerrys Schreibtisch klingelte. Er drückte einen Knopf. »Ja, Gloria?«

»Tut mir leid, dass ich störe, Dr. Goldwyn, aber Mrs O'Dell hat angerufen. Ihr kleiner Aiden ist aus dem Hochstuhl gefallen und hat sich die Lippe aufgeschlagen. Sie will wissen, ob sie in die Notaufnahme fahren soll, und falls ja, welchen plastischen Chirurgen Sie empfehlen können?«

Jerry zog die Brauen zusammen. »Warten Sie, lassen Sie mich nachsehen, wer gerade Bereitschaft hat. Sie soll einen Moment warten ...«

Karolina stand auf. »Es war schön, dich zu sehen. Tut mir leid, dass ich einfach so hereingeplatzt bin.«

Er sah auf. »Du störst niemals. Bitte entschuldige, ich muss dieser Frau helfen ...«

»Ja, selbstverständlich. Bitte grüße Irene von mir.« Sie nahm ihre Tasche und ihre Jacke und ging zurück zur Rezeption. »Es war schön, Sie wiederzusehen, Gloria.«

Gloria hielt Karolina einen Stapel Papiere hin.

»Für mich?«, fragte sie, nachdem Gloria den Anruf weitergeleitet hatte.

»Für Sie. Einige alte Rechnungen. Wir haben sie an die Versicherung weitergeleitet, aber sie kamen zurück. Ich dachte, womöglich steckt ein Fehler in der Codierung, daher habe ich sie sogar noch zweimal neu codiert und hingeschickt, aber sie wurden immer noch abgelehnt. Überprüfen Sie lieber, dass nichts davon an ein Inkassobüro weitergeleitet wurde.«

»Danke«, antwortete Karolina und warf den kleinen, mit einem Gummiband zusammengehaltenen Stapel Umschläge in ihre Handtasche. »Ich kümmere mich darum.«

Vielleicht würde Graham ja einen Anruf von ihr annehmen, wenn es um Finanzielles ging? Aus anderen Gründen hatte er sich nämlich bisher nicht dazu herabgelassen. Sie hatte Emily versprechen müssen, nicht mehr zu versuchen, ihn zu kontaktieren. Aber er war ihr *Ehemann*. Wie hatte ihr das nur passieren können? Wann hatte sich ihr Mann in diese Person verwandelt, die sie kaum noch wiedererkannte?

Als Karolina gerade aus ihrer Parklücke fuhr, leuchtete die Nummer ihrer Tante Agata auf dem Display ihres Armaturenbretts auf.

»Hi, Tantchen«, sagte sie und wechselte sofort ins Polnische. »Wie geht es dir?«

»Gut, meine Liebe. Ich rufe nicht an, um über mich zu sprechen. Ich will wissen, wie es *dir* geht.«

»Mir? Gut. Ich bin gerade in D. C. und fahre jetzt zurück nach Bethesda für Harrys Schwimmwettkampf. Es kommt mir vor, als hätte ich ihn seit Ewigkeiten nicht mehr gesehen.«

»Ich habe in den Nachrichten gehört, dass du und Graham euch scheiden lasst.« Das war keine Frage.

»Ja, das ist offensichtlich die Art, auf die wir es alle erfahren haben«, erwiderte Karolina und fädelte sich in den Verkehr auf dem Highway ein.

»Er ist ein *dupek!*«

»Da werde ich dir nicht widersprechen.«

»Er ist immer einer gewesen und wird immer einer sein.«

»Na ja, das ist jetzt aber etwas ungerecht, Tantchen. Als wir uns kennengelernt haben, war Graham anders. Anständig.«

Ihre Tante lachte. »Das haben vielleicht du und deine Mutter gedacht, aber ich habe ihn schon immer durchschaut. Ja, meine Liebe, das war kristallklar! Wobei ich nicht sagen will, dass ich dich gewarnt habe, weil ich dich liebe, aber … Ich habe dich gewarnt. Oder nicht? Erinnerst du dich noch an unser Gespräch am Vorabend deiner Hochzeit? Ich habe dir gesagt: ›Lina, dieser Mann hat ein anständiges Gesicht, aber ein verdorbenes Herz.‹ Weißt du noch?«

»Natürlich weiß ich das noch! Du hast mich nach dem Essen abgefangen und mir gesagt, dass Graham nur hinter meinem Geld her wäre.«

»Ganz genau.«

»Und ich habe dir erklärt, dass seine Familie so viel Geld hat, dass meine Einkünfte vom Modeln dagegen das reinste Taschengeld waren.«

»Darum geht es nicht. Fakt ist, ich hatte gleich ein ungutes Gefühl bei ihm.«

»Mama hat er gefallen«, antwortete Karolina leise und erinnerte sich so lebhaft an diesen Abend, als wäre er gestern gewesen. Ihre Mutter hatte so glücklich gewirkt, wie Karolina es in ihrer Kindheit kaum jemals bei ihr gesehen hatte, mit einem so breiten Lächeln, dass es sogar die Fältchen um ihre Augen wirken ließ, als ob sie ebenfalls lächelten. Und warum hätte sie sich auch nicht freuen sollen? Ihr einziges Kind, für das sie praktisch ihr ganzes Leben lang geschuftet hatte, heiratete einen gut aussehenden, erfolgreichen Anwalt aus einer etablierten, wohlhabenden Familie. Ihre Tochter würde all das haben, was ihr immer gefehlt hatte: Stabilität, Sicherheit, gesellschaftliche Akzeptanz, eine große Familie, viele Kinder und einen liebevollen Ehemann. Ihr Lächeln an diesem Abend hatte verkündet, dass die vielen Jahre harter Arbeit es wert gewesen und alle Schulden beglichen waren. Wenn Karolina ehrlich war, war ein Großteil ihres eigenen Glücks an diesem Wochenende der offensichtlichen Erleichterung und Freude ihrer Mutter entsprungen. Man verbrachte nicht seine ganze Kindheit damit zuzusehen, wie sich die eigene Mutter seinetwegen zu Tode arbeitete, ohne lebenslange Schuldgefühle zu entwickeln.

»Deine Mutter hat dich geliebt. Und ihr hat es gefallen, dass du sesshaft wurdest, mit einem Mann, der für dich sorgen konnte.«

»Ich konnte für mich selbst sorgen!«

»Das wusste sie, Lina. Aber sie wollte nicht, dass du es musst.«

Beide schwiegen einen Moment, aber es war kein unangenehmes Schweigen. Tante Agata hatte Karolina praktisch großgezogen, da Karolinas Mutter sechs Tage pro Woche als Nanny bei einer reichen Familie gelebt hatte. Sonntagvormittags war sie immer nach Hause gekommen, völlig erschöpft, aber voller Vorfreude auf ihre Tochter, obwohl

Karolina ihr die ganze Zeit vorjammerte, dass sie die Kinder, die sie betreute, mehr liebte, dass sie ihre gesamte Zeit mit ihnen verbrachte, dass sie Karolinas gesamte Kindheit verpasste. Als hätte sich ihre Mutter das ausgesucht. Und als Karolina dann vierzehn war, nach so vielen Wochen und Jahren der schmerzlichen Trennung und kurzen Wiedervereinigungen, sprach ein stylisher Mann in einem wunderschönen Anzug sie in Krakau auf der Straße an und fragte, ob sie am Modeln Interesse hätte. Tante Agata war sich sicher, dass es sich bei ihm um einen Pädophilen handeln musste, aber Karolinas Mutter fragte die Eltern, für die sie arbeitete, ob sie mehr über den Mann herausfinden konnten, und die bestätigten seine Angaben. Er war nicht nur tatsächlich in der Modelbranche tätig, sondern auch für seine besondere Begabung bekannt, die schönsten Mädchen aufzuspüren, die später zu den erfolgreichsten Supermodels wurden. Er war Italiener, aus Mailand, und er bereiste ganz Europa: die Hauptstädte, Kleinstädte und Dörfer, um junge Mädchen aus ihrem Alltag zu reißen und ihnen zu Geld und Ruhm zu verhelfen. Als er damals Karolina fand (»Endlich!«, hatte ihre Mutter gesagt, obwohl sie vorher nie geäußert hatte, dass sie sich für ihr Kind eine solche Zukunft wünschte), war ihre Mutter vor Erleichterung beinahe ohnmächtig geworden.

»Aber Mama, ich will doch Lehrerin werden«, hatte Karolina entgegnet, als ihre Mutter darauf bestanden hatte, dass sie sich in Mailand mit dem Mann traf.

»Wer sagt denn, dass du das nicht kannst? Ich nicht. Mr Italien auch nicht. Wie heißt er noch mal? Fratelli. Geh einfach hin und warte ab, was passiert. Mehr verlange ich doch gar nicht.«

Also war Karolina hingefahren. Natürlich war es aufregend gewesen – ihre erste Reise außerhalb Polens und dann gleich in die Modehauptstadt! Alles war so neu, so hell und wunderschön und aufregend gewesen. Und es hatte sich toll angefühlt, als die Leute im Büro von Mr Fratelli sie umschwärmten, sie aus allen Blickwinkeln musterten und anscheinend zufrieden waren mit dem, was sie sahen. Nur einen Monat später bekam Karolina ihren ersten Auftrag. Fünf Monate später folgte die Einladung von Miuccia Prada, die Fashion Show im Herbst zu eröffnen. Innerhalb eines halben Jahres war Karolina auf dem Cover der italienischen *Vogue*, und dann kam das Ultimatum: *Wenn es dir mit dem Modeln ernst ist, dann geh von der Schule ab. Du kannst noch den Rest deines Lebens lernen, aber im Profimodelgeschäft ist die Verdienstzeit kurz, daher solltest du sie nutzen, solange du kannst.* Also verließ Karolina mit sechzehn die Schule, unmittelbar vor der elften Klasse. Und als sie in New York City eintraf, wo sie mit drei anderen Models im Teenageralter in einer engen Etagenwohnung ohne Fahrstuhl und mit einer Art Hausmutter lebte, der es mehr ums Beschaffen von Diätpillen als um die Durchsetzung des Zapfenstreichs ging, spürte Karolina, dass ihre Träume von einer Zukunft als Lehrerin vorbei waren. Es war mehr als nur ein Gefühl – sie war sich dessen sicher.

»Lina? Bist du noch dran?«, fragte ihre Tante leise, aber eindringlich.

»Ja, tut mir leid. Bin ich.« Karolina fuhr in der rechten Spur bei genau fünfundfünfzig Meilen pro Stunde, wie immer, wenn sie telefonierte. »Ich kann mir nicht mal vorstellen, was Mama jetzt zu allem sagen würde.«

»Sie wäre sehr stolz darauf, wie stark du bist. Das weiß

ich zu hundert Prozent. Deine Mama war klug und tüchtig, und mehr als alles andere auf der Welt hat sie sich gewünscht, dass ihr kleines Mädchen es einmal besser haben würde als sie. Ich denke, sie wäre sehr erleichtert zu sehen, wo du inzwischen stehst. Möge sie in Frieden ruhen.«

»Möge sie in Frieden ruhen.« Die Worte waren nur ein Flüstern.

»Okay, das war genug Zuspruch für einen Tag. Drück Harry mal von mir, ja? Und schick mir Fotos aufs iPad.«

»Mache ich, Tante Agata. Ich hab dich lieb.«

»Ich hab dich auch lieb, mein Schatz.«

Karolina wartete, bis ihre Tante aufgelegt hatte, und drückte dann das Gaspedal durch. Hatte sich so ihre Mutter an den Sonntagvormittagen gefühlt, wenn ihre Arbeitswoche endlich vorbei war und der Bus sie zu Agatas Haus brachte, wo Karolina neben dem Fenster am Eingang saß, ihre Puppe in der Hand, und wartete, wartete, wartete? So musste es gewesen sein. Bis zu Harrys Wettkampf dauerte es noch eine Weile, und er würde garantiert nicht die Sekunden zählen, bis sie eintraf. Vielleicht bekam sie nicht mal eine Umarmung vor seinen Freunden, jetzt, wo er zwölf war. Aber all das spielte keine Rolle. Sie konnte es kaum erwarten, ihren Jungen zu sehen.

Kapitel 13

Promis sind launisch und oft dumm
Emily

»Du siehst darin so verdammt scharf aus«, knurrte Miles und löste damit ein Flattern in Emilys Magen aus.

»Was, in diesem Outfit?«, fragte sie kokett und deutete auf die winzigen Spandexshorts und den Sport-BH mit Trägern, der tiefer ausgeschnitten war als nötig. »Das trage ich immer zum Trainieren.«

Sie beschleunigte ein wenig, ihre Füße trafen rhythmisch auf dem Asphalt auf, und sie zuckte zusammen, als Miles sie am Oberarm packte. Nicht gerade sanft. »Ich kann es kaum erwarten, bis wir zu Hause sind.«

Sie waren gerade erst ungefähr zwanzig Minuten am Strand von Santa Monica entlanggelaufen, und Emily hatte noch keine Lust, wieder umzukehren. Doch sie verringerte ihr Tempo bis zu einem Joggen. Miles presste sich gegen ihren Oberschenkel, und sie merkte genau, was er meinte.

»Du schlimmer Junge! Wie ein geiler Teenager. Konzentrier dich!« Sie sprintete voran, doch sie hatte bereits einen Plan, und sie wusste, dass er sich dessen auch sicher war.

Er folgte ihr vom Strandweg zur Ocean Avenue, von wo aus man den atemberaubendsten Blick auf die Küste von Venice Beach bis nach Malibu hatte. Wortlos rannte sie zum Eingang vom Hotel Shutters on the Beach und winkte dem Pförtner zu, als er ihnen die Tür öffnete.

»Willkommen zurück«, begrüßte sie der Mann und nahm ganz offensichtlich an, dass es sich bei ihnen um Hotelgäste handelte, die von ihrem Morgenlauf zurückkamen.

»Danke!«, riefen Miles und Emily gleichzeitig.

Sie joggten in die Lobby und nahmen sich dort zwei Becher mit Zitronensaft verfeinertes Wasser von einem Beistelltisch neben den Fahrstühlen. »Warte hier«, bat Emily und schlich sich in die Damentoilette. Von früheren Pinkelpausen wusste sie, dass dort statt der üblichen Kabinenabtrennungen luxuriöse raumhohe Türen die einzelnen Toiletten voneinander abgrenzten. Der Raum war leer. Sie steckte den Kopf heraus und machte Miles ein Zeichen.

Er sah sich mit schuldbewusstem Blick um, bevor er sich hinter Emily in die Damentoilette duckte. Eine Sekunde später presste er sie gegen den Ganzkörperspiegel und rieb sich an ihr, küsste ihren verschwitzten Nacken und stöhnte leise.

»Hier rein«, flüsterte sie und zog ihn in die Kabine, die am weitesten von der Tür entfernt war. Sie war geräumig und blitzsauber, aber es handelte sich immer noch um eine Toilette. Emily versuchte, diesen Teil auszublenden, während Miles ihr die Shorts herunterzog und sich in sie schob. Um das Gleichgewicht nicht zu verlieren, hielt sie sich am Spülkasten fest, und sie bewegten sich auf ihre vertraute Weise. Diesmal dachte Emily dabei jedoch an Miriam. Hatten sie und Paul wirklich keinen solchen Sex? Es war in Emilys Augen so ziemlich das einzige Positive an der Ehe: regelmäßiger Sex mit jemandem, der ganz genau wusste, was du mochtest. Das hier war nicht mal ihre schärfste

Aktion. Als sie ihn nach seinem Flug von Hongkong vom Flughafen abgeholt hatte, hatten sie ihre Platinkarten vorgezeigt und waren in eine der Computerkabinen in der Erste-Klasse-Lounge von American Airlines verschwunden. Aus genau diesem Grund hatte Emily einen Rock getragen, und keiner von ihnen musste auch nur ein Wort sagen, als sie ihn gerade hoch genug schob, dass sie sich in dem ergonomischen Bürostuhl auf Miles' Schoß setzen konnte. Auch damals hatte sie niemand bemerkt. Das tat nie jemand. Sie hatten seit seiner Rückkehr vor zehn Tagen täglich Sex gehabt und wären nicht mal auf die Idee gekommen, dass es auch anders sein könnte.

Als sie fertig waren, küsste Miles sie auf den Hals und sagte atemlos: »Du bist der Wahnsinn.«

»Du bist selbst auch nicht so übel.« Sie erwiderte seinen Kuss und säuberte sich so gut wie möglich mit Toilettenpapier. »Können wir jetzt unseren Lauf beenden?«

Lachend öffnete Miles die Tür, und eine Frau ungefähr im Alter ihrer Mütter starrte ihnen entsetzt entgegen. Wann war die denn hereingekommen? Emily hatte die Tür überhaupt nicht gehört, daher hatte sie sich auch nicht besonders bemüht, leise zu sein ...

»Entschuldigung!«, rief die Frau verkniffen. »Aber das hier ist die Damentoilette!«

»Ich wollte sowieso gerade gehen«, erwiderte Miles, zwinkerte Emily zu und ging hinaus in die Lobby.

Emily konnte den finsteren Blick der Frau auf sich spüren, während sie sich die Hände wusch und abtrocknete. Sie winkte ihr zu und verabschiedete sich mit einem »einen schönen Tag noch«.

»Na los«, sagte sie draußen zu Miles und klopfte ihm auf

den Hintern. »Verschwinden wir von hier, bevor wir noch verhaftet werden.«

Das Wetter war herrlich für Mitte Februar, und auf dem Rückweg zu ihrem Haus an der Grenze zwischen Santa Monica und Brentwood schien die Sonne auf sie herab. Emily blickte im Vorbeilaufen hinüber zu Jennifer Garners Haus, um zu sehen, ob die Kinder draußen spielten, aber seit Ben ausgezogen war, schien dort deutlich weniger los zu sein. Als sie schließlich zu Hause ankamen, waren sie zwar beide schweißgebadet, aber sie grinsten.

»Das war ein hervorragender Abschied«, kommentierte Miles und holte zwei Flaschen Vitaminwasser aus dem Kühlschrank.

»Kaum zu glauben, dass du heute Abend schon wieder fliegst. Die Zeit ist viel zu schnell vergangen.«

»Mein Angebot steht noch. Das Peninsula in Hongkong ist nicht übel. Du könntest dich ein wenig entspannen, in den Wellnessbereich gehen. Shoppen. Mich vögeln. Klingt das denn so schrecklich?«

»Natürlich nicht«, erwiderte Emily ehrlich. »Aber ich muss zurück nach Greenwich. Karolina braucht mich.«

»Warum? Ihr Mann betrügt sie noch immer. Und sie ist noch immer nach *Greenwich* verbannt. Ich würde sagen, das kann noch eine Woche warten.«

Emily trank einen Schluck. »Ja, stimmt. Aber sie wird in der Presse durch den Dreck gezogen. Hast du heute die neue *Us Weekly* gesehen? Sie ist auf dem Titelblatt. Mit einem *grässlichen* Foto. Und der Schlagzeile: VON WOHLSTAND ZU WOHLFAHRT: DIE EXPLOSION EINES MÄRCHENS. Je länger sich diese Botschaften festsetzen, umso schwieriger wird es, sie ungeschehen zu machen.

Außerdem geht es hier ums Sorgerecht. Du solltest mal hören, wie sie von Harry spricht. Es geht hier um einen großen Auftrag für mich. Vielleicht sogar einen Riesenjob.«

»Du hast ständig berühmte Klienten.«

»Ja, aber diese spezielle Klientin ist vielleicht eines Tages mit dem *Präsidenten* verheiratet. Das ist eine ganz andere Ebene. Wenn ich das richtig anpacke – und glaub mir, das wird nicht einfach –, dann werden diese kleinen Scheißer Rizzo Benz und Kim Kelly mich anflehen, sie zurückzunehmen. Und ich werde jede Sekunde genießen, wenn ich ihnen sage, dass sie sich zum Teufel scheren können.«

»Genau. Hab ich nicht letzte Woche ein Interview mit Rizzo auf Breitbart gesehen? Nicht gut.«

Emily lachte. Das war ein weiterer Grund, warum sie Miles liebte.

»Ich gehe duschen«, verkündete er. »Kommst du mit?«

Emily wollte ihm gerade sagen, dass sie warten würde, doch er hatte bereits das Zimmer verlassen. Ihr Handy klingelte mit Black Sabbath' schriller Version von »Lady Evil«, die sie als Klingelton für Miranda Priestly eingestellt hatte. Emily wusste, dass sie den Anruf annehmen musste. Anderenfalls würde die Assistentin alle vier bis sechs Minuten erneut anrufen, rund um die Uhr, bis sie endlich ranging. Schließlich hatte Emily selbst diesen Trick erfunden.

»Emily Charlton«, meldete sie sich und wappnete sich.

»Ich habe Miranda Priestly für Sie in der Leitung. Einen Moment bitte, ich verbinde.«

»Emily? Sind Sie dran?« Kalt und knapp, wie immer.

Sogar nach all diesen Jahren, und obwohl Emily längst keine Angst mehr vor ihr hatte, reagierte sie immer noch körperlich auf den Klang von Mirandas Stimme. Ihr

Herz schlug ein wenig schneller, und ihr Mund wurde trocken.

»Hallo, Miranda. Ja, ich bin dran.«

»Wie nett.« Es klang, als meinte sie das Gegenteil. »Hören Sie zu, ich brauche Sie. Gabrielle hat uns gerade mitgeteilt, dass sie Bettruhe verordnet bekommen hat.«

»Bettruhe?«

»Sie erwartet ihr *viertes* Kind. Vier Kinder sind haarsträubend. Ganz abgesehen davon, dass ich bereits *drei* Mutterschaftsurlaube mitmachen musste.«

»Na ja, Sie wissen ja, was man sagt: Vier ist das neue drei.«

»Alles über zwei ist geschmacklos. Ich bin sicher, sie kommt nicht wieder.«

»Gabrielle ist seit zehn Jahren dabei, Miranda. Sie liebt *Runway*. Sie wird zurückkommen.«

»Momentan hoffe ich beinahe, dass sie es nicht tut. Sie müssen sie vertreten, Emily, und zwar ab sofort. Wir haben nur noch drei Monate bis zum Met Ball, und die Vorbereitungen erledigen sich nicht von allein. Gütiger Himmel, wie konnte sie mir das nur antun?«

Emily unterdrückte ein Lächeln. Sogar als kinderlose Frau wusste sie, dass Babys sich nicht immer an den Zeitplan für den Met Ball hielten, obwohl sie darauf wetten würde, dass Gabrielle ihr Bestes versucht hatte.

»Ja, das hätte sie natürlich besser planen sollen«, erwiderte Emily. »Ich würde ja gern helfen, aber ...«

»Gut. Ich lasse Ihnen von der Personalabteilung den Papierkram für Freiberufler zuschicken. Ich bezahle Ihnen, was immer Sie verlangen, aber für die nächsten drei Monate gehört Ihre Zeit mir. Sie fangen morgen an?«

»Miranda, ich bin in L.A. und ich kann nicht ...«

»Dann am Montag. Sie fliegen erster Klasse. Oder ich kann Michael Eisner bitten, Sie mitzunehmen. Das geht in Ordnung.«

»Es tut mir wirklich leid, ich würde Ihnen gern helfen, aber ich habe eine Klientin angenommen, bei der ich viel Händchen werde halten müssen. Ich könnte Ihnen nicht geben, was Sie momentan für den Met Ball brauchen. Was Sie *verdienen*.«

Es folgte eine eisige Pause. »Und dabei hatte ich gehört, dass Ihr Geschäft nicht unbedingt ... wie soll ich es formulieren ... *blüht*.«

Emily spürte einen Stein im Magen. »Ach ja?« Also war das sogar bis zu Miranda Priestly vorgedrungen, der Frau, die sich mit nichts abgab, was sie als unter ihrer Würde empfand? Dieser kleine Punk Rizzo erzählte vermutlich der ganzen Welt, dass Emily mitten in der Nacht von L.A. nach New York geflogen war, wo er sie dann gefeuert hatte, bevor sie überhaupt engagiert worden war. Oder vielleicht war es Kim Kelly gewesen, die jedem auf die Nase gebunden hatte, dass Emily nicht wusste, wie man Snap-chattete. Als wäre es lebenswichtig zu wissen, wie man ein Selfie in ein regenbogenkotzendes Schweinchen verwandelte. Weil *das* ja entscheidend war, wenn man Krisen bewältigen und berühmt werden wollte. Vielleicht hatte aber auch Olivia Belle etwas damit zu tun? Wer wusste das schon?

»Erlauben Sie mir, Ihnen Folgendes in Erinnerung zu rufen, Emily: Promis sind launisch und oft dumm. Das ist eine schreckliche Kombination, die keine Jobsicherheit garantiert. Aber den Met Ball zu organisieren? Für diesen Job würde eine Million Mädchen töten.«

Alles, was Miranda sagte, war die Wahrheit, aber Emily konnte nicht zu *Runway* zurückkehren, ganz egal, wie viele Mädchen für den Job töten würden. Nicht nach all diesen Jahren. Sie hatte Kevin Bacon und Kyra Sedgwick während des ganzen Madoff-Dramas praktisch vor dem Bankrott und Ryan Philippe mit großer Sicherheit vor der totalen Bedeutungslosigkeit gerettet. Der Umgang mit Amanda Seyfrieds geleakten Nacktfotos? Mit der öffentlichen Empörung, nachdem Robin Thicke des Kindesmissbrauchs beschuldigt worden war? Die brillante Art und Weise, wie aus Bruce vor den Augen der Öffentlichkeit Caitlyn wurde? Das war alles Emilys Tun gewesen. Aber Emily hatte genug Erfahrung mit Miranda aus erster Hand, um zu wissen, dass sie jetzt die Wogen ein wenig glätten musste.

»Es ist eine wunderbare Chance, Miranda. Niemand weiß das besser als ich. Aber leider habe ich nicht die Möglichkeit, sie zu ergreifen.«

»Emily.« Mirandas Stimme klang gepresst und kaum kontrolliert. »Sie werden mit allen Topleuten arbeiten, müssen aber nur mir gegenüber Rechenschaft ablegen. Meinetwegen können Sie sogar auf dem roten Teppich Ihre Visitenkarten verteilen. Aber ich brauche Ihr Organisationsgenie, dieses Emily-Ding, das Sie immer abziehen.«

Emily lächelte. Miranda musste verzweifelt sein, wenn sie ihr ein *Kompliment* machte. »Ich empfehle Ihnen gern einige andere Leute, die ...«

Klick. Die Leitung war tot. Emily redete sich gar nicht erst ein, dass sie versehentlich getrennt worden waren. Doch das Schöne daran, dass sie sechsunddreißig war und niemandem mehr Rechenschaft schuldete, war, dass sie dadurch nicht mehr länger den Stein im Magen spürte.

Also trank sie ihr Vitaminwasser leer und nahm ihren Laptop von der Kücheninsel mit zur Couch. Dort versuchte sie, Andy Sachs zu facetimen, um ihr zu erzählen, dass Miranda gerade mitten im Satz aufgelegt hatte, aber Andy war nicht erreichbar. Daher schickte Emily ihr stattdessen eine Nachricht.

WTF? Hab gerade versucht, dich zu facetimen, und dich nicht erwischt. Tu nicht so, als hättest du ein Privatleben. Das weiß ich besser.

Sofort kam eine Antwort. *Hab ich nie behauptet, aber ich kann gerade nicht facetimen. Ich bin die Überraschungsvorleserin in Clementines Schule.*

Tut mir leid, dass ich gefragt habe. Ich hatte gerade das herzerwärmendste Gespräch mit MP. Wie immer das reinste Vergnügen.

Fleht sie dich immer noch an zurückzukommen? Komisch, bei mir fleht sie nie.

Das brachte Emily zum Lächeln. *Ich soll den Met organisieren. G ist schwanger mit Baby #4. MP hat es als »haarsträubend« bezeichnet.*

Und du hast abgelehnt???? Lügnerin! Warte, bin gleich wieder bei dir.

Emily wartete mit Blick auf das Display, doch Andy meldete sich nicht mehr. Nicht mal Andy Sachs hatte mehr Zeit für sie! Wenn das nicht erbärmlich war, was dann? Andys neues Leben war der Inbegriff der Scheußlichkeit, und trotzdem war Emily diejenige, die allein auf der Couch saß und geduldig darauf wartete, dass Andy vom Eiereinsammeln oder was auch immer zurückkehrte. Falls sich je die Frage gestellt hatte, ob Andy die am schlechtesten zu *Runway* passende Person in der Geschichte des Magazins war, hatte ihr Kauf einer Farm in Quechee, Vermont, die Antwort geliefert. Kühe melken, Hühnereier einsammeln und die Ziegen auf die Weide führen war eklig und stank und wirkte auf Emily genauso anziehend wie eine natürliche Geburt. Emily und Andy hatten sich in letzter Zeit nicht viel gesehen – welch Überraschung, denn Emily würde ganz sicher nicht nach *Vermont* fahren –, aber sie war schockiert, dass Andy nicht sofort wegen der Sache mit Miranda zurückrief. Die Zeiten hatten sich geändert.

Emily öffnete Facebook. Nachdem sie gelesen hatte, dass nur Mittdreißiger wie sie das noch nutzten, hatte sie versucht, es sich abzugewöhnen. Sie verstauchte sich beinahe den Daumen beim wilden Scrollen, vorbei an Fotos von Babys, Babys und noch mehr Babys. Babys mit diesen nervigen Schleifen-Krankenhausmützchen und in ihren Nachhausegeh-Outfits und mit Kuchen im Gesicht, als wäre der erste Geburtstag eine wahnsinnige Leistung. Babys in Strampelanzügen und Tutus und Steckkissen und mit lustigen Schnullern mit falschen Schnurrbärten im Mund und in frechen T-Shirts, auf denen immer irgendein Spruch mit MOMMY oder DADDY oder TANTE oder MEINE BFF stand. Sogar wenn sie nicht im Flugzeug neben ihr heulten oder all ihren Freundinnen ihren Sinn für Humor stahlen, machten sie Miriam das Leben zur Hölle.

Miriams manische Freundin Ashley von der Babyparty hatte Emily eine Freundschaftsanfrage geschickt. Doch bevor Emily »Löschen« drücken konnte, erkannte sie, dass sich neben Ashleys Profilbild, auf dem sie psychotisch grinste, ein Foto von dem Mann aus dem Zug vor ein paar Wochen befand. Alistair. Emily klickte auf sein Profil und stellte gereizt fest, dass es auf privat gestellt war. Neben seinem Profilbild, das lediglich aus einem professionellen Porträt in einem weniger zerknitterten Brioni-Anzug bestand, konnte sie auf nichts weiter zugreifen. Nicht auf seine persönlichen Informationen, nicht auf Fotos von seiner Exfrau oder seinen Kindern und auch auf nichts, worauf er vielleicht unwissentlich einige Jahre zuvor von jemandem markiert worden war, der nicht zu seinen Freunden gehörte. Einfach nichts. Aber das Facebook-Profil lieferte immerhin seinen Nachnamen. Und als sie den googelte, stieß sie auf den goldenen Hattrick: seine Vita auf der Website seiner Firma, eine Hochzeitsanzeige in der *Times* und eine Handvoll Partyfotos in Miniaturansicht von Patrick McMullans Website. Es war wirklich interessant, wie viel man aus diesen Minifotos über Menschen ableiten konnte. Mit ein paar schnellen Blicken hatte man die Namen und Gesichter zugeordnet, die Arten von Partys, auf die er eingeladen wurde und für die er sich entschieden hatte, und die notwendigen Basics, zum Beispiel, was er trug und wie man ihn in den Bildunterschriften beschrieb (»Salonlöwe«, »Sohn von«, »Erbe von«, »legendärer Partyjunge« oder ihr Favorit, »Begleiter von«). Anscheinend hatte Mr Alistair Grosvenor Abschlüsse von Eton, Cambridge und Brown gesammelt und eine Vorliebe dafür, seine Haare rebellisch lang zu tragen, während er gleichzeitig auf untadelige Maßanzüge Wert legte. Seine Mutter trug in England einen Adelstitel (mit denen kam Emily immer durcheinander), und sein Vater war schon lange tot. Und seine Exfrau war – wenig überraschend – wunderschön. Dünn bis geradezu hungerhakenhaft, aber das wirkte auf Emily keineswegs abschreckend: Sie bewunderte so viel Engagement. Mit ihren langen Beinen und ihrer anmutigen Haltung war sie beinahe immer in etwas Gedecktes und gerade genug Stylishes gehüllt. Die glatten schwarzen Haare fielen ihr auf die kantigen Schultern. *Wie eine moderne Carolyn Bessette.* Das war keine Frau, die man unterschätzen sollte. Wäre Emily Single, hätte Alistairs Exfrau eine würdige Gegenspielerin abgegeben.

»Wer ist das?«, dröhnte da Miles' Stimme hinter ihr, und Emily sprang beinahe von der Couch.

»Warum zum Teufel schleichst du dich so an mich ran?«

Er hatte sich ein Handtuch um die Hüfte geschlungen. »Ich schleiche überhaupt nicht! Ich bin hier wie ein vollkommen normaler Mensch hereingekommen, um dich zu fragen, ob du duschen willst.«

»Du bewegst dich wie ein Puma.«

»Ach wo, du hast einfach so intensiv diesen Kerl da angestarrt, dass du mich gar nicht bemerkt hast.« Das sagte er leichthin, ohne einen Hauch von Eifersucht.

»Ich habe niemanden angestarrt. Das ist ein Freund einer Freundin.«

»Egal. Kommst du jetzt oder nicht?«

»Nein, geh ohne mich«, murmelte sie.

Schulterzuckend ging er zurück ins Bad.

Sie war bereit für seine Rückkehr nach Hongkong und freute sich merkwürdigerweise darauf, wieder nach Greenwich zu fahren, obwohl sie das selbst unter Androhung von Gewalt niemals zugegeben hätte. Allein die Menge an Geld, Zeit und Energie, die diese Frauen dort vereinten, war erstaunlich. Emily war sich sicher, wenn es diese Moms darauf anlegten, könnten sie den Hunger auf der Welt beseitigen oder religiöse Verfolgung stoppen. Man musste lediglich diese Greenwich-Moms in ihren Zweihundert-Dollar-Yoga-Leggings und mit ihren Prada-Scheckheften und ihren

Trainer-gestählten Körpern auf die Welt loslassen, und es gab nichts, was sie nicht erreichen konnten. Der Ort verfügte bizarrerweise über eine gute Energie, und sie konnte es kaum erwarten, mit der Arbeit für Karolina zu beginnen. Sie hatte Karolina geraten, sich ruhig und unauffällig zu verhalten, aber das würde jetzt vorbei sein. Es war an der Zeit zurückzuschlagen.

Sie schickte eine Gruppennachricht an Miriam und Karolina: *Kopf hoch! Morgen bin ich wieder bei euch! Und Tante Emily wird euer Leben für immer verändern.*

Teil 2

Kapitel 14

Die Besichtigung des neuen deutschen Au-pair-Mädchens Miriam

»Wollen wir es bei Zara versuchen?«, fragte Miriam und hoffte, dass sich Emily darauf einließ. Alles andere auf der Main Street in Greenwich kostete ein Vermögen.

Es war einer dieser bitterlich kalten Februartage, die eine Arktis-Ausstattung verlangten: Schneestiefel, die dickste und längste Daunenjacke im Schrank und die komplette Kollektion aus Mütze, Handschuhen und Schal. Das einzige Stück entblößte Haut an Miriam waren die neun Zentimeter zwischen ihrer Unterlippe und ihren Augenbrauen, und sie befürchtete trotzdem noch, sterben zu müssen. Doch die übermenschliche Emily schien weder den beißenden Wind noch die eisige Luft zu spüren. Sie hatte nur eine niedliche abgeschnittene Lederjacke und zerrissene Jeans an. Miriam trug lange Unterwäsche unter ihrer heilen Jeans, dazu Wollstrümpfe und kniehohe Stiefel, die mit Lammfell gefüttert waren. Emily hatte Ballerinas an. In denen sie barfuß war. Und es schien ihr nicht mal aufzufallen.

»Hör auf!«, sagte Emily und führte Miriam zu Saks. »Ich habe mir hierfür extra freigenommen, statt mich auf ›Operation Karolina‹ zu konzentrieren. Du kaufst dein Geburtstagskleid nicht bei Zara. Komm mit.«

Miriam versuchte, Schritt mit Emily zu halten, die den Gehweg entlangfegte. »Also, wie läuft es denn so mit Karolinas … Fall?«, erkundigte sie sich.

»Du lässt es klingen wie eine Geschlechtskrankheit.«

»Na, weil ich keine Ahnung habe, wie ich danach fragen soll! Und um ehrlich zu sein, habe ich auch nicht den Eindruck, dass besonders viel passiert.«

Emily wirbelte herum und funkelte sie an. »Ich kann Karolina erst dann helfen, wenn sie sich selbst helfen will. Trip und Graham veranstalten Machtspielchen mit Harry, und sie will das alles immer noch nicht wahrhaben.«

Miriam nickte. Da konnte sie nicht widersprechen. »Ich rede mit ihr«, versprach sie. Und dann, weil sie nicht aufhören konnte, auf Emilys entblößte Haut zu starren: »Ist dir nicht kalt?« Sie folgte ihr durch den Eingang des Ladens und dann direkt die Treppe hinunter zur Frauenabteilung.

»Wie alt bist du, achtzig? Was kümmert dich das Wetter? Hier, fangen wir mit Diane von Furstenberg an.« Emily zog zwei Kleider von der Stange und musterte sie.

»Kann ich Ihnen helfen?« Eine schwarz gekleidete Verkäuferin war zu ihnen getreten.

Miriam murmelte, dass sie sich nur umschauen, aber Emily übertönte sie mit einem lauten Ja. »Wir suchen nach einem tollen Kleid für einen Abend in New York mit ihrem Mann. Es muss wandelbar sein. Ich dachte an DVF.«

Die Verkäuferin ließ missbilligend den Blick von oben bis unten über Miriams Schneekleidung wandern. »Könnten Sie vielleicht mal den Reißverschluss aufmachen? Damit ich sehe, welche Größe Sie brauchen.«

Peinlich berührt zog Miriam ihren Parka auf, unter dem ein Patagonia-Wollpullover zum Vorschein kam, der in Kombination mit einem dieser Uniqlo-Heattech-Shirts das wärmste Kleidungsstück war, das sie besaß.

»Hmhm«, machte die Frau und schaffte es nicht, ihre Abneigung für den Pullover, Miriams Größe oder beides zu verbergen. »Ich würde sagen, eine Vierzig?«

»Ich trage Größe achtunddreißig«, blaffte Miriam sie an. Eine Lüge. Sie war auf jeden Fall eine Vierzig. Früher eine Sechsunddreißig.

»Ah, ja natürlich. Lassen Sie mich Ihnen diesen großartigen Overall zeigen, den ich gerade von Alice and Olivia hereinbekommen habe. Oh, und Sie werden diesen MILLY-Rock lieben, an den ich denke! Wir könnten ihn mit einem Seidentop von Helmut Lang kombinieren und so ein fantastisches City-Outfit daraus machen.«

»Overall?«, wiederholte Miriam, doch weder Emily noch die Frau hörten ihr zu. Beide standen jetzt vor einer Kleiderstange und griffen hektisch nach Kleiderbügeln, wie in einer rasanten Folge von *Supermarket Sweep*, nur mit Designerkleidung.

Einige Minuten später standen die drei Frauen in der größten Umkleide mit einer Minibühne und einem dreiteiligen Spiegel.

»Äh, vielleicht solltet ihr beide draußen warten? Ich komme raus und zeige euch alles, sobald ich es angezogen habe«, stammelte Miriam.

»Ach bitte!«, erwiderte Emily. »Du musst doch nicht schüchtern sein. Wir haben alle diese Werbeclips von Dove mit ›echten Frauen‹ gesehen. Ausziehen.«

Miriam warf ihr einen bösen Blick zu. »Okay, aber sag

nicht, ich hätte dich nicht gewarnt ...« Sie zog ihren Pullover und ihr Unterhemd über den Kopf. Dann, ohne Blickkontakt mit Emily oder der Verkäuferin aufzunehmen, zog sie den Reißverschluss ihrer Jeans auf, streifte die lange Unterwäsche ab und stand nur noch in BH und Slip da. Sie fühlte sich schrecklich entblößt und unattraktiv. Gott sei Dank trug sie aus Vorfreude auf die kommende Nacht wenigstens einen hübschen Spitzenslip, aber der BH war eine Horrorshow: beige, volle Körbchen. Eine Achtzigjährige mit vollem Busen hätte ihn klaglos getragen. Rote Streifen zogen sich von ihrem Hosenbund bis über den bleichen Bauch, und in ihrem Bauchnabel steckten ein paar Flusen.

Emily pfiff durch die Zähne.

Miriam bedeckte ihre Brüste mit den Händen. »Ich bin schließlich nicht davon ausgegangen, mich vor Publikum ausziehen zu müssen.«

»Nonsens«, sagte die Verkäuferin zusammenhanglos. »Hier, probieren Sie zuerst das hier an.«

Erst nachdem sie fünfundvierzig Minuten damit verbracht hatte, sich in grässliche Kleidungsstücke zu zwängen, fand sie das perfekte Kleid, aber es stammte von Chloé und kostete somit mehr, als Miriam normalerweise für Klamotten ausgab.

»Das Kleid ist sechzig Prozent preisreduziert. In dieser Größe«, fühlte sich die Verkäuferin verpflichtet hinzuzufügen. Es bestand aus einfacher schwarzer Seide mit einem asymmetrischen Saum und war vorteilhaft gewickelt. Es ließ ihre Brüste riesig wirken und ihre Taille beinahe winzig, und sie konnte es problemlos ins Theater oder ein cooles Restaurant in der Innenstadt anziehen. Außerdem besaß sie bereits tolle, dazu passende Pumps, und sie würde es auf jeden Fall für einen anderen Anlass wieder tragen. Als sie ihre Amex in den Kartenleser schob, spürte sie einen Anflug von Panik, und Emily las ihre Gedanken.

»Hör auf. Das Kleid ist dermaßen preisreduziert, dass es quasi *dich* bezahlt.«

Sie bedankten sich bei der Verkäuferin und gingen wieder nach draußen.

»Wie sieht es mit Mittagessen aus?«, wollte Emily wissen. »Ich verhungere gleich.«

»Wir müssen die Kinder vom Bus abholen.«

Emily seufzte. »Richtig. Die Kinder.«

»Du bleibst doch dabei, oder?«

»Ja«, bestätigte Emily ohne jegliche Überzeugung.

Machte sie einen Riesenfehler, indem sie die Kinder über Nacht bei jemandem ließ, der sich bisher noch nicht mal um einen Goldfisch gekümmert hatte? Vermutlich, dachte Miriam, während sie mit Emily zurück zu ihrem Haus fuhr. Aber welche Wahl blieb ihr schon? Weder ihre Eltern noch die von Paul lebten in der Nähe, und sie kannten niemanden in der Stadt gut genug, um ihn zu bitten, für eine komplette Nacht auf ihre drei Kinder aufzupassen und sie am nächsten Morgen in die Schule zu bringen. Immerhin war Emily eine funktionsfähige Erwachsene. Sie bezahlte ihre Rechnungen und konnte sich ernähren. Außerdem, falls doch irgendwas schrecklich schiefgehen sollte, waren sie schließlich nur eine halbe Stunde entfernt und konnten schnell zurück zu Hause sein. Alles würde gut werden.

»Du kommst schon zurecht«, versicherte Miriam ihr, nachdem sie die Kinder vom Bus abgeholt und vor dem Fernseher abgeladen hatten.

»Ich weiß. Da mache ich mir keine Sorgen. Was soll daran

schon schwierig sein? Ich habe Popstars in den Griff gekriegt, die kaum älter waren. Solange es dir also nichts ausmacht, wenn Maisie morgen in der Schule Grundierung trägt, sehe ich hier kein Problem.« Emily lachte über Miriams entsetzten Blick. »Jetzt geh! Wir kommen hier schon zurecht und werden uns wunderbar amüsieren.«

»Wir haben dir die Telefonnummern für den Kinderarzt und die Polizei und die Feuerwehr und beide Handynummern an den Kühlschrank gepinnt, dazu noch ein paar Kontakte hier im Ort.«

»Kann ich nicht einfach den Notruf wählen? Für so was sind die doch schließlich da.«

»Emily.«

»War nur ein Scherz! Alles wird gut. Das sind doch keine Außerirdischen, nur kleine Menschen. Ich komme zurecht, wirklich. Und ich verspreche dir, ich werde mich heute Abend mal nicht bis zur Bewusstlosigkeit betrinken, falls das Haus auf mysteriöse Weise in Flammen aufgehen sollte oder eine Bande bewaffneter Männer hier einbricht, um uns alle zu töten. Ich werde topfit sein.«

»Ich kann dir gar nicht sagen, wie sehr mich das beruhigt.«

Emily grinste. »Geh und amüsier dich.«

»Du kannst uns jederzeit anrufen, egal weshalb. Wir können in null Komma nichts zu Hause sein.«

»So schnell kommst du nicht um Sex mit deinem Ehemann herum.«

Miriam lachte, vielleicht ein wenig zu laut. Sie spürte definitiv den Druck auf sich lasten. Wenn heute Nacht nichts passierte, war auf jeden Fall etwas nicht in Ordnung bei ihnen, und in diesem Fall war keiner der möglichen

Gründe gut. Entweder ekelte sich ihr Mann vor ihr, war in jemand anders verliebt oder hatte sich (und sie) sein ganzes Leben lang belogen und gerade erst bemerkt, dass er Männer bevorzugte. Miriam ging diese Szenarien während der Zugfahrt nach New York in Gedanken durch, und bei ihrer Ankunft in der Grand Central Station war sie mehr als je zuvor davon überzeugt, dass ihre gesamte Ehe von diesem Abend abhing. Es war nicht leicht gewesen, aber nachdem sie ihre jeweiligen Kalender miteinander abgeglichen hatte, hatte sie herausgefunden, wann Paul und sie das letzte Mal richtig miteinander geschlafen hatten. Also von Anfang bis Ende, ohne dass einer mittendrin eingeschlafen war: vor zwei Monaten. An Heiligabend. Sie war im Haus ihrer Schwiegereltern in New Jersey vor dem Abendessen auf ihr Zimmer gegangen, um sich ein wenig auszuruhen, und Paul war ihr gefolgt. Die Kinder waren unten mit ihren Cousins beschäftigt gewesen, und Pauls Eltern unterhielten in der Küche ihre Gäste, und ihre Abwesenheit war den anderen erst nach einer knappen Stunde aufgefallen. Es war schön gewesen, aber gütiger Himmel – zwei Monate? Die Länge der Zeitspanne war erschreckend, aber schlimmer noch war, dass Paul kein einziges Wort darüber verloren hatte. Nicht mal ein alibimäßiges »Ich liebe dich« oder ein »Wir müssen Zeit für uns finden«. Es war, als wäre es ihm überhaupt nicht aufgefallen.

Sie versuchte, all das zu verdrängen, als sie sich in die kurze Taxischlange vor dem Bahnhof einreihte. »Brauchen Sie ein Taxi, Miss?«, rief der Pförtner in einer offiziell aussehenden Uniform und winkte würdevoll ein Taxi herbei. Ihr blieben vierzig Minuten, um nach Downtown zu gelangen. Das war perfekt. Außerdem hatte er »Miss«

gerufen, nicht »Ma'am«. Die Dinge entwickelten sich positiv.

In den fünfundvierzig Minuten, die sie für die gleiche Anzahl Häuserblocks brauchten, begannen Miriams Gedanken zu wandern. Wie lange war es her, seit sie sich so gefühlt hatte? Das musste vor den Kindern gewesen sein, aber auch vor der ersten Schwangerschaft. Während ihrer Flitterwochen? Na gut, sie wog inzwischen einige Kilo mehr als damals, aber wen interessierte das schon? Sie fühlte sich wunderschön in ihrem neuen Kleid und konnte kaum erwarten, es vorzuführen.

Als die Hostess im Restaurant sie in den Barbereich führte, fiel Pauls Blick auf sie, und er pfiff tatsächlich durch die Zähne.

»Du siehst toll aus.« Er zog sie in die Arme und schnupperte an ihrem Hals. »Verdammt sexy.«

Es fühlte sich warm und sicher an, ihren Kopf an seine Schulter zu legen. Paul. Ihr Ehemann. Ihr bester Freund. Der sie gerade als sexy bezeichnet hatte. Ihnen beiden blieb die ganze Nacht, und sie war sich plötzlich sicher, dass alles zwischen ihnen gut werden würde. Mehr als gut – perfekt.

»Alles Gute zum Geburtstag, Schatz«, sagte er und zog einen Hocker an der Bar für sie heraus. »Ich habe dir ihren Hausdrink bestellt. Ein scharfes Tequilazeug mit Wassermelone. Es klang genau nach deinem Geschmack. Mann, ich liebe dieses Kleid.«

Sie konnte ihr Grinsen nicht unterdrücken. »Emily hat mir beim Aussuchen geholfen. Wenn sie nicht darauf bestanden hätte, hätte ich es vermutlich nicht mal anprobiert. Und dann habe ich ein Foto an Ashley geschickt. Die ist geradezu ausgeflippt, wie sehr es ihr gefällt.«

Seine Miene bewölkte sich für einen Moment, doch dann kehrten das dienstbeflissene Lächeln und der bewundernde Blick zurück. »Hm. Bedeutet das, dass ihr jetzt Freundinnen seid?«

»Was hatte denn dieser Blick zu bedeuten?«

»Nichts.«

»Du hast so komisch geguckt, als ich Ashleys Namen erwähnt habe.«

Er lachte, und es klang falsch. »Ashley? Was? Wenn du sie magst, mag ich sie auch.«

Ganz offensichtlich verheimlichte er etwas vor ihr.

»Du scheinst ihren Mann zu mögen.«

»Was meinst du denn damit?« Paul nahm einen großen Schluck von seinem Wodka on the Rocks.

»Meinen? Ich meine gar nichts. Du bist an dem Abend, als ich mit den Mädels unterwegs war, zu ihnen gegangen.«

»Und?«

»Es war ein bisschen komisch, dass ich das von Ashley erfahren musste.«

Wieder ein großer Schluck. »Warum pflanzt du mir nicht gleich einen Chip ein? Wie man das bei Hunden macht.«

»Vielleicht sollte ich das. Wenn du der Meinung bist, es wäre eine großartige Idee, deine eigenen Kinder an einem der wenigen Abende, an denen du tatsächlich mit ihnen allein bist, im Stich zu lassen, damit du trinken und ein neunzehnjähriges Au-pair-Mädchen begaffen kannst, dann ist es womöglich genau das, was du brauchst.«

»Wovon redest du denn da?«

Der Barkeeper kam und schob Miriam ihren Cocktail zu. Er sah prächtig aus: pinkfarben, schäumend und mit hübschen grünen Akzenten aus Gurke, Limette und einem Stück Jalapeño. »Deutsch? Angeblich wunderschön? Und praktisch noch ein Kind.«

»Miriam.« Er klang erschöpft.

»Paul.«

»Eric hat mir eine Nachricht geschickt, dass er einige Kumpels zum Pokerspielen zu Besuch hat, und gefragt, ob ich dazustoßen will. Ich spiele kein Poker. Ich wollte mir eigentlich eine neue Folge *Game of Thrones* anschauen und hatte mir gerade was Thailändisches zu essen bestellt. Aber seit unserem Umzug liegst du mir damit in den Ohren, dass ich mir ein wenig Mühe geben und neue Freunde finden soll, und ich dachte mir, wahrscheinlich hast du recht.«

»Ach, jetzt ist das alles meine Schuld?«

»War ihr neues Au-pair-Mädchen da? Ja. Lief sie ohne BH im Haus herum? Ja. Bin ich ein Mann? Hab ich hingesehen? Das kannst du mir vorwerfen. Aber was du dir da ausgemalt hast, dass wir alle dort drüben waren, sie beglotzt haben, bis sie sich unwohl fühlt, und dass wir uns aufgeführt haben wie eine Horde Perverser in mittleren Jahren, das ist Bullshit.«

»Stell dir mal vor, das wäre Maisie. Wie würde es dir damit gehen?«

Paul fiel die Kinnlade herunter. »Im Ernst?«

Miriam lächelte. Sie spürte, wie die Spannung sofort verschwand. »Okay, das war unter die Gürtellinie.«

Paul küsste sie auf den Mund. »Sehr tief.«

Sie tranken aus und wechselten an einen Tisch, und Paul tat, was er immer bei besonderen Gelegenheiten machte: Er bestellte eine Portion von jeder Vorspeise auf der Karte. Als sie sich damals kennenlernten, fand sie das merkwürdig, aber bald gefiel ihr, dass man so viele verschiedene Gerichte kosten konnte und nicht mit einem riesigen Fleisch- oder Fischgericht dasaß, auf das man nach drei Bissen schon keine Lust mehr hatte. Während sie von dem würzigen Thunfischtartar probierte und der Scheibe Trüffelfladenbrot und den Salaten mit Birne und Gorgonzola und den unglaublichsten gegrillten Calamari, die sie je gegessen hatte, war sie wieder dankbar für ihren Ehemann. Als der Kellner ein altmodisches Champagnerglas mit Schokoladenmousse und einer Kerze obenauf brachte, beugte sich Paul zu ihrem Ohr und flüsterte: »Happy birthday, mein Schatz. Möge siebenunddreißig dein bisher bestes Jahr werden.«

Gemeinsam ließen sie sich die Mousse schmecken und baten um die Rechnung. Miriam ging zur Toilette, und bei ihrer Rückkehr sah sie Paul wie wild auf seinem Handy herumtippen. Sobald sie sich gesetzt hatte, schaltete er es aus.

»Wer war das?«

»Nur die Arbeit.«

Etwas an der Art, wie er das sagte, kam ihr komisch vor. Er sagte niemals »Arbeit«. Miriam kannte sein gesamtes Team, und er informierte sie immer, wer angerufen hatte und worum es ging.

»Was wollen die denn noch so spät? Ist alles okay?«

»Alles bestens. Na los, lass uns zurück ins Hotel gehen.«

»Ins Hotel? Wir gehen nicht noch … irgendwo anders hin?«

Miriam schwieg, während sie an der Garderobe auf ihre Jacken und die kleinen Reisetaschen warteten.

»Miriam? Was hast du denn erwartet? Du hast mir tausend Mal gedroht, dich von mir scheiden zu lassen, falls ich für dich eine Überraschungsparty organisiere.«

Sie folgte Paul auf den Rücksitz eines wartenden Uber.
»Ich dachte ... so wie du es formuliert hast ... vielleicht ...«
»Was?«
»Das du etwas anderes geplant hättest.«
»Etwas anderes geplant?« Wieder blickte er auf sein Handy.
»Eine Broadway-Show oder so? Keine Ahnung, vergiss es.«
»Es ist schon neun, also zu spät für eine Show. Möchtest du noch irgendwo auf einen Drink hin? Wir können im Surrey an die Bar gehen, wenn du willst.« Er griff nach ihrer Hand und drückte einen Kuss darauf. »Obwohl, fürs Protokoll, ich hätte auch nichts dagegen, direkt auf unser Zimmer zu gehen.«
Etwas an der Art, wie er nach ihr griff, erinnerte sie an den Abend, als er ihr im Madison Square Garden einen Antrag gemacht und sie dann in ihr italienisches Lieblingsrestaurant geführt hatte, wo ihrer beider Familien auf sie gewartet hatten. Das Abendessen dort war laut und lustig gewesen, mit Unmengen billigem Chianti und endlosen Trinksprüchen auf das glückliche Paar, und als sie sich schließlich verabschiedeten und in ein Taxi fielen, hatte Miriam befürchtet, vor lauter Glück sterben zu müssen. Sie hatte so getan, als wäre sie entrüstet darüber, wie er auf dem Rücksitz nach ihr griff, ihren Nacken mit einer Leidenschaft küsste, an die sie sich kaum noch erinnern konnte, und hätte der Taxifahrer nicht gedroht, sie auf der Sixth Avenue rauszuwerfen, wenn sie sich nicht benahmen, hätte sie sich von Paul vermutlich auch noch die Jeans ausziehen lassen. Sie waren die ganze Nacht über aufgeblieben, hatten sich geliebt, gelacht und über die Zukunft gesprochen. Als sie früh am Morgen wie-

der Hunger bekamen, waren sie noch in der Dunkelheit ins Diner an der Ecke gegangen, hatten sich Omeletts, Bratkartoffeln und Kaffee bestellt und hatten sich dann für eine weitere Runde wieder ins Bett zurückgezogen. Miriam rief sich in Erinnerung, wie sie auf ihren brandneuen, im Licht der aufgehenden Sonne funkelnden Verlobungsring geblickt hatte. Als sie endlich einschliefen, war es draußen bereits hell, und sie schliefen durch bis zum Nachmittag. Das Bett verließen sie nur für ein frühes, ins Haus bestelltes Abendessen, und dann kehrten sie wieder dorthin zurück.

Das konnten sie wieder aufleben lassen, da war sie sich sicher. Liebe und Leidenschaft in dieser Dimension erloschen nicht einfach für immer, oder? Sie trat in den Hintergrund für kleine Kinder mit riesigen Ansprüchen und Karrieren mit endlosen Anforderungen, aber irgendwo, irgendwo brannte dieses ursprüngliche Feuer noch. Es musste einfach so sein, denn die schreckliche Alternative wollte sie sich gar nicht erst ausmalen.

Miriam rutschte daher zu Paul hinüber und küsste ihn so fest, dass sie spüren konnte, wie er zurückwich. Sie biss ihm leicht in die Unterlippe und steckte ihm ihre Zunge in den Mund.

»Hoppla, du Tigerin! Was ist denn heute Abend mit dir los?« Er machte sich los, und Miriam bemühte sich, nicht beleidigt zu sein, als er sich gedankenlos mit seinem Jackettärmel die Lippen trocken wischte.

»Was mit mir los ist?«, fragte sie flirtend. »Du hast recht. Pfeifen wir auf die Hotelbar. Gehen wir auf unser Zimmer. Ich habe eine Überraschung für dich.«

»Eine Überraschung für mich? Aber ich habe doch gar nicht Geburtstag.«

»Heute Abend feiern wir beide Geburtstag.« Miriam rieb ihm mit der Hand über die Vorderseite seiner Hose, falls er ihre Andeutung nicht verstanden hatte.

Sie warteten geduldig, bis ihnen der Mann an der Rezeption alles zum Thema Frühstück und Check-out und Spa erklärt hatte. Es fühlte sich wie eine Ewigkeit an, bis ein Hotelpage sie aus der stylishen Lobby in den viel zu engen Fahrstuhl und dann bis zu ihrem Zimmer im dritten Stock führte, wo sie ein Upgrade für eine Suite mit einem kleinen, aber separaten Wohnzimmer und einem schmalen französischen Balkon mit Blick auf die Baumspitzen der Seventy-Sixth Street erhalten hatten.

Sobald der Page die Tür hinter sich zugezogen hatte, schlang Miriam die Arme um Paul, doch er machte sich los. »Ich muss wirklich erst duschen. Ich habe den ganzen Tag in Besprechungen, in Zügen und der U-Bahn verbracht. Vertrau mir, du wirst mir dankbar sein.«

Es war ihr eigentlich egal, ob er sauber war oder nicht, aber es war in Ordnung. Das verschaffte ihr genug Zeit, um im Wohnzimmer alles vorzubereiten. »Versprich mir, dass du erst hier reinkommst, wenn ich es dir erlaube?«

»Versprochen.« Einen Moment später hörte sie die Dusche laufen.

Miriam schloss die raumhohen Türen, die das Schlafzimmer und das Bad vom Wohnzimmerbereich trennten, und machte sich daran, die Möbel so umzustellen, dass in der Mitte des Raums ein freier Bereich entstand. Zwar nicht groß genug, aber es musste reichen. Sie öffnete das Kunst-ist-Liebe-Set, das sie für den Preis eines Flugtickets nach Europa und zurück erworben hatte, und holte heraus: eine große zusammengerollte Leinwand, die mit einer Schnur zusammengehalten wurde, zwei Glasflaschen mit stahlblauer Farbe, drei Bürsten in verschiedenen Größen und Dichten und einen Gutschein, der eingeschickt werden musste, wenn die Leinwand gerahmt werden sollte. Auf der Anleitung stand lediglich: *Was sollten wir uns erdreisten, Ihnen vorschreiben zu wollen, wie man Liebe macht? Bestreichen Sie sich und Ihren Lover mit der Farbe und vergessen Sie dann alles andere. Legen Sie sich auf die Leinwand und machen Sie Ihr Ding. Viel Spaß!*

»Na gut«, murmelte Miriam und stellte die Bürsten und Glasflaschen fein säuberlich auf dem Couchtisch ab. Sie schaltete den Fernseher ein, fand einen guten Musikkanal und dimmte dann das Licht. Sie wünschte, sie hätte daran gedacht, Kerzen mitzubringen, aber mal im Ernst, sie war herausgeputzt und willig, das musste reichen.

Die Dusche wurde abgestellt.

Sollte sie die Flasche Champagner öffnen, die das Hotel kaltgestellt hatte, oder sie lieber für später aufsparen? Später. Wenn sie und Paul ihre flauschigen Hotelbademäntel trugen und in postkoitaler Seligkeit schwelgten, wären einige Gläser kaltes Blubberwasser perfekt. Sie musterte ihr Arrangement und zog sich bis auf den schwarzen Spitzentanga aus.

Anschließend öffnete sie leise die Tür, um Paul mit einem verführerischen Tanz zu überraschen, bevor sie ihm die Sachen zeigte. Er lag auf dem Bett. Sein Bademantel stand offen, und er schnarchte laut und gleichmäßig. Alle Lichter waren an.

»Paul? Schatz?«

Wer konnte denn so schnell einschlafen? Es war gerade erst halb zehn, Herrgott noch mal!

»Paul?« Sie kletterte aufs Bett, setzte sich rittlings auf ihn und ließ ihre Brüste vor seinem Gesicht schaukeln.

Er wachte auf und lächelte. »Oh, hallo«, sagte er lachend. Er schob sich unter ihr hervor und rollte sich auf seine Seite des Betts.

»Ich habe alles vorbereitet. Drüben im anderen Zimmer.«

»Miriam, ich bin mir nicht mal sicher, ob ich hier etwas zustande brächte. Ich bin so erschöpft.«

»Hast du das wirklich gerade gesagt?« Miriam bemühte sich um einen lockeren Ton, doch seine Worte hatten sie tief getroffen.

»Du weißt, was ich meine.«

»Paul, es ist schon Monate her. Monate! Ist dir das überhaupt bewusst?«

Er setzte sich auf. »Natürlich. Ich denke ständig daran.«

»Und worüber genau denkst du nach?«

»Dass es mir vielleicht nicht gefällt, aber dass ein Leben mit drei kleinen Kindern und einer Menge Veränderungen so aussieht. Es ist normal.«

»Ich will aber nicht, dass es für uns normal ist«, entgegnete Miriam.

Paul zog sie in die Arme und rutschte von hinten an sie heran. »Ich verspreche dir, es morgen früh wiedergutzumachen«, flüsterte er.

Sie lag eine Minute lang so da, lange genug, dass sein Atem wieder gleichmäßig wurde, bevor sie eine Entscheidung fällte. Sie würde sich nicht den Rest des Abends über fragen, was schiefgelaufen war, oder ihren Geburtstagsabend in einer wunderschönen Hotelsuite bereuen. Als sie auf ihn kletterte, murmelte er etwas davon, dass er schon schlafe, aber Miriam blieb hartnäckig. Sie küsste seine Lippen und seinen Hals und rieb sich an ihm, und obwohl es sich anfühlte, als ob Paul eher widerwillig reagierte, reagierte er doch. Der Sex war schnell, vertraut und funktional, und als er sich danach umdrehte und einschlief, weckte sie ihn nicht.

Kapitel 15

Genau wie Entzug, nur anders
Karolina

»Oh mein Gott. Ich kann nicht mehr laufen. Ich bin ein Krüppel. Auf immer verstümmelt. Wer zum Teufel macht so etwas aus Spaß?«, verlangte Emily zu wissen und kollabierte auf einer Holzbank in der Lobby des Pilates-Studios, während die anderen Frauen an ihnen vorbeiströmten.

Karolina lächelte. »In Bethesda mache ich das ständig.« Sie hielt inne. »Machte. Der Megaformer des Todes.«

»Ich meine, versteh mich nicht falsch, du siehst toll aus, aber ... ist es das wert? Ich würde viel lieber einfach hungern, als mir das fünf Tage pro Woche anzutun.«

»Hungern mache ich außerdem«, sagte Karolina lächelnd. »Na los, holen wir uns einen Kaffee oder so. Wenn wir hierbleiben, redet womöglich noch jemand mit uns.«

Emily sprang mit der Energie eines Kindes auf. »Und schon hast du mich überzeugt. Los, los, ich bin direkt hinter dir.«

Karolina klickte ihren SUV auf. »Wohin?«

»Irgendwohin, wo wir ein privates Gespräch führen können und es anständigen Kaffee gibt. Wir müssen unseren Schlachtplan besprechen.«

»Ich kenne mich hier kein bisschen besser aus als du,

aber wenn ich mich irgendwo verstecken will, gehe ich in die Bibliothek.«

»Die Bibliothek?«

»Die einzigen Leute, die ich tagsüber dort sehe, sind Rentner und Nannys, die mit Kleinkindern die Vorlesestunde besuchen. Aber das ist im Obergeschoss, daher bekommt man die auch nicht wirklich zu Gesicht. Außerdem gibt es dort ein Café mit Espresso.«

»Überredet! Dieser Ort, den du Bibliothek nennst, klingt perfekt.«

Als sie dort ankamen, bestellten sie jede einen großen Kaffee und einen Müsliriegel. Emily bemerkte, dass Karolina an ihrem nur knabberte, bevor sie ihn zur Seite schob.

»Du denkst an die Schlagzeile im heutigen *Star*, richtig?«, fragte Emily.

Karolina seufzte. »Ich weiß, dass es Müll ist, aber es stört mich, wenn behauptet wird, ich hätte eine Essstörung. Es stimmt nicht. Ich bin lediglich vorsichtig.«

»Ich weiß, aber ich wiederhole noch einmal: Die Wahrheit ist irrelevant. Schritt eins unseres Plans ist es, dein Aussehen zu verändern. Du bist viel zu dünn geworden, sogar für meinen Geschmack. Ich finde, du solltest ein wenig zunehmen. Nichts Übertriebenes, nur ein paar Pfund. Damit du ein bisschen weniger nach Heroin-Schick aussiehst. Du weißt schon, ein wenig zugänglicher wirkst.«

»*Das* ist dein brillanter Plan für meine Neuerfindung, um meinen Ruf vor dem Ruin zu retten und meinen Sohn zurückzubekommen? Ich soll mich mästen?«

Emily verdrehte die Augen. »Du hörst mir nicht zu. Ich habe nicht vorgeschlagen, dass du zu einer Fleischkuh wirst, nur dass du ein paar Pfund zulegst, um ein wenig ... mütterlicher zu wirken.«

»Mütterlicher?«

»Hör zu, mir ist bewusst, dass Greenwich, Connecticut, nicht gerade die Heimat der mütterlich aussehenden Frauen ist. Aber trotzdem – sogar hier wirkst du mit diesen gazellenhaften Beinen und den irre festen Brüsten und deinem sexy, lockigen Haar, das bis zum Po reicht, wie eine Außerirdische. Wenn sich die Greenwich-Moms bereits von dir bedroht fühlen, und glaub mir, das tun sie, dann stell dir mal vor, wie du erst in Topeka rüberkommst. Ich war zwar noch nie in Nebraska, aber ich habe gehört, dass es in den Walmarts dort aussieht wie in den Freakshows beim Zirkus.«

»Liegt Topeka nicht in Kansas?«

Emily seufzte laut und genervt auf.

»Sorry. Zurück zum Thema. Zunehmen. Sonst noch was?«

»Ein Haarschnitt.«

»Hör auf!«

»Ich meine es ernst, Karolina. Es muss ja kein Radikalschnitt sein, aber kürzer und weniger sexy ist Pflicht. Und auch wenn du nichts davon hören willst, aber wir müssen über einen Entzug reden.«

Karolina begann zu protestieren, doch Emily unterbrach sie sofort. »Ich weiß, ich weiß, du hast kein Alkoholproblem. Du bist praktisch eine Nonne. Ich habe gesucht und in deiner Vergangenheit nicht das Geringste finden können, was vor diesem ... Vorfall auf Alkohol- oder Drogenmissbrauch hinweist. Du bist offensichtlich das einzige saubere Supermodel auf der Welt. Nicht mal Diätpillen! Und als Zugeständnis an deine makellose Vergangenheit wird eine Woche ausreichen.«

»Ich mache keinen Entzug!« Am Nachbartisch drehten sich drei Nannys mit Kleinkindern zu ihr um.

»Sprich leiser, Amy Winehouse.«

»Emily.« Karolina war bewusst, wie gereizt sie klang. »Wie soll ich jemals das Sorgerecht für Harry bekommen, wenn ich zugebe, ein Problem zu haben? Ich bin unschuldig und werde mich nicht für etwas schuldig bekennen, das ich nicht getan habe!«

»Das ist ganz einfach, Karolina. Wir müssen die öffentliche Meinung zu deinen Gunsten drehen. Erst, wenn du in den Augen der Öffentlichkeit geläutert bist, können wir wegen des Sorgerechts vor Gericht gehen, und zwar mit einer viel besseren Ausgangsposition. Wie Trip dir erklärt hat, hast du momentan rein gar nichts in der Hand. Null. Statt also als die stille, gute Ehefrau aufzutreten, die sich nicht über diese unbegründete Hexenjagd aufregt, sollten wir lieber proaktiv vorgehen. Denk an Harry.«

Karolina wusste, dass Emily recht hatte. »Wie soll dein falscher Entzug überhaupt ablaufen?«

»Wir geben eine Mitteilung heraus. Du gehst ›in den Westen‹, um ›deine Taten zu überdenken‹. Wenn wir schamhaft tun, werden alle von Entzug ausgehen. Du wirst weder etwas bestätigen noch leugnen, daher werden sich alle sicher sein, dass du einen Entzug machst.«

»Und wo gehe ich hin?«

Emily nippte an ihrem Kaffee und runzelte die Stirn. »Du wirst dich für eine Woche im Amangiri verstecken. Ich kenne den Geschäftsführer, er wird dir absolute Diskretion garantieren.«

»Wohin?«

»Ist das dein Ernst? Du warst noch nie im Amangiri?«

»Ich habe es dir doch gesagt, Emily, ich trinke nicht. Woher soll ich mich mit Entzugskliniken auskennen?«

Emily hielt eine Hand hoch. »Oh mein Gott. Okay. Es ist ein superluxuriöses Hotel in der Mitte vom Nirgendwo. Privatflugzeug-Nirgendwo oder Fünf-Stunden-Fahrt-von-der-nächsten-Stadt-Nirgendwo. In den Canyons von Utah. Ungefähr zwanzig Zimmer sind in die Seite eines Bergs eingelassen, mit privaten Pools und Kaminen. Die Wellness-Abteilung ist der Wahnsinn. Das Essen ist absolut irre. Man kann alle möglichen Outdoor-Aktivitäten machen, wenn man auf so was steht, was bei mir nicht der Fall ist. Aber vertrau mir: Dort willst du hin.«

Karolina trank ihren Kaffee und dachte darüber nach. Sie fühlte sich bereits jetzt schon, als hätte man sie ohne Freunde oder Familienmitglieder in der Nähe ins Ausland verbannt. Zum ersten Mal seit ihrer Hochzeit mit Graham fühlte sie sich in der Schwebe, geradezu entwurzelt. Als ob es niemanden auf der Welt interessierte, wo sie war und wie es ihr ging, bis auf Miriam und möglicherweise Emily. Abgesehen vom Tod ihrer Mutter konnte sie sich an keine andere Zeit in ihrem Leben erinnern, wo sie sich hilfloser oder einsamer gefühlt hatte. Und obwohl ein Promi-Resort mitten in der Wüste von Utah nicht ihre erste Wahl gewesen wäre, wäre es auch nicht ihre letzte. Keine Paparazzi. Keine zufälligen Zusammentreffen mit Menschen aus Bethesda. Keine Schmutzkampagnen in der Regenbogenpresse. Keine von Elaine beaufsichtigten Treffen. Hoffentlich kein Internet, damit sie nicht ständig auf »Aktualisieren« der Google News drücken konnte, um zu sehen, ob es neue gemeinsame Fotos von Graham und Regan gab. All das – und es würde auch noch als ein Schritt in Richtung Wiederherstellung ihres Rufs zählen?

»Okay«, sagte sie langsam und nickte. »Ich bin dabei.«

»Ausgezeichnet!«, rief Emily und schlug auf den Tisch, wodurch Karolinas Kaffee überschwappte. »Tut mir leid, aber ich wusste, dass du klug genug bist, um auf mich zu hören. Wir fahren am Freitag.«

Karolinas Kopf schoss hoch. »Wir?«

Emily lächelte. »Oh ja. Wir müssen uns beeilen. Wir fliegen um neun Uhr ab JFK, nonstop nach Vegas. Anschließend steht uns eine lächerlich lange Fahrt durch die Wüste bevor. Ich könnte mich überreden lassen, ein Auto mit Fahrer zu mieten, du musst es nur sagen. Es gibt auch die Möglichkeit, ein Privat- oder Charterflugzeug zu nehmen, aber von denen bin ich in letzter Zeit abgekommen. Zu riskant im Hinblick auf durchsickernde Informationen. Also werden wir selbst fahren. Oder wir überreden Miriam zu fahren. Wir werden uns einige Mormonen anschauen, uns schlechte Musik anhören, und dann werden wir im Himmel ankommen.«

»Miriam?«, wiederholte Karolina. Sie hatte noch so viele Fragen. »Mormonen?«

»Wir reden hier von Utah!«, antwortete Emily lachend. »Du kennst doch die Serie *Big Love*, oder? Oh, und ja, Miriam kommt auch mit, ich habe sie schon gefragt. Erwartungsgemäß war sie ein wenig genervt, weil sie einen Babysitter organisieren muss, aber nicht mal sie konnte eine kostenlose Reise ins Amangiri ausschlagen.«

Karolina schluckte. Warum klang das eher nach einem Mädels-Wellness-Trip als nach einem notwendigen Schritt, um ihr Leben wieder in den Griff zu bekommen? »Wie viel kostet mich die ganze Sache?«

Emily lachte laut auf. »Vertrau mir, das willst du gar nicht wissen. Der Preis ist obszön, sogar für meine Verhältnisse. Aber sieh's mal positiv: Es ist immer noch billiger als dreißig Tage stationär irgendwo! Und die Bettwäsche wird auch viel weicher sein.«

»Schön. Wenn es kein Entzug ist, bin ich dabei. Ich werde an Harry denken.«

»Bis zu unserer Abreise müssen wir uns noch um einiges kümmern. Am wichtigsten ist, dass ich eine Pressemitteilung formuliere und sie an einige ausgewählte Leute schicke. In der ich einen Entzug andeute, aber nicht benenne. Anschließend müssen wir dein nicht-leugnendes Leugnen üben. Ich bringe dir das Schritt für Schritt bei.« Sie hielt inne. »Und dann ergreifen wir rechtliche Maßnahmen. Miriam hat mir erzählt, sie überprüft deine Scheidungspapiere?«

»Ja.«

»Sie sagt, der Ehevertrag ist ziemlich eindeutig?«

»Ja.«

»Wir könnten ihn anfechten.«

Karolina schüttelte den Kopf. »Ich will den Treuhandfonds seines Daddys nicht.«

»Wir werden einen Weg finden, das der Öffentlichkeit in Erinnerung zu rufen«, meinte Emily. »Als Nächstes müssen wir dich auf Social Media aktiver werden lassen. Es ist an der Zeit, deine Konten wieder zu beleben. Aber du musst auf die alten Modelfotos verzichten. Und keine Bilder mehr, auf denen du angezogen bist wie die Ehefrau eines Senators. Wir wollen zugänglich, warmherzig, einnehmend.«

»Du meinst stämmig?«

»Versuch, etwas zu tragen, das ein wenig bodenständiger aussieht.«

»Weil du darin eine solche Expertin bist?«

»Wabbelnde Schenkel und Kunstlederschuhe. Das ist momentan deine Fahrkarte zurück ins Leben.«

»Hat dir schon mal jemand gesagt, dass du irre bist?«, wollte Karolina wissen.

»Ja, jeden Tag ungefähr minütlich. Hör zu, wir müssen kurz über Graham reden.«

Karolinas Gedanken schossen zu dem Bild von einer Party, das sie am Vorabend gesehen hatte. Es war eine Wohltätigkeitsveranstaltung zugunsten der Kinderkrebsabteilung im Children's National Medical Hospital gewesen. Regan Whitney saß natürlich im Vorstand, und Graham war ihre Begleitung gewesen. Es war ihr erster gemeinsamer Auftritt in der Öffentlichkeit. Sie hatte das Restaurant an seinem Arm betreten.

Alle Farbe musste aus Karolinas Gesicht gewichen sein, denn Emily sagte: »Ja, ich habe es auch gesehen. Zurückhaltend, unauffällig, aber trotzdem mit Körperkontakt. Ein Testlauf. Sie werden vermutlich noch bei einigen weiteren örtlichen Veranstaltungen gemeinsam auftauchen, bevor sie eine offizielle Mitteilung herausgeben. Zumindest wäre es das, was ich ihnen raten würde.«

»Er wird sie heiraten, nicht wahr?«

»Ganz sicher. Eine Sekunde, nachdem eure Scheidung durch ist. Sie ist seine Fahrkarte ins Weiße Haus.«

Karolina berührte ihre Stirn. »Das ist ein solcher Albtraum.«

Emily packte Karolina am Arm. »Vergiss das mal einen

Augenblick. Wir müssen jetzt über Grahams Vergangenheit reden. Ich will alle Skandale wissen.«

»Da gibt es leider keine.«

»Bullshit!«, entgegnete Emily. Wieder drehten sich Frauen nach ihnen um. »Es ist unmöglich, dass ein Mann ein solches Arschloch sein kann, ohne Geheimnisse zu haben. Uneheliche Kinder? Jugendliche Vorstrafen, die gelöscht wurden? Ein Drogenproblem? Zwischenfälle mit Escort-Damen? Verdammt, es ist zwar nicht sexy, aber ich würde derzeit sogar ein Wirtschaftsverbrechen nehmen. Insiderhandel? Irgendwas.«

Karolina dachte an eine ganz bestimmte Nacht, einige Jahre nach ihrer Hochzeit. Graham war immer akkurat gewesen, angefangen von der Ordnung in seinem Schrank bis hin zu der Art, wie er seine Beziehungen führte. Erst nachdem er bereits länger als ein Jahr mit Karolina zusammen war, hatte er ihr genug vertraut, um ihr selbst die winzigsten pikanten Details über die Ehe seiner Eltern anzuvertrauen. Sie erinnerte sich, dass sie gedacht hatte, er hätte auf der Highschool einer dieser Trottel sein können, die nie auf eine Party gegangen waren, wo es Alkohol gab. Und dann hatte er ihre Welt komplett auf den Kopf gestellt, indem er ihr eine Geschichte erzählte, die sie kaum glauben konnte. Eine Geschichte, die sie niemals einer anderen Seele gegenüber preisgeben würde.

Ganz sicher nicht Emily.

Emily bemerkte etwas in Karolinas Augen, denn sie kniff ihre zusammen. »Woran denkst du gerade?«

»Nichts!« Karolinas Stimme schoss um eine Oktave in die Höhe.

»Na los! Du warst *zehn Jahre* lang mit ihm verheiratet.

Kein Mann ist ein Heiliger. Dieser Kerl hat dich reingelegt. Deinen Ruf ruiniert. Er hält dich von deinem Sohn fern. Also verrat es mir.«

Trotz ihrer Wut auf Graham hielt sich Karolina zurück. Es würde Graham ruinieren, aber auch Harry. »Es gibt wirklich nichts. Ich sage dir Bescheid, wenn mir etwas einfällt«, log sie.

»Verdammt, das wirst du ganz sicher. Denk gut darüber nach, welche seiner Geheimnisse du hütest. Ist das wirklich in deinem besten Interesse?« Emily blickte auf ihr Handy. »Ich muss los. Ich habe in einer Stunde einen Friseurtermin in New York.«

Karolina sah überrascht auf. »Warte. Ziehen wir diese Utah-Sache wirklich durch?«

»Definitiv. Ich schicke dir eine Nachricht mit allen Informationen.« Emily sammelte ihre Sachen ein und winkte ihr zum Abschied zu. »Denk dran. Geh nicht ans Telefon, wenn du nicht weißt, wer anruft. Schreib nichts in eine E-Mail oder in eine Nachricht, das du nicht auf dem Titelblatt der *Post* sehen willst. Und hol dir einen Cheeseburger. Wir sehen uns später!«

Bevor Karolina antworten konnte, war Emily schon verschwunden.

Eine Greenwich-Mom in einer leichten Variation der üblichen Uniform (Athleta-Jacke in Kombination mit Lululemon-Leggings und Stirnband statt des kompletten LL-Outfits von Kopf bis Fuß) kam auf Karolinas Tisch zu.

»Hi, tut mir leid, dass ich Sie störe, aber ich wollte nur sagen ...«

»Ich muss los«, unterbrach Karolina sie, schnappte sich ihre Jacke und lief ebenfalls zur Tür. Doch sie hörte noch, wie die Frau ihrer Freundin zumurmelte: »Ich wollte ihr nur ein Kompliment für ihre Tasche machen.«

Verdammt, du verlierst noch den Verstand, dachte Karolina. Vielleicht war ein Ausflug in die Wüste jetzt genau das Richtige.

Kapitel 16

Nur ein Freund und ein blaues Glitzerkondom
Emily

Emily marschierte die Holztreppe hinunter, so gut es ihr auf den zehn Zentimeter hohen Absätzen möglich war, zog in der Küche den Tupperware-Behälter mit Eistorte aus dem Gefrierschrank und warf ihn in den Müll.

»Was zum Teufel machst du denn da?«, brüllte Miriam. Sofort hörte sie die Schritte eines Kindes über sich. »Matthew! Zurück ins Bett! Alles ist gut. Mommy wollte nicht schreien!«, rief sie, und wie durch Zauberhand waren die Schritte nicht mehr zu hören.

»Versuch gar nicht erst, mir weiszumachen, du würdest die nicht sofort aufessen, sobald ich auch nur kurz das Haus verlasse.« Emily schüttelte den Kopf. In der Woche, seit sie aus L.A. zurück war, hatte sie Miriam mindestens drei Mal dabei erwischt, wie die sich nachts Essen in den Mund stopfte. Einmal waren es die Käsenudelreste der Kinder gewesen, und Emily hatte sich beinahe übergeben müssen.

»Bitte.« Miriam klang erschöpft. »Nicht jeder kann so aussehen wie du. Versuch du erst mal, drei Kinder innerhalb von drei Jahren zu kriegen.«

Emily schnaubte. »Wohl kaum.« Sie drehte sich um die eigene Achse. »Wie sehe ich aus?« Ihr kleines Schwarzes war eng und kurz, aber nicht auf übertriebene Weise, und in Taillenhöhe befanden sich subtile Cutouts, die ihre Taille noch schmaler erscheinen ließen als sonst. Dass sie sich zum Schwimmen umziehen würde, war nicht sehr wahrscheinlich, doch nur für den Fall, dass sie betrunken genug und die Party lustiger sein würde als erwartet, hatte sie einen winzigen, eleganten Eres-Bikini in einer Plastiktüte in ihre Clutch gesteckt.

Auf der anderen Seite der Küche drehte sich Miriam ebenfalls im Kreis. Sie trug eine Jogginghose mit Gummizug am Knöchel, die aussah, als stammte sie aus den Neunzigern – allerdings nicht auf eine coole Weise –, ein viel zu großes Männerunterhemd und diese flauschigen Omasocken. »Wie sehe ich aus?«

Emily zwang sich zu einem Lächeln und erinnerte sich an die alte Miriam, die Miriam aus Manhattan: schlank, gepflegt, professionell, in Bestform. Wohin war diese Frau bloß verschwunden? Waren das vielleicht erste Anzeichen für eine Depression? Emily nahm sich vor, da sensibel nachzufragen. Oder zumindest so sensibel, wie es ihr möglich war.

»Ich muss los. Bist du sicher, dass du nicht mitkommen willst?«

»Was, und dafür die neueste Folge von *This Is Us* verpassen?« Miriam lachte. »Wann bist du wieder da?«

Emily nahm ihre Clutch und die mit Kaninchenfell gefütterte Lederjacke und ging zur Haustür. »Sie sind da, ich gehe! Viel Spaß mit Netflix und deiner Fressorgie!« Mit diesen Worten ging sie hinaus in die kalte Nachtluft, die ihr wie eine Wand entgegenschlug, bevor sie vorsichtig auf den Rücksitz des wartenden Audis kletterte.

»Hiiiii!«, quiekte Ashley vom Beifahrersitz aus. »Oh mein Gott, dein Look ist der WAHNSINN!«

»Danke, deiner auch«, erwiderte Emily und versuchte, so zu klingen, als meinte sie das ernst.

»Emily, das hier ist mein Mann Eric«, stellte Ashley vor und packte ihn am Sportjackett-bekleideten Arm.

Eric fuhr rückwärts aus der Einfahrt und ließ den Motor lauter als nötig aufheulen. »Schön, dich kennenzulernen, Emily. Ashley hat mir alles über dich erzählt.«

»Ach ja?« Emily fragte sich, was in Ashleys Zusammenfassung wohl alles enthalten gewesen sein mochte. Nach dieser schrecklichen Babyparty, zu der Miriam sie mitgeschleppt hatte, hatte sich Ashley an Emily gehängt wie eine verzweifelte Studienanfängerin. Sie hatte Emily auf Facebook befreundet, folgte ihr auf Twitter und Instagram und hatte sie zu Snapchat eingeladen. Als wäre das nicht schon irritierend genug, hatte sie angefangen, Emily tägliche Updates per SMS und E-Mail zu allen möglichen trivialen Dingen in der Stadt zu schicken. Emily hatte die meisten gelöscht, ohne sie überhaupt zu lesen, aber die Einladung für diesen Abend hatte ihr ins Auge gestochen. POOL PARTY!, hatte sie ihr entgegengeschrien. Zachanda gab eine Feier in ihrem oder seinem Haus und hatte den Gästen eine ganz besondere Überraschung versprochen. Da Emily seit einer Woche wieder in Greenwich war und in zwei Tagen in einen Bundesstaat aufbrechen würde, in dem es praktisch überhaupt keinen Alkohol gab, hatte sie keine Sekunde gezögert, die Einladung anzunehmen. Ja, die Wahrscheinlichkeit war hoch, dass die Party langweilig und WASPy werden würde – die Frauen auf der einen Seite des Raumes, in Lilly Pulitzer gekleidet und in Gespräche über Work-outs und

Kinder vertieft, die Männer auf der anderen, wo sie bescheiden mit den neuen Autos oder Booten oder Flugzeugen prahlten, die sie kürzlich gekauft hatten. In Los Angeles würden alle über Den-und-den-Studioboss oder *den* Agenten sprechen, der gerade *den* neuen heißen Star unter Vertrag genommen hatte. Idioten waren überall Idioten. Aber womöglich befand sich unter den Gästen jemand, den es aus beruflichen Gründen kennenzulernen lohnte. Außerdem hatte sie Miriams Haus seit Tagen nicht verlassen. Im schlimmsten Fall würde sie einfach einen Uber nach Hause nehmen und sich ins Bett legen, aber wenigstens wäre sie eine Zeit lang aus diesem Haus rausgekommen.

»Also, wer ist Zachanda?«, fragte Emily, mehr um ein Gespräch zu führen, als dass es sie wirklich interessierte. »Mann oder Frau?«

»Zachanda?«, wiederholte Ashley lachend. »Das ist nicht eine Person, sondern zwei. Zach und Amanda.«

»Warte, die nennen sich absichtlich so? Als ob sie sich für Brangelina halten?«

Ashley kicherte, und ihr blonder Pagenkopf wippte auf und ab. »Sie sind keine Filmstars, aber dafür A-Milliardäre. Vielleicht sogar Billionäre.«

Eric, der geschwiegen hatte, während er gelegentlich und nicht allzu subtil Emily im Rückspiegel angeblickt hatte, schnaubte. »Wohl kaum. Er hat mit seinem Fonds viel Erfolg gehabt. Sehr viel. Aber er ist weit davon entfernt, ein Milliardär zu sein.«

»Okay, schön. Dann eben Multimillionäre. Wir reden hier von Hunderten Millionen Dollar«, erklärte Ashley.

Emily verdrehte die Augen. Warum zählten die Menschen hier bloß ständig anderer Leute Geld? Auch in L.A. oder

New York gab es keinen Mangel an Reichtum, aber dort schien es nicht dieses Hauptkriterium zu sein wie hier. Sie würde lieber einen Job bei *Runway* annehmen, als in einer Stadt zu leben, wo gelangweilte Hausfrauen den ganzen Tag herumsaßen und das Einkommen der anderen um sie herum berechneten.

Nach einer gefühlten Ewigkeit im Auto, mit dem sie durch dunkle Straßen sausten, die zu beiden Seiten von Villen mit Eisentoren davor gesäumt wurden, fuhren sie vor der größten dieser Villen vor. Ein Sicherheitsmann in einem dunklen Anzug und mit einem Ohrstöpsel wie ein Secret-Service-Agent überprüfte am Tor ihre Ausweise, während ihm ein zweiter Sicherheitsmann dabei zusah. Zwei weitere standen am Haupthaus in der Nähe des Parkservice-Standes, und ein fünfter kontrollierte sie ein letztes Mal an der Eingangstür.

»Oh mein Gott, habt ihr das gesehen? Der Letzte trug eine Waffe!«, flüsterte Ashley. Emily roch sofort den Alkohol in ihrem Atem. Nett. Vorglühen war immer eine gute Idee. Sie bedauerte, nicht dasselbe getan zu haben.

Ein uniformiertes Zimmermädchen führte sie durch ein dreistöckiges Foyer und die Küche, an einer Küchenmannschaft vorbei, die groß genug für ein beliebtes Restaurant in Midtown war, und dann in den Garten hinaus. Dort stand ein gigantisches Zelt, von Lichterketten und Glaslampen in Edelsteinfarben beleuchtet, und die dazugehörigen Wärmelampen verliehen dem Ganzen die Atmosphäre eines Sommers in Marrakesch statt New England im Winter. Riesige gewebte Bodenkissen in allen erdenklichen Farben nahmen den Großteil des Bodens ein und waren mit Decken belegt, die aus Seide und Kaschmir zu bestehen schienen. Aufwendige Glas-Shishas mit Goldverzierungen und süßlich riechender Kohle blubberten überall vor sich hin, während die Gäste aus ihren quastenbestückten Schläuchen und silbernen Mundstücken inhalierten und den Rauch in langen, trägen Strömen wieder ausbliesen.

Das Herzstück des Zelts war ein nierenförmiger Pool, dessen Wasser in einer sexy roten Farbe erleuchtet wurde und der an diesem kalten Abend Anfang März so sehr erwärmt worden zu sein schien, dass Dampf von seiner Oberfläche aufstieg. Niemand schwamm oder war überhaupt nur in Badekleidung, aber Emily hatte so ein Gefühl, dass die Leute früher oder später im Pool enden würden. Sie schaute sich noch einmal gründlich um, fest entschlossen, Ashleys geistloses Gebrabbel auszublenden, und musste zugeben: Diese Villa war atemberaubend. Es war, als wäre man durch eine Raum-Zeit-Schleife getreten und in einem authentischen marokkanischem Untergrund-Hammam gelandet. Hier gab es keine Lilly-Pulitzer-Outfits. Keine Perlen. Keine Anzüge. Nur ein paar Dutzend wunderschöne Menschen, die handgemixte Mojitos schlürften und Hasch gemischt mit Apfelgeschmacktabak rauchten, lachten, sich entspannten und flirteten.

»Du hast dir die perfekte Party ausgesucht«, kommentierte Ashley, während sie den Blick umherschweifen ließ.

»Mein Gott. Es ist nicht das, was ich erwartet habe.«

»Ja, Zachanda veranstaltet immer die besten Partys. Vor zwei Jahren haben sie sogar professionelle Pornodarsteller für eine Varietéshow und Privatunterricht eingeladen.«

Emily fiel die Kinnlade herunter. »Du lügst.«

»Nein! Es klingt vielleicht anrüchig, aber das war echt lustig. Ich meine nur, du hast dir die richtige Party für einen

Besuch ohne deinen Mann ausgesucht. Bei den Zachanda-Partys gilt die unausgesprochene Regel, dass man sich zu Beginn des Abends von seinem Partner verabschiedet.«

Eric war bereits wortlos verschwunden. »Warte – ist das hier eine Swingerparty? Du hast mich auf eine verdammte *Swingerparty* mitgenommen?«

»Natürlich nicht!« Ashley klang beleidigt. »Wir sind keine Swinger. Niemand geht hier fremd. Wir flirten nur ein wenig.«

»Pornodarsteller, die Privatunterricht geben?«

»Für Paare, du Dummerchen. Um ihr Sexleben aufzupeppen. Eine Art Tutorial. Aber wir sind keine Swinger.« Ashley beugte sich ein wenig vor. »Obwohl ich zugeben muss, dass es Gerüchte gibt.«

»Gerüchte? Sei nicht albern«, erwiderte Emily. Angesichts Ashleys verletzter Miene senkte sie ihre Stimme. »Diese Stadt hat einen gewissen Ruf«, erklärte sie, obwohl sie nicht vollkommen überzeugt war, dass das stimmte.

Ashley winkte ab. »In jeder Vorstadt gibt es diese Gerüchte. Und niemand kennt wirklich jemanden, der tatsächlich ein Swinger ist.«

Emily konnte nicht aufhören, auf die enge Jeans des Kellners zu starren. Bestand die Möglichkeit, dass es sich gar nicht um Denim, sondern um Körperfarbe handelte? War es überhaupt möglich, dass jemand so attraktiv und gleichzeitig heterosexuell war?

»Ma'am?«, sagte der Kellner. Sein Südstaatenakzent war so dick wie Honig.

Das riss sie aus ihrem Tagtraum. *Ma'am?* »Wie bitte?«

»Ich wollte nur wissen, ob ich Ihnen einen Cocktail bringen darf?« Er schob sich seine blonden Haare aus der Stirn und grinste, sodass man seine Grübchen sah. Natürlich hatte er Grübchen.

»Sie haben mich ›Ma'am‹ genannt.«

»Wie bitte?«

Ashley legte eine Hand mitten auf die Brust des Kellners und beugte sich so weit vor, dass Emily überzeugt war, sie würde ihn gleich küssen. »Schätzchen, wir hätten liebend gern einen Cocktail«, flötete sie in einer schrecklichen Imitation eines Südstaatenakzents.

»Ja, Ma'am.«

»Hören Sie auf mit dem Ma'am!«, rief Emily.

»Ignorieren Sie sie«, bat Ashley und klimperte buchstäblich mit den Wimpern. »Bringen Sie uns, was Sie für das Beste halten. Aber machen Sie zwei Doppelte draus.«

Er tat so, als ob er sich an den nicht existierenden Hut tippte, zeigte noch mal seine Grübchen und machte sich auf den Weg zur Bar, die diskret im hinteren Teil des Zelts platziert und mit drei Barkeepern ausgestattet war – zwei Frauen, ein Mann, alle umwerfend gut aussehend.

»Mm«, machte Ashley und blickte sich um. »Mir gefällt es hier.«

»Ich kann kaum glauben, dass heute Montagabend ist.«

»Wir in Greenwich wissen eben, wie man sich amüsiert«, erwiderte Ashley und stupste sie spielerisch in die Seite, sodass Emily ihr am liebsten eine runtergehauen hätte. »Na komm, ich stelle dich vor.«

Emily ließ es zu, dass Ashley ihre Hand nahm und sie im Zelt herumführte, während sie die biografischen Daten der Anwesenden herunterrasselte. Mutter von fünf Kindern, ist elf Marathons gelaufen, hat mit ihrem Tennislehrer geschlafen. Glatzköpfiger, aber unglaublich witziger Dad, der früher eine eigene Show bei Comedy Central hatte, angebliches Kokainproblem, reiche Familie. Die Geschichten schienen immer länger und weniger interessant zu werden, bis Emily auch den letzten Tropfen ihres dritten Mojitos geschlürft hatte, ab wo die Dinge sich deutlich besserten. Emily blickte sich um und stellte fest, dass die Party in vollem Gange war. Wann war das denn passiert? Einige Models, die lediglich Meerjungfrauenschwänze trugen, glitten durchs Wasser, während ihre perfekten Brüste im Gleichtakt auf- und abwogten und alle zusahen, obwohl sie so taten, als wäre das nicht der Fall. Jemand hatte ein wunderbares Lagerfeuer unmittelbar vor dem Zelt angezündet. Auf den Sitzkissen lagen knutschende Paare mit verschränkten Gliedmaßen. Europäische Lounge-Musik, Hunderte Kerzen und glimmender Weihrauch verstärkten die sexy Boudoir-Atmosphäre. Einige tanzten, andere stiegen vorsichtig in den Pool. Ashley war in eine geistlose Unterhaltung über Freiwilligenarbeit verstrickt, und Emily hatte sich fortgeschlichen und befand sich gerade auf dem Weg zur Bar für ihren nächsten Mojito, als sie hinter sich eine bekannte Stimme hörte.

»Na, wen haben wir denn da.«

Noch bevor sie sich umdrehte, wusste sie, wer es war, und konnte den kleinen Satz nicht ignorieren, den ihr Herz machte. Er sah vertraut zerzaust aus, allerdings trug er diesmal ein pinkfarbenes Hemd mit aufgerollten Ärmeln und eine abgetragene Jeans. Seine Bräune war spektakulär und, wenn sie so darüber nachdachte, für März problematisch. Es wäre ein totaler Abtörner, wenn er ins Sonnenstudio ging. So was würde er doch nicht wirklich tun, oder?

»Bitte sagen Sie mir, dass Sie sich in Saint Barts gesonnt

haben und nicht bei Beach Bum«, sagte sie mit weit aufgerissenen Augen und hoffte, dass sie nicht allzu begeistert wirkte, ihn hier zu treffen.

»Was, deswegen?« Alistair deutete auf seine Unterarme. »Was daran wirkt denn nicht natürlich?«

»Oh, keine Ahnung, vielleicht, weil es März ist und Schnee liegt und das hier momentan der grauste, deprimierendste Ort der Welt sein muss. Auch wenn man das nicht vermuten würde, wenn man sich hier so umsieht.«

»Verurteilen Sie mich nicht, nur weil eine liebenswerte Frau namens Allegra einmal pro Woche zu mir nach Hause kommt und mich im Keller mit Bräunungsspray behandelt.«

Entsetzt starrte Emily ihn an. »Und gerade fing ich an, Sie einigermaßen attraktiv zu finden …«

»*Einigermaßen* attraktiv?« Alistair beugte sich vor und wisperte: »Ich weiß, dass Sie mich lieben. Und meine goldbronzefarbene Sprühbräune.«

Sie wich zurück, wacklig auf den Beinen. Seit wann war sie denn so angeschickert? »Das ist besser ein Witz«, warnte sie. Oder genauer gesagt, lallte sie.

Er lachte und sagte etwas über einen Urlaub in der Karibik, ohne genauer darauf einzugehen, und dann kam der scharfe blonde Kellner mit einem Tablett voller Drinks vorbei, das eventuell benutzte Gläser enthielt, aber Emily nahm sich eins und schüttete den Inhalt hinunter.

»Ah, die Karibik. Das ist genau, wie wenn alle, die in Harvard waren, sagen, sie hätten in Boston studiert. Wenn man nachhakt, geben sie Cambridge zu. Man braucht ungefähr fünf weitere Anläufe, bis man sie dazu bringt, Harvard zu sagen.«

»Ja. Und dann hören sie nicht mehr auf zu reden.«

Emily stieß ein unbefangenes Lachen aus, das rasch zu einem leicht hysterischen, unkontrollierbaren Gelächter wurde, von dem ihr die Seite wehtat. Alistair wirkte sehr zufrieden mit sich.

»Wenn Sie es unbedingt wissen müssen, ich war auf den britischen Jungferninseln.«

»Ah, Segeln auf den Jungferninseln. Ist wirklich originell.«

Er neigte den Kopf. »Woher wissen Sie, dass ich segeln war?«

Emily musterte ihn von Kopf bis Fuß. »Sie sind britisch, über die Maßen adrett und leben in Greenwich. Was sollten Sie sonst dort gemacht haben? Kochkurse belegen?«

»Gut zu wissen, dass ich ein wandelndes Klischee bin.«

»Das sind wir alle. Einige von uns können es nur besser verstecken.« Emily blickte sich nach einem weiteren Drink um, aber wie es aussah, servierten die Kellner keine mehr, sondern tanzten stattdessen. Mit den Gästen.

»Anders als der Rest von uns kommen Sie mir nicht wie ein Stereotyp vor.«

»Was wissen Sie denn über mich?«, fragte Emily.

»Ich weiß, dass Sie selbstbewusst genug sind, um ohne ein Date bei dieser Party aufzutauchen, aber zu scharf, um nicht einen Freund oder Lebenspartner zu Hause auf Sie warten zu haben. Obwohl Sie seine Existenz aus irgendeinem Grund bisher nicht mal angedeutet haben. Wie mache ich mich so weit?«

Nein, sie hatte Miles nicht erwähnt, aber es war zu unwiderstehlich und köstlich gewesen – dieses Gefühl, gewollt zu werden. Ungebunden zu sein. Sexy für jemand anderen als den eigenen Ehemann. Außerdem hatte ein kleiner Flirt noch niemandem geschadet. Es war ja nicht so, als ob sie mit ihm schlafen würde.

»Fahren Sie fort«, ermunterte sie ihn.

»Die eigentliche Frage ist, was machen Sie heute Abend hier?«, sagte er. »Was machen Sie überhaupt in Greenwich?«

»Ich helfe einem Klienten, der hier lebt, daher …«

»Sie haben also keine andere Wahl?«

»Genau.«

»Und Sie werden mir auch nicht sagen, wer dieser Klient ist und inwiefern Sie ihm oder ihr helfen?«

»Korrekt.«

»Na gut.«

»Können wir uns einen Moment hinsetzen?«

Er nickte, und sie folgte ihm zu einigen Bodenkissen. Eine Shisha war entzündet, und köstlich duftender Rauch schwebte in der Luft. »Glauben Sie, das ist Tabak?«

Ein weiterer gut aussehender Kerl mit ein wenig zu weit aufgeknöpftem Hemd beugte sich von seinem eigenen Kissen herüber, wo er den Oberschenkel eines sehr jung aussehenden Mädchens befummelte. »Nur damit Sie's wissen, das ist Hasch.«

»Oh wirklich? Danke«, erwiderte Emily und legte den Schlauch wieder hin. Sie hatte sich nie so richtig mit Drogen anfreunden können, obwohl sie es in ihrer Jugend wirklich versucht hatte. Schließlich hielt Kokain einen schlank! Aber sie hasste das Gefühl, wenn man von seinem Trip wieder runterkam, und wie unmöglich es dann war zu schlafen. Sie hatte niemals Hasch geraucht und war überrascht, als Alistair den Schlauch nahm und so tief inhalierte, dass die glühende Kohle leuchtend orangefarben aufleuchtete.

»Hm, okay, vielleicht sind Sie doch kein totales Klischee. Ich hätte Sie nie für einen Haschraucher gehalten.«

»Brückenjahr in Ägypten. Ich habe recht viele Wochenenden auf dem Sinai verbracht, und Shisha-Rauchen war das örtliche Freizeitvergnügen. Das hier kann man aber nicht gerade als Hasch bezeichnen«, fuhr er fort und atmete den Rauch langsam aus. »Das ist eher jamaikanisches Gras. Sehr entspannt. Wie ein Martini, mehr nicht.«

Hm. Ein Martini klang in diesem Moment eigentlich perfekt. Ihre Hände berührten sich, als er ihr die Shisha reichte, und sie spürte einen kleinen Schlag. Als das Hasch seine Wirkung entfaltete, fühlte sie sich sofort entspannt, beinahe wie im Fluss, und da war nichts von dem völlig zugedröhnten oder gelähmten Gefühl, das sie so sehr hasste.

Sein Handy klingelte. »Sorry, da muss ich rangehen. Ich bin gleich wieder da.« Er stand auf und ging zum Rand des Zelts, in die Nähe der Bar.

Gereizt, dass er einen Anruf angenommen hatte, während sie gerade einen besonderen Moment teilten, kam Emily wacklig auf die Füße und stellte fest, dass sie jetzt sowohl betrunken als auch high war. Und ja, eine leichte Paranoia spürte sie inzwischen auch. Eine Pinkelpause. Das war es, was sie brauchte. Und zwar nicht in den schicken Außentoiletten mit Marmorbecken und Personal. Sie wollte allein sein.

Im besten Bemühen, gefasst und nüchtern zu wirken, machte sich Emily auf den Weg zum Haus. Unmittelbar bevor sie die hell erleuchtete Küche betrat, in der es von Personal nur so wimmelte, hielt Ashley sie auf. »Geht es dir gut?«, fragte sie.

»Ja!« Es nervte Emily, dass sie erwischt worden war.

»Draußen gibt es auch Toiletten, sogar wunderschöne.«

»Kannst du mich in Ruhe lassen? Fünf Sekunden oder so? Mal einfach nicht dauernd hinter mir herschnüffeln?«

Ashley zuckte zurück. »Ich wollte nur sichergehen, dass alles in Ordnung ist.«

Emily drehte sich um und ging in den Flur, erneut bemüht, so zu tun, als wüsste sie genau, wohin sie unterwegs war. Sie betrat das erstbeste Schlafzimmer, das sie fand. Angesichts der Weltraumdekoration gehörte es vermutlich einem kleinen Jungen. Über einen Plüschteppich hinweg marschierte sie ins Bad, wo Leuchtsterne aufgeklebt waren und die Toilette blau aufleuchtete, als sie sich ihr näherte. Erschöpft von der Anstrengung, nüchtern zu wirken, ließ sie sich praktisch auf den Klodeckel fallen und konzentrierte sich darauf, ihre Atmung unter Kontrolle zu bringen. Es ließ sich nicht mehr leugnen: Alles um sie herum drehte sich.

Ein Klopfen an der Tür ließ sie hochfahren. Wie lange war sie schon hier drin? Eine Minute? Eine Stunde? »Einen Moment!«, rief sie, zog sich hoch und überlegte, ob sie sich ein wenig kaltes Wasser ins Gesicht spritzen sollte. Doch da drang eine vertraute Stimme durch die Tür. »Emily? Ist alles in Ordnung da drin?«

»Mir geht's gut!«, rief sie und fragte sich, wie er sie wohl gefunden hatte.

Die Tür wurde einen Spaltbreit geöffnet. Grinsend steckte er den Kopf herein. »Darf ich reinkommen?«

»Äh, hallo, Stalker.« Sie hielt sich am Waschbecken fest. »Nein, dürfen Sie nicht.«

Erleichtert stellte sie fest, dass er nicht auf sie hörte, und als er die Tür hinter sich schloss, befanden sie sich bis auf die leuchtenden Sterne und das Kometen-Nachtlicht beinahe in völliger Dunkelheit.

»Als ich zurückkam, waren Sie fort.«

»Ich brauchte mal einen Moment für mich.«

»Ganz offensichtlich. Ich habe ewig gebraucht, um Sie zu finden. Ich dachte, Sie wären gegangen.«

»Wissen Sie, das klingt nach einer guten Idee. Höchste Zeit, nach Hause zu gehen.«

»Was, wollen Sie die ganze Action unten verpassen? Sie sollten mal sehen, was da los ist. Es ist eine merkwürdige Kreuzung zwischen der Tanzhütte der Angestellten in *Dirty Dancing* und dem Box Nightclub im East Village. Mit ein bisschen Opiumhöhlen-Atmosphäre aus dem Nahen Osten als Zugabe.«

Beide erstarrten, als sie von der anderen Türseite aus ein Geräusch hörten. Eine Art Rascheln, das beinahe sofort wieder verschwand.

»Vermutlich überprüft da jemand, dass sich keine Gäste in den Badezimmern verstecken«, flüsterte Alistair und trat näher an sie heran. Er schob seinen Körper fest gegen ihren. Sie konnte seinen Duft riechen, eine Mischung aus Apfeltabakrauch, Hasch und teurem Aftershave. Und obwohl sie es nicht wollte, spürte sie ihren Körper reagieren.

Sie war sich zu einhundert Prozent sicher, dass er sie küssen würde. Da gab es keine Frage mehr, so nah wie sie im dunklen Bad beieinanderstanden, die unteren Körperhälften aneinandergepresst, sodass sie alles spürte. Indem er ihr ins Ohr flüsterte und seine Wange an ihrer rieb, zögerte er lediglich das Unausweichliche hinaus. Sie wusste das, konnte es spüren. Wie lange war es her, dass sie einem anderen Mann als Miles so nah gewesen war? Sie rechnete nach: sechs Jahre. Niemand würde ihr eine Medaille für die Ehefrau des Jahres verleihen oder ihn als besten Ehemann auszeichnen, aber sie hatte ihr Treuegelöbnis bisher immer gehalten und ihn nie betrogen. Als Alistair schließlich nach einer gefühlten Ewigkeit ihr Kinn zwischen Daumen und Zeigefinger nahm und ihr Gesicht nach oben zu sich neigte, sehnte sie sich körperlich danach, ihn zu küssen. Doch in dem Moment, als seine Lippen ihre berührten, riss sie die Empfindung, die keineswegs unangenehm war, aber so ganz anders als das Gewohnte, aus ihrem trägen, sexy Rausch und ernüchterte sie schlagartig.

Plötzlich war sie im Kopf wieder völlig klar. Aus dem Drehen wurde eher ein Schwanken, und das sirupartige Körpergefühl, das das Hasch hinterlassen hatte, war verschwunden. Sie wusste nur, dass sich ein Fremder – ein scharfer Mann, ja, aber trotzdem nicht ihr Ehemann – an sie presste und dass es sich nicht richtig anfühlte. Sie legte ihm die Hände an die Brust und schob ihn von sich.

»Ich kann nicht«, wisperte sie.

»Du kannst. Du willst.«

»Nein. Lass uns wieder nach unten gehen.«

Von der anderen Türseite aus ertönte ein Krachen, und sie erstarrten erneut in der Dunkelheit.

»Was machen wir jetzt?«, fragte Emily.

»Ich schätze, wir müssen warten, bis sie verschwinden«, flüsterte er, bevor er sie wieder gegen das Waschbecken drückte und ihren Hals küsste.

Hatte sie laut gestöhnt? Ihr gesamter Körper verlangte nach ihm, aber da waren auch eine Million Gedanken in ihrem Kopf, die sie nicht ignorieren konnte. Zum einen ihr Ehemann. Und die Tatsache, dass sie gleich in einer superkompromittierenden Situation erwischt werden könnten, obwohl eigentlich nichts besonders Schreckliches passiert war. Sie brauchte ein wenig Zeit zum Nachdenken.

Ihr Handy piepte mit einer Nachricht von Ashley. *Wo bist du? Gesamtes Ensemble von Hamilton ist hier mit Lin-Manuel. Treten bald auf. Nicht verpassen!!!*

»Was? Ich hab das Gefühl, ich verliere den Verstand. Verliere ich den Verstand? *Hamilton* ist hier?«

Alistair nickte. »Letztes Jahr haben sie Serena und Venus für ein privates Freundschaftsspiel auf ihrem Tennisplatz eingeflogen. Im Jahr zuvor hatten sie die Topstars der Pornobranche hier für ›Demonstrationen‹. Oder ›Unterricht‹, oder wie auch immer sie das genannt haben. Dieses Jahr findet die Party an einem Montag statt, weil da am Broadway geschlossen ist und sie das gesamte Ensemble hierherbekommen haben, um drei Lieder aufzuführen. Wir sollten tatsächlich runtergehen.«

»Das habe ich wirklich nicht erwartet ... in einer Vorstadt.«

»Pst.« Er drückte ihr die Finger auf die Lippen. »Wir gehen nacheinander die Treppe runter, damit uns niemand zusammen sieht, okay?« Er öffnete die Badezimmertür, und Emily folgte ihm hinaus ins Schlafzimmer, wo sie beinahe über etwas fiel, das sich wie eine Leiche auf dem dunklen Fußboden anfühlte.

»Alles okay?«, flüsterte Alistair im selben Moment, als eine Frauenstimme – nicht die von Emily – fragte: »Wer ist da?«

»Warte mal einen Moment«, sagte ein Mann.

Inzwischen hatte sich Emily von dem Körper heruntergeschoben und schaltete die Taschenlampen-App auf ihrem

Handy ein. Es dauerte eine Sekunde, bis sich ihre Augen an die Dunkelheit gewöhnt hatten, doch dann erkannte sie zwei Körper auf dem Fußboden, nicht nur einen, und keiner von beiden war tot. Einer von beiden kam ihr sogar sehr, sehr bekannt vor.

»Emily?« Die Stimme des Mannes klang flehend und verzweifelt.

»Ja.«

»Es ist nicht das, wonach es aussieht.«

Alistair schien inzwischen den Schalter für die Deckenlampe gefunden zu haben, denn plötzlich waren sie in das Licht aus den hängenden Planeten getaucht, und es war mühelos erkennbar, dass es genau so war, wie es aussah. Mitten auf dem Zottelteppich eines Schülers lag eine junge Frau, deren Jeansrock bis zur Taille hochgeschoben war. Der sehr nackte und sehr weiße Hintern von Ashleys Ehemann bedeckte das Mädchen zwar zum Teil, ließ aber noch erkennen, dass Eric ein Kondom übergestreift hatte. Mit blauem Glitzer. Und irgendwelchen spitzen Latexteilen, die in mehrere Richtungen abstanden.

Emily begann zu lachen, was vielleicht nicht die beste Reaktion war, wenn man buchstäblich über den Ehemann der Freundin seiner Freundin fiel, der (geschützten!) Sex mit jemandem hatte, der nicht die Freundin deiner Freundin war, aber hey – das war zu gut.

»Emily, bitte. Ashley würde …« Er rollte sich von dem Mädchen herunter, und alle wandten einen Moment den Blick ab, bis er sich seine Hose wieder hochgezogen hatte. Das Mädchen rührte keinen Finger, um sich zu bedecken. Im Gegenteil, sie rekelte sich noch für eine bessere Wirkung.

»Eric, ich weiß nichts über dich oder deine Ehe, und rate mal? Das will ich auch nicht. Nichts. Null. Ich habe genügend Probleme, aber dein Drama gehört nicht dazu, okay?«

Eric blickte skeptisch.

Alistair zog an ihrem Arm. »Warum geben wir ihnen nicht ein wenig Privatsphäre?«

Emily folgte ihm aus dem Zimmer, doch zuvor sah sie noch eine Erkenntnis über Erics Miene huschen, rasch gefolgt von Entzücken. Dieser fremdgehende Arsch, dachte Emily. Falls er glaubte, er hätte etwas gegen sie in der Hand, würde er das bitterlich bereuen.

Emily war auf dem besten Weg, wieder nüchtern zu werden, ganz im Gegensatz zu der enthemmten Party um sie herum. Jeglicher Anflug von vorgetäuschtem guten Benehmen und Kontrolle war verflogen: Überall rieben sich Menschen aneinander, knutschten, tanzten und wanden sich. Jemand hatte den Großteil der Lichter ausgeschaltet, und der Shisha-Rauch hatte das Zelt zu einer virtuellen Hotbox gemacht.

»Was machst du da?«, wollte Alistair wissen, als Emily wie wild auf ihrem Handy herumtippte.

»Ich bestelle mir einen Uber. Ich bin hier fertig.«

»Fertig? Aber das Ensemble von *Hamilton* tritt gleich auf.«

Emily zog die Brauen hoch. »Dieser Ort ist das reinste Irrenhaus. Ihr seid alle verrückt.«

»Hey, schmeiß mich nicht mit den anderen in einen Topf.«

»Du lebst hier. Du *bist* einer von ihnen.«

Ihr Uber war nur fünf Minuten entfernt. Sie konnte sich nicht entscheiden, was ihr momentan reizvoller erschien:

Miles anzurufen, um seine Stimme zu hören und sich selbst zu bestätigen, dass sie das Richtige getan hatte, oder in Miriams Küche einen schrecklichen Krach zu veranstalten in der Hoffnung, ihre Freundin damit aufzuwecken und ihr jedes unglaubliche Detail des Abends berichten zu können. Okay, vielleicht nicht jedes. Aber die meisten.

»Ich warte draußen«, erklärte Emily.

Alistair warf ihr einen merkwürdigen Blick zu und zuckte mit den Schultern. »Mit dir wird es nie langweilig, oder?«

»Was soll das denn heißen?«

»Nichts. Gute Nacht, Emily Charlton. Wir sehen uns irgendwann.« Und ohne ein weiteres Wort gab er ihr einen Kuss auf die Wange und ging fort.

What the fuck?

»Emily? Emily! WO WILLST DU HIN?«

Emily drehte sich gerade rechtzeitig um, um zu sehen, wie Ashley buchstäblich auf sie zugerannt kam, so schnell ihr nuttiges Kleid es zuließ.

»Oh, hey. Hör mal, ich gehe nach Hause. Ich habe mir einen Uber gerufen, mach dir also meinetwegen keine Gedanken.«

»Du kannst nicht weg!«

»Oh doch, ich kann.«

»Aber dann verpasst du ...«

»*Hamilton*, ich weiß. Ich hoffe wirklich sehr, dass Lin-Manuel mir das verzeihen wird.«

Ashley nickte, als wäre das wahrscheinlich, wenn auch nicht garantiert. »Hör mal, hast du zufällig Eric gesehen? Ich will nicht, dass er die Show verpasst.«

»Eric? Nein. Habe ich nicht«, erwiderte Emily, ohne zu zögern. Ashley, Eric und Erics vermutlich minderjährige

Freundin mit dem blauen Glitzerkondom sollten selber sehen, wie sie klarkamen.

»Hmhm, okay. Dann suche ich mal weiter nach ihm.«

»Klingt gut. Ash? Danke für den heutigen Abend.«

Ein Ausdruck purer Freude machte sich auf Ashleys Gesicht breit, und sie schlang Emily die Arme um den Hals.

»Du hattest Spaß? Wirklich? Oh, das freut mich so! Ich meine, na klar ist es keine dieser supercoolen Partys, auf die du in L.A. oder New York oder sonst wo gehst, aber hoffentlich war der Abend nicht allzu langweilig für dich.«

»Ich habe heute Abend eine Menge Dinge erlebt, aber Langeweile gehörte nicht dazu.«

Ashley schien darüber nachzudenken und schließlich zu dem Entschluss zu kommen, dass es ein Kompliment war.

»Küsschen!«, flötete sie und gab Emily einen Kuss auf beide Wangen.

Emily ließ ihr breites, falsches Lächeln aufblitzen, als ein Toyota Camry mit einem Uber-Schild in die kreisförmige Einfahrt einbog.

»Dasselbe Ziel, das Sie eingegeben haben, Miss?«, fragte der Fahrer. Er schenkte ihr ein liebenswertes, keineswegs gruseliges Lächeln, und Emily hätte ihn am liebsten dafür umarmt, dass er sie nicht »Ma'am« nannte.

Wie aufs Stichwort klingelte ihr Handy. Es war Miles.

Geh ran, ermahnte sie sich, während ihr Daumen über der grünen Taste schwebte. *Geh ran!* Sie wollte, oder genauer gesagt, sie wollte wollen, aber es kam ihr alles so mühsam vor. Stattdessen stellte sie den Ton ab, steckte ihr Handy in die Tasche und lehnte sich in den kühlen Ledersitz.

»Sir? Können Sie mich einfach ein wenig herumfahren? Danke.« Sie schloss die Augen und versuchte, an gar nichts mehr zu denken. Doch die Gedanken schwappten in ihrem Kopf wie kalte, unwillkommene Gezeiten. Olivia Belle hatte ihr praktisch Los Angeles weggenommen. Sie schlief im Haus einer Freundin in einer total durchgeknallten Vorstadt. New York war um die Ecke, und doch schien es so weit entfernt. Ihre Karriere ging den Bach runter. Ihr Ehemann befand sich am anderen Ende der Welt. War es an der Zeit, Miranda anzurufen? Mit eingekniffenem Schwanz zu *Runway* zurückzukehren? Bei diesem Gedanken riss sie die Augen auf und schnappte so hörbar nach Luft, dass der Fahrer in den Rückspiegel sah.

»Ist alles okay, Miss?«, fragte er besorgt.

Es verlangte ihr all ihre Energie ab, ihm wie eine vernünftige Person zu antworten und nicht wie ein panisches, wildgewordenes Tier. »Ja«, erwiderte Emily mit zitternder Stimme. »Mir geht es prima.«

Kapitel 17

Pinterest-Mom des Jahres
Miriam

Miriam war eine überzeugte Vertreterin der Theorie, dass man sich als Eltern seine Schlachten genau aussuchen sollte, und was ein Vorschulkind zu einer Feier für einen sechsten Geburtstag anzog, gehörte für sie nicht dazu. Als sie jedoch auf den Parkplatz einbog und sich in die lange Schlange luxuriöser SUVs einreihte, die dort warteten, erkannte sie ihren Irrtum. Sie hatte das komplett falsch eingeschätzt. Wieder mal.

Der Satz »Wirf dich in Schale!« hieß übersetzt Minimenschen in Abendkleidern und Anzügen mit Fliege, die begeistert auf einen grellroten Teppich zuliefen, der von Samtseilen begrenzt wurde, während ihre Chauffeur-Mommys ihnen zuriefen, sie sollten auf die anderen Autos achten. Matthew hatte sich als Erster abgeschnallt, doch Maisie war zuerst ausgestiegen.

»Geht nicht ohne mich rein!«, rief Miriam, die nichts weiter tun konnte, als darauf zu warten, dass sich die anderen Autos bewegten. »Fasst euch an den Händen – das hier ist ein Parkplatz!« Doch genau wie alle anderen Menschen in ihrem Leben ignorierten die Kinder sie und eilten dorthin, wo Action war. Glücklicherweise tauchte ein Mitarbeiter vom Parkservice auf, um ihren Highlander zu übernehmen (Hatte sie da ein spöttisches Grinsen gesehen, als sie ihm den Schlüssel übergab?), und Miriam lief eilig hinüber zu ihren Kindern. Ein Mann mit einem Klemmbrett in der Hand und in einem lilafarbenen Knautschsamtblazer mit dazu passenden Samtschuhen strahlte ihnen entgegen.

»Hallo, wen haben wir denn da?«, fragte er.

»Kinder, verratet dem netten Herrn eure Namen«, forderte Miriam sie auf, aber die Kinder waren damit beschäftigt, die anderen kleinen Gäste zu beobachten, wie sie den roten Teppich entlangflanierten, sich drehten und für eine Horde Fotografen posierten, die wie echte Paparazzi aussahen, riesige, blitzende Kameras hochhielten und die Namen der Kinder riefen.

Miriam fühlte sich plötzlich in ihrem eigenen Outfit sehr unwohl – eine zugegebenermaßen nicht besonders tolle Mom-Jeans und ein klumpiger Daunenmantel. »Tut mir leid«, murmelte sie dem Empfangschef zu. »Das hier sind Matthew und Maisie Kagan.«

»Hervorragend!«, dröhnte er und hakte ihre Namen auf seiner Liste ab. »Schuyler wird sich sehr freuen, dass ihre Klassenkameraden hier sind. Ich bin Ron, einer von Schuylers Dads.«

»Danke für die Einladung«, quiekte Miriam und versuchte ihre Überraschung darüber zu verbergen, dass dieser extrem junge und sehr attraktive Mann der Vater einer Sechsjährigen war.

»Und wer sind Sie?«

»Entschuldigung.« Miriam wurde rot. »Ich bin Miriam Kagan. Ihre, äh, Mom.«

»Hier entlang, Kinder. Der Eingang für die Eltern ist auf

der anderen Seite. Nur Vorschulkinder dürfen über den roten Teppich laufen.« Er deutete auf den Anfang des Laufstegs, der durch ein massives vergoldetes Schild auf einem ein Meter hohen Ständer markiert war, auf dem VIP-EINGANG stand.

Maisie, die gerade Lesen gelernt hatte, fragte: »Mommy, was bedeutet ›VIP‹?«

»Ach, das ist ein anderes Wort für Kind«, log Miriam.

Der Vater-Türsteher warf ihr einen merkwürdigen Blick zu, sagte jedoch nichts, als er Matthew ein kleines Blumensträußchen an die Trainingsjacke heftete und Maisie die Armbandversion überstreifte. Beide Kinder strahlten. »Und jetzt geht und posiert für die Kameras, ihr Hübschen«, sagte er zu ihnen.

Mehr Ermunterung brauchten die beiden nicht. Jemand musste den »Fotografen« ihre Namen zugesteckt haben, denn sie begannen zu rufen »Matthew, hier drüben! Maisie, zeig uns dein Outfit!«, und zwar so überzeugend, dass Miriam fasziniert hinstarrte. Sie überlegte, ob sie die Kinder da herausnehmen sollte. Schließlich war das nicht gerade eine Botschaft, die sie ihren Fünfjährigen unbedingt vermitteln wollte, aber ihr fiel absolut keine Möglichkeit für einen unauffälligen Abgang ein. Vielleicht hatte sie Glück, und einer von beiden würde sich übergeben. Ihr blieb beinahe das Herz stehen, als Maisie, ihr kleines Mädchen, für die jubelnden Paparazzi und die anderen zuschauenden Eltern zu tanzen begann. »Zeig uns deine Moves, Maisie!«, rief eine der Frauen. Wie aufs Stichwort schüttelte Maisie den Po, wie sie es immer bei den Tanzpartys der Familie machte, wenn Paul »Call Me Maybe« auflegte und sie alle wie wild in ihren Schlafanzügen herumtanzten. *Nein, nein, nein!*

Miriam hätte am liebsten ihren Mantel über ihre Tochter geworfen und sie von all dem Wahnsinn weggezogen.

Sie blieb nicht, um zuzusehen, wie die anderen Eltern ihre Tochter anstarrten. Stattdessen schob sie sich durch den Elterneingang und fand ihre Kinder im »Unterhaltungsbereich« mit zwei attraktiven Frauen Mitte zwanzig.

»Maisie? Was für ein niedlicher Name«, sagte eine von ihnen. »Möchtest du, dass ich dich frisiere und schminke?«

»Ja!«, kreischte Maisie, obwohl sich Miriam beinahe sicher war, dass sie keine Ahnung hatte, wozu sie da ihre Zustimmung gab.

»Sie ist erst fünf«, wandte sich Miriam an die Visagistin, die gerade ein Glätteisen einstöpselte.

»Oh, ich weiß. Keine Sorge, wir tuschen keine Wimpern oder so. Nur ein bisschen Lippenstift, Rouge, Lidschatten, vielleicht ein Hauch getönte Feuchtigkeitscreme. Dann werden wir ihre Haare glätten und vielleicht ein paar Glitzersträhnen einflechten. Welche Farbe hättest du denn gern, Schätzchen?«

»Pink und lila, bitte.« Maisie sah aus, als würde sie gleich vor lauter Begeisterung ohnmächtig werden.

»Getönte Feuchtigkeitscreme?«, wiederholte Miriam.

Die Frau blickte sie stirnrunzelnd an. »Nur zum Spaß. Herausputzen. Aber falls Sie das nicht möchten ...«

»Mommy! Ich möchte das! Sag nicht nein!«

»Natürlich nicht, mein Schatz. Es ist nur ... Ich finde dich wunderschön, so wie du bist.«

»Ich will pinke und lilane Strähnen im Haar!«

Miriam seufzte. »Ich weiß. Also nur zu.«

Der Blick der Visagistin war unmissverständlich. *Verschwinden Sie, Sie kontrollsüchtige Mutter.*

Dann zog sie einen altmodischen Make-up-Koffer hervor, der mehr Kosmetika von Chanel und Armani enthielt, als man bei Bergdorf in den Regalen fand.

»Ich bin gleich wieder da, Schätzchen.« Miriam wollte Maisie auf die Wange küssen, doch die Visagistin trat ihr mit dem heißen Glätteisen in den Weg.

Die meisten Tische waren entfernt worden, um Platz für eine riesige, professionell aussehende Bühne mit Soundsystem und Lichtshow zu machen. Rote Samtvorhänge hingen wallend von der Decke und den Wänden, und ein weiterer roter Teppich, diesmal mit goldfarbenen Sternen, jeder mit dem Namen eines Kindes, verlief durch den Raum und zur Bühne hoch.

»Miriam!« Eine Frau mit wilden Locken, die Miriam von der Sexspielzeugparty wiedererkannte, trat vor sie hin. »Wie schön, dich zu sehen.«

»Gleichfalls!«, erwiderte Miriam voller Inbrunst, um die Tatsache zu überspielen, dass sie sich nicht an den Namen der Frau erinnern konnte.

»Ist das hier nicht einfach unglaublich? Ich hätte als Kind alles dafür gegeben, auf so eine Party zu gehen. Wir sind bei Kindergeburtstagen immer nur auf Ponys geritten oder waren bei Chuck E. Cheese.«

»Das hier ist definitiv nicht wie bei Chuck E. Cheese«, murmelte Miriam, als ihr Blick auf einen Tanzlehrer fiel, der den Jungs im Hinterzimmer Tanzunterricht gab. Er konnte kaum älter als einundzwanzig sein, und seine Bauchmuskeln waren so definiert, dass Miriam wie angewurzelt stehen blieb und ihn anstarrte.

»Nicht übel, oder?«, flüsterte eine weitere Mom neben ihr.

»Oh mein Gott.« Gemeinsam starrten sie den Mann in Spandex an, der vor den Jungs herumwirbelte.

»Oh ja. Früher habe ich immer gedacht, eine Geburtstagsfeier ist schon dann gut, wenn es alkoholische Getränke gibt. Jetzt werde ich erst zufrieden sein, wenn halb nackte Jünglinge dabei sind, die sich so bewegen können.«

»Sind das wirklich die Back-up-Tänzer von Justin Timberlake?«, fragte Miriam in der Gewissheit, dass sie die Antwort bereits kannte.

»Einer von Schuylers Dads – nicht der an der Tür, der andere dort drüben – ist irgendein großes Tier bei Justins Plattenfirma.«

»Auf keinen Fall lässt sich Matthew zum Tanzen überreden«, war sich Miriam mit mütterlicher Gewissheit sicher. »Er hasst Tanzen. Er glaubt, das ist nur was für Mädchen. Egal, was wir sagen, nichts kann ihn vom Gegenteil überzeugen.«

Wie aufs Stichwort begann Matthew, die Hüften zu schwingen. Zuerst langsam und dann wilder, in alle Richtungen. Als der Lehrer noch Armbewegungen dazunahm, machte Matthew es ihm nach. Innerhalb einer Minute tänzelten zwanzig Jungs über die Bühne.

Ein Aufblitzen von blonden Haaren im Hinterzimmer erregte Miriams Aufmerksamkeit. Es war Ashley, die aussah, als ob sie am liebsten in den Erdboden versunken wäre.

»Entschuldigt mich, ich muss rasch eine Freundin begrüßen«, sagte Miriam. Als sie näher kam, wurde deutlich, dass Ashley weinte. »Hey, ist alles in Ordnung?«, fragte Miriam.

Ashleys Augen waren blutunterlaufen, und über die farblosen Wangen lief ihr Wimperntusche. Sie war so blass, dass

Miriam überzeugt war, sie habe gerade eine schreckliche medizinische Diagnose erhalten.

»Oh Schätzchen, komm her.« Miriam nahm ihre Hand und führte ihre Freundin zu einem Tisch, der außer Blickweite der tanzenden Jungs und ihrer zuschauenden Eltern war. Sie zog einen Stuhl heraus, und Ashley ließ sich daraufallen. »Was ist los?«

»Oh Miriam. Es ist … so schrecklich«, antwortete Ashley unter Schluckauf. »Meine Kinder werden das nie verkraften.«

Miriam nahm Ashleys Hände in ihre eigenen und stellte erschrocken fest, wie kalt sie sich anfühlten. »Erzähl es mir.« Mit sanftem Druck ermutigte sie ihre Freundin zum Reden.

»Ich glaube, Eric betrügt mich. Nein, das nehme ich zurück. Ich *weiß*, dass er mich betrügt.«

Miriam war lediglich überrascht darüber, wie wenig sie das überraschte. Sie räusperte sich. »Warum glaubst du das?«

»Es gab in letzter Zeit eine Menge Anzeichen. Nichts Deutliches, aber es war einfach … anders.«

»Jede Ehe hat ihre Höhen und Tiefen.«

»Ich weiß, und das habe ich mir auch immer wieder gesagt. Aber Eric ist im Schlafzimmer völlig abwesend. Als ob er nur seine Pflicht erfüllt.« Ashley ließ ein kleines verbittertes Lachen hören. »Dabei sind wir diejenigen, die nur unsere Pflicht erfüllen, nicht die Männer.«

»Ach Schätzchen. Er könnte einfach müde sein. Du hast selbst gesagt, dass er in letzter Zeit wahnsinnig viel arbeitet.«

»Und da ist noch der Trainer. Eric ist von jeher sportlich, daher ist es mir anfangs nicht aufgefallen. Mannschaftssport hat er schon immer geliebt. Oder Laufen. Aber er ist früher nie ins Fitnessstudio gegangen, und jetzt ist er jeden Tag dort!«

Miriams Gedanken schossen zu Paul und seinem neuen Interesse an Sport. Ashley redete weiter, obwohl Miriam schwieg. »Erinnerst du dich noch, als Ashley Madison gehackt wurde, dieses Seitensprung-Portal?«

Miriam nickte. An ihrer früheren Vorschule in New York war eine Mom gewesen, die im Zuge der Hacking-Affäre ein Konto ihres Ehemanns entdeckt und sich daraufhin sofort von ihm hatte scheiden lassen. Das hatte ihm einen herben finanziellen Schlag versetzt.

»Okay, Jungs, noch mal von vorn!«, rief der Tänzer in ein Kopfbügelmikrofon. »Eins, zwei, drei, vier!« Eine viel zu laute Version von »Can't Stop the Feeling!« drang aus den Lautsprechern.

Ashley fuhr fort: »Ich erinnere mich, alles darüber gelesen zu haben. Aber mir wäre nie in den Sinn gekommen, dort nach Erics E-Mail-Adresse zu suchen! Wann war das, vor drei Jahren? Das Baby war noch nicht mal geboren! Ich erinnere mich an all die Horrorstorys der Frauen, die ihre Ehemänner auf der Website entdeckt haben. Sie taten mir leid, aber ich war mir sicher, dass Eric so etwas nie tun würde.«

»Und?«, brachte Miriam heraus. Sie versuchte wirklich, sich auf Ashley zu konzentrieren, aber es war schwierig, wenn sie nichts weiter wollte, als so schnell wie möglich an einen Computer zu gelangen.

»Ich habe gestern beim Zahnarzt eine superalte Ausgabe der *Women's Health* gelesen, und darin war ein Artikel, was man tun soll, wenn man seinen Ehemann auf der Website von Ashley Madison findet. Da stand alles drin, angefangen davon, zu welchem Therapeuten man gehen kann, bis hin zu den sexuell übertragbaren Krankheiten, auf die man sich testen lassen sollte.«

»Okay ...«

»Und ich weiß nicht, was über mich gekommen ist. Ich kann dir nicht erklären, warum ich es getan habe.« Mit diesen Worten brach Ashley wieder in Tränen aus. »Aber ich habe diese Datenbank gegoogelt, wo man die E-Mail-Adressen überprüfen kann, und tatsächlich. Er war dabei, sowohl mit seiner beruflichen als auch mit seiner privaten E-Mail-Adresse! Heißt das, er hatte zwei Benutzerkonten? Als ob eins nicht ausreicht, um seine Ehefrau zu betrügen?«

Miriam war dankbar für die laute Musik, weil aus Ashleys Schluchzern inzwischen ein Jammergeschrei geworden war und es ihr völlig gleichgültig zu sein schien, wer sie hörte.

»Ich kann mich noch daran erinnern, als diese ganze Sache damals passiert ist, und ...«, hob Miriam an, aber Ashley fiel ihr ins Wort:

»Und Fairfield County, Connecticut, hatte die meisten registrierten Nutzer pro Quadratmeile in den ganzen USA, glaube ich.«

»Einige Männer waren einfach neugierig, worum es da ging. Sie haben sich registriert, aber niemals wirklich Kontakt zu jemandem aufgenommen.«

Ashley drehte Miriam ihr verweintes Gesicht zu. »Ja, aber nicht mein Mann. Ich habe die Praxis verlassen, ohne länger auf meinen Termin zu warten, und bin geradewegs nach Hause gegangen. Dort habe ich die alten Kreditkartenabrechnungen herausgekramt, die ich mir sonst nie ansehe, weil es mich krank macht zu sehen, wie viel Geld wir jeden Monat ausgeben. Und da waren sie, ganz unmissverständlich. Die willkürlichen Kombinationen aus Zahlen und Buchstaben, nach denen man laut des Artikels auf den Kreditkartenabrechnungen Ausschau halten soll. Wenn man nicht weiß, worum es sich handelt, wirken sie völlig unschuldig, aber wenn man sie googelt, wird deutlich, dass sie die Tarnung für die Abrechnungen von Ashley Madison sind. Ich habe Rechnungen für achtunddreißig Monate gefunden. Hältst du das für ›vorübergehende Neugier‹?«

Miriam blickte hinab auf ihre Hände.

»Miriam, was soll ich jetzt machen?«

»Nun ja, als Erstes musst du meiner Meinung nach herausfinden, was du willst. Was wäre für *dich* das beste Ergebnis aus dieser Situation?«

»Eine Scheidung?« Ashley flüsterte das Wort, als wäre es »Krebs«. »Du findest, ich sollte mich scheiden lassen?«

»Nein! Es sei denn, du willst das. Ich habe dir weder das eine noch das andere geraten. Ich finde nur, dass es gut wäre, erst einmal darüber nachzudenken, was *du* willst, bevor du mit Eric darüber redest.«

»Oh mein Gott, was mache ich, falls *er* sich scheiden lassen will?«

Miriam wollte nicht darauf herumreiten, dass der gesamte Sinn von Ashley Madison darin bestand, dass verheiratete Menschen mit anderen verheirateten Menschen Affären haben konnten, ohne dass einer von beiden seine Ehe aufgeben musste.

»Das weißt du erst, wenn du mit ihm gesprochen hast, Schatz. Ich bin sicher, es wird …«

»Mommy! Ich muss aufs Klo!«, rief Ashleys Sohn von der Bühne.

Ashley wischte sich die Tränen und das Make-up unter den Augen fort. »Wie sehe ich aus? Kann ich mich so überhaupt in der Öffentlichkeit sehen lassen?«

»Alles gut. Aber vielleicht frischst du in der Damentoilette kurz dein Make-up auf«, riet ihr Miriam.

Ashley streckte ihrem Sohn die Hand entgegen und half ihm von der Bühne herunter. Miriam sah ihr dabei zu und versuchte, die Welle der Übelkeit zu unterdrücken, die sie beinahe zu überwältigen drohte. War das möglich? Bis zu ihrem Umzug nach Greenwich hatte sie während der gesamten Jahre ihrer Ehe kein einziges Mal ernsthaft in Betracht gezogen, dass Paul fremdgehen könnte. Aber wie konnte sie leugnen, dass Pauls Verhalten genauso klang wie das von Eric? Diese Besessenheit von Sport, der fehlende Sex, das neu entdeckte Interesse, mit Idioten wie Ashleys Ehemann abzuhängen …

Natürlich. Paul betrog sie. Vielleicht nicht über Ashley Madison – so blöd würde er doch hoffentlich nicht sein –, aber doch mit irgendjemandem. Es musste so sein.

»Mommy? Mommy!«, rief Matthew von der Bühne.

Miriams Kopf schoss hoch, aber sie konnte sich nicht konzentrieren.

»MOMMY!«

Sie zuckte zusammen. »Was ist denn, Liebling? Ich bin hier.«

»Schau mal!«

Wie ein glücklicher Zombie verfolgte Miriam grinsend die choreografierte und höchst unangemessene Tanzshow mit den Beckenschwüngen ihres fünfjährigen Sohnes und sah ihrer süßen, unschuldigen Tochter zu, die inzwischen aussah wie eine der Darstellerinnen aus *Toddlers & Tiaras*, wie sie ihren »Fashion Walk« den roten Teppich hinunter übte. Gegen Ende der Party schaffte es Miriam sogar, sich zu bedanken und dabei ehrlich zu wirken statt entsetzt, als die Kinder ihre Gastgeschenke in Empfang nahmen: für Maisie eine glitzernde, personalisierte Tragetasche voller Lotionen, die nach Kuchenteig und Vanille dufteten, und mit Glitzer durchsetztes Make-up; für Matthew eine auf der Rückseite von Justin Timberlake mit silbernem Stoffmarker signierte Kunstlederjacke im Bikerstil. Bei der letzten Geburtstagsfeier der Zwillinge hatte Miriam Plastiktütchen mit M&Ms ausgegeben und sich gefühlt wie die Pinterest-Mom des Jahres, weil sie die mit personalisierten Schleifen zugebunden hatte, auf denen stand: DANKE, DASS IHR MIT UNS GEFEIERT HABT! ALLES LIEBE, M&M.

»Mommy, das hat so viel Spaß gemacht!«, rief Maisie, als Miriam sie in ihrem Kindersitz festschnallte. »Ich werde mein neues Make-up jeden Tag tragen.«

»Nein, Schätzchen, das ist nur zum Spielen. Wir tragen außerhalb des Hauses kein Make-up.«

Maisie brach in Tränen aus. »Das ist ungerecht! Es gehört mir! Ich entscheide das!«

»Mommy ist der Chef, nicht du«, steuerte Matthew von seinem Sitz aus bei.

Miriam gab dem Parkservice-Mitarbeiter ein Trinkgeld und fädelte sich in den Verkehr ein.

»Mommy! Maisie hat ein böses Wort gesagt. Sie hat mich ein Popogesicht genannt!«

»Maisie!«

»Hab ich nicht, Mama. Er lügt!«, kreischte Maisie.

Bei diesen Worten fing Matthew an zu weinen. »Tu ich nicht!«, heulte er. »Nie glaubst du mir!«

»So, hat euch beiden die Party gefallen?«, fragte Miriam. Die Zwillinge zählten ihre schönsten Erlebnisse auf, und Miriam verlor sich in Gedanken. *Ist das wirklich passiert? Wer sind diese Leute?*

Auf dem Heimweg überkam Miriam eine Welle der Furcht. War es ein Fehler gewesen, nach Greenwich zu ziehen und ihre Kinder diesem Lebenswandel auszusetzen? Ihren Job zu verlassen? Lebten sie und Paul sich auseinander? Hatte er womöglich eine Affäre? Wann hatte sie ihm zum letzten Mal einen Kaffee gemacht, so wie er ihn mochte, mit heißer Milch, statt sie einfach kalt reinzuschütten? Oder sich die Zeit genommen, ihr spezielles Truthahnchili zu kochen, das er liebte, obwohl die Kinder es nicht anrührten, weil es ihnen zu scharf war? Wann hatte sie Reizwäsche getragen statt eines übergroßen Baumwollshirts? Kein Wunder, dass er fremdging. Er wäre verrückt, wenn er es nicht täte.

Diese Gedanken beschäftigten sie den gesamten Heimweg über, aber erst als sie in ihre Straße einbog, bestätigte sich ihr ohne einen Hauch von Zweifel, dass sie recht hatte. In der Einfahrt standen ihr Mann und ihr Sohn nebeneinander und schienen den kalten Nieselregen gar nicht zu bemerken. Ben sprang auf und ab und schwenkte die Arme wie ein Verrückter. Und da stand es – ein rotes Maserati-Cabrio, schlank und glänzend, noch mit den Überführungsnummernschildern des Verkäufers. Es verlangte Miriam alles ab, nicht ihren großen, hässlichen SUV geradewegs in ihren Mann und sein brandneues Auto zu steuern.

Kapitel 18

Roadtrip
Karolina

»Das Upgrade hat nur hundert zusätzlich pro Tag gekostet. Da musste ich nicht mal drüber nachdenken«, erklärte Emily, den Rücken gegen das rote Auto gedrückt.

Sie standen zu dritt in der Vorzugskundenschlange bei National Car Rental am McCarran Airport. Gerade hatten sie einen Flug mit Virgin America hinter sich gebracht, wo Emily, wenig überraschend, für sie alle drei Erste-Klasse-Tickets gebucht gehabt hatte, und diskutierten nun darüber, ob sie einen Ford Explorer fahren sollten (Miriams Wahl), eine Audi-Limousine mit Schiebedach (Karolinas Vorschlag) oder das BMW-Cabrio, für das sich Emily einsetzte, als hinge ihr Leben davon ab.

»Wir werden fünf Stunden lang durch die Wüste fahren. Da kann alles Mögliche passieren. Ein Cabrio ist nicht sicher«, verkündete Miriam und klang dabei sehr mütterlich.

»Inwiefern nicht sicher?«, hakte Emily nach.

»Ist das nicht offensichtlich? Falls sich das Auto überschlägt, gibt es kein Dach, um uns zu schützen. Wir würden zerquetscht werden.«

Emily verdrehte die Augen. »Wann hat sich dein Auto zum letzten Mal überschlagen?«

Miriam konterte mit ihrem eigenen Augenrollen. »Ich sag ja nur. Niemand leiht sich für eine fünfstündige Fahrt durch die Wüste ein Cabrio.«

Karolina hielt eine Hand hoch. »Man könnte glauben, ihr beiden hättet vergessen, dass ich auf dem Weg zum ›Entzug‹ bin! Der A4 ist ein guter Kompromiss, und da ich zahle, ist die Diskussion hiermit beendet. Na los, verschwinden wir von hier.« Sie sammelten ihre Rollkoffer und ihr Handgepäck ein, doch kurz bevor sie das Auto erreichten, warf ein junges Paar eine einzige Tasche in den Kofferraum, setzte sich vorn hinein und sauste ohne ein einziges Wort aus der Garage.

»Die wussten, dass wir dieses Auto wollten!«, tobte Miriam.

»Ein Zeichen Gottes, dass wir das Cabrio nehmen sollen«, behauptete Emily und ließ den Kofferraum des BMW aufschnappen. »Ich gebe zu, hier drin gibt es nicht allzu viel Platz, aber wir kriegen das schon hin.«

»Und Hautkrebs kriegen wir auch«, murmelte Miriam.

»Hast du schon mal von diesem tollen Zeug namens Sonnencreme gehört? Das ist so cool! Man reibt sich einfach ein wenig davon ins Gesicht und bekommt dann keinen Sonnenbrand. Und rate mal, was! Ich habe welche hier in meiner Tasche!«

Miriam warf Emily einen bösen Blick zu, kletterte aber auf den Rücksitz. »Wenn wir uns die Insekten aus den Zähnen pulen, unsere Haare zu Knoten verfilzt sind, unsere Kopfhaut verbrannt ist und wir keine Stimmen mehr haben, weil wir so laut schreien mussten, um den Wind zu übertönen, dann werde ich dir sagen, dass ich von Anfang an gegen das Cabrio war.«

Emily zeigte Miriam den Stinkefinger, und Karolina musste lächeln. Sie hatte bisher noch nie einen Roadtrip mit Freundinnen unternommen. Mit vierzehn hatte sie ihre Modelkarriere gestartet. Sie und Graham waren zwar viel gereist – es gehörte zu den Dingen, die sie beide liebten –, aber Graham hatte immer davor zurückgeschreckt, im Ausland ein Auto zu leihen. Die ganze Welt per Flugzeug zu erkunden war auch ein Abenteuer, aber trotzdem, wie war es möglich, dass sie mit siebenunddreißig noch nie einen richtigen Roadtrip gemacht hatte?

Karolina setzte sich hinters Steuer und stellte den Tempomaten auf fünfundachtzig Meilen pro Stunde, sobald sie die I-95 erreicht hatten. In der vormittäglichen Märzsonne flogen sie die offene Straße entlang. Als sie am Vegas Strip vorbeikamen, brachte Emily sie alle mit den sehr detaillierten Ausführungen ihrer neuesten Geschäftsidee zum Lachen. Dabei ging es darum, Männern Reisen mit ihren Freunden nach Vegas zu verkaufen, wo sie einen Gruppenrabatt für Vasektomien erhalten würden, nach denen sie sich in einem luxuriösen Hotelzimmer erholen konnten, während ihnen Stripperinnen die Eier kühlten.

»Oh mein Gott, das ist brillant!«, rief Miriam vom Rücksitz. »Das lässt sich den Ehemännern nicht nur problemlos verkaufen, man muss sich auch anschließend nicht um sie kümmern! Du bist da definitiv einer guten Sache auf der Spur.«

»Und dabei hast du das Beste noch nicht mal gehört. Wir bieten ein Zwei-zum-Preis-von-einem-Angebot an und nennen es die Vegasektomie. Ich glaube, das wird ein Megahit.«

Karolina wollte gern gemeinsam mit den anderen lachen,

doch sie konnte nicht ganz das ungute Gefühl und die Unsicherheit abschütteln, die sie schon den ganzen Tag quälten, und zwar jeden Tag. Wobei sie das nicht davon abhielt, zum ersten Mal in ihrem Leben wie ein Scheunendrescher zu essen. Stunden später, als sie alle kurz vorm Verhungern standen und das einzig Essbare außer Snacks von der Tankstelle riesige Sundaes von McDonald's waren, die sie beim Drive-through bestellt hatten, schlang Karolina ihren geradezu hinunter. »Ich kann nicht fassen, dass ich ein Milchprodukt gegessen habe«, jammerte sie und umklammerte ihren Bauch.

»Hast du nicht«, widersprach Emily. »Das ist die blanke Chemie. Da ist keinerlei Milch drin.«

Unmittelbar nach Einbruch der Dunkelheit kamen sie im Amangiri an und wurden vom Geschäftsführer, Emilys »altem Freund«, in Empfang genommen. Er versprach ihnen absolute Diskretion.

»Ich habe unsere privatesten Unterkünfte ausgewählt«, versicherte er ihnen, nachdem er sie nach draußen und durch eine offene Glasschwingtür geführt hatte, hinter der sich eine Suite auftat, die aussah, als wäre sie aus einem einzigen Klotz grauen Beton geschlagen. Ein riesiger Sitzbereich in der Mitte enthielt ausschließlich weiße Diwane und Sessel, die auf die Wüste ausgerichtet waren. Auf der Terrasse brannte ein kleines Lagerfeuer. Das davor liegende Langschwimmbecken glitzerte wie eine Oase vor dem Sand und wurde von allen Seiten von Bergkämmen begrenzt. Weiße Liegen und weiße Sonnenschirme mit perfekt zusammengefalteten weißen Handtüchern. In der Suite selbst befand sich ein großes Schlafzimmer mit einem riesigen Bett auf einem Podest und einem Bad mit einer Indoor-

Outdoor-Dusche mit Regeneffekt und eine überdimensionale Badewanne, von der aus man durch die bodentiefen Fenster sehen konnte.

»Du kannst diese Suite haben«, verkündete Emily. »Miriam und ich nehmen das Doppelzimmer nebenan. Du brauchst den Raum und die Einsamkeit, um dich auf deine Abstinenz zu konzentrieren.«

Miriam und Emily gingen in ihr Zimmer, um sich aufs Abendessen vorzubereiten, aber Karolina zog einen Badeanzug an und stieg in das Sportbecken, das sich eher wie ein Whirlpool anfühlte. Beinahe sofort klingelte ihr Telefon und zeigte die Vorwahl 212 an. Sie holte tief Luft. Sie war vorbereitet. Emily hatte ihr genau erklärt, was sie sagen sollte.

»Hallo? Hier spricht Karolina Hartwell.«

»Karolina?« Die Stimme am anderen Ende klang jung, weiblich und überrascht. Die Frau hatte vermutlich überhaupt nicht damit gerechnet, dass jemand ihren Anruf annehmen würde.

»Ja.«

»Hier spricht Susanna Willensky von der *New York Post*. Stimmt es, dass Sie Greenwich verlassen haben und das Besuchsrecht für Ihren Sohn aufgeben?«

Karolina sog den Atem ein. Auf die Entzugsfrage war sie vorbereitet gewesen, aber der Vorwurf, sie würde Harry im Stich lassen? Das war eigentlich nicht Teil des Plans.

»Ma'am?« Die Frau blieb hartnäckig.

»Ich habe mein Besuchsrecht nicht aufgegeben und werde das auch nicht tun. Nichts könnte weniger der Wahrheit entsprechen.«

»Und der Entzug? Für ein Alkoholproblem? Nach Ihrer

Verhaftung? Könnte man sagen, dass Sie sich behandeln lassen?«

Karolina hielt inne, um sicherzugehen, dass sie sich an Emilys genaue Formulierung erinnerte. Es war wichtig, absolut präzise zu sein – nicht zu lügen, aber auch nicht die ganze Wahrheit preiszugeben. »Ich habe mir ein wenig Zeit für eine Reise in den Westen genommen, um den Kopf freizubekommen. Ich denke, die frische Luft und der Ortswechsel sind genau das, was ich momentan brauche.«

»In den Westen? Können Sie da genauer werden?«

»Nein, ich befürchte, das ist nicht möglich.«

Auf diesen beiden Wörtern hatte Emily bestanden: »nicht möglich«. Es deutete an, dass Karolina ihren Aufenthaltsort gern verraten würde, gäbe es da nicht die strengen Vertraulichkeitsvorschriften bezüglich ihres Aufenthalts (für den Entzug). Jeder auch nur halbwegs intelligente Reporter würde bei diesen Worten seine gesamten Ersparnisse darauf verwetten, dass sich Karolina in dem ultraluxuriösen Behandlungszentrum in Montana befand, das gleichzeitig eine noble Touristenranch und ein Luxushotel war.

»Ich verstehe. Gibt es sonst noch etwas, das Sie gern …«

»Danke, das ist alles, was ich momentan dazu sagen kann.« Karolina drückte auf »Beenden« und verspürte Erleichterung, dass es vorbei war. Emily würde begeistert sein.

»Möchten die Damen uns vielleicht in der Wüstenlounge Gesellschaft leisten?«, fragte Tim, der Kellner. »Ein örtlicher Astronom hält eine Demonstration zur Sternendeutung ab.«

Karolina blickte sich am Tisch um.

»Es wird auch einen S'mores-Workshop geben. Zartbitterschokolade, Vollmilchschokolade, Erdnussbutter, Pfefferminzgeschmack ...«

»Ich denke, wir können für ein paar Minuten vorbeikommen.« Emily lächelte ihn süßlich an. Als er ging, starrte sie ihm nach. »Wenn die hier nicht fünftausend pro Nacht für ein Zimmer berechnen würden, könnte man annehmen, es wäre ein Männerbordell.«

Miriam lachte. »Er ist noch ein Kind, Emily! Vielleicht gerade zwanzig.«

Emily hielt eine Hand hoch. »Ich sage ja nur ... Einer attraktiver als der andere. Und Timmy hier ist mein persönlicher Favorit.«

»Na ja, falls es dir nicht aufgefallen sein sollte: Hier halten sich eine Menge alleinstehender Frauen auf«, kommentierte Miriam. »Möglicherweise wechseln sie das Personal jede Woche entsprechend ihrem Besucherprofil.«

Alle drei drehten sich zu einem nahe gelegenen Tisch um, als dort eine Gruppe Frauen – oder eher Mädchen – in Gelächter ausbrach. Es handelte sich eindeutig um eine Junggesellinnenabschiedsparty, da die Braut bei jeder sich bietenden Gelegenheit etwas trug, worauf BRAUT eingestickt war, aber ansonsten war die Gruppe ein lautes, attraktives Rätsel.

»Solange sie sich auf sich konzentrieren und nicht auf uns, ist mir alles egal. Das Letzte, was wir brauchen, ist, dass jemand Karolina erkennt und der Presse steckt, dass wir uns in einem Luxushotel verstecken, statt ein Zwölf-Stufen-Programm zu absolvieren.«

»Ich verstehe nicht, wie jemand zu einem Dutzend Freundinnen kommt, die es sich leisten können, hier zu übernachten«, wunderte sich Karolina. »Und sie sind jung, Mitte zwanzig.«

»Ich bin sicher, einer der Väter oder Verlobten zahlt die Rechnung«, antwortete Emily.

Karolina zog die Brauen hoch. »Das ist sexistisch! Wir sind gemeinsam hier, und weder mein Vater noch mein Ehemann zahlt für uns!«

»Aber Emily hat recht«, warf Miriam ein, trank den letzten Schluck ihres Weins aus und winkte nach einem weiteren Glas. Inzwischen waren sie bei ihrem fünften angekommen, doch keine verspürte bisher auch nur den geringsten Schwips. Tim hatte ihnen verraten, dass die Gesetze im Bundesstaat vorschrieben, dass nur jeweils einhundertzwanzig Milliliter Wein ausgeschenkt werden durften. Sie nannten es die »Utah-Menge«.

»Ach ja?«, fragte Emily.

»Ihr Vater bezahlt das Wochenende. Obwohl es sich ihr Verlobter auch leisten könnte. Doch der ist gerade mit seinen Freunden für ein Wochenende nach Saint Barts gefahren.«

»Woher weißt du das?«, wollte Emily wissen.

»Das war nicht schwer«, gestand Miriam. »Die haben wie verrückt Selfies gemacht. Ich habe nach dem Hashtag ›Amangiri‹ gesucht und einige der Bilder gefunden, die sie gepostet haben. Dann habe ich sie zu der Seite des Mädchens zurückverfolgt, von der wir wissen, dass sie die Braut ist. Ab da war es leicht herauszufinden, wer ihr Verlobter ist, da der Account nur so von Schmusefotos und Bildern vom Antrag strotzte. Weil sein Insta auf privat gestellt ist, habe ich ihn gegoogelt. Er ist einer der Hauptgeschäftsführer bei einem der größten Hedgefonds in den USA. Der übrigens vor einigen Monaten in juristische Schwierigkeiten geraten ist, weil er Geld von einem Scheich aus Bahrain angenommen hat, der auf der Beobachtungsliste für Terroristen steht, aber das ist nebensächlich.«

»Wow«, murmelte Karolina.

»Das Interessanteste daran habe ich euch noch gar nicht erzählt. Auf ihrem Account habe ich entdeckt, dass ein älterer Mann, vermutlich ihr Vater, sie bei einem Foto auf Facebook markiert hat. Beziehungsweise die Person, die für die Social-Media-Konten der schwedischen Königsfamilie zuständig ist. Was ich damit sagen will: Sie ist eine schwedische Prinzessin, die in einem Palast in Stockholm aufgewachsen und zum Studieren hergekommen ist, oder besser gesagt, um einen Ehemann zu finden.«

Emily pfiff durch die Zähne. »Ich bin schwer beeindruckt.«

Karolina riss die Augen auf. »Und all das hast du herausgefunden, ohne überhaupt ihre Namen zu kennen.«

»Im Leben von Menschen herumzuwühlen hat in meinem früheren Leben einen Großteil meiner Arbeit ausgemacht, bevor ich nur noch Spandex getragen habe und auf Sexspielzeugpartys gegangen bin.«

»Deine Fertigkeiten werden jetzt gebraucht«, versicherte ihr Emily. »Von uns. Kannst du irgendwas über Graham herausfinden, das wir gegen ihn verwenden können? Niemand, ganz besonders nicht solche Mistkerle wie er, hat eine komplett weiße Weste.«

Angesichts Emilys lässiger Boshaftigkeit zuckte Karolina zusammen und wurde dann wütend auf sich. Wenn man bedachte, was Graham ihr angetan hatte, sollte sie rein gar keine Schuldgefühle ihm gegenüber haben.

Miriam beugte sich über den Tisch. »Steuerhinterziehung?

Garantiert hattet ihr irgendwann mal eine Nanny oder Putzfrau, die nicht legal im Land war.«

»Machst du Witze?«, fragte Karolina. »Seine politischen Ambitionen hatte er schon immer. Glaubst du wirklich, er hätte es riskiert, eine illegale Einwanderin einzustellen?«

»Okay, wie steht es mit Drogen?«, fragte Emily weiter. »Er wirkt wie ein Kokain-Typ auf mich.«

»Nicht wirklich. Vielleicht einige wenige Male, als wir uns kennengelernt haben? Aber wen interessiert das? Obama hat zugegeben, Kokain ausprobiert zu haben.«

»Karolina. Ich weiß, dass es da etwas gibt. Du musst es uns sagen.« Emilys Ton war nicht mehr locker, sondern wütend.

Karolinas Mutter hatte immer behauptet, es sei eine gute Eigenschaft, eine schlechte Lügnerin zu sein. »Ich habe keine Ahnung, wovon du sprichst.«

»Du weißt etwas über ihn, da bin ich mir sicher. Es steht dir ins Gesicht geschrieben.«

Karolina hielt Emilys Blick stand. »Ich habe dir alles gesagt, was ich weiß.«

Zwei oder drei Jahre nach ihrer Hochzeit hatte Graham einmal in ihren Armen gelegen, nachdem sie sich geliebt hatten, und hatte geschluchzt. Vor dieser Nacht und auch danach hatte sie ihn nie weinen sehen – nicht, als sein Vater starb, und auch nicht am Jahrestag des Todes seiner ersten Frau, als er mit Harry an den Strand in den Hamptons gefahren war, wo er ihre Asche verstreut hatte. Nach einer knappen Stunde tröstender Worte und Versprechungen hatte er sich Karolina schließlich geöffnet, und sie hatte kaum noch atmen können. Es war der fünfundzwanzigste Geburtstag eines Mädchens namens Molly gewesen, beziehungsweise er hätte es sein sollen, wenn sie ihn erlebt hätte. Einundzwanzig Jahre zuvor, als Graham siebzehn gewesen war, hatte er in der Nähe des Sommerhauses seiner Eltern in Amagansett die vierjährige Molly Wells angefahren und getötet.

Emily schlug die Hände so laut auf den Tisch, dass die Weingläser klirrten. »Wir sind hier mitten im verdammten Nirgendwo und reden über eine schwedische Prinzessin, während dein Ehemann, den du sogar jetzt noch deckst, praktisch dein Kind entführt hat, deinen Ruf ruiniert und dich wegwirft, als wärst du der Müll von gestern.«

»Emily«, warnte Miriam.

»Was für ein Bullshit!«, zischte Emily. »Sie hat etwas gegen ihn in der Hand. Das merke ich doch! *Wir* versuchen, ihr Leben zurückzugewinnen, und *sie* ist nicht bereit, uns dabei zu helfen.«

»Ich bin müde«, sagte Karolina und bemühte sich, die Tränen zu unterdrücken. Es war ein toller Tag gewesen, mit Bergsteigen, Hot-Stone-Massage und Schwimmen im Pool, und sie wollte ihn nicht ruinieren. »Ich lege mich hin. Esst einen S'more für mich mit. Wir sehen uns beim Frühstück.«

»Lina, Liebes, Emily und ich machen uns Sorgen um dich. Du wirkst unheimlich erschöpft und lethargisch. Ich weiß, dass momentan alles sehr schwer für dich ist, aber kommst du gefühlsmäßig einigermaßen zurecht?«, wollte Miriam wissen und legte eine Hand über die von Karolina.

»Was sie wissen will, ist, ob du vorhast, von einer Brücke zu springen«, fügte Emily hinzu.

Karolina blickte zwischen ihren Freundinnen hin und her. »Ich bin wirklich einfach nur müde«, erklärte sie und stand auf. »Danke, dass ihr euch Sorgen macht, aber ich verspreche euch, ich habe nicht vor, in naher Zukunft ein Röhrchen Tabletten zu schlucken.«

Sobald sie sich erhoben hatte, tauchte wie durch Zauberei Tim wieder auf und half ihr, den Stuhl aus dem Weg zu schieben. »Sie werden doch nicht die S'mores verpassen wollen, oder?«, fragte er.

»Vielleicht beim nächsten Mal«, erwiderte sie, und er machte einen entzückenden Schmollmund, ging dann jedoch weiter zum nächsten Tisch.

Emily nickte. Miriam streckte den Daumen hoch. Wie aufs Stichwort drehte sich Tim um und grinste sie an.

»Ich gehe auf mein Zimmer. Ich habe euch beide gern, aber mir reicht es«, sagte sie. Sie hörte, wie Miriam ihr etwas hinterherrief, aber sie tat so, als hätte sie es nicht gehört, und verließ das Restaurant. Einige Glaslaternen erleuchteten den Pfad zu ihrer Suite. Das Bett war aufgeschlagen worden und die Lampen gedimmt, und jemand hatte das Feuer auf ihrer privaten Terrasse entzündet. Karolina zog eine Flasche Perrier aus der Minibar und ließ sich auf der gepolsterten Liege neben dem Feuer nieder. Vor ihr erstreckte sich die Wüste in völliger Stille, aber sie konnte außer dem großen Kaktus in einigen Metern Entfernung kaum etwas erkennen. Harry würde das gefallen, dachte sie. Sie hatte versucht, ihn vor dem Abendessen anzurufen, was ungefähr Bettgehzeit bei ihm sein musste, aber er hatte ihren Facetime-Anruf abgelehnt und mit einer Nachricht geantwortet: *sorry mom kann nicht telefonieren schlafe bei jason ruf dich morgen an.* Sie fragte sich, warum um alles in der Welt Graham ihn am Vorabend eines Spiels bei einem Freund übernachten ließ, doch natürlich kannte sie die Antwort. Regan.

Karolina hörte in der Ferne ein Klopfen. Ein Specht? Da ertönte es erneut, diesmal eindringlicher. Sie ging zurück in ihr Zimmer und erkannte, dass jemand vor der Tür stand. »Ich bin schon im Bett!«, rief sie Emily und Miriam zu, obwohl sie immer noch vollständig bekleidet war.

»Es tut mir leid, Sie zu stören«, erwiderte eine männliche Stimme.

Sie schob den Riegel zurück und öffnete die Tür. Davor stand mit einem schüchternen Lächeln Tim, der Kellner. Der jetzt frisch geduscht war und in seinem Hemd mit den aufgerollten Ärmeln und in einer Jeans noch besser aussah als zuvor.

»Entschuldigen Sie bitte, Mrs Hartwell. Ich hoffe, ich störe Sie nicht. Ihre Freundinnen haben gesagt, Sie bräuchten hier in Ihrem Zimmer Hilfe?«

»Hier in meinem ...« Sie verstummte. Am liebsten hätte sie Emily ermordet. Das Ganze trug geradezu ihre Handschrift.

Tim lächelte breiter und schenkte ihr einen Blick, der nur als verschmitzt bezeichnet werden konnte. »Ich glaube, die beiden meinten, es gehe um ein Insekt? Vielleicht einen Skorpion? Ich bin hier, um ... äh, Ihnen zu helfen, ihn zu entfernen.«

»Ein Insekt? Ja, das stimmt. Ein Insekt.« Sie trat zurück, um ihn hereinzulassen, und sie wusste sehr wohl, was gerade passierte. »Es handelt sich um ein sehr großes Insekt.«

»Ja, genau das haben die beiden gesagt. Das tut mir sehr leid. Lassen Sie mich mal nachschauen, was ich da tun kann.« Er schloss die Tür mit einem leichten Tritt dagegen und zog Karolina für einen Kuss an sich. Es geschah so schnell, und es gab so viel zu verarbeiten – das Gefühl, jemanden zu küssen, der einen Bart trug, jemanden, der nicht Graham war, und dass sie sofort angetörnt war, buchstäblich, als hätte jemand einen Schalter umgelegt. Dass sie nichts anderes tun konnte, als den Kuss zu erwidern. Eine Minute später hatte er sie hochgehoben, ganz wie im Film, und legte sie aufs Bett, und als er sich auf sie senkte, befürchtete sie, den Verstand zu verlieren.

»Was?«, fragte er rau und fuhr ihr mit den Händen durch die Haare.

»Warte einen Moment«, flüsterte sie.

Sofort hielt er inne. »Ist alles okay?«

Karolina lächelte. So aus der Nähe war er sogar noch niedlicher, falls das überhaupt möglich war. »Nur eins noch.«

»Was auch immer du willst.«

»Bitte nenn mich nicht Mrs Hartwell. Nie wieder.«

Tim lachte und vergrub sein Gesicht an ihrem Hals. Langsam zog er sie aus. Als sie schließlich beide vollständig nackt waren, setzte er sich auf und musterte sie von oben bis unten mit offensichtlicher Bewunderung. »Wow«, murmelte er, und es gab keinen Zweifel, dass er es ernst meinte. »Du bist eine wunderschöne Frau, Karolina.«

Karolina zog sein Gesicht zu ihrem herab. »Pst.«

Sie liebten sich zwei Mal. Nach dem zweiten Mal schliefen sie ein, und als Karolina erwachte, brannte der Gasofen draußen immer noch. Es war fünf Uhr morgens, und die Dämmerung zog gerade herauf. Sie schlüpfte aus dem Bett und ging nackt hinüber zur Glastür, die einen spektakulären Ausblick auf die Wüste bot. Sie war siebenunddreißig Jahre alt, und das hier war ihr allererster One-Night-Stand gewesen. Natürlich waren sie noch zwei weitere Nächte hier, daher würde es noch ausreichend Gelegenheit geben … Karolina stoppte diesen Gedanken. Nein. Es war perfekt gewesen, genau das, was sie gebraucht hatte. Eine Nacht voll aufregendem Sex ohne Gefühle.

Eine Stunde später hatte sich Tim mit der geübten Gewandtheit eines Mannes, der das häufiger tat, aus ihrer Suite geschlichen. Die Nacht war zu besonders gewesen, um sie zu teilen, zu analysieren, um auf Emilys bohrende Fragen zu antworten oder Miriams stummes Urteil zu ertragen. Nein danke, dachte Karolina. Diese Erinnerung gehörte allein ihr.

Kapitel 19

Amerika will dir vergeben
Emily

Emily nahm einen Zug von ihrer Zigarette und stieß den Rauch langsam aus. Es war ein ungewöhnlich warmer Tag, einer dieser Vorboten, der einen glauben ließ, dass der Frühling endlich angekommen war, und Emily und Karolina saßen auf Karolinas hinterer Veranda, die auf den winterfest gemachten Pool hinausging. Ihre Reise Richtung Westen war höchst erfolgreich gewesen. Eine Umfrage der *Entertainment Weekly* hatte ergeben, dass zweiundfünfzig Prozent der Amerikaner gewillt waren, Karolina zu vergeben. Der »Entzug« war großartig verlaufen, und jetzt war es an der Zeit, den Rest des Plans umzusetzen. Ganz zu schweigen davon, dass Kyle drei Anrufe von neuen Klienten für Emily abgewimmelt und Miranda Priestly Blumen geschickt hatte.

Karolina hielt die neueste Ausgabe der *People* hoch. »Jetzt ist es also offiziell«, sagte sie mit brüchiger Stimme.

Emily riss sie ihr aus der Hand. Auf dem Titelblatt waren Graham und Regan zu sehen, die breit in die Kamera lächelten. Sie hatten die Wangen aneinandergelegt und zeigten mehr perfekte weiße Zähne, als normal oder nötig schien. WIE ICH WIEDER MEIN GLÜCK FAND, stand darunter, und als Unterüberschrift: Graham Hartwell. Sie hatte das schon lange kommen sehen, doch sie musste anstandslos anerkennen, dass die Durchführung perfekt war; er handhabte das meisterhaft. Zufälligerweise ging es in der einleitenden Story um Kim Kelly und ihre desaströse Modeentscheidung auf dem roten Teppich. Das verschaffte Emily ein kurzes Hochgefühl.

»Im Spätherbst werden sie sich verloben, und bis zum nächsten Frühjahr sind sie verheiratet, lass dir das gesagt sein«, behauptete sie.

»Wir sind noch nicht mal offiziell geschieden!«, wandte Karolina ein.

»Aber bald.«

»Emily! Schalt mal einen Gang zurück«, empfahl ihr Miriam, die aus Karolinas Küche kam und einen Teller mit selbst gemachten Rice-Krispie-Riegeln in der Hand hielt, die sie mitgebracht hatte.

»Aber es stimmt, oder etwa nicht?« Emily wandte sich an Karolina. »Dass du Miriam als deinen Rechtsbeistand engagiert hast, war das Klügste, was du seit meiner Einstellung getan hast.«

»Sie hat mich nicht engagiert«, widersprach Miriam. »Ich helfe ihr lediglich mit den rechtlichen Angelegenheiten aus, das ist alles. Inoffiziell. Aber offiziell.«

Karolina und Miriam tauschten dankbare Blicke. »Du kannst Emily erzählen, was du mir gesagt hast«, meinte Karolina. »Über den Ehevertrag.«

Miriam biss von ihrem Gebäck ab. »Sicher weißt du schon, dass er wasserdicht ist. Und ziemlich selbsterklärend. Beide bekommen, was sie in die Ehe eingebracht haben, zurück und teilen das, was sie innerhalb der letzten zehn Jahre verdient haben. Sie behält das Haus in Greenwich, er das in Bethesda, das Apartment in New York wird verkauft, und jeder bekommt die Hälfte des Verkaufspreises.«

Karolina schüttelte den Kopf. »Es ist alles geklärt. Bis auf Harry.«

Emily musterte ihre Freundin und hoffte inständig, sie würde nicht gleich zu weinen anfangen.

Karolina begann, leise vor sich hinzuschluchzen.

Miriam zog Karolina in eine ihrer mütterlichen Umarmungen, und Emily griff über den Tisch und tätschelte ihr unbeholfen die Hand. »Ist schon gut.«

»Es ist nicht gut! Ich bin die einzige Mutter, die Harry seit zehn Jahren kennt! Er spielt diese Ich-armer-alleinstehender-Vater-Karte aus. Verstorbene Ehefrau. Witwer. Mutterloses Kind. Das gehört alles zu seinem Masterplan!«

Emily zog eine Zigarette aus dem Päckchen, zündete sie an und reichte sie an Karolina weiter, die sie wortlos entgegennahm.

»Hör zu«, bat Emily. »Alles wird gut. Ich verspreche es dir. Ich habe da einige Ideen.«

»Du hast Ideen, wie ich nicht zur gesellschaftlichen Außenseiterin werde, und das sind sowieso alles Lügen. Aber wie steht es damit, mein Kind zurückzubekommen? Wo es streng genommen nicht mal mein Kind ist?«, jammerte Karolina. »Und was ist mit der Wahrheit? Sollte mein Name nicht reingewaschen werden? Würde mir das in der Sorgerechtsfrage nicht weiterhelfen?«

Emily und Miriam tauschten einen Blick.

»Ich stimme Karolina zu. Es würde ihr helfen. Es ist an der Zeit, ihren guten Ruf wiederherzustellen«, pflichtete Miriam ihr bei.

»Habt ein bisschen Vertrauen, okay?«, bat Emily.

»Vertrauen?«

»Hast du mir nicht erzählt, dass er in den ganzen zehn Jahren noch nie einen Arzttermin mit Harry wahrgenommen hat? Oder bei mehr als einem Baseballspiel pro Saison war? Dass er noch nie allein mit ihm irgendwohin verreist ist? Die Namen von Harrys Freunden nicht kennt? Nicht an den Elternabenden teilnimmt?«

Karolina nickte und wischte sich die Tränen aus den Augen.

»Ich gebe zu, dass ich nicht gerade eine Koryphäe im Hinblick auf Elternschaft bin, aber das klingt für mich nach den Grundlagen. Das sind Dinge, die ungefähr neunzig Prozent der auch nur halbwegs anständigen Eltern hinkriegen.«

»Ja, aber ...«

»Hör auf, ihn zu verteidigen! Ich frage mich, warum er es wirklich gerade jetzt darauf anlegt. Er wird ja wohl kaum plötzlich zum Vater des Jahres mutieren, weil du nicht mehr da bist? Sehr unwahrscheinlich.«

»Ja, aber er hat jetzt *sie*«, entgegnete Karolina und schwenkte die *People*.

»Natürlich, und Zwölfjährige heißen brandneue Stiefmütter ja auch *so* herzlich willkommen.« Emily nahm einen weiteren Zug und ließ einen Schluck Wein folgen. »Sie wird ihre eigenen Kinder wollen. Nicht deins.«

Karolina riss die Augen auf.

»Stimmt es etwa nicht?«

»Doch. Sie ist jung.« Karolina schenkte sich nach.

»Es sei denn, das Problem liegt bei ihm?«, hakte Emily nach. Sobald die Worte ihren Mund verlassen hatten, bereute sie sie bereits, schon allein aus dem Grund, weil sie kein langes Gespräch über Karolinas Unfruchtbarkeit führen wollte. Sie wusste, dass Karolina alles versucht hatte – von Akupunktur über Clomifen und Kristalle bis hin zu mehreren Runden IVF, und nichts hatte funktioniert.

»Schön wär's«, antwortete Karolina mit kaum verhohlener Verbitterung. »Er hat sich zwei Mal testen lassen. Es liegt an mir.«

»Was stimmt denn bei dir nicht?«

Karolina warf ihr einen Blick zu.

»Was? Sorry, so hab ich das nicht gemeint. Ich habe nicht ... besonders viel Übung mit dieser Art von Gespräch.«

Karolina seufzte. »Ungeklärte Unfruchtbarkeit. Sie haben Tausende Tests gemacht. Meine Eier sind in Ordnung, mein Progesteron war ein wenig niedrig, aber nichts, was nicht in den Griff zu kriegen war, und ich leide weder an Endometriose noch an polyzystischem Ovarsyndrom oder ...«

Emily hob eine Hand. Sie bemühte sich, nicht angeekelt zu wirken, wusste aber nicht, wie erfolgreich sie dabei tatsächlich war. »Also woran liegt es?«

»Ich konnte buchstäblich einfach nicht schwanger werden. Keine Fehlgeburten, nichts. Kein einziger positiver Schwangerschaftstest. Nicht mal mit IVF haben wir einen lebensfähigen Embryo zustande gebracht, daher konnten wir auch nicht auf eine Leihmutter ausweichen.«

»Das tut mir leid.« Emily konnte sich kaum vorstellen, sich so sehr zu bemühen, schwanger zu werden – sie betrieb ja beinahe ebenso so viel Aufwand, um eine Schwangerschaft zu vermeiden.

»Aber es spielt auch keine Rolle mehr, weil ich ja jetzt Harry habe. *Hatte.*«

»Und du wirst ihn wiederkriegen!« Emily berührte Karolina sanft am Arm. »Vertrau mir, Lina. Hier geht es um Grahams Erscheinungsbild. Es ist erst ein paar Monate her. Wir müssen die Sache ihren Lauf nehmen lassen.«

Emily griff nach einer Ausgabe der *Post*, schlug die Seite »Page Six« auf und hielt sie Karolina hin. »Guck!«

»Ich fasse es nicht«, antwortete Karolina. »Genau, wie du vorhergesagt hast!«

»Wir reden hier von der Presse. Die ist nicht besonders geheimnisvoll. Du wurdest beim Fahren unter Alkoholeinfluss erwischt. Du bist selbst sehr prominent und mit einem US-Senator verheiratet. Natürlich wollen alle sehen, wie du zu Kreuze kriechst! Schritt eins, angedeuteter Entzug, abgehakt! Schritt zwei ist eine komplette Runderneuerung, und Schritt drei ist ein sehr öffentlicher Auftritt, wo du den amerikanischen Bürgern verkündest, wie leid dir das alles tut, und um ihre Vergebung bettelst.«

»Wie öffentlich?« Karolina wirkte besorgt.

»Wie *Ellen*. *The View*. *Good Morning America*. Sehr öffentlich.«

»Oh Gott.«

»Du bist sechs Mal in der Victoria's Secret Fashion Show gelaufen!«

»Sieben Mal.«

»Da warst du praktisch nackt! Und jeder Perverse, Teenager und gelangweilte Ehemann in der westlichen Welt hat dir dabei zugesehen. Da kannst du ja wohl kaum Angst vor einem Auftritt bei *Good Morning America* haben.«

»Nein, es hat mehr damit zu tun, dass ich im landesweiten Fernsehen über mein nicht existierendes Alkoholproblem lügen soll.«

Emily zuckte mit den Schultern. »Amerika will dir vergeben! Wir haben auch Hugh Grant seine Prostituierten vergeben. Dass Ben Affleck die Nanny gepimpert hat. Sogar Brad das Fremdgehen bei Jen. Ganz sicher können wir auch dir eine zweite Chance geben.«

Karolinas Gesicht verfärbte sich zu einem erschreckend dunklen Rot. »Mein Gott, wie sehr ich ihn hasse.«

»Emily kümmert sich um die Öffentlichkeit«, warf Miriam ein, »aber ich werde keinesfalls zulassen, dass ein fingiertes Verbrechen in deiner Akte stehen bleibt.«

Emily nickte. »Siehst du? Und nach deiner Runderneuerung und deinem Seht-doch-wie-gesund-und-sympathisch-ich-aussehe-Interview suchen wir für dich eine Möglichkeit, dich für das Thema zu engagieren. Die offensichtliche Wahl wäre Mothers Against Drunk Driving, obwohl auch Driving While Distracted oder etwas Ähnliches Aufmerksamkeit verdient hätte. Wir hieven dich in den Vorstand einer prestigeträchtigen Organisation in New York, und natürlich wirst du eine Wohltätigkeitsveranstaltung im Greenwich Boat and Yacht Club ausrichten. Es wäre ein netter Zug, wenn du öffentlich deine Glückwünsche zu Grahams und Regans Verlobung aussprechen könntest – das wird gut ankommen. Alles danach ist ein Kinderspiel. In der Zwischenzeit engagieren wir einen anständigen Social-Media-Berater und werden der Öffentlichkeit zeigen, wer du wirklich bist.«

»Und wer genau bin ich?«

»Weißt du noch, was ich übers Zunehmen und eine Veränderung deines Images gesagt habe? Ich finde, du solltest dir einen Pagenkopf schneiden lassen.«

Karolina erschauderte. »Hör auf.«

»Ich meine es ernst! Möchtest du, dass deine Frisur nach ›betrunkene Verführerin‹ oder nach ›verlässliche Mom‹ aussieht? Denn momentan schreit sie Ersteres.« Emily fühlte sich mies, weil sie vorschlug, dass Karolina ihre langen, wunderschönen Haare abschnitt, aber in harten Zeiten ...

»Das ist doch verrückt.«

Emily nickte und legte ihre Hand auf Karolinas ständig schmaler werdendes Handgelenk. Der Stress forderte seinen Tribut. »Hör zu. Ich kann dein Image verändern, und es wird funktionieren. Aber wenn es dir ernst damit ist, eine bessere Basis für die Sorgerechtsverhandlung zu schaffen, oder« – sie machte eine wegwerfende Geste – »deinen Namen reinzuwaschen, dann brauche ich diese Informationen, die du vor mir zurückhältst. Mal davon ausgehend, wie du dir ständig auf der Unterlippe herumkaust, muss es ziemlich pikant sein.«

»Es ist nichts weiter.«

»Er hat nicht mal mit der Wimper gezuckt, als er dein Leben ruiniert hat!«

»Es ist ... nicht so einfach, Emily! Ich muss auch an Harry denken.«

»Ich verstehe dich«, mischte sich Miriam ein.

»Graham hat bei dieser Sache ganz sicher nicht Harrys Wohl im Auge, deshalb verstehe ich nicht, warum du dir deshalb solche Sorgen machst«, sagte Emily.

»Ja, das verstehst du nicht«, flüsterte Karolina mit zittriger Stimme. »Du bist keine Mutter, Emily. Ich weiß, du hältst das für spießig, aber kannst du denn nicht begreifen, dass ich mich nicht an Graham rächen will, wenn das bedeuten würde, damit auch meinem Sohn wehzutun?«

Emily dachte einen Moment lang darüber nach. »Also gibt es da etwas.«

»Emily, lass sie in Ruhe«, warf Miriam ein.

Karolina stand auf. »Ich bin hier fertig. Such dir eins der Gästezimmer aus, sie sind alle sauber.«

»Wir sind noch nicht fertig!«, rief Emily hinter ihr her, aber Karolina war bereits gegangen. Emily seufzte laut auf.

»Du gehst zu hart mit ihr ins Gericht«, mahnte Miriam und nahm Jacke und Tasche. »Versuch mal, dich in ihre Lage zu versetzen.«

Emily massierte sich die Schläfen.

»Ich muss los. Wir sehen uns morgen«, verabschiedete sich Miriam.

Als Emily die Haustür ins Schloss fallen hörte, steckte sie sich eine neue Zigarette an. Kinder verkomplizierten alles. An dem Abend, als sie Miles kennengelernt hatte, waren sie nach einer Wohltätigkeitsveranstaltung betrunken zusammen im Bett gelandet, und er war um sechs Uhr am nächsten Morgen hochgeschossen, voller Panik, er könnte sie geschwängert haben.

»Du hast was?«, hatte er gefragt, den Kopf auf seinen gebeugten Arm gelegt.

»Eine Spirale.«

»Ist das so was wie die Pille?«

»Nein, das ist nicht wie die Pille. Im Ernst? Du hast noch nicht mal davon gehört? Männer haben es so leicht.«

»Ist sie denn genauso zuverlässig wie die Pille?« Er sah wirklich besorgt aus. »Weil ich nämlich definitiv kein Kind will. Nichts für ungut, später natürlich irgendwann. Aber nicht jetzt. Ein College-Kumpel von mir hatte bei einer Zwischenlandung in Chicago einen One-Night-Stand mit einer Flugbegleiterin von United. Er war zweiundzwanzig. Kannte nicht mal ihren Namen. Acht Wochen später hat sie ihn anhand irgendwelcher Unterlagen aufgespürt und ihn aus heiterem Himmel angerufen. Sie stellte keine Forderungen, wollte ihn wenigstens aber darüber informieren, dass er Vater wird, um ihr Gewissen zu beruhigen.«

Emily zog die Brauen hoch. »Du vergleichst mich mit einer Flugbegleiterin?«

»Er hat inzwischen einen vierzehnjährigen Jungen! Das ist verrückt!«

»Mach dir keine Sorgen. Ich werde weder jetzt schwanger noch später.«

»Du willst keine Kinder?«

»Natürlich nicht. Du etwa?«

Miles kniff die Augen zusammen und sah dabei sehr süß aus. »Ja, doch.«

»Mm, vielleicht«, hatte Emily geantwortet, aber nur, damit er sie nicht für eine herzlose Kuh ohne jegliche mütterliche Instinkte hielt, wo sie sich doch gerade erst kennengelernt hatten. Das war sie nämlich nicht. Eine herzlose Kuh – manchmal vielleicht. Sie fand Babys niedlich. Wer nicht? Sie hielt gern mal die von anderen im Arm, wenn sie gut rochen. Und die Klamotten? Die waren göttlich. Diese tolle Chloé-Fellweste, die sie gerade bei Bergdorf gesehen hatte, würde super zu den Reitleggings von Ralph Lauren passen. In so einer Minigröße sah einfach alles anbetungswürdig aus. Aber ihr Leben und ihre Karriere für ein weinendes, pinkelndes, spuckendes Ding wegzuwerfen, das unweigerlich aufwachsen und sie genauso hassen würde wie sie ihre Mutter? Oh nein. Warum war das bloß für alle so schwer zu verstehen?

Sie drückte ihren Zigarettenstummel aus und schickte Miles eine Nachricht. *Bist du wach?*

Er antwortete sofort. *Hier ist es elf Uhr vormittags. Ja, ich bin wach.*

Ich kann mir das einfach nicht merken.

Zwölf Stunden voraus. Nicht so schwer.

Ich weiß, ich weiß. Ich werde mir Mühe geben.

Bist du bei Miriam?

Ich wohne jetzt bei Karolina. Eins der Kinder ist krank, da bin ich geflüchtet. Ist aber okay, die Bedingungen sind hier besser. Kein Hund, keine Kinder, mehr Alkohol. Und bei dir?

Apropos Kinder ...

Es entstand eine Pause, gefolgt von den drei Punkten, die anzeigten, dass Miles tippte. Jetzt geht's los, dachte Emily.

Ich habe gerade eine E-Mail von Betsy bekommen. Geburtstermin ist im Oktober – Zwillinge!!!

Wow. Schön für sie.

Das könnten auch wir sein. Du musst es nur sagen.

Emily machte ein Foto, auf dem sie ihr Päckchen Zigaretten hochhielt, und schickte es ihm.

Einige Minuten lang betrachtete sie ihr Display – keine Antwort. Sie warf das Handy neben sich auf die Couch. Dann überlegte sie es sich anders, nahm es wieder in die Hand, zog ihr T-Shirt hoch und knipste ihre nackten Brüste. Dann schnitt sie ihr Gesicht heraus, für den Fall, dass er gerade in einer Besprechung saß, und schickte ihm das Foto.

Drei Punkte. Das Daumen-hoch-Emoji.

Daumen hoch? Ein Scheiß-*Emoji*? Das war aus ihrer Ehe

geworden, wenn sie versuchte, sich mit ein wenig schnellem Sexting zu entschuldigen?

Emily rief das Fotoalbum auf ihrem Handy auf und wählte wieder dasselbe Bild aus. Diesmal verwendete sie eine Bildbearbeitungs-App, um einen kleinen Hautlappen vor ihrer Achsel zu entfernen und ihr Dekolleté zu vergrößern. Sie zoomte ein bisschen näher an ihre linke Brust heran, die vollere, und legte über das gesamte Foto einen Schwarz-weiß-Filter, um mögliche Haare oder Sommersprossen zu verbergen. Dann scrollte sie in ihrer Kontaktliste bis zu der Nummer, die Alistair ihr an dem Abend mit der marokkanischen Sexparty – oder wie auch immer man das nennen wollte – gegeben hatte, und drückte auf »Senden«. *Er* wird wenigstens wissen, was man mit dem Foto einer wunderschönen nackten Frau anfängt, dachte sie, als sie sich auf der Couch zurücklehnte und auf seine Antwort wartete.

Kapitel 20

Mach, dass es aufhört
Miriam

Es gab natürlich einen Le Pain Quotidien in Greenwich – zwei sogar –, aber es fühlte sich irgendwie besser an, einen Caffè Latte mit Vollmilch auf einem unbequemen Hocker, eingequetscht wie eine Sardine, in einer übervollen Filiale im West Village zu trinken. Lächelnd betrachtete Miriam die Menschen, die sich in den Sitzbereich gedrängt hatten. Ja, einige hatten Kinderwagen dabei, aber bei vielen anderen entdeckte sie Laptops und Kuriertaschen und Fahrradhelme. Es waren auch Männer da, und manche Gäste unterhielten sich in einer Fremdsprache. Alle möglichen Haut- und Haarfarben. Der gesamte Laden summte vor Geschäftigkeit, während sich seine Gäste trafen, arbeiteten, brainstormten und diskutierten. Die Energie war auf eine solche Art und Weise greifbar, wie es sie an der Main Street in Greenwich nicht gab, wo der Großteil der Plätze im geräumigen Laden unbesetzt blieb und die einzigen Kunden, die vorbeikamen, Sportsachen trugen und nur die Zeit überbrückten, bis sie die Kinder von der Schule abholen mussten.

Sie war mit der Bahn für ihre jährliche Untersuchung beim Augenarzt in die Stadt gekommen und hatte eine Tasche voller Rechnungen und Kontoauszüge von Karolina dabei, weil sie sich gedacht hatte, dass sie auch gleich von einem Coffeeshop in Manhattan aus arbeiten konnte, wenn sie schon mal hier war. Okay, und vielleicht ein wenig shoppen, was sie ins West Village geführt hatte, wo sie hoffte, Paul zu einem schnellen Burger im Corner Bistro überreden zu können, bevor sie zurück nach Connecticut fuhr.

»Miriam? Bist du das?«, hörte sie plötzlich eine vertraute Stimme hinter sich.

»Stephanie! Hi! Oh mein Gott, wie lange ist es her?« Miriam sprang auf und warf dabei beinahe ihren Hocker um. Dann umarmte sie ihre ehemalige Arbeitskollegin. Sie hatten beide unmittelbar nach dem Studium in derselben Firma angefangen, bis Stephanie einige Jahre später eine Stelle bei MTV angenommen hatte.

»Du siehst ... toll aus«, sagte Stephanie.

»Lügnerin.« Miriam lachte. »Ich habe ungefähr zehn Kilo zugenommen. Komm her und setz dich.«

Stephanie wirkte in ihrem perfekt geschnittenen cremefarbenen Kostüm von Theory hübsch und professionell. Es betonte ihre glatte, gebräunte Haut. Dazu trug sie eine Seidenbluse und Stilettos mit himmelhohen Absätzen, und ihre Frisur war so vital und glänzend, dass Kate Middleton vor Neid erblasst wäre. Sie glitt zwischen Miriam und einen Hipster, der Kopfhörer so groß wie Müslischüsseln trug.

»Ich habe nur eine Minute Zeit, bevor ich für eine Konferenzschaltung wieder zurück ins Büro muss, aber ich freue mich so, dich zu sehen!«

»Gleichfalls«, erwiderte Miriam. »Bist du immer noch bei MTV?«

»Ja, ich halte dort noch immer die Stellung. Bin nur geflüchtet, um mir schnell die Haare machen zu lassen, weil ich heute Abend in der Gagosian eine Veranstaltung habe und nach der Arbeit keine Zeit mehr dafür bleibt. Du weißt ja, wie das ist.« Stephanie zog die Nase kraus. »Moment, wieso bist du denn den ganzen Weg bis hierher gekommen?« Sie war höflich genug, keinen Kommentar zu Miriams Outfit abzugeben: zerrissene Jeans, für die sie sich plötzlich zu alt fühlte, gepaart mit einer Strickjacke und Stiefeln aus der letzten Saison. Mit flachem Absatz natürlich, für das Laufen in der Stadt.

»Ich? Oh, ich erledige nur ein wenig Papierkram, während ich auf Paul warte. Er hatte heute eine Besprechung in der Stadt, daher nimmt er mich mit zurück nach Connecticut. Wir haben heute Nachmittag Elternversammlung.« Warum quasselte sie denn so einen Blödsinn? Hätte sie nicht nach »Papierkram« die Klappe halten können?

»Was? Connecticut?«

Miriam lachte unangenehm berührt. »Oh, das wusstest du nicht? Wir sind letzten Herbst aus New York weggezogen. Nach Greenwich. Damit die Kinder im Garten spielen können. Du weißt schon, das Übliche.«

»Ich hatte ja keine Ahnung! Wow. Das ist ja toll. Ich wollte schon seit Dashiells Geburt hier wegziehen, aber ich fürchte mich viel zu sehr vor der Pendelei. Ich sehe ihn jetzt schon kaum, und dabei wohne ich an der Upper West Side. Wie kommst du damit zurecht?«

Miriam spürte, wie ihr die Röte ins Gesicht kroch. »Ich, äh … Ich arbeite derzeit nicht.«

Stephanie schlug sich eine Hand vor den Mund. »Das tut mir so leid! Ich habe zwar einige Gerüchte über Skadden gehört, aber ich hätte nicht gedacht, dass du davon betroffen bist. Als Partnerin und so.«

»Ich wurde nicht entlassen.«

Stephanie machte große Augen. »Du hast gekündigt?«

»Ja«, bekräftigte Miriam mit mehr Überzeugung, als sie fühlte. »Paul hat seine Firma verkauft, und ich dachte, es wäre gut für die Familie, wenn ...«

»Richtig«, warf Stephanie ein. »Das verstehe ich. Ich bin sicher, du wirst wieder anfangen, wenn du so weit bist.«

»Ja sicher«, erwiderte Miriam, und obwohl nicht der leiseste Hauch von Herablassung oder Neid in Stephanies Ton lag, spürte Miriam, dass sie übersensibel darauf reagierte. Sie hatte ihre Stelle aufgegeben, um zu Hause bei den Kindern zu bleiben, und null Interesse daran, wieder zu arbeiten, obwohl sie ihre Tätigkeit an manchen Tagen vermisste wie ein amputiertes Gliedmaß.

»Erinnerst du dich noch, wie es ist, wenn man sich mal wegschleicht, und sofort bricht das Chaos aus?« Stephanie hielt ihr Handy hoch und zeigte Miriam zwanzig neue E-Mails.

Sie verabschiedeten sich, und Miriam musste sich zwingen, danach nicht den Kopf auf den Tisch zu legen. Die Begegnung hatte sie ... erschöpft. Sie wandte sich wieder ihren Papieren zu. Nachdem sie sich freiwillig gemeldet hatte, um Karolina dabei zu helfen, alle juristischen und finanziellen Dokumente im Rahmen der Scheidung durchzugehen, hatte sie entsetzt festgestellt, dass die beiden eine Menge unbezahlte Rechnungen hatten. Karolina hatte ihr das Passwort für das gemeinsame Online-Girokonto gegeben, und Miriam konnte kaum glauben, was sie da entdeckte: Rechnungen fürs Kabelfernsehen, Strom, Versicherungen, Kreditkarten, Reparaturen am Haus, Arztrechnungen – alle entweder unbezahlt, überfällig oder doppelt bezahlt.

Eine Rechnung von Verizon war sogar drei Mal bezahlt worden.

Als Miriam sich bei Karolina danach erkundigt hatte, hatte die nur mit den Schultern gezuckt. »Manchmal bezahle ich. Manchmal bezahlt er. Manchmal bezahlen wir beide und manchmal keiner von uns. Am Ende haut es immer irgendwie hin.«

»Warum lasst ihr das denn nicht euren Steuerberater erledigen?«

»Warum? Der kümmert sich um die Steuererklärung. Unsere Rechnungen können wir schon selbst bezahlen.«

»Ganz offensichtlich nicht. Einige von denen hier wurden schon an Inkassobüros weitergereicht. Hast du eine Ahnung, wie negativ sich das auf deine Kreditwürdigkeit auswirkt?«

»Wofür brauche ich denn Kreditwürdigkeit?«

Das war also der Grund. Sie waren einfach zu reich, um sich darüber Sorgen zu machen. Zu reich, um eine Hypothek zu brauchen oder sich darum zu kümmern, dass sie dieselbe Rechnung drei Mal bezahlt hatten. Miriam würde die Finanzen durchsehen und sortieren, die ausstehenden Rechnungen bezahlen und, was dabei am wichtigsten war, herausfinden, was Karolina und Graham als Paar und als Individuen besaßen. Sie würde überprüfen, ob Graham nicht irgendwo Geld in einem Offshore-Konto auf den Kaimaninseln oder in Genf gebunkert hatte. Oder vielleicht irgendwo ein Grundstück besaß, das er vergessen hatte zu erwähnen. Gott allein wusste, wozu dieser Mann fähig war.

Bisher hatte Miriam sich durch beinahe alle Haushaltsrechnungen für das Haus in Bethesda aus dem vergangenen Jahr gekämpft, und es blieb nur noch ein kleiner Umschlag mit Papieren zu sortieren. Darauf stand mit Fineliner RECHNUNGEN FAMILIE HARTWELL, und der Absender war eine Arztpraxis in Bethesda. Karolina hatte ihr erklärt, dass es sich bei Dr. Goldwyn um einen lieben Freund der Familie handelte, der die medizinische Betreuung von ihr und Graham koordinierte, und dass die Rezeptionistin ihr bei ihrem letzten Besuch, als sie nur schnell vorbeigeschaut hatte, einen Stapel unbezahlte Rechnungen mitgegeben hatte. Miriam begann zu sortieren und zu bezahlen: der Hautarzt für Karolinas Ganzkörperscreening, der medizinische Dermatologe für ihre Behandlungen mit Botox und Laser, der Kinderarzt für Harry, eine Riesensumme an die Mayo Clinic für etwas namens »Manageruntersuchung« für Graham, bei der anscheinend so ziemlich jede Zelle, jedes Organ und jede Membran seines Körpers untersucht worden war, der Orthopäde für Harrys gebrochenen Arm, eine private Reha-Einrichtung, in der Graham zwei Mal pro Woche wegen einer alten Knieverletzung trainierte, und die Gebühren für Karolinas jährliche gynäkologische Vorsorgeuntersuchung. Es war ein einziges Chaos, aber die Rechnungen waren ziemlich selbsterklärend. Erst bei der Rechnung eines Chirurgen in Manhattan musste Miriam zum Handy greifen. Abgesehen davon, dass man dort Grahams Namen falsch geschrieben hatte, war in der Rechnung die entsprechende Behandlung nicht aufgeführt, und Miriam verstand nicht, warum Graham ohne erkennbare Vorerkrankung einen Chirurgen aufsuchen würde. Ihr Herz machte einen kleinen Satz: Würde sie jetzt über Grahams geheime Pläne für ein Facelifting stolpern? Das würde ihren Tag deutlich interessanter machen.

Sie rief in der Praxis an und bat darum, zur Buchhaltung

durchgestellt zu werden. Falls sie eine kleine Notlüge bemühen und etwas über eine Vollmacht erzählen musste, damit sie an die Information herankam, würde sie das tun – schließlich hatte ihr Karolina die Erlaubnis gegeben, Nachforschungen anzustellen. Doch die junge Frau, die den Anruf annahm, klang gelangweilt, überarbeitet und nur daran interessiert, so schnell wie möglich wieder auflegen zu können.

»Hallo, ich bin Anwältin und vertrete die Familie Hartwell. Karolina Hartwell hat mich gebeten, unbezahlte Rechnungen auszugleichen, und ich habe hier eine, auf der ›nicht spezifiziert‹ und die Codenummer 394 steht. Könnten Sie mir bitte sagen, wofür die ausgestellt wurde?«

»Ja, einen Moment.« Das Mädchen legte sie in die Warteschleife. Ungefähr zwei Minuten später war sie wieder dran. »Ist das die Rechnung mit der Nummer 635380101?«

Miriam überflog die Rechnung. »Ja, so steht es hier.«

Tastenklicken drang durchs Telefon. »Die ist superalt. Fünf Jahre ungefähr. Und hier steht, dass sie vollständig bezahlt wurde, zum Zeitpunkt der Behandlung. Sogar in bar. Keine Ahnung, warum Sie überhaupt eine Rechnung dafür bekommen haben.«

Interessant. Laut sagte Miriam: »Sie ist von Blue Cross. Und jetzt, wo Sie es sagen, es ist gar keine Rechnung, es ist ein Kontoauszug. Und mir war nicht bewusst, wie alt der schon ist. Tut mir leid.«

»Kein Problem«, behauptete das Mädchen, allerdings nicht besonders überzeugend.

»Nur eins noch: Was für eine Operation wurde denn durchgeführt? Ich muss sichergehen, dass ich das korrekt verbucht habe«, reihte Miriam einfach einen Haufen Blödsinn aneinander und hoffte, dass ihre Stimme autoritär klang.

»Der hier aufgeführte Code bedeutet eine laparoskopische Leistenbruchkorrektur.«

»Ah, okay.« Miriam schaffte es nicht, die Enttäuschung in ihrer Stimme zu unterdrücken. »Vielen Dank für Ihre Hilfe.«

Sie wollte gerade auflegen, als das Mädchen sagte: »Warten Sie. Ach so, nein, es ist nichts.«

»Was ist nichts?«

»Hier steht, dass auch eine Vasektomie durchgeführt wurde. Aber die wurde nicht mit einem separaten Code versehen, daher ist sie auf Ihrem Auszug nicht aufgeführt. Das machen sie heutzutage oft, dass bei Leistenbrüchen gleich eine Vasektomie mitgemacht wird, das ist keine große Sache.«

Miriam ließ beinahe das Handy fallen, holte tief Luft und zwang sich ruhig zu bleiben, während das Mädchen weiterredete. Sie dankte ihrem Glücksstern, dass diese Person offensichtlich noch nie von Vertraulichkeit im Hinblick auf Patientendaten gehört hatte.

»Ja, hier steht's. Neunzehnter Oktober 2013. Durchgeführt von Dr. Hershberg im Mount Sinai um acht Uhr dreißig morgens.«

»Okay, vielen Dank. Sie haben mir sehr geholfen.« Miriam legte rasch auf, bevor sie womöglich etwas Verdächtiges sagte.

Es war unfassbar. Hätte der Mann ihr gegenübergesessen, hätte sie ihn wahrscheinlich ermordet.

Entgegen allen ethischen und professionellen Grundsätzen wählte sie instinktiv Emilys Nummer, nicht Karolinas.

»Warum rufst du mich an? Was gibt es denn, das sich nicht per Nachricht klären lässt?«

»Graham hat sich sterilisieren lassen.«

»Was?«

»Eine Vasektomie! Dauerhaft sterilisiert.«

»Woher weißt du das?«

»Ich habe gerade mit der Praxis telefoniert. Das war *vor fünf Jahren*. Genau zu der Zeit, als Karolina versucht hat, schwanger zu werden. Sich Hormone für eine künstliche Befruchtung hat spritzen lassen!«

»Scheiße. Er ist so ein Drecksack!«

Miriam schlug so hart auf den Tisch, dass ihr Kaffee überschwappte. Die Leute um sie herum starrten zu ihr herüber, doch das war ihr egal. »Karolina weiß noch nichts davon. Ich habe zuerst dich angerufen.«

»Auf keinen Fall, Miriam. Das mache ich nicht. Du hast deinen verdammten Verstand verloren, wenn du glaubst, dass ich diejenige sein werde, die ihr das sagt.«

»Du wolltest doch seine schmutzigen Geheimnisse wissen!«

»Du bist ihre Anwältin. Und ihre Freundin seit Kindertagen. Ich bin ihre verdammte Imageberaterin! Glaubst du wirklich, dass *ich* mit ihr über die Schnipp-Schnapp-Überraschung ihres Ehemanns sprechen sollte?«

»Emily. Ich sage ja nur, dass wir ihr *beide* dabei helfen, sich von diesem Schlag zu erholen, daher sollten wir es ihr gemeinsam sagen.«

Emily lachte, aber es klang nicht freundlich. »Nein danke. Habe *ich* dir erzählt, dass ich über Ashleys Ehemann gestolpert bin, wie er gerade einen Teenager bestiegen hat? Ich halte mich an die Kein-Drama-Regel. Auf keinen Fall.«

»Warte ... was?«

»Ashley? Deine Freundin?«

»Ja, ich weiß. Ich meine ... Du hast gesehen, wie ihr Mann mit einem Teenager geflirtet hat?«

»Nein.«

»Jetzt bin ich verwirrt.«

»Nicht geflirtet. Gevögelt. Entschuldige meine krasse Ausdrucksweise, aber man kann es wirklich nicht anders beschreiben.«

Miriam stützte den Kopf in die Hand. An ihrer Schläfe pochte es plötzlich. »Bist du dir sicher? Wo? Warum hast du mir nichts gesagt?«

»Bei dieser komischen *Eyes-Wide-Shut*-Party, zu der sie mich geschleppt hat. Und ich habe dir nichts gesagt, weil ich da auf keinen Fall mit reingezogen werden will. Aber er war es.«

»Oh Gott. Was mache ich denn jetzt?« Miriam stöhnte laut auf.

»Nichts! Du machst gar nichts! Das hat nichts mit dir zu tun. Sie wird dich hassen, wenn sie sich scheiden lassen, weil sie davon überzeugt sein wird, dass es irgendwie deine Schuld war, egal wie unlogisch das ist. Und sie wird dich hassen, wenn sie zusammenbleiben, weil sie nicht vergessen wird, dass du über dieses demütigende Ereignis Bescheid weißt. Vertrau mir. Die einzige Möglichkeit für dich ist, so zu tun, als wüsstest du überhaupt nichts.«

»Sie macht sich sowieso schon Sorgen, dass er fremdgeht. Sie hat seine E-Mail-Adresse auf dieser Seite nach dem Ashley-Madison-Leak gefunden.«

»Schockierend.«

»Emily!«

»Tu nichts. Aber Karolina musst du es sagen. Ich hatte bisher immer das Gefühl, dass sie Graham nicht ausreichend für das hasst, was er ihr angetan hat. Das wird dabei helfen. Außerdem bist du ihre Anwältin.«

Miriam drehte sich der Magen um. Da kam ein zweiter Anruf herein. »Em?«, sagte sie. »Das ist Paul. Ich muss auflegen.«

»Okay. Gib mir Bescheid, wie es gelaufen ist.«

Miriam klickte sich in den anderen Anruf. »Paul? Hey, wo bist du?«

»Draußen. Und ich stehe in zweiter Reihe im Halteverbot, also kannst du rauskommen?«

»Ich brauche einen Moment, um alles einzupacken.«

»Falls ich nicht da bin, fahre ich gerade einmal um den Block und komme wieder her.« Und damit legte er auf.

Okay. Er war eine halbe Stunde zu früh dran, und sie hatte immer noch eine Menge Dinge zu erledigen, aber Miriam packte ihren Laptop und ihre Papiere ein und stellte ihren Kaffee weg. Als sie auf den Gehsteig trat, war er nicht da, doch innerhalb einer Minute fuhr er vor. In dem roten Maserati. Trotz des kühlen Tags hatte er das Verdeck heruntergelassen, und die Musik dröhnte aus den Lautsprechern. Mindestens ein Dutzend Leute auf beiden Seiten der Bleecker Street drehten sich danach um.

»Kannst du das ein bisschen leiser stellen?«, fragte sie und bemühte sich, nicht so genervt zu klingen, wie sie sich fühlte.

»Es wäre ein Frevel, dieses Soundsystem herunterzudrehen«, entgegnete Paul, dem ihre Gereiztheit nicht auffiel.

»Alle starren uns an.« Sie wusste, dass sie hier über New York sprachen, wo es niemanden auch nur ansatzweise interessierte, welches Auto sie und ihr Mann fuhren, aber sie verabscheute es, so viel Aufmerksamkeit auf sich zu ziehen.

»Wen interessiert's? Komm, steig ein, bevor wir noch einen Strafzettel bekommen.«

Miriam warf ihre Laptoptasche auf den Rücksitz – mehr passte da eigentlich auch nicht hin – und setzte sich auf den Beifahrersitz. Das Leder fühlte sich kalt, aber luxuriös an, und die Musik vibrierte in ihrer Brust.

Paul beugte sich herüber und küsste sie auf die Wange. »Hi.«

»Hi. Hast du immer noch Lust aufs Corner Bistro? Für einen guten Burger würde ich alles tun.«

»Ich kann nicht«, erwiderte er. »Ich muss noch an einer Telefonkonferenz teilnehmen, bevor wir zur Elternversammlung gehen.« Er begann, aggressiv um Taxis und Autos herumzufahren und ohne Blinker oder Rücksicht auf die Vorfahrtsregeln die Spuren zu wechseln.

»Paul...«

»Was? Ich fahre wie ein New Yorker.«

Sie sagten beide nichts weiter, bis sie den West Side Highway erreichten, wo sie zuerst an den Chelsea Piers vorbeifuhren und dann an dem riesigen Parkplatz, wo die Stadt alle abgeschleppten Fahrzeuge aufbewahrte. Schließlich hielten sie an einer roten Ampel neben dem Intrepid.

»Können wir das Verdeck hochfahren? Ich friere«, bat Miriam.

Paul wirkte ungehalten. »Klar.« Er drückte einen Knopf, und das Verdeck begann sich zu schließen.

»Kann ich dich was fragen?«

Er warf ihr einen Blick zu. War er nervös? Verunsichert? Oder bildete sie sich das ein?

»Was weißt du über Eric?«

Er kniff kaum merklich die Augen zusammen, hielt den Blick aber fest auf die Straße vor sich gerichtet. »In welcher Hinsicht?«

»Paul.«

»Was? Das ist eine sehr vage Frage. Ich kenne ihn nicht besonders gut. Er hat sich bemüht, nett zu mir zu sein. Er hat mich angerufen, ob ich bei Pokerabenden dabei sein will und so etwas. Das weißt du.«

»Ja, aber hat er dir irgendwas über ... sich und Ashley erzählt?«

Paul lächelte. »Ich habe es dir schon mal gesagt, Schatz, Männer reden nicht über so etwas. Wir sitzen nicht herum und sprechen über unsere Gefühle. Oder unsere Ehen.«

»Du weißt also ... nichts?«

Paul blickte nach vorn, doch Miriam hätte schwören können, ein kurzes Aufflackern in seinen Augen entdeckt zu haben. »Nichts worüber? Ob er glücklich mit ihr ist oder nicht? Nein.«

»Oder ob er sie betrügt?«

Paul schüttelte den Kopf. »Er ist einfach nur ein Typ aus der Stadt, ich würde ihn nicht mal unbedingt als einen Freund bezeichnen. Damit will ich weder sagen, dass er fremdgeht oder nicht, sondern nur, dass er mir nichts darüber gesagt hat. Warum?«

»Nur so.«

»Was auch immer da vor sich geht, misch dich nicht ein. Diese Sachen enden nie gut.«

»Genau das hat Emily auch gesagt.«

»Dann ist sie klüger, als ich ihr zugetraut habe.«

Miriam dachte über Emilys Politik der Nichteinmischung

nach. Falls Paul fremdging, würde sie das wissen wollen ... oder etwa nicht? Obwohl ihr auch einige Szenarien einfielen, bei denen sie tatsächlich lieber ahnungslos blieb. Wie sollte sie entscheiden, ob Ashley lieber Bescheid wissen wollte oder nicht? Sie seufzte, was Paul nicht aufzufallen schien, und den Rest des Weges legten sie schweigend zurück.

Später am Abend, als Miriam Benjamin ins Bett brachte, bat er sie, sich kurz mit ihm hinzulegen und zu kuscheln. Wie lange war es her, seit er ihr das zum letzten Mal erlaubt hatte?, fragte sie sich. Ein halbes Jahr? Länger? Sie legte ihr Gesicht an seinen Nacken und atmete seinen Duft ein. An manchen Tagen als Hausfrau und Mutter wollte sie vor lauter Monotonie am liebsten den Kopf gegen die Wand schlagen, aber das Gefühl der Geborgenheit aus Momenten wie diesem ließ sich nicht leugnen. Momente, die es so kaum gab, wenn man achtzig Stunden pro Woche arbeitete.

Als sie die Tür hinter sich schloss, wartete Paul im Flur.

»Liegen die Zwillinge im Bett?«, fragte sie.

Er nickte. »Ich setze mich noch für ein paar Stunden an den Computer. Ich habe noch Arbeit aufzuholen.«

Miriam schwieg einen Augenblick. »Was ist mit dem Abendessen? Ich habe genug Sushi für eine ganze Armee bestellt.«

»Ich habe keinen richtigen Hunger.«

Brauchst du die Zeit für dein Konto bei Ashley Madison?, dachte sie. Sie zwang sich, normal zu reagieren, stellte sich auf die Zehenspitzen und schlang ihm die Arme um den Hals. Vielleicht konnte sie ihn zu ein wenig Schmusen überreden. Doch er löste sich aus ihrem Griff und murmelte etwas von einem Anruf.

»Sogar unser Sohn lässt sich von mir küssen«, murmelte sie, doch er tat so, als hätte er nichts gehört, und ging nach unten. Sie stand da und wusste nicht so recht, was sie tun sollte, als ihr Handy klingelte.

»Miriam?« Emilys Stimme klang atemlos und panisch. »Du musst sofort herkommen. Ich bin bei Karolina. Schnell!« Damit war der Anruf beendet. Miriam versuchte sofort, Emily und Karolina zurückzurufen, doch bei beiden ging nur die Mailbox ran.

Du lieber Himmel. Hatte Karolina eine Schachtel Tabletten genommen oder so? Sollte sie die Polizei anrufen? Nein, Emily war durchaus in der Lage, den Notruf zu wählen. Hier ging es offensichtlich um einen Notfall, für den eine Freundin erforderlich war. Sie schickte Paul eine kurze Nachricht, holte den Beutel mit dem Sushi aus dem Kühlschrank und sprang in ihr Auto.

An die Fahrt zu Karolina hätte sie sich später kaum noch erinnern können. Sie stürzte durch die Haustür und sah Karolina mit gequälter Miene im Foyer stehen.

»Oh Liebes, es tut mir so leid«, sagte Miriam und umarmte sie. Karolina blieb merkwürdig steif.

»Was machst du denn hier?«, fragte sie.

»Oh, Emily hat mich angerufen und gesagt, ihr beiden bräuchtet ... hättet gern ... etwas Gesellschaft.« Sie hielt die Tasche hoch. »Ich habe Sushi dabei.«

Karolina kräuselte die perfekte Nase. »Äh, okay. Die Vertretungsputzfrau hatte heute Abend Mitleid mit mir und hat mir Lachs vorgesetzt. Kanntest du das Ehepaar, das früher hier gewohnt hat und jetzt dauerhaft zur Tochter nach Arizona gezogen ist? Ich wollte ihre Gesellschaft nicht, aber jetzt, wo sie fort sind, hätte ich sie gern zurück.«

Miriam musterte ihre Freundin. Unter ihren Augen lagen schwache dunkle Ringe, aber ansonsten wirkte sie genauso wunderschön und schick wie sonst auch. Sie trug eine enge Jogginghose, ein abgeschnittenes Sweatshirt, das ihren Bauchnabel zeigte und ihr über eine Schulter gerutscht war, und einen bezaubernden unordentlichen Haarknoten.

»Hm, du siehst ganz gut aus ...«, murmelte Miriam.

»Danke. Falls das ein Kompliment gewesen sein soll?«, antwortete Karolina.

Emily erschien im Durchgang hinter Karolina und legte einen Finger auf die Lippen.

Karolina drehte den Kopf zwischen ihren beiden Freundinnen hin und her. »Was ist hier los?«

Emily schwieg. Karolina wandte sich an Miriam. »Warum bist du hier? Was ist so schrecklich, dass ihr beide so reagiert?«

Miriam drehte sich der Magen um. Sie hätte Emily umbringen können. »Du Bitch!«, rief sie und deutete auf Emily.

Emily zuckte mit den Schultern. »Das ist etwas, das sie von einer ihrer ältesten Freundinnen hören sollte, nicht von einer Frau, die sie gerade erst kennengelernt hat.«

»Oh mein Gott, ihr macht mir Angst. Ist etwas mit Harry? Geht es ihm gut?«

»Nein, nein, es geht nicht um Harry. Aber warum holen wir uns nicht ein Glas Wein und richten dieses Sushi an, und dann können wir uns unterhalten wie vernünftige Menschen?«, schlug Miriam in ihrem sanftesten Tonfall vor, der normalerweise für Kleinkinder reserviert war.

Doch davon wollte Karolina nichts wissen. »Niemand rührt sich, bis ich nicht weiß, was so schrecklich ist, dass ihr beide herkommen musstet, um es mir zu sagen.«

»Graham hat sich vor fünf Jahren einer Vasektomie unterzogen«, platzte Miriam heraus. Die Worte waren ihr wie gegen ihren Willen aus dem Mund gerauscht.

Es folgte ein langes Schweigen.

»Nein, hat er nicht«, widersprach Karolina. Sie klang eher verwirrt als wütend.

»Oh doch«, meldete sich Emily zu Wort.

Miriam blickte Karolina fest in die Augen und konnte die Tränen darin aufsteigen sehen. »Es stimmt«, bestätigte sie sanft. »Es tut mir sehr leid. Ich habe mit der Praxis gesprochen, weil ich eine alte Rechnung zuordnen wollte. Sie haben mir das genaue Datum, die Uhrzeit und den Chirurgen genannt, der den Eingriff durchgeführt hat.«

»Aber das ist unmöglich«, hielt Karolina dagegen. »Er wurde zwei oder drei Mal getestet. Und es hieß immer, mit seinem Sperma sei alles in Ordnung und dass das Problem ganz offensichtlich bei mir ...«

Es entstand eine kurze Pause, in der sie das eben Erfahrene zu verarbeiten schien, und dann, ohne Vorwarnung, übergab sich Karolina auf den Fußboden. Emily musste es kommen gesehen haben, denn sie sprang nach hinten wie eine Turnerin, aber Miriam reagierte nicht so schnell, und ihre Turnschuhe bekamen etwas ab. Sie zog sie aus und zur Sicherheit auch die Socken gleich mit, bevor sie Karolinas Hand ergriff und sie ins Wohnzimmer führte. »Hier, setz dich. Ich mache das sauber und hole dir ein Glas Wasser.«

»Ich helfe dir«, bot Emily an und ging dann unverzüglich hinüber zum Vorratsschrank, um ein Mineralwasser zu holen, während sie Miriam das Aufwischen des Erbrochenen überließ.

Als sie zurückkamen, hockte Karolina auf dem Rand der

Couch und war leicht grün im Gesicht. Sie nahm die Flasche entgegen, machte aber keine Anstalten, sie zu öffnen.

»Ich habe es mit Clomifen versucht, mit Kräutern und Akupunktur, ich habe meine Basaltemperatur gemessen und ständig meinen Ausfluss getestet, verdammt noch mal! Sieben künstliche Befruchtungen, zwei Eientnahmen und drei Runden IVF. Vier Jahre meines Lebens habe ich in Arztpraxen verbracht, wo sie an mir herumgedoktert, herumgestochert und mich injiziert haben, und es haben so viele Menschen ihre Hände in mich gesteckt, dass es mir kaum noch etwas ausgemacht hat. Und sie alle müssen gewusst haben, dass Grahams Sperma unbrauchbar war, und haben für ihn gelogen! Ich war für zweihundert Dollar pro Stunde bei einer Wahrsagerin. Einer Psychiaterin. Und die ganze Zeit über hat Graham gewusst, dass nichts davon funktionieren würde?«

Niemand rührte sich.

Miriam tätschelte Karolinas Arm. »Lass uns darüber sprechen.«

»Sprechen?«, wiederholte Karolina und blickte Miriam fest in die Augen. »Nein. Ich will nicht mehr reden. Ich gehe jetzt nach oben und bereite mich aufs Gefängnis vor, denn ich werde mir ein Messer suchen und diesem Dreckschwein die Eier abschneiden.«

Kapitel 21

Xanax sind keine Kaugummikugeln
Karolina

Karolina fuhr im Bett hoch. Der Wecker zeigte 2:22 Uhr an. *Wünsch dir was!* Der Gedanke schoss ihr ganz automatisch durch den Kopf. *Ich wünsche mir seinen Tod.* Plötzlich kam es ihr nicht mehr so unverständlich vor, wie aus normalen, gesetzestreuen Menschen kaltblütige Mörder werden konnten. Sie und Graham hatten sich auch früher mal gestritten, und Karolina war dabei schon sehr wütend auf ihn gewesen, aber das hier war etwas anderes. Das hier war *Hass*.

Sollten zwei Xanax nicht länger anhalten als nur zwei Stunden? Eigentlich hätte sie bis mindestens fünf Uhr morgens in seliger Ohnmacht schlummern sollen. Doch es war, als hätten die Tabletten sie aufgedreht statt beruhigt: Ihr Herz schlug unrhythmisch, und ihr gesamter Körper war mit einem dünnen Schweißfilm bedeckt. Wie zum Teufel sollte sie schlafen, wenn dieses Monster buchstäblich ihr Leben ruiniert hatte?

Was als Nächstes geschah, war weniger das Ergebnis einer bewussten oder rationalen Entscheidung. Karolina konnte sich kaum daran erinnern, geduscht und sich eine Jeans und einen Pullover übergezogen zu haben, und sie war nicht mal sicher, ob sie schon völlig wach war, als sie in der Küche herumkramte und nach Snacks und Mineralwasser für die Autofahrt suchte und sie in einen Rucksack packte. Was vermutlich der Grund dafür war, dass sie beinahe einen Herzinfarkt bekam, als plötzlich um sie herum Licht aufflammte.

»Was zum Teufel machst du da?«, wollte Emily blinzelnd wissen. Sie trug ein Bustier und einen Tanga von Hanky Panky und hatte sich ihre Satinschlafmaske auf die Stirn hochgeschoben.

Karolina wirbelte herum. »Lass mich in Ruhe.«

»Sehr gerne.«

»Es geht dich nichts an.« Karolina nahm eine Coke light aus dem Kühlschrank.

»Wenn ich zulasse, dass du ihn umbringst, ruiniert das auch mein Leben. Ich weiß nicht genau, inwiefern, aber ich werde garantiert als Komplizin verhaftet oder so. Können wir also bitte mit dieser Psycho-Nummer aufhören und es wieder auf normal verrückt herunterfahren?«

Karolina hielt inne und musterte Emily. »Schläfst du wirklich in einem Tanga?«

Emily blickte an sich herab. »Worin denn sonst?«

»Ich wette, Regan schläft auch in einem Tanga. Nein, nein, das stimmt nicht. Sie schläft vermutlich in einem dieser Nachthemden wie aus *Unsere kleine Farm*, in denen man aussieht wie ein jungfräulicher Teenager. Ein unschuldiges Schulmädchen, abgesehen von der Tatsache, dass sie mit meinem Ehemann schläft, diesem Soziopathen.« Schon allein das Wort »Ehemann« auszusprechen ließ ihr Herz rasen.

»Mal im Ernst, warum packst du morgens um drei eine Tasche?«

»Das geht dich nichts an.« Karolina versuchte, sich an Emily im Eingang vorbeizuschieben, doch die streckte den Arm bis zum Türrahmen aus.

»Das hast du bereits gesagt. Du kannst nicht losziehen und Graham töten. Das käme nicht gut an. In der neuen Quinnipiac-Umfrage liegt deine Beliebtheit sogar über der von Bella Hadid! Denk dran – Gefühle zählen mehr als Fakten. Die Menschen interessieren sich dafür, wie sie sich deinetwegen *fühlen*. Graham zu töten ist kein Wohlfühl-Ende für diese Geschichte, zumindest nicht für die breite Öffentlichkeit.«

Karolinas Lachen klang grenzwertig manisch. »Ich werde ihn nicht töten. Ich muss lediglich ... mit ihm sprechen.«

»Soso. Sprechen. Klar. Und hast du mal darüber nachgedacht, wie Harry darauf reagieren wird, wenn du mitten in der Nacht in ihr Haus einbrichst und seinem Vater gegenüber ausflippst?«

Karolina hielt inne. An Harry hatte sie dabei nicht gedacht. Emily führte sie am Arm zum Küchentisch und schenkte ihr ein Glas kalten Weißwein ein.

»Solltest du mir nicht einen Kamillentee machen oder so was?«

»Oh ja. Tee hilft wirklich bei allem.« Emily setzte sich mit ihrem eigenen Weinglas neben sie. »Der einzige Grund, warum ich dir momentan keinen Wodka verabreiche, ist, dass ich gesehen habe, wie du vorhin ein paar Xanax eingeworfen hast wie Kaugummikugeln. Und ich brauche eine Überdosis bei dir genauso wenig wie den Mord an Graham.«

Karolina schaffte es, darüber zu lachen. Emily konnte jeden zum Lachen bringen.

Emily trank einen Schluck Wein. »Wolltest du dich wirklich ins Auto setzen, nach Bethesda fahren und in eurem alten Haus auftauchen wie eine verrückte Stalkerin? Und was dann? Wolltest du ihn erschießen? Ihm die Kehle durchschneiden?«

Karolina seufzte. »Ich hoffe, du kennst mich gut genug, um zu wissen, dass ich jemanden engagieren würde, wenn ich Graham tot sehen wollte.«

»Puh, da bin ich aber erleichtert.« Emily lächelte.

Beide tranken noch einen Schluck aus ihren Gläsern. Karolina spürte, wie sich ihr Puls beruhigte.

»Es ist an der Zeit, mir das schmutzige Geheimnis zu verraten, das du bisher nicht preisgeben wolltest«, sagte Emily.

»Es ist zu schrecklich, um wirklich pikant zu sein. Es ist etwas wirklich, wirklich Trauriges.«

»Zur Kenntnis genommen. Und jetzt erzähl es mir trotzdem. Mit schrecklich und traurig kann ich arbeiten.«

»Du musst mir schwören, es nicht …«

»Hör auf!«, befahl Emily. »Wenn du das nächste Mal auch nur den Hauch eines Impulses verspürst, ihn zu beschützen, dann denke bitte in allen Einzelheiten daran, wie du dich mit Hormonen vollgepumpt und dir unter Vollnarkose Eier hast entnehmen lassen, damit sie mit Zuckerwasser befruchtet werden konnten.«

Karolina krallte sich die Nägel in die Handflächen.

»Ganz genau«, sagte Emily. »Und jetzt schieß los.«

»Graham war zu seiner Highschoolzeit an einem tödlichen Autounfall beteiligt«, berichtete sie leise. »Ich weiß nur, was er mir darüber erzählt hat, da es nirgendwo Aufzeichnungen darüber gibt, aber er war siebzehn und hatte gerade erst seinen Führerschein gemacht. Auf dem Heimweg vom Footballtraining schoss ein vierjähriges Mädchen hinter einem Busch hervor. Er hatte nicht mal Zeit, auf die Bremse zu treten. Sie war sofort tot.«

»Nein!«

»Die Eltern waren Freunde der Familie und tranken mit den Hartwells gerade Cocktails auf deren Veranda, als das kleine Mädchen ihm vor das Auto rannte.«

»Oh mein Gott.«

Karolina nickte. »Ich weiß nur, dass die Eltern des Mädchens sich entschlossen, keine Anzeige zu erstatten. Die ganze Sache war ein schrecklicher Unfall.«

»Sie haben keine Anzeige erstattet? Obwohl ihre Tochter ums Leben gekommen ist? Ich bin keine Anwältin, aber ich glaube nicht, dass sie das überhaupt entscheiden durften. Das stinkt zum Himmel. Da wurde definitiv irgendein Deal gemacht.«

Karolina trank einen Schluck Wasser. »Ich weiß es wirklich nicht. Er hat mir nicht viele Einzelheiten verraten. Offensichtlich verhielten sich seine Eltern wie die typischen WASPs, die nichts erschüttern kann, und rieten ihm, sich zusammenzureißen und darüber hinwegzukommen. Versicherten ihm, dass er nichts dafür konnte. Dass es zwar eine Tragödie war, aber nicht seine Schuld.«

»So was macht einen Menschen kaputt«, murmelte Emily.

Karolina nickte. »Er hätte einen Therapeuten gebraucht. Und was hat er bekommen? Eine Fahrt zum Footballtraining am nächsten Tag und einen Vortrag von seinem Vater darüber, seine Ziele nicht aus den Augen zu verlieren.«

»Die Eltern klingen nach liebenswerten Menschen«, erwiderte Emily. »Jetzt bin ich ganz sicher, dass da Schweigegeld geflossen ist.«

»Graham hat mir erzählt, dass seine Mutter jedes Jahr am Tag des Unfalls das Grab des kleinen Mädchens besucht. Ohne Ausnahme. Manchmal ist sie dort mit der Mutter des Mädchens zusammengetroffen. Die beiden reden nicht wirklich miteinander, sondern weinen einfach gemeinsam. Es ist wirklich schrecklich.«

Emily schwieg, doch Karolina wusste genau, was sie dachte. »Du wirst das nicht in deinem Untergangsplan verwenden«, bestimmte Karolina. »Es war nichts weiter als eine schreckliche Tragödie.«

»Die Familie Hartwell, unsere Entsprechung von amerikanischem Adel, ist mit hoher Wahrscheinlichkeit an einer Vertuschung von epischem Ausmaß beteiligt. Wer wurde geschmiert? Unter welchen Umständen passierte der Unfall? Warum um alles in der Welt wurde niemals darüber berichtet? Glaubst du, das würde die Öffentlichkeit nicht interessieren?« Emily nahm einen weiteren Schluck Wein, schien über etwas nachzudenken und leerte dann ihr Glas. »Was ist dein Ziel, Karolina? Harry. Sorgerecht. Deinen Namen reinzuwaschen. Aber dort kommen wir nicht ohne ein Druckmittel hin. Dafür haben Graham und seine Leute zu viele Verbindungen. Und ... da gibt es noch etwas, das ich dir sagen muss.«

»Oh Gott. Was ist denn jetzt schon wieder?«

Emily schenkte ihnen beiden nach. »Du hast mir erzählt, dass Graham sich weigert, das Fitnessstudio im Senat zu benutzen, richtig?«

Karolina kniff die Augen zusammen. Sie konnte sich nicht erinnern, das erwähnt zu haben. »Ja. Er findet es zu cliquenhaft. Dort reden alle über die Arbeit, dabei kann er sich nicht entspannen.«

»Stattdessen geht er also ins Equinox in der Nähe vom Dupont, richtig?«

Karolina nickte.

»Ich freue mich, dir berichten zu können, dass Graham dort eine neue Bekanntschaft geschlossen hat.«

»Und das heißt?«

»Das heißt, dass Graham seit Kurzem ganz hingerissen von einer sehr hübschen, sehr fitten Brünetten namens Ana ist. Letzte Woche hat er angefangen, seine Besuche im Fitnessstudio mit ihren abzustimmen. Gestern hat er sie gefragt, ob sie nach dem Training noch gemeinsam einen Saft trinken wollen.«

»Woher weißt du das alles?«, wollte Karolina wissen.

»Weil Ana für mich arbeitet.«

Karolina machte große Augen. »Inwiefern?«

»Ich habe sie engagiert, um deinen Ehemann zu verführen.«

Karolinas Lachen klang eher nach einem Bellen. »Hoffentlich hast du ihr nicht zu viel bezahlt, denn das muss der einfachste Job der Welt sein.«

»Genau genommen bezahlst du sie, und sie berechnet sogar ziemlich viel. Aber das ist angemessen, wenn man bedenkt, dass sie dafür Fotos, anzügliche Nachrichten und so weiter beschafft. Was auch immer nötig ist.«

»Du hast eine Prostituierte eingestellt, um Graham zu verführen?«

Emily wirkte entsetzt. »Zuerst einmal habe *ich* überhaupt niemanden eingestellt. Das warst *du*. Aber sie ist keine Prostituierte, sondern eine ehemalige Polizistin, die jetzt private Aufträge übernimmt, für Firmenkunden und in politischen Angelegenheiten. Und ihr Ruf ist ausgezeichnet.«

Karolina stützte den Kopf in beide Hände. »Bitte sag mir, dass das nicht wahr ist. Das klingt nach einer schlechten Folge der *Housewives*.«

»Die sind alle schlecht. Aber ich muss dir widersprechen, das hier ist brillant! Du weißt besser als jede andere, dass Graham die Hose nicht anbehalten kann, nicht mal für die Tochter des Präsidenten und seinen Fahrschein zur Nominierung durch die Demokraten. Er wird sich auf die eine oder andere Art selbst sabotieren, und wir beschleunigen das nur ein wenig.«

»Ist das überhaupt legal?«

»Karolina, reiß dich zusammen! Es steht ihm definitiv frei, nicht zu versuchen, sie ins Bett zu kriegen! Aber wie hoch schätzt du die Chancen dafür ein?«

»Null.« Karolina seufzte. Wie waren sie nur an diesen Punkt gelangt? Es war auf vielen Ebenen widerlich, doch sie war auch ein wenig erleichtert darüber, dass Graham bekommen würde, was er verdiente. Einen Sexskandal à la Anthony Weiner. Öffentliche Demütigung. Die Enthüllung seines wahren Ichs. Aber was würde aus Harry?

»Heute haben sie ihr Saft-Date. Ich gebe der Sache eine Woche. Fragt sich nur noch, wann und wo.«

»Sie werden zu ihr gehen«, antwortete Karolina. Sie klang müde. »Er ist kein Vollidiot.«

»Da stimme ich dir zu«, erwiderte Emily. »Und genau aus diesem Grund war ein Freund von mir bereits dort und hat mehr Überwachungskameras installiert als frischgebackene Eltern bei der ersten Babysitterin. Was glaubst du, wie Jude Law zur Strecke gebracht wurde? Oder Ben Affleck? Denkst du wirklich, bei diesen sogenannten Nannys hat es sich um Zivilistinnen gehandelt? Ganz bestimmt nicht! Die hatten Hinterleute wie uns.«

Plötzlich fühlte es sich sehr nach drei Uhr morgens an.

Karolina griff nach Emilys Glas, um es in die Spüle zu stellen, doch Emily nahm es ihr wieder aus der Hand und kippte den Rest aus der Flasche hinein.

»Versuch zu schlafen«, riet sie Karolina. »Der Wein, das Xanax, der Plan. Das sollte für mindestens ein paar Stunden ausreichen.«

Karolina sah zu, wie Emily einen weiteren Schluck trank. Während der gesamten Zeit, die sie miteinander verbracht hatten, hatte Emily nie etwas von sich preisgegeben. Ihr Geschäft war ganz offensichtlich auf dem absteigenden Ast. Ihr Ehemann befand sich in Hongkong. Sie wirkte ausgelaugt und womöglich depressiv.

Karolina wollte sich gerade danach erkundigen, überlegte es sich jedoch anders.

»Was wolltest du sagen?«, fragte Emily.

»Nichts.«

»Bitte, du brauchst dich nicht zurückzuhalten.«

»Nein, nichts dergleichen. Es ist nur … Bist du glücklich?«

»Was, glaubst du etwa, ich hätte keinen Spaß daran, um drei Uhr morgens gekühlten Weißwein in Greenwich, Connecticut, zu trinken? Olivia Belle übernimmt meine Branche, und ich finde nicht mal Freunde in der Vorstadt.« Emily warf Karolina einen Blick zu. »Nichts für ungut.«

»Hör zu, Emily. Ich erinnere mich noch aus den Zeiten bei *Runway* an dich. Du warst unglaublich. Ein stutenbissiges Luder.«

Emilys Miene wurde sanfter. Karolina entdeckte den Anflug eines Lächelns.

»Du hast alle in der Spur gehalten. Die Models haben über dich geredet, weißt du. Wir hatten Angst vor dir.«

»Das stimmt«, pflichtete Emily ihr bei. »Und ich habe das Leben dieser Frau organisiert. New York, Paris, Mailand. Wir waren überall.«

»Nichts hat sich geändert! Du bist immer noch derselbe Mensch. Immer noch genauso zickig, unaufhaltsam und einschüchternd wie die erste Assistentin, an die ich mich von *Runway* erinnere.«

Emilys Miene veränderte sich. »Miranda will mich sogar wieder engagieren.«

»Im Ernst?«, hakte Karolina nach. »Was wäre deine Aufgabe?«

»Besonderen Veranstaltungen vorzustehen. Was im Großen und Ganzen die Organisation des Met Balls bedeutet.«

Karolina pfiff durch die Zähne und unterdrückte die Erinnerung an ihren ersten Met Ball mit Graham. Sie hatte Versace getragen, und er hatte in Tom Ford unglaublich attraktiv ausgesehen. Die Nacht war geradezu magisch gewesen – oder etwa nicht? Hatten alle ihre guten Erinnerungen jetzt einen Beigeschmack? »Wow.«

»Ja. Wenn sie mir dieses Angebot vor fünf Jahren gemacht hätte, hätte ich es sofort ergriffen. Jetzt kann ich mir das gar nicht mehr richtig vorstellen. Das ständige Drama bei *Runway*, rund um die Uhr. Ja, es würde eine Rückkehr nach New York bedeuten, aber vielleicht hat mich L. A. verweichlicht. Ich bin mir nicht sicher, ob es den Umzug hierher wert ist, wenn es bedeutet, wieder dort zu arbeiten.«

Karolina holte ein Päckchen Kamillentee aus dem

Küchenschrank. »Hast du bedacht, dass man das auch einfach als Erwachsenwerden bezeichnen kann? Dass sich Prioritäten ändern können? Das ist nämlich etwas Gutes.« Sie füllte die Tasse mit kochendem Wasser aus dem Heißwasserhahn und stellte sie vor Emily hin.

»Du klingst gruselig optimistisch«, stellte Emily fest. »Für jemanden, der kurz vor einem Mord steht.«

Karolina lachte. »Ich sollte mir einen neuen Instagram-Account zulegen. Mit Posts wie ›Entscheide dich für das Glück‹ und ›Sei heute der Grund dafür, dass jemand lächelt‹. Hashtag ›gesegnet‹. Hashtag ›Demut‹. Ich könnte die nächste Glennon Doyle Melton werden. Eine Frau des Volkes! Alle werden mich wieder lieben. Wie klingt das als Masterplan?«

Emily nickte. »Gefällt mir. Wirklich. Ich kümmere mich gleich morgen früh darum.«

»Bevor oder nachdem du dich mit der Professionellen in Verbindung setzt, die du engagiert hast, um meinem Mann eine Falle zu stellen?«

»Danach. Außerdem hast du sie engagiert, nicht ich. Und hör auf, ihn als deinen Mann zu bezeichnen!«

Karolina lachte, und es fühlte sich an, als ob etwas in ihr freigesetzt wurde. »Ich gehe jetzt wirklich zurück ins Bett.«

»Und ich werde wirklich diesen Tee wegschütten, den du mir freundlicherweise gemacht hast, und stattdessen eine Valium nehmen. Aber danke für die Mühe.«

Zurück in ihrem Zimmer legte sich Karolina ins Bett. Das Laken fühlte sich kühl und weich auf ihrer Haut an. Sie öffnete ihren Kindle und las einige Seiten, bevor sie merkte, wie ihr die Lider schwer wurden. Gerade, als sie kurz vorm Eindösen stand, schoss ihr ein Gedanke so plötzlich durch den Kopf, dass sie aufkeuchte. Was ihr bei all dem Drama am Vortag entgangen war – mit ihrem Körper war verdammt noch mal alles in Ordnung! Vielleicht, nur vielleicht, würde sie doch irgendwann ein Baby haben können.

Kapitel 22

Nicht nur du kannst googeln
Emily

Der Kursleiter vor ihr war unglaublich attraktiv: muskulös, mit längeren Haaren, die er sich fortwährend aus seinen markanten Gesichtszügen strich, während ein dünner Schweißfilm jeden Zentimeter seiner entblößten Haut überzog. Circa alle dreißig Sekunden hob er den Kopf, sah Emily geradewegs in die Augen und schenkte ihr ein Lächeln, das ihr bestätigte, dass sie die Einzige im Raum war. Was natürlich stimmte, denn sie strampelte auf Karolinas Peloton, und der attraktive Kursleiter befand sich auf dem Bildschirm. Sein direkter Blickkontakt mit Emily galt tatsächlich auch 1.294 anderen Heimstramplerinnen. Kein Problem. Sie konnte die ganze Nacht lang mit ihm und seiner Alternative-Country-Playlist schwitzen. Was sie dazu bewogen hatte, sich in diesem wunderschönen, leeren Haus abends um zehn aufs Fahrrad zu schwingen, wusste sie nicht, aber jetzt war sie dabei. Das schlug SoulCycle um Längen: Keine Menschen, keine Gespräche, und sie konnte in ihrem Sport-BH und zerrissenen Spandex-Shorts trainieren. Außerdem würde niemand seine Meinung dazu äußern, dass sie vorhatte, während des Cool Downs und Stretchings einen Wodka Soda zu genießen.

Ihr Handy klingelte. Sie würde nur für die Polizistin rangehen, und tatsächlich leuchtete deren Ruferkennung auf dem Display auf.

»Belinda?«, sagte sie und drückte die Lautsprechertaste, während sie gleichzeitig die Lautstärke am Bildschirm des Rads verringerte. »Was gibt's? Hast du ein Update für mich?«

»Ah, die einmalige Emily Charlton. Ich freue mich, dass Sie den Anruf angenommen haben.« Es war die Stimme eines Mannes. Älter und kultiviert. Höchst selbstbewusst.

»Wer spricht da?«, fragte Emily und versuchte, ihre Überraschung zu verbergen. Ihre Beine wurden langsamer.

»Ich bin überrascht, dass Sie das nicht wissen. Vielleicht sollten Sie eine Ihrer Überwachungskameras überprüfen.«

»Überwachungs...« Beinahe hätte Emily das Handy fallen lassen. Sie hörte auf, in die Pedale zu treten, und stieg vom Rad.

»Ich erspare Ihnen das Rätselraten. Ihre Freundin Belinda, falls das überhaupt ihr richtiger Name ist, kann Ihnen nichts anbieten.«

»Spricht da Graham Hartwell?«

»Senator Hartwell. Zeigen Sie ein bisschen Respekt.«

Seine Stimme klang so autoritär, dass sich Emily beinahe entschuldigt hätte. Dann fiel ihr wieder ein, mit wem sie da redete, und sie lachte. »Klar, *Graham*. Ich erweise Ihnen Respekt, wenn Sie etwas getan haben, um ihn sich zu verdienen.«

Es folgte eine kurze Pause, bevor er fortfuhr: »Ich weiß nicht, für wen Sie sich mit Ihrem kleinen Komplott halten, aber ich habe gerade mal drei Sekunden gebraucht, um es zu durchschauen. Wenn Sie das nächste Mal eine ehemalige

Polizistin des NYPD auf mich ansetzen, erstatte ich Anzeige. Haben wir uns verstanden?«

Der Anruf wurde beendet. Emily war froh, dass niemand da war, um zu sehen, wie sehr ihre Hände zitterten.

Verdammt. Das war voll in die Hose gegangen. Und wenn Emily ehrlich war, hätte sie das voraussehen müssen. Graham war kein dummes Teenagersternchen. Sie hatte ihn massiv unterschätzt.

Sie ging in die Küche und nahm sich eine Dose Mineralwasser mit Kirschgeschmack aus Karolinas Kühlschrank. Nach einigen Schlucken goss sie es in ein Glas, warf einige Eiswürfel hinein und schüttete genug Wodka dazu, bis es bis zum Rand gefüllt war. Harte Zeiten erforderten harte Maßnahmen. Sie trank einen langen, tiefen Schluck, und als sie merkte, dass es wie Hustensaft schmeckte, goss sie den Rest in die Spüle. Die Uhr an der Mikrowelle zeigte 22:28 Uhr an. Wo bekam man um diese Uhrzeit einen anständigen Drink in dieser verdammten Stadt? Gab es hier eigentlich richtige Bars? Sie schrieb eine Nachricht an Karolina, die über Nacht in Bethesda war, um Harry zu besuchen, und die Antwort kam postwendend:

Keine Ahnung. Warum? Ich habe genug Alkohol im Haus, um ein ganzes Footballteam außer Gefecht zu setzen.

Emily schrieb zurück: *Bitte äußere so etwas nie wieder schriftlich.*

Tut mir leid, ich habe vergessen, dass ich eine trockene Alkoholikerin bin ...!!!

Als Nächstes versuchte es Emily bei Miriam. Auch ihre Antwort kam sofort: *Ich kann mich nicht an einem Dienstagabend um elf mit dir auf einen Drink treffen. Für wen hältst du mich?*

Ich wollte dich ja gar nicht direkt einladen, nur wissen, wohin ich gehen kann.

Ah, danke. Wenn das so ist, versuch es bei dem italienischen Restaurant am Bahnhof. Ich war dort zwar noch nie später als zum Abendessen, aber ich habe gehört, dass sie bis Mitternacht offen haben.

Danke. Sag Bescheid, falls du deine Meinung änderst.

Eher nicht.

Jahrzehnte der Gewohnheit zwangen Emily unter die Dusche und in eine anständige Jeans mit einem niedlichen T-Shirt aus Seide, kombiniert mit einer offenen Strickjacke und einem Hauch Lipgloss. Ihr einziges Zugeständnis waren ihre Haare: Wenn sie es mit ausreichend Trockenshampoo einsprühte, um einen Ölteppich aus dem Ozean aufzusaugen, und es oben auf dem Kopf zusammenband, würde hoffentlich niemandem auffallen, wie dringend sie gewaschen werden mussten. Sie wartete draußen auf ihre Uber-Fahrerin, eine viel zu redselige ältere Frau, die Emily schließlich bat, das Gespräch einzustellen, und innerhalb einer Viertelstunde saß sie zufrieden auf einem hohen Hocker mit einem zugegebenermaßen ausgezeichneten Dirty Martini in der Hand.

»Kann ich Ihnen sonst noch etwas bringen?«, fragte der Barkeeper. Er war Mitte dreißig und sah recht gut aus. »Vielleicht eine Vorspeise, bevor die Küche schließt?«

Emily schenkte ihm ein echtes Lächeln. »Danke, mir reicht das hier. Ich werde gleich noch einen bei Ihnen bestellen.«

»Darauf freue ich mich schon«, erwiderte er und ging ans andere Ende der Bar, um dort einen Gast zu bedienen. Flirtete er mit ihr? War sie überhaupt noch einen Flirt wert?

Alistair hatte ihr diesen Eindruck vermittelt, aber dann hatte er sich rargemacht. Denk nicht daran, befahl sie sich, allerdings nur mit begrenztem Erfolg. *Bäh!* Schon allein beim Gedanken an das gephotoshoppte Brustbild, das sie ihm geschickt hatte, nachdem ihr eigener Mann es nicht für nötig gehalten hatte, darauf zu reagieren, zuckte sie innerlich zusammen. Und hatte er geantwortet? Nein! Es war entsetzlich. Sie hatte hundert Mal überprüft, ob sie es auch wirklich an den richtigen Adressaten geschickt hatte, aber ihr Nachrichtenverlauf log nicht. Und als wäre das nicht schlimm genug, hatte er auch noch seine verdammte Lesebestätigungsfunktion eingeschaltet. Das Foto war nicht einfach irgendwo im Nirwana verschwunden, es war an den beabsichtigten Empfänger gegangen, war geöffnet worden, begutachtet und dann ... nichts. Nicht mal ein verdammtes Daumen-hoch-Emoji.

Emily machte dem Barkeeper ein Zeichen, sie sei gleich wieder zurück, und legte eine Serviette über ihren Martini, obwohl davon kaum noch etwas übrig war. Auf der Suche nach der Toilette ging sie in den hinteren Teil des Restaurants, als ihr ein Paar auffiel, das in einer Nische mit hohen Holzwänden saß. Beide hatten einen Teller mit himmlisch aussehender Pasta vor sich stehen und dazu ein riesiges Glas Rotwein. Über dem Tisch war eine kleine Lampe an der Wand angebracht, und deren Schein erhellte das Gesicht des Mannes genau in dem Moment, als er aufsah und sein Blick auf Emily fiel. Es war Alistair. Verdammter Mist. Wie hoch war denn die Wahrscheinlichkeit für so etwas?

»Emily«, murmelte er mit einem Lächeln, das sie nicht ganz deuten konnte. »Was für eine Überraschung, dich hier zu sehen.«

»Das könnte ich auch sagen«, gab sie zurück und warf verstohlen einen Blick auf die Frau neben ihm. Brünett und attraktiv. Sie trug ein hübsches maßgeschneidertes Kostüm, vermutlich von Theory, und ihre Haare hätten zwar eine Auffrischung der Strähnchen vertragen können, aber ihre Haut war makellos. Warum kam sie ihr nur so bekannt vor?

»Habe ich dir nicht erzählt, dass ich drei Mal pro Woche zum Abendessen hierherkomme?«, fragte Alistair und zeigte dabei seine Grübchen. »Heute ist es ein bisschen später als sonst geworden, aber wir haben beide noch in Meetings festgehangen.«

Einen Moment lang glaubte Emily, die beiden wären Kollegen, doch dann machte es klick: Diese Frau war keine Kollegin, das war seine Exfrau. Gut, Emily hatte nur kurz nach ihr gegoogelt, gerade lange genug, um herauszufinden, dass sie keine Bedrohung mehr darstellte, und trotzdem saß sie jetzt hier, in einer heimeligen Nische, mit ihrem angeblichen Exmann bei einem romantischen Essen, und das zu später Stunde.

»Ich bin Emily Charlton«, stellte sie sich mit einem künstlichen, strahlenden Lächeln vor. »Sie müssen Alistairs Ex sein. Keine Sorge, er spricht nur nett über Sie.«

Die Frau machte ein Gesicht, als hätte sie eine tote Ratte gesehen. »Wie bitte?«

»Oh, es ist nicht so, als ob wir herumsäßen und über Sie redeten, aber er hat mir Fotos von den Kindern gezeigt und mir erzählt, was für eine tolle Mutter Sie sind.«

»Emily.« Alistairs Stimme klang ernst, als verkündete er einen Todesfall. »Das ist Louisa. Sie ist nicht meine Ex. Und wir haben hier ein Date.«

Emily schlug sich eine Hand vor den Mund. »Aber Sie sehen so ... so ... Mein Gott, wenn es immer heißt, Männer hätten einen bestimmten Typ, dann ist das nicht gelogen.«

»Und Sie sind?«, fragte Louisa. Sie hatte ihre Fassung wiedergewonnen und sah aus, als ob sie einen Kampf kommen sah und nicht vorhatte, ihn zu verlieren.

»Ich bin Emily Charlton«, erwiderte sie.

Alistair steuerte eine Erklärung bei. »Ja, Emily ist mit einem Freund von mir verheiratet. Miles ist ein guter Kerl. Habe ihn schon eine ganze Weile nicht mehr gesehen. Sag ihm, er soll sich mal wieder melden, okay?«

Emily spürte, wie ihr die Kinnlade herunterfiel. Dieser *Arsch*. Für wen hielt der sich? Und wichtiger noch, woher wusste er das?

Alistair wandte sich wieder Louisa zu und stieß sein Weinglas gegen ihres. Während Emily weiter zur Toilette ging, hörte sie ihn sagen: »Sie ist ein bisschen verrückt, aber sie meint es nicht böse.« Louisas Lachen klingelte wie ein Windspiel.

Emily war gerade mit Händewaschen fertig, als ihr Handy mit einer Nachricht aufleuchtete.

Nicht nur du kannst googeln.

Gefolgt vom Daumen-hoch-Emoji. Emily versuchte, nicht zu schreien.

Ihr blieb keine Wahl, als auch auf dem Rückweg wieder an dem glücklichen Paar vorbeizugehen, und sie nahm gereizt zur Kenntnis, dass sie Trumps Verwicklung mit Russland diskutierten. Louisa interessierte sich für aktuelle Ereignisse? Was hatte er doch für ein Glück.

»Kann ich Ihnen jetzt noch einen bringen?«, fragte der niedliche Barkeeper.

Emily leerte ihren Drink und schob ihm das Glas zu. »Ja bitte. Am besten direkt als Infusion.«

»Ist dieser Platz besetzt?« Die Stimme hinter ihr war nur ein Flüstern. Sie konnte sie überhaupt nur hören, weil sie so dicht an ihrem Ohr sprach. Emily wirbelte herum und fiel beinahe von ihrem Barhocker.

»Miles? Was machst du denn hier?« Sie sprang herunter und schlang ihrem Ehemann die Arme um den Hals.

»Ich konnte meinen Schatz schließlich nicht allein trinken lassen«, sagte er, half ihr wieder auf den Hocker hinauf und setzte sich dann auf den danebenen. Seinen randvoll gefüllten Kleidersack legte er zu seinen Füßen ab, seine Laptoptasche platzierte er auf der Bar.

»Oh mein Gott! Das ist ja verrückt! Seit wann bist du hier? Wie lange bleibst du? Und woher wusstest du, wo du mich findest?«

Er grinste, und Emily dachte: *Er ist wirklich verdammt gut aussehend. Warum vergesse ich immer, wie sehr ich ihn will, sobald er außer Sichtweite ist?*«

»Ich bin vor einer Stunde am JFK gelandet. Ich wollte dich überraschen. Ich kann zwei Tage bleiben. Als ich mit einem riesigen Strauß Blumen vom Flughafenshop bei Miriam aufgetaucht bin, hat sie mir gesagt, dass du jetzt bei Karolina wohnst und dass ich dich vermutlich hier finden würde. Ich habe ihr die Blumen geschenkt, als eins der Kinder weinend die Treppe herunterkam. Ich glaube, ich habe sie aufgeweckt.«

»Warum bist du nur für zwei Tage hier? Wie können sie dir das antun? Das ist nicht mal lang genug, um über den Jetlag hinwegzukommen.« Emily nahm seine Hand in ihre.

»Weil ich nicht beruflich hier bin. Ich habe meine Frau

vermisst. Am zwölften habe ich eine Besprechung, an der ich unbedingt teilnehmen muss, daher reicht es nur für einen kurzen Besuch.« Er beugte sich vor und küsste sie, und Emily spürte ihren Körper sofort reagieren. »Wird es Karolina etwas ausmachen, wenn ich heute bei dir übernachte, oder sollten wir uns lieber ein Hotelzimmer nehmen, damit wir ein wenig Privatsphäre haben?«, murmelte Miles.

»Karolina bleibt über Nacht in Bethesda. Das Haus gehört ganz uns.«

Als er sie diesmal küsste, ließ er seine Zunge in ihren Mund gleiten und biss sie sanft auf die Unterlippe, genau so, wie sie es mochte. »Das höre ich gern.« Und den Barkeeper bat er: »Die Rechnung, bitte.«

Emily nahm seine Hand und folgte ihm zur Tür. Sie konnte nicht anders und blickte sich noch ein letztes Mal im Restaurant um.

»Hast du etwas vergessen?«, fragte Miles, der in einer Hand ihre hielt und seinen Kleidersack und die Tasche in der anderen.

»Was? Nein, natürlich nicht. Na los, fahren wir nach Hause, damit ich dir dieses neue Spitzending zeigen kann, das ich gekauft habe. Allerdings ist da nicht viel Spitze dran. Und der Schritt scheint auch zu fehlen …«

Kapitel 23

Die Heimat der maßgeschneiderten Vagina Miriam

Was taten die bloß in diese Goldfische, damit sie so süchtig machten?, fragte sich Miriam zum tausendsten Mal, während sie sich eine Handvoll Cracker in den Mund schaufelte. Es handelte sich dabei ja nicht um Reese's Peanutbutter Cups. Herrgott noch mal, sie konnten nicht mal mit einem guten, altmodischen Dorito mithalten. Das war Knabbergebäck für Kleinkinder! Aber sie fand es so verdammt köstlich.

So viel zum Thema verbrannte Kalorien bei meinem Drei-Meilen-Lauf, dachte sie, kaute laut und genoss ihre ruhige, leere Küche. Klick, klick, klick. Miriam tippte und klickte, tippte und klickte und gestattete sich nur wenige Sekunden, um jedes Ergebnis zu studieren, bevor sie sich dem nächsten zuwandte. Sie war eine Google-Meisterin, eine Recherche-Expertin, und ihre Untersuchung von Grahams kleinen Arztbesuchen hatte hervorragende Ergebnisse erzielt. Als Nächstes auf ihrer To-do-Liste: die Verhaftung. Sie brauchte alle verfügbaren Informationen, bevor sie ein Treffen mit Grahams Anwalt vorschlagen würde, und hatte entschieden, mit einer umfassenden Suche zu Verhaftungen wegen Alkohol am Steuer in Maryland zu beginnen, insbesondere allen Fällen, wo der oder die Betreffende es geschafft hatte, den Namen wieder reinzuwaschen, nachdem sie einen Alkoholtest verweigert hatten. Anschließend würde sie versuchen, die Namen aller Polizisten herauszufinden, die am Abend von Karolinas Verhaftung im Dienst gewesen waren, nicht nur die derjenigen, die sie aufs Revier gebracht hatten. Vielleicht erinnerte sich jemand an etwas Verdächtiges. Es würde nicht einfach werden, aber Miriam war davon überzeugt, dass sie zumindest *irgendwas* aufdecken konnte.

Paul kam in Jeans und einem eng anliegenden T-Shirt die Treppe herunter und wirkte frisch geduscht.

Miriam klickte die elenden Schlagzeilen zu Graham weg.
»Was suchst du denn da?«

»Ich habe gerade einen Artikel gelesen, wie fortschrittlich bestimmte Städte in Montana sind. Vielleicht sollten wir dorthin ziehen?«, sagte sie und wusste nicht genau, warum sie nicht über Graham und Karolina mit ihm sprechen wollte. Es war keine Lüge, sie hatte diesen Artikel tatsächlich gerade gelesen, aber was musste sie denn ihrer Meinung nach verstecken?

Paul zog den Deckel von einem Joghurt, leckte ihn ab und warf ihn in den Müll. »Hast du dich nicht gerade erst bitterlich darüber beschwert, wie schwierig es war, in Utah einen Drink zu bekommen?«

Miriam nickte. »Unsere Kinder hätten einen riesigen geografischen Vorteil bei der Bewerbung fürs College. Sie könnten sich ihre Ivy-League-Universitäten aussuchen.«

»Benjamin ist gerade erst acht!«

»Ja, aber es ist nie zu früh, sich über so etwas Gedanken zu machen. Während all diese Greenwich-Irren die nächsten zehn Jahre damit verbringen, Zehntausende Dollar für

Nachhilfelehrer und Trainer und Camps auszugeben, könnten wir nach Montana ziehen. Und unsere Kinder hätten trotzdem die gleichen Chancen, angenommen zu werden, wenn nicht sogar bessere.«

Paul kratzte den Rest aus seinem Joghurtbecher. Wie konnte er einen ganzen Becher mit nur drei Mal löffeln leeren? »Du klingst wie eine Verrückte. Warst du vielleicht in Harvard und ich auf der Arizona State?«

»Und?«, fragte sie.

»Und ... uns geht es gut.«

»Aha.«

»Komm her«, bat er und schlang die Arme um sie. »Worüber streiten wir uns hier überhaupt?«

Miriam erwiderte nichts.

»Wir haben ein tolles Zuhause in einer großartigen Stadt. Die Kinder gedeihen prächtig. Du hast Freunde gefunden. Was ist so schrecklich daran, hier zu leben?«

»Nichts ist schrecklich. Darum geht es doch gar nicht.«

Paul hob ihr Kinn an, bis sie ihn ansah. »Vielleicht müssen wir uns einfach nur entspannen und es genießen. Drei Kinder innerhalb von drei Jahren. Mein Unternehmen hatte einen Durchbruch. Du hast deine Stelle gekündigt. Wir sind aus New York weggezogen. Ich glaube nicht, dass weitere Veränderungen die Antwort sind.«

»Du hast recht«, sagte Miriam.

»Gut.« Er küsste sie auf die Wange. Immer auf die Wange.

»Wohin gehst du?«, fragte sie, als er seine Fleecejacke vom Haken nahm.

»Oh, ein paar von den Jungs treffen sich im Fitnessstudio. Zum Squash-Spielen.«

»Um zehn Uhr vormittags?«

»Ja, einer der jüngeren fand, es wäre eine gute Teambuilding-Maßnahme.«

»Und ... wo ist deine Sporttasche?«, fragte Miriam, so unschuldig sie konnte.

Paul wirkte einen Moment lang verwirrt. »Sporttasche? Ach so, die ist schon im Auto. Ich bin rechtzeitig zum Abendessen zu Hause, okay? Hab dich lieb, Schatz.«

»Ich dich auch ...«

Miriam lauschte, wie sich das Garagentor öffnete, Pauls Wagen angelassen wurde und sich das Garagentor wieder schloss. Durchs Fenster beobachtete sie, wie der Maserati davonfuhr, ehe sie den Namen der Website eintippte, die alle gehackten Nutzerinformationen von Ashley Madison preisgab, und nach jeder E-Mail-Adresse von Paul suchte, die sie kannte. Auch jetzt blieb ihre Suche ergebnislos. Warum tat sie das bloß immer wieder? Falls er sie wirklich betrügen wollte, war er mit Sicherheit schlau genug, eine falsche Mailadresse zu benutzen. Wenn sie es nicht herausfinden sollte, würde sie es auch nie erfahren, das musste sie endlich akzeptieren. Aber hielt sie Paul wirklich für fähig dazu? Andererseits, wenn man ihr einige Jahre zuvor gesagt hätte, dass er sich mehr oder weniger zur Ruhe setzen und in die Vorstadt ziehen würde, wo er Squash und Poker spielte und in einem Maserati herumfuhr, hätte sie sich totgelacht. Das Leben im Speckgürtel hatte etwas Ansteckendes an sich, das sie so aus New York nicht kannte. Wenn jeder, mit dem man sich tagsüber unterhielt, immer Glitzerstirnbänder und Yogahosen trug, wurde es irgendwann zur Normalität.

Miriam warf einen Blick auf die Uhr. Sie musste sich anziehen, sonst würde sie zu spät zum Brunch kommen. Als Ashley Miriam gefragt hatte, ob sie gern an einem wöchentlichen Frühstückstreffen mit einer Gruppe örtlicher Moms teilnehmen wollte, hatte Miriam ursprünglich abgelehnt. Frühstückstreffen? Was zum Teufel sollte denn das sein? Doch dann hatte sie darüber nachgedacht, was sie sonst um halb elf an einem Freitagvormittag tat. Oder an irgendeinem anderen Vormittag. Ashley hatte ihr hundert Mal versichert, dass es lustig werden würde und entspannt und vollkommen locker. Angeblich würden alle in Sportklamotten erscheinen, aber inzwischen wusste Miriam es besser. Obwohl es beinahe eine Stunde dauerte, duschte sie, rasierte sich die Beine, föhnte und glättete ihre Haare, schminkte sich und zog sich eine neue, zerrissene Jeans und einen schulterfreien Pullover von rag & bone an. Versuchte sie zu angestrengt, wie fünfundzwanzig statt wie fünfunddreißig auszusehen?, fragte sie sich, nahm ihre Handtasche und stieg in ihren Highlander. Vermutlich. Aber das taten alle anderen auch.

Als sie das Esszimmer der Gastgeberin betrat, erkannte sie, dass sie sich wieder einmal komplett verschätzt hatte. Acht Frauen in schnell trocknender Stretchkleidung saßen um den Tisch herum, knabberten an Blaubeeren und stürzten Bellinis hinunter. Alle hatten die Haare entweder zum Pferdeschwanz gebunden, zum Knoten aufgesteckt oder mit Glitzerstirnbändern zurückgehalten, alle trugen kurze Lululemon-Leggings und Tanktops mit eingebauten BHs. Der einzige Unterschied zwischen ihnen war die Neonfarbe ihrer Nike-Turnschuhe. Kein Make-up. Verschwitzt aussehend. Genau, wie Ashley es versprochen hatte.

»Oh, hat Ashley dir das nicht gesagt?«, fragte Evie, die

Gastgeberin, als sie Miriam einen Bellini reichte. »Wir haben unsere Frühstückstreffen auf halb elf gelegt, damit alle direkt von ihren Soul-Kursen um neun oder vom Cross-Fit oder SLT oder Bar Method oder Orangetheory oder Beach Boot Camp oder was auch immer herkommen können.«

»Ja, und außerdem bleibt uns so genug Zeit, um uns zu betrinken und anschließend wieder nüchtern zu werden, bevor wir die Kinder um drei von der Schule abholen müssen!«, rief eine andere Frau und hob ihr Champagnerglas hoch.

»Wir können hier schließlich nicht einen auf Karolina Hartwell machen«, sagte Claire und verdrehte die Augen. »Mein Gott. Betrunken Fahren mit Kindern im Auto? Nach so was bist du erledigt.«

»Du musst wegziehen«, stimmte Evie ihr zu und nippte an ihrem Cocktail. »Dein Haus zum Verkauf stellen und, so schnell du kannst, aus der Stadt verschwinden, weil es vorbei ist.«

Ashley meldete sich zu Wort. »Karolina ist eine Freundin von Miriam.«

Es wurde so still im Raum, dass Miriam hören konnte, wie jemand schluckte. Das hier war eine völlig andere Gruppe Frauen als bei der Sexspielzeugparty. Ashley hatte ihr gesagt, dass es sich bei diesen Frauen um eine Art rivalisierende Clique mit ein wenig Überlappung handelte.

»Sie ist ein wirklich guter Mensch, und diese ganze Situation ist nur ... ein riesiges Missverständnis.« Miriam setzte sich auf den einzigen freien Platz am Kopf des Tisches und nahm sich eine Schüssel Joghurt und einen Mini-Blaubeermuffin.

Die Frauen tauschten Blicke und wechselten das Thema.

»Di, hast du Andrew zu Weihnachten auf Jamaika überreden können?«, fragte eine große, schlanke Frau, die von Kopf bis Fuß in schwarzen Spandex gehüllt war.

Di, eine hübsche Blondine, die Anfang dreißig zu sein schien, schüttelte den Kopf, als wäre etwas Tragisches geschehen. »Ich versuche es noch immer! Tagsüber bei der Arbeit kann ich ihn überhaupt nicht erreichen, und wenn er abends nach Hause kommt, will er nicht über Pläne sprechen. Es ist so frustrierend!«

Überall wurde genickt.

»Ich bin sicher, dass er lieber mit euch zusammen die Villa mieten würde, als noch mal meine Eltern in Scottsdale zu besuchen. Also, plane uns ein.«

Das brachte alle dazu, ebenfalls über ihre Pläne für Weihnachten zu sprechen, obwohl noch nicht einmal Memorial Day war: Montego Bay, Turks- und Caicos-Inseln, das neue Amanera in der Dominikanischen Republik. Was schnell überleitete zu den Plänen für die Woche vom President's Day (Galapagos, Alaska, Fjorde in Finnland, Shopping in Paris) und mit einer hitzigen Debatte darüber endete, wo man im Frühling am besten Ski fahren konnte: Deer Valley, Jackson Hole oder Aspen.

Evie ging um den Tisch herum und füllte die Champagnergläser nach. »Möchte jemand lieber eine Bloody Mary? Ich kann Mina bitten, uns welche zu machen.«

Eine Reihe von Frauen, einschließlich Miriam, hob die Hand. Warum nicht? Von Champagner bekam sie Kopfschmerzen, und was sollte sie sonst um elf Uhr morgens trinken? Kaffee? Saft? Sie wohnte jetzt in Greenwich. *Also bitte.*

Die Frau links von Miriam drehte sich zu ihr um und stellte sich als Josie vor. »Wie alt sind deine Kinder?«, erkundigte sich Josie.

»Oh, ich habe einen achtjährigen Sohn und fünfjährige Zwillinge, einen Jungen und ein Mädchen«, antwortete Miriam und wunderte sich kaum über die Annahme, dass sie Kinder haben musste. In New York hätte sie das niemals bei jemandem vorausgesetzt. »Was ist mit dir?«

Die Frau lächelte, und Miriam konnte nicht genau sagen, ob das ein verbittertes, erschöpftes oder glückliches Lächeln war. »Fünf.«

»Moment – fünf Kinder? Oder fünf Jahre alt?«

Wieder erschien das nicht zu deutende Lächeln. »Mein ältester Sohn ist vier. Dann haben wir eine dreijährige Tochter und eine zweijährige Tochter. Natürlich dachten wir, wir sollten es noch mal auf einen zweiten Sohn ankommen lassen – das war die Idee meines Mannes –, und da bekamen wir Zwillinge. Eineiige Jungs, achtzehn Monate alt. Ich vermute, dabei wird es bleiben.«

»Was meinst du damit – du vermutest?« Miriam tat es leid, dass sie so entsetzt war, aber sie hatte in ihrem ganzen Leben noch nie jemanden kennengelernt, der fünf Kinder unter vier Jahren hatte. Wie überlebte diese Frau überhaupt?

»Na ja, so genau weiß man das ja nie, oder? Ich bin erst dreiunddreißig.«

»Ja, natürlich. Dir bleibt noch jede Menge Zeit. Jede Menge«, beeilte sich Miriam zu sagen, aber Josie hatte sich bereits entschuldigt, um sich einen neuen Drink zu holen.

»Nimm das nicht so ernst«, flüsterte Ashley, die sich vorgebeugt hatte.

»Mein Gott«, erwiderte Miriam und schüttelte den Kopf. »Wie zieht sie nur all diese Kinder groß?«

»Tut sie nicht.«

»Was tut sie nicht?«

»Die Kinder großziehen«, erklärte Ashley. »Sie gehört zu den Frauen, für die Kinder ein Statussymbol sind. Je mehr man hat, desto mehr Geld besitzt du. Sie hat zwei Au-pairs, eine Vollzeit-Nanny, die jeden Tag kommt, und samstags und sonntags Vollzeithilfen fürs Wochenende. Sie ist nicht gerade überfordert.«

»Trotzdem. Fünf Kinder unter vier? Und sie sieht immer noch *so* aus? Das ist ungeheuer unfair.«

»Lass dir einen Termin bei Dr. Lawson geben, dann kannst du auch so aussehen«, flüsterte Ashley. »Er hat eine Praxis in New York und eine in Greenwich. Seine Arbeit ist hervorragend, und er ist sehr diskret. Sogar seine Wartezimmer sind absolut privat. Du musst nur Bescheid sagen.«

»Unmöglich, dass sie diesen Körper plastischer Chirurgie verdankt.« Miriam betrachtete Josies lange Beine und die beinahe nicht existierenden Hüften, dazu die langen, lockigen Haare.

»Nein, nicht alles. Die Beine verdankt sie guten Genen. Hungern und drei Stunden Cardio pro Tag halten sie schlank. Aber die straffen Bauchmuskeln? Die kecke Nase? Die Cheerleader-Brüste?« An dieser Stelle umfasste Ashley ihre eigenen Brüste und schob sie in Richtung Hals. »Das ist alles die Arbeit von Dr. Lawson. Ganz zu schweigen von der Botox-Stirn und den aufgepumpten Lippen. Dafür ist Tammy, eine seiner Krankenschwestern, verantwortlich.«

»Wow«, hauchte Miriam. »Kein Wunder, dass alle so viel besser aussehen als ich.« Sie war immer davon ausgegangen, dass man es einer Frau ansehen würde, wenn sie sich einer Schönheitsoperation unterzogen hatte: die Nase von Jennifer Grey, die Lippen von Renée Zellweger, das zu stark gestraffte Gesicht von Joan Rivers, die Brüste von Heidi Pratt. Aber jeder Zentimeter von Josie wirkte natürlich und proportional.

Ashley blickte sich am Tisch um. »Meiner Schätzung nach hat jede einzelne Frau hier etwas an sich machen lassen, bis auf eine.«

»Wer? Evie? Sie kommt mir nicht wie der Typ dafür vor.«

»Du.«

»Oh, ich bitte dich. Das kann unmöglich dein Ernst sein.«

»Ich meine das absolut ernst. Jede Einzelne hier.«

»Was hast du denn machen lassen?« Miriam konnte sich kaum vorstellen, dass irgendwas an der kecken blonden Ashley kein Gottesgeschenk war. Abgesehen von den Strähnchen vielleicht, aber die wirkten sonnengebleicht und natürlich.

»Ich?« Ashley nippte an ihrem Mimosa. »Ich bitte dich. Was habe ich *nicht* machen lassen, solltest du fragen. Eigentlich habe ich in acht Wochen einen Termin für meine Augen, aber ich glaube, ich lasse mir stattdessen die Vagina machen.«

»Deine ... Vagina?«

Ashley nickte. »Ich denke schon seit Ewigkeiten darüber nach, seit Claires Eingriff. Du erinnerst dich doch an sie? Von der Sexspielzeugparty?«

Miriam kniff die Augen zusammen. Sie konnte sich vage daran erinnern, dass die Gastgeberin das »Machen« ihrer Vagina erwähnt hatte, aber niemand hatte eine genauere Erklärung dazu abgegeben.

Ashley fuhr fort: »Die Sache mit Eric hängt immer noch in der Luft. Er weiß, dass ich über Ashley Madison Bescheid weiß, und er sagt all die richtigen Dinge. Es wird ein wenig dauern, bis wir uns entschieden haben, wie wir weitermachen wollen – gemeinsam oder getrennt. Daher finde ich, ich sollte mir jetzt die Vag machen lassen, das wird sich so oder so rentieren: entweder für Eric, der sich dann hoffentlich gut überlegt, ob er noch mal Affären mit verheirateten Frauen anfängt, wenn sich seine Frau da unten wie ein Teenager anfühlt, oder für den nächsten Mann. Falls ich wirklich wieder auf den Markt zurückkehren muss« – bei diesem Gedanken überlief sie ein Schaudern –, »dann kannst du sicher sein, dass ich mir jeden möglichen Vorteil verschaffen will.«

»Ich ...« Miriam hustete. Was genau bedeutete es, sich die Vagina machen zu lassen? Welchen Teil davon genau? Und was wurde da gemacht? »Ich bin nicht ganz sicher, was du meinst.«

»Inwiefern?«

»In Bezug auf den Eingriff an deiner ... du weißt schon. Hat es etwas damit zu tun, dass du dir in die Hose machst, wenn du niesen musst? Mein Gynäkologe meint, das ist bei jeder Frau nach den Kindern so.«

Ashley tätschelte lächelnd Miriams Hand, als wäre sie ernsthaft zurückgeblieben. »Da gibt es keine Universal-OP. Einige lassen sich die äußeren Bereiche aus rein ästhetischen Gründen korrigieren, andere lassen sich den Beckenboden wiederaufbauen. Und wiederum andere lassen sie enger machen, um den Sex zu verbessern. Das ist alles völlig normal. Geradezu alltäglich.«

Miriam konnte nicht anders, sie lachte.

»Was, du glaubst, ich mache Witze?« Ashley wandte sich den anderen Frauen zu. »Meine Damen, tut mir leid, dass ich euch störe, aber meine Freundin Miriam hier hätte gern etwas gewusst. Macht es euch etwas aus, an einer kleinen inoffiziellen Umfrage teilzunehmen?«

Sieben Köpfe drehten sich zu ihnen um, und Miriam spürte, wie sie rot wurde. »Vergiss es, ich glaube dir«, flüsterte sie Ashley zu.

»Also, das bleibt alles unter uns. Wir sind Freundinnen, richtig?« Einige der Frauen wirkten nervös. »Wie viele von euch haben sich kosmetischer Chirurgie unterzogen?«

Es folgte ein kurzes Zögern, dann hoben drei Frauen die Hand.

»Aber, aber, meine Damen«, sagte Ashley mit einem auffordernden Lächeln.

Auch die übrigen vier meldeten sich jetzt.

»Und wie viele von euch würden es wieder tun?«

Alle sieben Hände blieben in der Luft, und auch Ashley hob jetzt ihre.

»Und wie viele von euch haben ihre Lady Parts machen lassen? Ich frage nur, weil ich in ein paar Wochen einen OP-Termin bei Dr. Lawson habe, sobald die Ferienlagersaison beginnt. Und ich bin ein bisschen nervös«, fügte Ashley hinzu und ließ den letzten Satz im Raum stehen.

»Ach, da brauchst du überhaupt keine Angst zu haben«, antwortete eine blasse Rothaarige in einem Trägersweatshirt. »*Dir* wird gefallen, wie du danach in einem Bikini aussiehst. Und *Eric* wird gefallen, wie es sich anfühlt.«

»Genau«, bestätigte die zierliche Blondine mit grellweißen Zähnen neben ihr. »Es ist beinahe nervig, wie oft Roger jetzt will, wo ich sie habe maßschneidern lassen.«

An diesen Aussagen gab es so viel zu analysieren, so vieles, das vollkommen und absolut mysteriös war, dass Miriam nicht die geringste Ahnung hatte, wo sie anfangen sollte.

»Ich muss allerdings sagen, dass ich dir eher Dr. Fine-Steinberg empfehlen würde als Dr. Lawson. Ich weiß nicht, wie es euren Ehemännern ging, aber für meinen war es deutlich angenehmer, sich da unten von einer Frau berühren zu lassen als von einem Mann«, warf eine umwerfend schöne Frau mit tiefer Bräune und einem herzförmigen Gesicht ein.

»Da stimme ich dir zu einhundert Prozent zu«, sagte ihre Nachbarin.

Alle blickten zu Ashley, die sich wiederum zu Miriam umdrehte. »Siehst du? Es ist ziemlich üblich.«

»Warte. Ich verstehe immer noch nicht. Was meint sie damit, dir wird gefallen, wie du anschließend in einem Bikini aussiehst? Trägst du denn keine... äh, Bikinihose, um diesen Teil zu verdecken?«

»Sie meint, dass du dir nach ein wenig Schnippeln und Nähen keine Gedanken mehr zu machen brauchst, ob deine Schamlippen bis zu den Oberschenkeln runterhängen«, erwiderte Evie, und alle am Tisch brachen in anerkennendes und zustimmendes Gelächter aus.

»Ich glaube nicht, dass meine... Ich glaube nicht, dass, äh, sie tiefer hängen, als sie sollten.« Miriam konnte sich nicht dazu überwinden, vor all diesen Frauen »Schamlippen« zu sagen.

Die hübsche Rothaarige meldete sich zu Wort. »Natürlich kenne ich deine Schamlippen nicht, aber wenn du Mitte dreißig bist und zwei bis drei Kinder hattest, dann sehen sie vermutlich nicht mehr so aus, wie sie sollten.«

»Ja, und ich behaupte mal, dass es nichts Unattraktiveres gibt als einen Cameltoe«, fügte Josie hinzu.

»Cameltoe?«, war alles, was Miriam herausbrachte.

»Das bedeutet, wenn du etwas Enganliegendes trägst, und ...«

»Nein, ich weiß, was es bedeutet«, erwiderte Miriam. »Mir war lediglich nicht klar, dass es etwas ist, worüber ich mir Gedanken machen muss.«

»Aber das ist es«, behauptete Ashley. »Männer hassen das.«

»Das wusste ich gar nicht.« Miriam trank ihren Bellini aus. »Und sie ... korrigieren das bei dieser Art OP?«, fragte sie und räusperte sich.

»Das und noch mehr«, bestätigte Ashley mit einem autoritären Nicken.

»Du hast gesagt, die Männer fühlen sich mit einer Ärztin wohler? Was haben die denn damit zu tun?«

Es entstand ein kurzes Schweigen, und dann fragte die hübsche, zierliche Blondine in klebrig-süßer Stimme mit einem Hauch Südstaatenakzent: »Wo kommst du her, Miriam?«

»Woher? Ach, ich habe eigentlich überall gewohnt. Meine Eltern waren Diplomaten, daher sind wir viel gereist. Aber ich, äh, wir sind letzten Herbst von New York hierher gezogen.«

»Und keine deiner Freundinnen in New York hat sich ihre Lady Parts maßschneidern lassen?«, hakte die Blondine nach.

»Einige von ihnen hatten Dammschnitte und verschiedene Nähte nach den Geburten, aber ich weiß nicht genau, was du mit ›maßschneidern‹ meinst ...«

Die Frauen tauschten Blicke, als ob sie stumm beratschlagten, wer das übernehmen sollte. Schließlich erklärte Evie: »Wenn du sowieso schon unter Narkose stehst und alles Äußerliche in Bestform gebracht wird, ist es auch sinnvoll, gleich innerlich alles straffen zu lassen.«

»Natürlich.« Miriam nickte, als verstünde sie es.

»Also bringt sich dein Ehemann in einen erregten Zustand und der Arzt misst seinen Umfang und die Länge, damit er deine Vagina so verengen kann, dass sie perfekt zu deinem Ehemann passt. Nicht zu locker, nicht zu eng. Gerade richtig.«

»Moment ... ist so etwas überhaupt legal?«

Die Frauen lachten. Ashley bat: »Bitte mal aufzeigen, wer das hat machen lassen?«

Vier Frauen meldeten sich. Und Ashley hatte es vor, wodurch es glatte fünfzig Prozent der Anwesenden wären.

Ashley wandte sich an Miriam. »Siehst du? Und auf keinen Fall lassen nur Frauen in Greenwich das machen. Alle tun es. Wir sind nur diejenigen, die dazu stehen.«

Die blasse Rothaarige lachte. »Da muss ich dir widersprechen«, sagte sie zu Ashley. »Ich glaube nicht, dass wir wirklich dazu stehen, zumindest nicht außerhalb dieses Raumes. Es gibt viel mehr Frauen mit ›Diastasen‹« – sie stellte das Wort in Luftgänsefüßchen – »in der Stadt, als es medizinisch möglich scheint.«

»Diastasen?«, flüsterte Miriam Ashley zu.

»Wenn sich die Bauchmuskeln aufgrund von Schwangerschaften teilen. Das gibt es wirklich und kann für manche Menschen auch ein echtes Problem sein, aber jede, die ich kenne, behauptet nur, daran zu leiden, damit sie ihre Bauchstraffung rechtfertigen kann.«

»Und Leistenbrüche!«, rief Evie. »Ist euch schon mal aufgefallen, wie viele Frauen zwischen fünfunddreißig und fünfundvierzig plötzlich unbedingt Leistenbrüche richten lassen müssen? Wenn das kein Euphemismus für Bauchstraffung ist, dann weiß ich auch nicht.«

Alle lachten. »Das sage ich schon die ganze Zeit«, warf die zierliche Blondine ein.

»Ich auch«, fügte Josie hinzu.

»Mein absoluter Favorit ist, wenn jemand sagt, sie lässt sich die Brüste straffen, weil sie nach den Kindern ein wenig schlaff geworden sind. Äh, tut mir leid, wenn der Arzt dir Silikon in die Brüste steckt, gilt das nicht mehr als Straffung.«

Mehr Gelächter. Plötzlich verlagerte sich das Gespräch aufs Ferienlager, und Miriam konnte es kaum erwarten, jemandem von dieser neuen Entwicklung zu berichten. Paul? Emily? Karolina? Alle drei sollten das hören: Es war absolut irre.

»Was bist du, orthodox oder so etwas?«, fragte Emily, als Miriam sie auf dem Rückweg anrief. »Ja, das ist jetzt gerade total in. Keine große Sache. Newsflash: Frauen küssen andere Frauen, und es bedeutet nicht, dass sie lesbisch sind. Für das hier solltest du dich anschnallen: Menschen lernen andere Menschen über Tinder kennen und haben miteinander Sex. Also total unverbindlich. Die rufen sich am Tag danach nicht mal an! Kannst du dir das vorstellen?«

»Emily, so schlimm bin ich nicht!«

»Hey, wenn der Penis passt ...«

»Ehrlich jetzt?«

»Sorry. Aber im Ernst, Miriam, nichts von dem, was du

mir gerade erzählt hast, überrascht mich auch nur ansatzweise.«

»Auf den Ehemann angepasste Vaginas?«

»Vaginas nach Maß sind die neuen Handtaschen von Birkin.«

»Entzückend, Emily. Sitzt du etwa auch herum und machst dir Sorgen über deinen Cameltoe in einem Bikini?«

»Natürlich nicht. Meine Vag ist makellos. So unberührt wie frischer Schnee.«

Miriam wich ein wenig aus, um den Zusammenstoß mit einem entgegenkommenden Fahrzeug auf der schmalen zweispurigen Straße zu verhindern. »Ich kann aus dem Kopf zwanzig Männer aufzählen, die deinen Schnee befleckt haben.«

»Aber wenigstens habe ich nicht drei mindestens dreieinhalb Kilo schwere Babys da rausgepresst!«

»Ich mache mir Sorgen über jeden einzelnen Aspekt meines Körpers, nur um eins nicht – wie meine Vagina in einem Bikini aussieht.«

Es entstand ein kurzes Schweigen, und Miriam fragte sich, ob der Anruf unterbrochen worden war. Doch dann hörte sie Emily sagen, superlangsam und mit offensichtlichem Vergnügen: »Nun ja, vielleicht solltest du das aber.«

»Haha. Hör zu, können wir bitte einen Moment lang über Karolina reden? Sie hat mir von der Sache mit der ehemaligen Polizistin erzählt. Emily, du bekommst noch eine Klage an den Hals oder wirst verhaftet. Bitte hör auf damit. Wir brauchen ein Druckmittel, aber es nützt niemandem, wenn wir außerhalb der legalen Möglichkeiten operieren.«

»Gesprochen wie eine Anwältin.«

»Gesprochen wie jemand mit ein bisschen Verstand! Im Ernst, Em. Wir sind so nahe dran. Ich bin sicher, dass ich bald etwas finde, und dann bekommen wir Harry zurück.«

»Gut. Du arbeitest weiter als die fleißige, eifrige Anwältin, und ich ziehe weiter mein Ding durch. Denn lass dir eins gesagt sein: Ich höre erst auf, wenn Graham *erledigt* ist.«

Kapitel 24

Der Spieß wird umgedreht, und die Tränen sind toll
Karolina

»Ich hab dich lieb, Mom. Sehen wir uns am Besuchstag?«, fragte Harry und zog die Brauen zusammen, wie er es immer tat, wenn er unsicher war.

»Natürlich, Schatz. Hab viel Spaß! Wir sehen uns in ein paar Wochen.« Karolina brachte ihre Lippen nah an die Handykamera und küsste sie. Sie konnte erkennen, wie Harry rot wurde, aber er lächelte ebenfalls.

»Mom? Du kommst aber auf jeden Fall, oder? Auch wenn Dad hier ist?«

»Ja, Schatz. Ich würde es um nichts in der Welt versäumen. Du hast doch daran gedacht, eine Sonderration von deinen Allergiemedikamenten einzupacken, richtig? In einer Schachtel, beschriftet für die Krankenschwester? Die Brausetabletten?«

»Ja, die hab ich dabei. Ich habe alles von der Packliste abgehakt, die du mir geschickt hast.«

»Ich bin so stolz auf dich. Seine Sachen für den ganzen Sommer zusammenzupacken ist nicht einfach«, sagte sie, und ihre Stimme brach ein wenig dabei. »Ich verspreche dir, dass ich nächsten Sommer da sein werde, um dir zu helfen.«

Sie verabschiedeten sich, und als ihr Facetime-Anruf vorbei war, atmete Karolina tief aus. Obwohl sie Harry schrecklich vermisste, fühlte sie sich wohler dabei, dass er in den nächsten Wochen auch außerhalb von Grahams Klauen sein würde. Sein Ferienlager-Aufenthalt lieferte ihnen außerdem den perfekten Zeitpunkt für die Umsetzung von Emilys Plan.

Die Visagistin, eine überraschend unattraktive, übergewichtige Frau mit schlechter Haut und schlechtem Make-up, seufzte laut. »Bitte halten Sie still. Nur noch einen Moment.«

Karolina sah zu, wie die Frau murmelgroße Concealerpunkte unter ihre Augen tupfte und sie dann mit einem spachtelartigen Werkzeug verteilte. Sie versuchte, sich wegen ihrer zu kurzen Haare keine Gedanken zu machen. »Ist das nicht ein wenig zu ... äh, viel? Ich weiß, dass ich sicherlich erschöpft aussehe, aber das kommt mir ein bisschen ... Ich weiß nicht ... übertrieben vor.«

Die Frau antwortete nicht.

Emily kam ins Zimmer gerauscht und brachte den Geruch nach Zigarettenrauch mit sich. »Sieht gut aus, meine Damen«, sagte sie, ohne überhaupt hinzusehen.

»Wirklich? Weil ich noch nie so geschminkt worden bin«, zischte Karolina.

»Ganz genau darum geht es«, bestätigte Emily und hängte ein halbes Dutzend Outfits an eine Kleiderstange. Dann hielt sie die Kostüme nacheinander hoch. Jedes war in einer Edelsteinfarbe mit knielangem Rock und ohne jegliche Form.

»Die sehen alle wie etwas aus, das meine polnische Großmutter zum Weihnachtsgottesdienst tragen würde«, kommentierte Karolina.

»Ja. Keine einzige Frau im Raum wird sich heute durch dich bedroht fühlen. Und genau das ist wichtig.«

»Bedroht? *Damit* mache ich ihnen womöglich Angst!«, entgegnete Karolina und beäugte jetzt das grelle Rouge, das die Frau ihr auf den Wangen verteilte.

»Auch das wäre in Ordnung.«

»Im Ernst, Emily, das hier geht zu weit. Ich habe meine Haare abgeschnitten, wie du wolltest. Ich bin geschminkt wie eine alte Frau. Kann ich nicht wenigstens etwas Anständiges tragen? Vielleicht wenigstens ein einfaches Kleid?«

Emily seufzte. »Zu Lilly Pulitzer könnte ich mich überreden lassen. Aber zu nichts anderem, tut mir leid.«

»Ich kann kein Lilly Pulitzer tragen!« Karolina dachte an ein kürzlich veröffentlichtes Foto von Regan und Graham im Golfklub, auf dem Regan von Kopf bis Fuß in Lilly Pulitzer gekleidet gewesen war.

»Deine Entscheidung.« Emily zuckte mit den Schultern.

»Halten Sie still«, befahl die Visagistin, offenkundig gereizt.

Karolina zog Emily gegenüber bedeutsam die Brauen hoch, doch diese lachte nur. »Im Ernst, Emily. Bist du dir hiermit wirklich sicher? Es kommt mir extrem vor. Und es macht mich nervös, dass Graham diese Sache mit der Expolizistin herausbekommen hat. Ich weiß einfach nicht, ob ...«

»Hör zu!« Emily hob eine Hand. »Gefühle stehen über Fakten! Niemanden interessiert, was wirklich passiert ist. Niemanden interessiert, ob du schuldig oder unschuldig bist. Niemanden interessieren die Gesetzmäßigkeit dieser Sache oder die Einzelheiten. Es zählt einzig und allein, was sie dir gegenüber instinktiv fühlen. Wie sie auf dich reagieren, wenn sie dich sehen, hören, treffen. Der Rest ist wohl oder übel nur Hintergrundrauschen. Und je eher du das akzeptierst, desto besser.«

Karolina nickte. Emily war sich ihrer Sache absolut sicher. Sie rief sich in Erinnerung, dass Emily ihre beste – und wahrscheinlich einzige – Chance war.

»Okay, gehen wir es noch mal durch«, sagte Emily. »Donna wird dich vorstellen, bevor das Mittagessen serviert wird...«

»Ich lächle auf eine verbindliche, aber nicht sexy Art. Ich spreche darüber, dass es meine wichtigste Aufgabe ist, eine tolle Mutter zu sein, und dass ich mich genau darauf konzentrieren werde und wie ich es anderen, weniger privilegierten Müttern ermöglichen möchte, dasselbe zu tun. Wie klingt das?«

Emily tippte etwas in ihr Handy. »Was? Oh gut. Das klingt gut.« Sie sah auf. »Denk dran: Diese Frauen haben Verständnis dafür, wenn jemand zu viel trinkt. Wir sind hier in Fairfield County, Connecticut, wo es mehr funktionierende Alkoholiker pro Quadratmeter zu geben scheint als anderswo auf der Welt, mit Ausnahme von Moskau vielleicht. Schäme dich nicht, es zuzugeben. Aber was immer du auch tust, erwähne auf keinen Fall Grahams Namen! Wir wollen dich nicht nur von ihm distanzieren, sondern es wäre bei diesem Publikum auch zu riskant. Viele Frauen, die so tun, als wären sie liberal, wählen heimlich die Republikaner, aber darauf kannst du dich nicht verlassen. Ein Großteil von ihnen gehört tatsächlich zu den sentimentalen Liberalen, sogar wenn sich das mit ihren eigenen finanziellen Interessen beißt. Aber ihre Ehemänner würden sie umbringen, wenn sie es wüssten. Kurz gesagt, jeder lügt. Man kann unmöglich herausfinden, wie sie wirklich denken. Also vermeide das Thema einfach, okay?«

»Okay.«

»Ansonsten scheinst du bereit zu sein. Ich habe die örtlichen Medien verständigt; die Veranstaltung bringt eine Menge Geld ein, und sie haben nichts Besseres zu tun. Ich habe Zusagen von einigen Nachrichtensendern aus New York und von ein paar landesweiten Sendern, die sich mit so etwas nie abgeben würden, aber sie sind hier, weil ich habe durchsickern lassen, dass es sich um deinen ersten öffentlichen Auftritt seit der Verhaftung handelt. Uns bietet sich hier also Gelegenheit zum Üben. Verstanden?«

»Ja«, bestätigte Karolina, obwohl sich ihr vor Nervosität der Magen umdrehte. Wie war es möglich, dass sie halb nackt oder vor lauter Promis über einen Laufsteg flanieren konnte, aber so viel Angst davor hatte, vor einige Hundert Hausfrauen zu treten?

»Gut. Und vergiss nicht: Miriam arbeitet daran, die Lüge mit dem Alkoholtest zu entlarven. Aber bis sie das geschafft hat, musst du dich mit dem Publikum gutstellen. Gib nichts zu, aber verhalte dich auch nicht anklagend oder streitsüchtig, bevor wir Beweise haben. Okay, jetzt werde hier fertig und zieh dich an. Ich habe noch einiges zu überprüfen und bin gleich wieder da.«

Karolina schlüpfte in ein knallblaues Kostüm, das von allen noch das am wenigsten grässliche war, und folgte Emily den Flur hinunter bis zum Bankettsaal des Greenwich Boat and Yacht Clubs. Sie fragte sich, ob sie das Richtige tat.

»Schätzchen!«, rief die blonde Frau, die für die Veranstaltung verantwortlich war, bei Karolinas Anblick. »Sie sehen ... anders aus. Ich muss sagen, ich liebe, was Sie mit Ihren Haaren gemacht haben!«

»Wirklich?«, fragte Karolina und berührte unsicher ihre Frisur.

»Ich liebe es!«

Karolina warf Emily einen Blick zu, die sie wiederum wissend anblickte. Natürlich liebt sie es, drückte Emilys Lächeln aus.

»Vielen Dank für die Einladung«, sagte Karolina so anmutig wie möglich. »Ich habe in Bethesda mitgeholfen, Geld für unterprivilegierte Kinder zu sammeln, und es bedeutet mir viel, dass Sie mich heute eingeladen haben, um Sie zu unterstützen.«

»Oh bitte. Wir sollten uns bei *Ihnen* bedanken«, wehrte die blonde Frau ab und deutete auf die Menge, die sie von den runden Tischen aus beobachtete. »Ihr Auftritt hat uns den Raum gefüllt.«

Karolina erduldete noch einige weitere passiv-aggressive Bemerkungen, bevor die Frau sie endlich zu einem Bühnenbereich mit Podium führte.

»Meine Damen, darf ich um Ihre Aufmerksamkeit bitten?«, sagte sie und tippte das Mikrofon an. »Können Sie mich hören?«

Es wurde genickt und gemurmelt.

»Wunderbar. Vielen Dank, dass Sie sich heute Zeit genommen haben, um bei unserer wichtigen Veranstaltung dabei zu sein. Ohne Ihre fortwährende Mithilfe wäre die großzügige Unterstützung unseres Kinderprogramms nicht möglich. Dank Ihnen haben bedürftige Kinder aus den weniger privilegierten Familien in unserer Gemeinschaft und den umgebenden Gemeinden Zugang zu Betreuungsmöglichkeiten nach der Schule, zu Ferienlagern und nahrhaften Mahlzeiten an den Wochenenden und im Sommer, wenn sie keine Gratismittagsmahlzeiten in der Schule erhalten.«

Im Raum wurde höflich geklatscht.

»Ich freue mich, Ihnen jetzt unseren Ehrengast vorstellen zu dürfen. Wie Sie alle wissen, war Miss Karolina Hartwell ein erfolgreiches Model und setzt sich inzwischen unermüdlich für unterprivilegierte Kinder ein. Sie ist selbst Stiefmutter eines zwölfjährigen Jungen und die Ehefrau...« An dieser Stelle hielt sie inne und warf Karolina einen fragenden Blick zu, doch diese tat so, als würde sie ihn nicht verstehen, »des hochgeschätzten dienstjüngeren Senators von New York, Graham Hartwell. Herzlich willkommen.«

Karolina sog bei der Erwähnung von Grahams Namen den Atem ein. Darüber würde Emily nicht erfreut sein. Der Applaus war nicht gerade überwältigend, aber Karolina war zu nervös, als dass es ihr etwas ausmachte.

Sie räusperte sich und beugte sich vor zum Mikrofon. Wenn sie vor Menschenmengen sprach, wurde ihr Akzent deutlicher, und ihre Stimme zitterte. Die Frauen, die zu ihr aufsahen, stellten sich vermutlich gerade alle vor, wie Karolina in betrunkenem Zustand ihre eigenen Kinder heimfuhr.

»Guten Morgen«, begann sie mit brüchiger Stimme und merkte sofort, dass es eigentlich schon Nachmittag war. »Ich fühle mich geehrt, dass ich heute hierher eingeladen wurde. Diese wunderbare Organisation tut so viel, um den Kindern zu helfen. Wie viele von Ihnen sicherlich wissen, ich, äh...« Karolinas Stimme versagte, und vor Scham schoss ihr die Röte ins Gesicht. »Ich hatte in jüngster Zeit selbst einige Probleme. Aber ich kann Ihnen versprechen, dass ich alles in meiner Macht Stehende tue, um die Lage zu ändern.«

Karolina bemerkte, wie sich die Mienen der Frauen sofort von misstrauisch zu mitfühlend änderten. Sie verabscheute den Gedanken, eine Lüge mittragen zu müssen, aber sie vertraute auf Emilys Strategie und hoffte verzweifelt, dass Miriam einen Weg finden würde, ihren Namen reinzuwaschen. Sie wusste nicht genau, woran es lag – vielleicht war es die Erleichterung, als ihr bewusst wurde, dass die Frauen sie doch nicht hassten, oder die Peinlichkeit, vor diesen Menschen etwas so Demütigendes zugeben zu müssen, oder möglicherweise waren es die Nerven, aber ihr wurden so schnell die Augen feucht, dass sie Mühe hatte, zu sprechen. Ihr Körper wurde von Schluchzern geschüttelt, und dicke Tränen fielen von ihrem Gesicht direkt auf das Mikrofon. Als sie versuchte, sie abzuwischen, bemerkte sie schwarze Wimperntusche-Spuren an ihren Händen.

»Es tut mir so leid«, brachte sie gerade noch heraus, bevor die blonde Frau auf die Bühne gerauscht kam wie ein geblümter Linebacker.

»Mrs Hartwell, vielen Dank für Ihre Ehrlichkeit«, sagte die Frau ins Mikrofon. Dann wandte sie sich an Karolina und flüsterte ihr ins Ohr: »Warum gehen Sie nicht für einige Minuten in die Damentoilette, und ich übernehme hier? Ich sehe nach Ihnen, sobald ich kann.«

Karolina nickte und bemühte sich, erhobenen Hauptes das Podium zu verlassen, doch im allerletzten Moment blieb sie mit dem Absatz an der letzten Stufe hängen und schoss nach vorn. Sie schaffte es, das Gleichgewicht wiederzufinden, bevor sie stürzte, aber zuvor sah noch der ganze

Raum, wie ihr matronenhafter Rock an der Rückseite vom Schlitz an aufriss.

»Es tut mir leid«, sagte sie noch einmal, lauter diesmal, da sie nicht mehr am Mikrofon stand, und floh durch die hinteren Türen. Sie konnte die Blicke von zweihundert Frauen wie Laserstrahler im Rücken spüren. Glücklicherweise befand sich die Toilette unmittelbar vor dem Bankettsaal und war leer, als sie hineinrannte. Karolina hatte das Gefühl, sich gleich übergeben zu müssen. Noch nie hatte sie sich so lächerlich gemacht. Diese Übung für den Ernstfall hatte sie über alle Maßen vermasselt.

Karolina zwang sich, ihr Spiegelbild zu betrachten, während sie sich kaltes Wasser ins Gesicht spritzte. Sie als Schreckgestalt zu bezeichnen wäre eine Untertreibung gewesen. Ihre Augen waren blutunterlaufen. Schwarze Wimperntusche-Spuren liefen ihr über beide Wangen. Ihre neue Frisur klebte ihr aufgrund der Tränen und ihres nervösen Schwitzens am Gesicht. Die lächerlichen runden Rougekreise waren zu traurigem Clown-Make-up verlaufen.

Emily kam hereingestürmt, und Karolina wappnete sich.

»Ich habe nur, ich …« Doch bevor sie ein weiteres Wort herausbringen konnte, brach Karolina erneut in Tränen aus.

»Du Bitch«, sagte Emily mit trägem Lächeln.

Karolina sah auf. »Wie bitte?«

»Das war verdammt noch mal brillant, Lina! Brillant!«

Emily tanzte vor den Waschbecken umher. »Das war so wunderbar gespielt, ich weiß gar nicht, was ich sagen soll!«, krähte sie. »Ich meine, eine Träne oder zwei, schön. Aber echtes, hysterisches Schluchzen? Das war meisterhaft. Ich verneige mich vor dir.« Und dann tat sie genau das.

»Das war keine Absicht«, versuchte Karolina ihr zu

erklären, aber es kam eher als ein Flüstern heraus. »Ich habe einfach ... die Kontrolle verloren.«

»Ja, das kannst du laut sagen! Auf die bestmögliche Art zur bestmöglichen Zeit. Du bist eine Göttin.« Da erst schien Emily zu bemerken, dass Karolina versuchte, sich wieder einigermaßen präsentabel zu machen, und eilte herüber. »Nein, nein. Richte nicht alles. Du siehst aus wie unter die Räuber gefallen, und genau so wollen wir das lassen.«

»Du glaubst doch wohl nicht, dass ich noch mal da rausgehe«, erwiderte Karolina und wich vor Emily zurück wie vor einem tollwütigen Waschbären.

»Natürlich. Na los, ich begleite dich.« Emily umklammerte Karolinas Unterarm und zog sie in Richtung Tür.

»Auf keinen Fall! Ich habe mich komplett zum Affen gemacht! Und hast du nicht gesagt, dass auch Reporter aus New York und von landesweiten Medien hier sind?« Karolina hielt sich die freie Hand vors Gesicht, als sie den Flur betraten. »Ich möchte am liebsten sterben.«

»Oh, ich bitte dich, lass diese Dramatik. Ich hätte es kein bisschen besser planen können. Im Gegenteil, ich sollte mich schämen, dass ich nicht zuerst an Tränen gedacht habe. Du gehst jetzt da wieder rein, setzt dich hin, stocherst in deinem Mittagessen herum und beantwortest alle Fragen, die sie dir stellen, während sie dir ihr Mitgefühl ausdrücken. Ich wollte das heute eigentlich noch nicht tun, aber angesichts der Entwicklungen von eben wäre jetzt der ideale Zeitpunkt, versehentlich verlauten zu lassen, dass Graham dir verbietet, Harry zu sehen. Und dass es dir das Herz bricht.«

Karolina musste in ihren Pumps praktisch joggen, um mit Emily Schritt zu halten. »Aber das stimmt so nicht«, warf sie ein. »Er hat mir nicht verboten, ihn zu sehen. Ich war bei Harrys Schwimmwettkämpfen und konnte abends manchmal allein mit ihm essen. Am Wochenende nach seiner Rückkehr aus dem Ferienlager wird er mich besuchen.«

»Wortklauberei«, winkte Emily ab. »Ich sage nur ein Wort, Karolina: Vasektomie. Lass mich meine Arbeit machen.«

Wie Emily vorhergesagt hatte, wurde Karolina geradezu umschwärmt, als sie an ihren Tisch zurückkehrte. Die Frauen wetteiferten um einen Platz und drängten sich in ihre Nähe.

»Sie armes Ding. Meine Mutter hat auch zu viel getrunken. Jetzt ist es mein Mann. Ich verstehe Sie so gut.«

»Ach herrje, ich mache auch gerade eine Scheidung durch. Es ist so grässlich, nicht wahr?«

»Ich wurde auf dem College mal beim Fahren unter Alkoholeinfluss erwischt. Gott sei Dank hatte ich damals noch keine Kinder, aber ich würde sterben, wenn die Mütter aus meinem Freundeskreis davon wüssten.«

Karolina nickte und versuchte, das Mitgefühl zu genießen. Schließlich hatte sie sich das verdient.

Eine hagere Frau mit traumatisierter Miene packte Karolinas Arm und wisperte: »Was auch immer Sie tun, geben Sie beim Sorgerecht keinen Zentimeter nach. Die wissen genau, dass Sie sich sowieso bloß dafür interessieren.«

Emily schritt ein, bevor Karolina antworten konnte. »Das ist ein sehr guter Rat«, stellte sie fest. »Ich hoffe, es macht Ihnen nichts aus, wenn ich Ihnen Karolina entführe? Ihr Exmann versucht, sie davon abzuhalten, ihren Sohn zu sehen, und wir müssen dafür sorgen, dass sie ihre Energie für diesen wichtigen Kampf aufspart.«

»Das darf doch wohl nicht wahr sein! Was ist er, ein Monster?«

»Senator Hartwell sollte sich schämen, sein Kind so als Druckmittel einzusetzen.«

»Gehen Sie nur, und zeigen Sie diesem Mann, wer das Sagen hat!«

Wieder strömten Tränen aus Karolinas Augen. Diese Frauen verstanden sie, interessierten sich für ihre Probleme. Sie konnten den Gedanken nicht ertragen, dass sich ein Vater zwischen eine Mutter und ihr Kind stellte. Sie waren auf ihrer Seite, und zum ersten Mal seit einer Ewigkeit verspürte Karolina so etwas wie Dankbarkeit.

»Vielen Dank für Ihre Unterstützung«, brachte sie heraus und meinte jedes Wort davon ehrlich.

»Schon wieder brillant«, zischte Emily ihr ins Ohr, als sie Karolina aus dem Raum und in Richtung Parkplatz führte.

»Das war mein Ernst.« Karolina gab sich keine Mühe, ihre Gereiztheit zu verbergen. »Die waren alle so nett.«

»Natürlich«, murmelte Emily und marschierte auf Karolinas Mercedes-SUV zu. »Wenn es eine Gruppe gibt, deren Unterstützung wichtig ist, dann diese. Du bist jetzt Teil ihrer Gemeinschaft. Und vertrau mir, die werden die Truppen schneller und effizienter mobilisieren als ein Navy-SEAL-Team, wenn es eine aus ihren Reihen zu verteidigen gilt. Sie sind reich und gut vernetzt, und sie werden es an all ihre anderen reichen und gut vernetzten Freundinnen weitergeben: Du bist hier das Opfer, und Graham ist das ... Wie hat ihn diese eine Frau bezeichnet? Das *Monster*. Ich muss sagen, das war ein durchschlagender Erfolg.«

Karolina stieg ins Auto. Sie wollte Emilys Worten glauben. Sie wollte Harry im Arm halten, sich mit ihm einen

Film ansehen, ihm Frühstück machen und zuhören, wenn er ihr von seinem Tag erzählte ...

»Bereite dich auf die Anrufe vor, die gleich kommen werden. Alle werden dir Fragen stellen wollen. Tu einfach genau das, was du auch dort drin gemacht hast: Sei sympathisch und menschlich und stehe zu deinen Fehlern. Wenn du deine Karten richtig ausspielst, gibt es keinen Grund, Graham anzugreifen. Lass alle zwischen den Zeilen lesen und eigene Schlussfolgerungen ziehen. Wir haben den Spieß umgedreht, Lina, und keine Sekunde zu früh. Es ist an der Zeit, dass die Menschen sein wahres Gesicht erkennen.«

Karolina ließ den Wagen an. Ihr Handy klingelte, und eine unbekannte Nummer mit der Vorwahl 917 erschien auf dem Display.

»Geh ran«, drängte Emily. »Nimm alle Anrufe an.« Sie strahlte vor Begeisterung.

Karolina stellte auf Bluetooth-Verbindung um und drückte »Annehmen«. Während sie rückwärts ausparkte, begann sie zu reden. Reporter aus gefühlt jeder Stadt in den USA meldeten sich und stellten immer wieder dieselben Fragen. Stimmte es, dass sie zum Entzug gewesen war? Bereute sie, was sie getan hatte? Arbeitete sie mit Mothers Against Drunk Driving zusammen? Hielt Senator Hartwell sie davon ab, ihren Sohn zu sehen? Glaubte sie an zweite Chancen? Wie sah ihre Zukunft aus? Hatten sich die Mütter der anderen Jungs gemeldet, die an dem Abend mit im Auto gesessen hatten? Karolina redete die ganze Heimfahrt über und dann noch weitere vier Stunden auf ihrer Couch, wo sie eine Tasse Earl Grey nach der anderen trank und versuchte, so ehrlich zu sein wie möglich. Oder wenigstens so ehrlich, wie man sein konnte, wenn man über alles log.

Wann immer sie schwächelte, dachte sie an die Vasektomie. Trotzdem war sie überrascht, nein, geradezu schockiert, wie sich der Tonfall der Reporter von feindselig und anklagend zu verständnisvoll verändert hatte. Ihre sehr echten Tränen des Entsetzens und der Traurigkeit vor all diesen wunderschönen, privilegierten Frauen waren eine öffentliche Absolution gewesen. Karolina, das betrunkene Model, war zu Karolina, dem leidenden Menschen geworden.

Solange die Sache mit Harry noch nicht geklärt war und sie nicht wusste, womit Graham sie womöglich aus heiterem Himmel konfrontieren würde, konnte sie sich nicht vollkommen entspannen, aber zumindest hatte sie nicht länger das Gefühl, dass die ganze Welt sie hasste.

Sie tat, was in ihrer Macht stand. Es war nicht perfekt, es war nicht alles, aber für den Augenblick war es genug.

Kapitel 25

Das Kokain der Vorschülerinnen
Emily

Wie lange war es her, seit Miles etwas so Spontanes getan hatte, wie unangekündigt von Hongkong hierherzufliegen, um sie zu überraschen?, fragte sich Emily und versuchte, nicht auf die Schlammmaske zu fassen, die sie sich sorgfältig auf Gesicht, Hals und Dekolleté aufgetragen hatte. Sie wusste nicht, ob es an der Überraschung lag oder an der Vertrautheit oder woran auch immer, aber die letzten achtundvierzig Stunden waren unglaublich gewesen. Und damit meinte sie diesmal nicht nur den Sex, sondern alles: Sie waren bis spät in die Nacht aufgeblieben und hatten darüber gesprochen, wie sehr Miles die Herumreiserei bei seiner Stelle nervte, über Emilys Gefühl des Versagens, die Tatsache, das sich beide voneinander distanziert und entfremdet fühlten, aus Gründen, die über geografische hinausgingen. Gut, er hatte trotzdem wie ein Blödmann fünfzehn Stunden am Stück geschlafen, aber sie konnte ihm vergeben, wo er schließlich zusammengenommen mehr Zeit im Flieger verbracht hatte, als ihnen in den beiden Tagen miteinander blieb.

»Ist dir eigentlich klar, dass du seit Tagen nur noch lächelst?«, fragte Karolina, als sie das Wohnzimmer betrat und ihre Tasche auf die Couch fallen ließ. Karolina hatte

Emilys Rat befolgt und war von ihrer Hermès Kelly für achttausend Dollar auf eine deutlich preiswertere Tasche von Michael Kors umgestiegen. Das Supermodel hatte sich erfolgreich zu einer Frau herabgestuft, die durchaus als normal durchging. Immer noch wunderschön, aber wärmer und entspannter.

»Das halte ich für eine Übertreibung. Aber sein Besuch war schön.«

»Das freut mich für euch. Du hast das gebraucht.«

»Was soll denn das heißen?«

»Die Leute hatten schon angefangen zu reden.«

Emily riss die Augen auf. »Soll das ein Witz sein? Es gibt in dieser Stadt Menschen, die über *mich* und *mein* Privatleben tratschen?«

Karolina lachte. »Natürlich. Ich komme gerade von einer solchen Gruppe. Meine neuen besten Freundinnen, und die sind so froh über deine Wiedervereinigung mit deinem Ehemann.«

»Du gehst zu *einem* Mütterabend und wirst sofort zur Königin von Greenwich?«

»Aber wolltest du nicht genau das?« Karolina klimperte mit ihren L'Oréal-Wimpern.

Emily rümpfte die Nase. »Ja. Ich schätze schon.« Es entstand eine kurze Pause. »Soll ich erst betteln?«

»Ja.«

»Dann kannst du deinen blöden Kleinstadtklatsch auch für dich behalten.«

»Ach, komm schon, Em. Du und Alistair?«

»Alistair?« Emily konnte spüren, wie die inzwischen getrocknete Maske an ihrer Stirn Risse bekam. »Was zum Teufel wissen die über Alistair?«

»Alle halten ihn für unglaublich attraktiv, und sie wissen, dass er hinter dir her war. Ich muss sagen, ich bin ein wenig gekränkt, dass du mir nichts davon erzählt hast.«

Emily lachte verbittert auf. »Ich habe ihm ein halb nacktes Selfie geschickt, und er hat nicht mal geantwortet.«

Karolina starrte sie aus ihren schockierend blauen Augen an.

»Was?«, wollte Emily wissen.

»Also hatten sie recht.«

»Inwiefern?«

»Sie haben behauptet, dass zwischen euch etwas lief. Jemand hat euch auf einer Party zusammen gesehen.« Karolina versuchte offensichtlich, nicht anklagend zu klingen, doch damit scheiterte sie kläglich.

»Diese Frauen sind Spielfiguren in unserem Masterplan, dir dein früheres Leben wiederzubeschaffen, an der Seite deines Sohnes, wo du hingehörst. Vergiss den Rest, das ist nur Hintergrundrauschen.«

Karolina schien darüber nachzudenken. »Ich ziehe mir jetzt eine Jogginghose an. Wollen wir uns zusammen was anschauen? *Der Report der Magd?*«

Emily zuckte mit den Schultern. Sie war noch mindestens für eine weitere halbe Stunde gebunden, bis sie ihre Maske abwaschen konnte. »Klar.«

Karolina verschwand die Treppe hoch, und Emily dachte darüber nach, ebenfalls etwas mit elastischem Bund anzuziehen. In ihrem ganzen Leben war sie sich noch nie übergewichtig vorgekommen. Dafür hatte sie mit Maßnahmen der alten Schule gesorgt: Zigaretten, Coke light und Wodka Sodas mit Limette, und solange sie sich nichts in den Mund stopfte, musste sie nicht mal besonders viel Sport treiben. Aber jetzt? Das hier war Greenwich. Die Vorstadt drohte damit, ihr fünf Pfund auf die Hüften zu binden, als wäre sie eine gewöhnliche Hausfrau. Das war absolut inakzeptabel.

Ein Klingelton, der nicht zu ihrem Handy gehörte, schallte irgendwo aus den Tiefen der Couch, und Emily kramte das Telefon hervor. Auf Karolinas Display leuchtete das Foto eines attraktiven, lächelnden Graham. Natürlich wusste Emily, dass sie den Anruf ignorieren sollte, aber wo bliebe denn da der Spaß?

»Hallo? Graham?«, fragte Emily so süßlich, wie sie es fertigbrachte. Sie hatte nicht die geringste Ahnung, was sie zu dem Mann sagen sollte.

»Karolina, hör zu, und zwar gut«, begann Graham mit tiefer und ernster Stimme. »Ich werde nicht zulassen, dass du mich in der Presse verunglimpfst. Deine Andeutungen bei diesem Wohltätigkeitsding, dass ich dich davon abhalte, Harry zu sehen? Wie kannst du es wagen? Brauchst du wirklich so dringend Aufmerksamkeit und Mitleid? Gut, dann machen wir es offiziell. Ich wollte nicht, dass es so weit kommt, nicht für dich, für mich oder für Harry, aber du lässt mir keine Wahl. Du darfst nächsten Monat nicht zum Besuchstag kommen. Und wenn du auch nur ein Wort darüber der Presse gegenüber verlierst, wird das zu einem dauerhaften Arrangement.«

»Graham, hier ist …«, versuchte es Emily, aber er hatte bereits aufgelegt. Wie benommen saß sie da, bis die Wut zurückkehrte. Sie ließ Karolinas Handy auf die Couch fallen und nahm ihr eigenes in die Hand. Dann schickte sie Graham zwei Nachrichten. In der ersten stand einfach nur: *Vasektomie.* Sie gab ihm eine volle Minute, das zu verdauen, und ließ dann die zweite folgen: *Karolina wird Harry wie geplant besuchen. Das ist alles.*

Emily hörte Karolinas Schritte und legte beide Handys zurück auf die Couch. Sogar mit ihren kurzen Haaren sah Karolina in locker sitzender Schlafanzughose und einem dazu passenden Hemdchen erwartungsgemäß spektakulär aus.

»Stammt das aus der neuen Hier-sind-meine-Nippel-Kollektion von Victoria's Secret?«, fragte Emily und verdrehte die Augen.

Karolina kniff die Augen zusammen. »Was hast du denn für ein Problem?«

»Nichts, vergiss es. Hier, du kannst dir ansehen, was du willst. Ich habe meine Meinung geändert. Eigentlich bin ich hundemüde, besser, ich gehe ins Bett.«

»Okay«, erwiderte Karolina und wirkte ein wenig gekränkt.

»Ich fahre morgen früh für einen Frühstückstermin nach New York.« Emily konnte sehen, dass Karolina darauf wartete, dass sie erläuterte, mit wem, aber sie wollte nur so rasch wie möglich verschwinden.

»Gute Nacht!«, hörte sie Karolina rufen, während sie zur Treppe ging.

Das Gästezimmer, in dem Emily ihr Quartier aufgeschlagen hatte, war eine beruhigende Oase aus Pflaumenblau, Grau und Marineblau. Bettwäsche von Matouk, Handtücher von Frette, der weichste Teppich aus Seide und Wolle, den ihre Füße je berührt hatten. Jedes Detail war bequem und perfekt, bis hin zum im Badezimmerspiegel versteckten Fernseher. Emily war noch nie der Schaumbadtyp gewesen, aber sie fühlte sich ruhelos, aufgebläht, gelangweilt und gestresst zugleich. Was gab es da Besseres, als sich ein wenig schwerelos zu fühlen, während man gleichzeitig eine Folge *This Is Us* aus den tröstlichen, riesigen Schaumbergen von Molton Brown schaute? Doch selbst Milo Ventimiglia auf dem Bildschirm brachte nicht die erhoffte Entspannung. Falls am Folgetag alles wie geplant lief, würde sie einen Pakt mit dem Teufel eingehen. Sie wählte Miriams Nummer.

»Em? Hi. Warte, eine Sekunde ... Benjamin Kagan! Mach sofort diesen Gürtel vom Hals deiner Schwester ab. Hast du mich verstanden? SOFORT! Geh nach oben und leg dich ins Bett. JETZT!« Emily hörte ein Schlurfen und dann Weinen.

»Sosehr ich auch das Geräusch von schreienden Müttern und ihren Kids liebe, vielleicht könntest du mich zurückrufen?«, fragte Emily. Auf dem stumm geschalteten Fernseher sang die junge Mandy Moore in ihrer Band. Durch das Telefon hörte sie eine Tür knallen.

»Hi, tut mir leid, ich bin jetzt dran«, versprach Miriam atemlos. »Bitte sag mir noch mal, warum ich es für eine gute Idee gehalten habe, meine Stelle aufzugeben?«

»Weil deine Kinder so schnell groß werden und du jede Sekunde durch die Finger gleiten spürst wie Sand in einer Sanduhr? Oder wegen einer ähnlichen schlechten Metapher? Ich glaube, das war deine Antwort, als ich dir vor zwei Wochen genau dieselbe Frage gestellt habe.«

Miriam seufzte. »An manchen Tagen ist es echt die Hölle. Du rufst aber nicht an, weil du den Ausflug mit Maisie morgen absagen willst, oder? Denn dann wäre sie am Boden zerstört. Sie wollte heute Abend sogar in ihrem Kleid schlafen.«

»Natürlich sage ich den nicht ab! Wir treffen uns um

acht am Bahnhof.« Emily musste Maisie mitnehmen; nichts würde Miranda mehr aus dem Konzept bringen, als wenn jemand ein Kind in ihr Büro schleppte. Sie hoffte, es würde Miranda anfälliger für Manipulation machen.

»Hast du dich schon entschieden, was ihr unternehmen wollt?«

»Wir nehmen uns die Favoriten vor: Alice's Tea Cup, Serendipity, Dylan's. Ein bisschen Shopping, ein bisschen herumschlendern. Vielleicht eine Maniküre. Du weißt schon, Mädchenkram.«

»Okay«, erwiderte Miriam. »Aber bitte keinen Laden von American Girl, okay?«

»Warum nicht? Zu kommerziell? Anti-feministisch? Mit Phthalaten hergestellt? Welches Problem könntest du denn möglicherweise mit diesen Puppen haben?«

»Sie ist erst fünf, und ich will nicht, dass sie schon zu früh süchtig wird.«

»Ah, das Kokain der Vorschülerinnen. Davon hab ich gehört. Keine Drogen, kein Sex, kein American Girl. Verstanden. Hör mal, können wir kurz das Thema wechseln?«

»Ich habe aber nur einen Augenblick Zeit. Paul wird ...«

»Okay, gut.« Emily senkte die Stimme beinahe zu einem Flüstern, falls Karolina mithörte. »Ich bin zufällig an Karolinas Handy gegangen, und Graham war dran. Allerdings dachte er, er spricht mit Karolina, und er ...«

»Du bist *zufällig* an Karolinas Handy gegangen? Im Ernst jetzt?«

»Das ist nicht der wichtige Teil! Er hat mich für Karolina gehalten und ist total ausgeflippt, weil sie bei dieser Wohltätigkeitsveranstaltung schlecht über ihn geredet hat. Er hat ihr gesagt, dass sie nächsten Monat nicht zum Besuchstag in Harrys Ferienlager gehen darf, und wenn sie sich nicht ruhig verhält, wird er den Kontakt zu Harry komplett unterbinden.«

»Oh mein Gott, der ist doch krank im Kopf. Eine andere Erklärung gibt es nicht.«

»Wie wär's damit, dass er einfach ein Arschloch ist?«, schlug Emily vor.

»Nicht nur das, aber Trip drückt sich auch darum, einen Mediationstermin zu vereinbaren. Er behauptet, Graham wäre zu beschäftigt. Glücklicherweise hat er das schriftlich festgehalten, daher kann ich es dem Richter vorlegen, wenn wir Graham schließlich irgendwann vor Gericht zerren. Und jetzt droht er ihr, sie von ihrem eigenen Sohn fernzuhalten? Er ist ein Monster.«

»Das scheint das Wort des Tages zu sein. Und ich habe ihm möglicherweise von meinem eigenen Handy aus zwei Nachrichten geschickt«, fügte Emily hinzu.

»Was meinst du damit?«

»In einer stand ›Vasektomie‹, und ich nehme an, er hat mich verstanden.«

»Hältst du es wirklich für eine gute Idee, einem US-Senator zu drohen? Wie wird er denn deiner Meinung nach reagieren? Das Handtuch werfen? Sich in den Ruhestand verabschieden? Dich anflehen, das für dich zu behalten? Ich bitte dich, Emily. Nichts für ungut, aber hier geht es nicht um ein Modemagazin. Womöglich haben deine Taten rechtliche Konsequenzen. Hast du darüber mal nachgedacht?«

Emily tat es und spürte kurz Panik in sich aufflackern. »Natürlich.«

»Weiß Karolina, dass er angerufen hat?«

»Nein.«

»Und diese Polizistin, die du angeheuert hast, damit sie ihn verführt oder ihm eine Falle stellt oder wie auch immer du das nennen willst? Hast du dir von ihr eine Geheimhaltungsvereinbarung unterschreiben lassen? Was, wenn sie irgendwo herumerzählt, wofür du sie engagiert hast?«

Emily krallte die Fingernägel in die Handflächen. Es war nicht das erste Mal, dass Miriam sich so herablassend verhielt, auch wenn sie das nicht unbedingt beabsichtigte. Aber Emily vorzuwerfen, dass sie Karolinas Misere nicht ernst nahm? Wo sie doch praktisch von Los Angeles hierher in die Vorstadt gezogen war, um ihr zu helfen? Das war einfach zu viel. »Ich lege jetzt auf. Falls ich noch etwas aus juristischer Sicht zu beachten habe, melde dich.« Emily überraschte sich selbst und beendete das Gespräch.

Dann wartete sie, mit leicht zitternden Händen und vor Wut schäumend. Sie würde das in Ordnung bringen. Das tat sie immer – und genau das machte sie aus.

Es dauerte zwei Minuten, dann erschien eine Nachricht auf ihrem Display. *Tut mir leid. Harter Abend. Wir kriegen das hin, ich stehe hinter dir. Hab dich lieb.*

Und dann sofort gefolgt von: *Bitte sag, dass du trotzdem morgen Maisie mitnimmst???*

Emily lächelte und schrieb zurück. *Ich würde niemals die Tochter für die Verbrechen ihrer Mutter bestrafen. Ich sehe euch beide morgen früh, auch wenn die Mutter eine totale Bitch ist. xo*

»Du denkst aber dran, sie anzuschnallen, falls ihr mit einem Taxi fahrt, okay? Eigentlich sollte sie sogar noch eine Sitzerhöhung benutzen, aber ich weiß, dass du nicht den ganzen Tag eine herumschleppen willst.«

»Absolut korrekt«, erwiderte Emily und legte trotz der Frühsommerhitze beide Hände um ihren großen Skinny Latte. Beim Aufwachen hatte sie den Tag gefürchtet, doch dann war ihr wieder eingefallen, wie sehr Maisie sie vergötterte und wie sehr sich das Mädchen freute. »Negativ bei der Sitzerhöhung. Und ich bin nicht so ein Arsch, dass ich vergesse, eine Fünfjährige anzuschnallen.«

Bei diesen Worten ruckte Maisies Kopf herum, und sie starrte Emily an.

»Was?«, fragte Emily sie.

»Sogar eine Fünfjährige weiß, dass das ein Schimpfwort ist«, erklärte Miriam und bedachte Emily mit einem ihrer Miriam-Blicke.

In der Ferne war ein pfeifendes Geräusch zu hören.

»Amüsiert euch! Mommy wird den Tag zu Hause mit Anrufen beim Bethesda Police Department verbringen!«, rief Miriam ihnen hinterher und winkte.

»Komm, Schätzchen.« Emily nahm Maisies Hand. »Sag deiner Mommy, dass du sie liebst und dass wir beide unser Allerbestes versuchen, die nächsten sechs Stunden ohne ihre ständige und nicht enden wollende Einmischung zu überleben.«

»Ich hab dich lieb, Mommy! Wir werden beide unser Allerbestes versuchen …«

Emily hielt Maisie eine Hand vor den Mund. »Ich bringe sie in einem Stück zurück, versprochen. Und mit maximal einer Puppe von American Girl, okay?«

»American Girl?«, wiederholte Maisie und klang beinahe euphorisch. »Wir gehen zu American Girl? Und ich bekomme eine Puppe? Meine ganz persönliche Puppe von American Girl? Oh Tante Emily, ich kann es kaum erwarten!«

Emily fürchtete sich beinahe davor, Miriam anzusehen, aber ein schneller Blick bestätigte ihr, dass ihre Freundin mehr oder weniger aufgegeben hatte. Miriam stand einfach nur kopfschüttelnd da und wirkte besiegt. Dann warf sie ihnen beiden eine Kusshand zu und ging zurück zum Auto.

Maisie plapperte auf dem ganzen Weg nach New York und erzählte Emily von den Mädchen in ihrer Ferienlagergruppe: Wer die meisten Freundschaftsarmbänder hatte, wer die anderen geärgert hatte, wer am lustigsten die Erzieher nachmachen konnte. Sie erklärte, warum sie die Sendung *Go wild! Mission Wildnis* liebte und auf welche Lehrerin sie für die erste Klasse hoffte und worum sie die Zahnfee bitten wollte, wenn sie ihren nächsten Zahn verlor (und übrigens wackelten vier – vier!). Wer hätte geahnt, dass das Kind so viel reden konnte? Als Emily noch bei Miriams Familie wohnte, hatte sie Maisie beinahe ausschließlich mit ihren Brüdern streiten und nach Snacks fragen hören. Wusste Miriam überhaupt, was für ein Juwel sie da besaß? Was für ein zauberhaftes kleines Mädchen? Als Maisie im Fahrstuhl der Grand Central Station nach Emilys Hand griff, spürte Emily sich ein wenig gefühlsduselig werden. Sie drückte die Hand des Mädchens und küsste sie auf den Kopf.

»Wohin gehen wir zuerst, Tante Emily?«, fragte Maisie aufgeregt.

»American Girl! Wohin denn sonst?«

»Aber Mommy hat mir das erst erlaubt, wenn ich sieben bin. Sie sagt, die Kleidungsstücke dort kosten mehr als ihre, und dass ich auf eine besondere Gelegenheit warten muss.«

»Wir machen unseren ganz eigenen Mädelstag in der Stadt – das ist doch eine besondere Gelegenheit, oder etwa nicht? Und natürlich kosten die Klamotten der Puppen mehr als die deiner Mommy. Hast du mal gesehen, was sie trägt?« Sie gingen mit flottem Schritt die Fifth Avenue hinab. »Das Leben ist kurz, Schätzchen. Lass es uns genießen.«

Anderthalb Stunden später hatten sie es beide ausgiebig genossen, im Wert von fünfhundertzweiundzwanzig Dollar, um genau zu sein. Sie hatten nicht nur eine Gabriela-Puppe gekauft, sondern Emily hatte Maisie auch bei der Auswahl einer Garderobe für Gabriela geholfen: ein schickes Wickelkleid für die Arbeit, einen schwarzen Overall für Cocktails, eine duftige pinkfarbene Robe für Preisverleihungen, zwei verschiedene Tennis-Outfits für Besuche im Klub und eine knöchellange Skinny Jeans mit einem Blusentop für den Brunch am Wochenende. Maisie schlug immer wieder Sportklamotten vor – Leggings, Laufshorts, Jogginghosen –, aber Emily redete ihr das geduldig und hartnäckig aus. Maisie konnte nichts dafür. Wenn man den ganzen Tag zu Hause nichts weiter sah als entsetzliche Teile mit elastischen Bündchen, woher sollte man da Alternativen kennen? Sie beendeten ihren Besuch mit der Diskussion, ob sie für Gabriela ein Pferd und einen Stall mitnehmen sollten, damit sie reiten konnte, oder einen Pool mit integrierter Bar, wohin sie im Sommer ihre Freundinnen einladen konnte. Da sie sich nicht entscheiden konnten, kauften sie beides.

»Das darf ich alles mit nach Hause nehmen? Ehrenwort? Alles?«, fragte Maisie nervös, als sie Emily nach draußen folgte, die Puppe fest umklammert.

»Versprochen, Schätzchen. Ich habe extra einen Aufschlag für Eilzustellung bezahlt, und sie haben mir versichert, dass es heute noch verschickt wird. Hier«, sagte sie und reichte Maisie eine Plastikflasche und einen Becher mit Eiswürfeln aus dem kleinen Laden an der Ecke, wohin sie nach dem Verlassen von American Girl gegangen waren.

»Meine Mommy lässt mich keine Limo trinken«, erklärte Maisie und starrte auf die Flasche.

»Keine Sorge, Schätzchen, das ist eine Light. Die ist sogar gut für dich.«

In einträchtigem Schweigen nippten sie einige Minuten lang an ihren Getränken, während Emily Maisie dabei beobachtete, wie die wiederum allen anderen zusah. Emily war überrascht, wie sehr sie das Mädchen mochte und wie stark es ihren Beschützerinstinkt ansprach. So peinlich es war, das zuzugeben, aber sie konnte sich nicht erinnern, wann sie das letzte Mal bei einem Mädelsausflug nach New York so viel Spaß gehabt hatte. Das sagte sie Maisie auch, und die Kleine strahlte wie ein Honigkuchenpferd. »Gleichfalls«, erwiderte sie, umarmte ihre neue Puppe und drückte Emilys Hand.

»Oh Shit«, entfuhr es Emily, als ihr Blick auf ihre Uhr fiel.

Maisies Mund öffnete sich zu einem perfekten Kreis.

»Mach dir keine Sorgen. Wir kommen nur zu spät. Und weißt du, bei wem es keine Unpünktlichkeit gibt? Bei Miranda Priestly.«

»Wer ist Miranda Priestly?«, wollte Maisie wissen.

»Die Frau, der ich meine Seele verkaufen werde«, erklärte Emily.

»Was bedeutet ›deine Seele verkaufen‹?«

Emily hob Maisie und die Puppe hoch. »Komm, Schatz, wir müssen uns beeilen.«

Als sie schließlich bei Elias Clarke eintrafen, stürmte Emily durch die Glastür, ohne sich die Mühe zu machen, mit der schockierten Sekretärin in der Lobby auch nur ein Wort zu wechseln, und steuerte geradewegs auf Mirandas Suite zu, wo sie von Mirandas zweiter Assistentin mit einem tödlichen Blick begrüßt wurde.

»Kann ich Ihnen helfen?«, fragte die hübsche Gazelle in einem pflaumenblauen Bleistiftrock, weißem Seidentop und offenen Sandalen mit haushohen Absätzen; ganz offensichtlich bot sie nicht wirklich ihre Hilfe an, auch wenn Emily eine müde Maisie auf der Hüfte sitzen und eine American-Girl-Puppe an der Hand hängen hatte.

»Ich habe einen Termin mit Miranda«, antwortete Emily in ihrer gereiztesten Stimme, was ihr erfreulicherweise eine Reaktion seitens des Mädchens einbrachte. »Emily Charlton.«

»Oh Emily! Natürlich!«, rief das Mädchen und überschlug sich beinahe beim Aufstehen. »Ich habe so viel über Sie gehört! Sie sind eine Art Legende hier.«

»Wollen Sie damit sagen, dass ich alt bin?«

Das Mädchen wirkte panisch. »Was? Nein, natürlich nicht. Nichts in der Art. Ich meinte nur, dass ...«

Emily zwang sich zu einem Lächeln. Oh, wie gut sie sich an diese Zeit erinnern konnte! »Hören Sie, wo kann ich sie hier einen Moment lang unterbringen?«

»Das da? Äh, was ist das?«

»Das ist ein Kind. Bestimmt haben Sie schon mal eins gesehen?«

Die Assistentin wurde rot. »Ja, natürlich. Ich wusste gar nicht, dass Sie eine Tochter haben. Sie ist reizend.«

Zwei Telefone klingelten gleichzeitig. Instinktiv griff die

zweite Assistentin nach einem und sagte: »Büro von Miranda Priestly. Nein, sie kann momentan nicht ans Telefon kommen. Ja, ich schreibe mir seine Nummer auf, und sie wird ihn zurückrufen, sobald sie Zeit hat.« Das Mädchen nickte, als ob sie tatsächlich etwas notierte. »Mm, hmhm. Danke. Auf Wiederhören.«

Sie wandte sich Emily zu. »Wird niemals passieren«, erklärte sie, nahm den anderen Anruf entgegen und wiederholte denselben Text.

»Juliana!« Emily spürte, wie sich ihr die Härchen auf den Armen aufstellten. »Ist Emily da draußen? Ich habe jetzt Zeit für sie.«

Emily versuchte gerade, Maisie auf Julianas Stuhl unterzubringen, als Miranda die Tür aufschwang. Ihr puderrosafarbenes Kleid stammte von Alexander McQueen, und die Riemchen-Stilettos waren wie immer von Manolo. Eine federleichte Kaschmirstrickjacke, vermutlich Prada, hing ihr als Verteidigung gegen die Klimaanlage im Gebäude über den Schultern, und ihre Frisur saß so makellos wie immer.

»Hat mich jemand gehört? Irgendwer?« Sie erspähte Emily zuerst, nickte ihr beinahe unmerklich zu und wandte sich dann an Juliana. »Ich habe gesagt, ich habe *jetzt* Zeit für sie.«

»Ja, Miranda«, antwortete die Assistentin, während ihr eine unnatürliche, fleckige Röte über Gesicht und Hals kroch.

Miranda wirbelte gekonnt herum und marschierte in ihr Büro zurück.

»Danke, Juliana. Geben Sie Maisie einfach Ihr Handy, falls sie unruhig wird«, flüsterte Emily.

»Ich heiße Elle«, wisperte das Mädchen zurück. »Juliana ist die erste Assistentin.«

Zu sehen, dass sich nichts verändert hatte, war auf bizarre Weise beruhigend.

»Emily! Bringen Sie das Kind mit herein! Juliana hat genug zu tun, ohne dass wir ihren Pflichten auch noch Babysitting hinzufügen.«

»Sicher.« Emily griff nach Maisies Hand, doch das kleine Mädchen schoss in Mirandas Büro, wo sie sich sofort einen Briefbeschwerer aus Kristall vom Schreibtisch schnappte.

Emily spürte, wie ihr der Schweiß ausbrach. Was hatte sie sich verdammt noch mal bloß dabei gedacht, eine Fünfjährige in Miranda Priestlys Büro mitzunehmen?

Miranda betrachtete sie ungerührt. »Das Mädchen hat einen ausgezeichneten Geschmack«, murmelte sie. »Wie heißt du?«

Maisie blickte zu ihr auf, einer der wenigen Menschen auf der Welt, der anscheinend keine Angst davor hatte, Miranda in die Augen zu sehen. »Maisie Kagan.«

»Nun, Maisie Kagan, möchtest du gern ein wenig auf meinem Computer spielen, während Emily und ich plaudern?«

Maisie bekam große Augen und nickte.

»Komm her.«

Während Emily versuchte, ihren Schock zu verbergen, stand Miranda von ihrem Schreibtischstuhl auf und half Maisie daraufzuklettern. Rasch tippte sie auf einige Tasten und zeigte mit der Hand auf den Bildschirm. »Viel Spaß.« Dann drehte sich Miranda zu Emily um und bedeutete ihr, auf der Couch am Fenster Platz zu nehmen.

Emily versuchte, es sich auf Mirandas Sofa bequem zu machen, aber alles fühlte sich an, als säße es nicht richtig.

Jetzt, wieder hier bei *Runway*, kam sie sich vor wie eine fette Kuh. Ihr Kleid von Helmut Lang war an den Beinen, die ein wenig zu fleischig wirkten, hochgerutscht, und dank des Mittagessens fühlte sich ihr Gürtel an wie der Verschluss einer Zwangsjacke. Emily saß so aufrecht wie möglich und schwor sich, sofort nach ihrer Rückkehr in die fettmachende Vorstadt mit einer Saftdiät zu beginnen.

Miranda blickte Emily geradewegs in die Augen. »Ich muss ständig eins dieser dummen Mädchen entlassen, und ich habe dafür schlicht und ergreifend nicht mehr die Zeit. Es ist an der Zeit, dass Sie zu *Runway* zurückkehren, Emily. Der Met Ball im letzten Monat war eine Horrorshow.«

»Aber alle haben ihn gelobt! Das Thema *Starke Frauen* zu Ehren von #metoo war ein voller Erfolg! Sogar Ihre Neider mussten zugeben, dass es brillant war. E! hat ihn den ›sternenreichsten Abend im Mai‹ genannt, wenn ich mich recht erinnere.«

Miranda schien darüber nachzudenken. »Brillant, ja. Aber es war stressig. Schlecht organisiert. Und Sie wissen ja, wie sehr ich das liebe. *Sie* hätten das Zepter in der Hand halten sollen. Jetzt ist bereits Juni. Um diese Zeit haben wir normalerweise schon das Thema fürs kommende Jahr ausgesucht und stecken mitten in den Vorbereitungen für die großen *Runway*-Partys während der New Yorker und Pariser Fashion Week. Und was habe ich? Nichts.«

»Ich fühle mich geschmeichelt, Miranda, aber ich …«

»Genug«, unterbrach Miranda sie mit kaum zurückgehaltener Verärgerung. »Ich will Sie einstellen, Sie fürstlich bezahlen, und ich will, dass Sie sich die Finger wund arbeiten.«

»Und die Versuchung ist groß.« Emily nickte. »Aber ich habe mich schon einer anderen Klientin verpflichtet.«

»Karolina Zuraw?«

Emily nickte erneut. Ihr wurde bewusst, dass sie mit einer der wenigen Personen sprach, für die Karolina eine eigenständige Person war, nicht Mrs Graham Hartwell.

»Und wie läuft es da so?« Miranda strich mit einem kaum wahrnehmbaren Lächeln über den Hermès-Schal um ihren Hals.

Emily räusperte sich. Hier war sie, ihre einzige Chance. »Sie kennen Karolina – sie ist zu lieb für diese Welt. Und die Regenbogenpresse war auch keine Hilfe. Aber ich glaube, wir haben die Kurve gekriegt ...«

Miranda nahm ihre Prada-Lesebrille ab und kniff sich in die Nasenwurzel. »Emily. Sparen Sie sich diesen Scheiß. Dafür kennen wir einander zu lang.«

Emily fiel vor Überraschung beinahe von der Couch. Miranda fluchte nie. Niemals. Sie hielt es für krass und undamenhaft, etwas, das nur dumme Menschen taten.

»Okay, Sie haben recht«, gab Emily langsam zu. »Er hat sie zum Opfer gemacht, sie vor der ganzen Welt bloßgestellt und ihr praktisch ihr Leben weggenommen. Ich will es ihr zurückgeben. Ich möchte ihn vernichten. Er ist ein Monster.«

»Ich werde Ihnen helfen. Und dann helfen Sie mir«, machte Miranda es kurz.

Bingo. Emily kniff die Augen zusammen. »Sie braucht das Sorgerecht für ihren Sohn und dass Amerika die Sache mit der Trunkenheit am Steuer vergisst.«

»Was haben Sie?«, erkundigte sich Miranda.

Emily setzte sich aufrechter hin. »Einiges. Aber Karolina ist nicht bereit, damit an die Öffentlichkeit zu gehen.«

Miranda machte ein missbilligendes Geräusch. »Wie

unkreativ.« Sie sah Emily kühl an. »Schicken Sie mir eine E-Mail. Stichpunkte, bitte.«

»Miranda?«

»Ich kümmere mich darum.«

»Das weiß ich zu schätzen, aber so einfach ist das nicht. Wissen Sie, ich ...«

Miranda hob eine Hand. »Das wäre alles.«

»Miranda, Sie haben mich hergebeten, um zu besprechen, wie ich Ihnen helfen ...«

»Es ist geregelt«, sagte sie und erhob sich. »Komm her, meine Kleine. Geh zu Emily.«

»Maisie, verabschiede dich und bedanke dich bei Miss Priestly«, flüsterte Emily laut, aber Miranda ignorierte sie und nahm den Telefonhörer in die Hand.

Emily schloss die Doppeltür hinter ihnen beiden.

»Danke, dass du so lieb warst«, sagte sie zu Maisie, sobald sie sich im Fahrstuhl befanden. »Du hast dich dort drin sehr gut benommen. Schätzchen, kannst du mir einen Gefallen tun und deiner Mutter nicht erzählen, dass wir heute hier waren? Wie wär's, wenn das unser kleines Geheimnis bleibt?«

Maisie legte sich den Zeigefinger auf die Unterlippe, genau so, wie Miriam es immer tat.

»Danke, Schätzchen. Das bedeutet mir eine Menge.«

»Emily?« Maisie klang wie ein Kind, aber ihre Pose – eine Hand in die Hüfte gestützt, die andere vor sich ausgestreckt, die Handfläche nach oben – hatte definitiv nichts Kindliches an sich.

»Ja, mein Schatz?«

Maisie blickte ihr geradewegs in die Augen. *»Das wäre alles.«*

Kapitel 26

Die Tausend-Dollar-Decke
Miriam

Als Miriam die Augen aufschlug, bemerkte sie sofort zwei Dinge: Erstens, ihr Ehemann lag auf ihr, nackt. Und zweitens, der Raum war immer noch stockfinster, also musste es mitten in der Nacht sein. Träumte sie? Träumte er? Nein, er schien äußerst wach, wie er ihren Hals küsste und versuchte, ihr das Nachthemd über den Kopf zu ziehen.

»Was machst du denn da?«, fragte sie dümmlich. Natürlich war das offensichtlich, aber so ungewohnt! Heißer, spontaner Sex mitten in der Nacht?

»Wonach sieht es denn aus?«, murmelte Paul und arbeitete sich ihren Bauch hinunter.

»Äh, ich glaube nicht, dass du das willst«, beeilte sie sich zu sagen und riss mit beiden Händen an seinem Kopf.

Er wehrte sie ab. »Ich weiß, was ich will.«

Also ließ sie ihn. Gerne sogar. Sie ließ ihn auch alles andere tun, was er anbot; die Dunkelheit im Zimmer und die späte Stunde machten sie freier. Als sie anschließend in schweißfeuchter Umarmung dalagen, lächelte sie.

»Das war richtig schön«, sagte sie.

Paul lachte. »›Schön‹? Ich hatte eher auf etwas wie ›überwältigend‹ oder ›lebensverändernd‹ gehofft.«

Miriam drehte sich auf die Seite und küsste ihn. »Mit ›schön‹ meinte ich eigentlich, ›es hat meine Welt in ihren Grundfesten erschüttert‹.«

»Besser.«

»Paul?« Sie merkte, dass er wegzudösen begann, aber so nah hatte sie sich ihm seit Monaten nicht mehr gefühlt.

»Hm?«

»Was war der Auslöser?«

»Was war der Auslöser wofür?«

»Das eben. Was wir gerade getan haben.«

»Was meinst du damit?« Seine Augen waren geschlossen, und sein Atem verlangsamte sich.

»Ich meine, warum gerade jetzt? Nachdem ... das letzte Mal so lange her ist. Ich will es nicht zerreden. Es ist nur so, dass ... Keine Ahnung. Ich habe das Gefühl, das kam irgendwie aus heiterem Himmel, nachdem die Dinge ... in letzter Zeit zwischen uns anders waren. Nicht anders, das hätte ich nicht sagen sollen. Distanziert. Als lägen wir nicht wirklich auf derselben Wellenlänge. Nimm zum Beispiel mal die Arbeit ...« Sie wurde von einem Schnarcher unterbrochen, der so laut war, dass sie glaubte, er würde ihn spielen, sie auf humorvolle Weise dazu bringen wollen, die Klappe zu halten; aber er schnarchte auch weiter, als sie eine Minute lang lauschte.

Eine Stunde später lag Miriam immer noch wach. Keiner ihrer üblichen Einschlaftricks hatte geholfen, nicht das Lesen der Gratisversion von *Moby Dick* auf ihrem Kindle, das Surfen auf Sportwebsites, nicht mal die Nachrichten von National Public Radio, denen sie auf ihrem Handy lauschte. Also verließ sie das Bett und ging für einen Imbiss in die Küche. Wie sie in Pauls Büro gelangt war, wusste sie anschließend nicht mehr genau, aber es war, als ob ein Magnet sie von ihrem Platz in der Speisekammer, wo sie zwei Handvoll Kartoffelchips inhaliert hatte, direkt in Pauls schnittigen Aeron-Rollsessel gezogen hatte.

Miriam ging davon aus, dass er das Passwort für seinen Computer geändert hatte, daher war sie überrascht, als sie sich mit ihrem gemeinsamen Passwort sofort einloggen konnte. Sie stöberte ein wenig herum, überflog seinen Posteingang und -ausgang und den Papierkorb auf etwas Ungewöhnliches, aber nichts stach heraus. Sie überprüfte sein iPhoto. Nichts. In der Dropbox lag ein Ordner mit dem ominösen Titel PRIVAT, aber darin befanden sich nur Kopien von den Pässen der Familie und von ihren Sozialversicherungskarten, Kreditkarten und Führerscheinen. Nachdem sie zwanzig Minuten lang herumgesucht hatte, fühlte sich Miriam mit jeder Minute schuldiger, dass sie seine Privatsphäre so verletzte, aber ihre spürbare Erleichterung war ihr das wert. Als der Computer pingte und eine neue E-Mail hereinkam, zuckte sie zusammen. Der Absender war American Express, und sie beinhaltete seinen Kreditkartenkontoauszug für Juni, dazu eine Bestätigung, dass er sich für eine papierlose Abrechnung entschieden hatte.

Papierlos?, wunderte sie sich und klickte darauf. Paul und sie waren beide besonders pedantisch. Sie gingen ihre Abrechnungen jeden Monat mit verschiedenfarbigen Textmarkern durch, um mögliche falsche Forderungen aufzuspüren, bevor sie die Rechnung bezahlten und dann scannten und sowohl in ihrem cloudbasierten Archiv als auch ihrem Ablagesystem auf der Festplatte speicherten. Sie konnte sich nicht vorstellen, warum er sich für eine papierlose Abrechnung entschieden hatte, wenn er die dann jeden Monat ausdrucken musste, um sie zu überprüfen. Ein weiterer Klick enthüllte, dass es sich um die Abrechnung für Pauls persönliche Kreditkarte handelte. Jeder von ihnen hatte eine eigene Kreditkarte und ein eigenes Konto, da sie sich einig waren, wie wichtig finanzielle Freiheit und Privatsphäre waren – außerdem, wie sollten sie sich gegenseitig Geschenke oder Überraschungen kaufen, wenn der andere über alles Bescheid wusste? Doch mit dem Großteil ihrer Ausgaben wurden ihre gemeinsamen Karten belastet und dann aus dem gemeinsamen Konto bezahlt. Im Bewusstsein, dass sie gerade allem zuwiderhandelte, worauf sie sich geeinigt hatten, öffnete Miriam Pauls Kreditkartenauszug.

Das erste Dutzend Belastungen waren typische Käufe. Zwei Restaurants, in denen sie gemeinsam gegessen hatten. Die Gebühr für das Erdbeerpflücken auf einem nahe gelegenen Feld, wo sie an einem Wochenende mit den Kindern gewesen waren. Sunoco, Foot Locker, Jamba Juice, das Fischrestaurant in der Stadt. Eine Abbuchung für die Neubespannung seines Schlägers. Dreißig Dollar bei Barnes & Noble, wo sie ihn hingeschickt hatte, um in letzter Minute ein Geschenk für einen Kindergeburtstag zu besorgen. Der wiederkehrende Monatsbeitrag für sein neues vornehmes Fitnessstudio. Die größte Einzelabbuchung, beinahe dreitausend Dollar, stammte von Delta, und ihr fiel ein, dass es sich dabei vermutlich um die Flugtickets nach Florida handelte, die sie für Weihnachten gekauft hatten. Es war Abbuchung Nummer dreizehn, die ihre Aufmerksamkeit erregte, eine Belastung von Lofted, einem kleinen, unfassbar teuren Designladen an der Main Street, den sich Miriam nicht mal zu betreten traute. Sie hatte zwar von der Straße aus mit den herrlichen Teppichen und dramatischen Lampen geliebäugelt, aber jedes Mal, wenn der herrische Besitzer ihren Blick auffing und nicht lächelte, war Miriam rasch weitergegangen. Paul hatte etwas für eintausendeinhundert Dollar gekauft, und in der Beschreibung stand lediglich DECKE. Was zum Teufel war in Paul gefahren, für eintausendeinhundert Dollar eine Decke bei Lofted zu kaufen? Sie hatte geglaubt, dass er nicht mal von der Existenz dieses Ladens wusste. War das ein Impulskauf gewesen, weil er es sich leisten konnte? Wie der Maserati? Das hätte sie früher auch nicht für möglich gehalten, aber bei dem Auto war es offensichtlich so gewesen. Oder wie das supernoble Fitnessstudio? Auch das leistete er sich schließlich neuerdings. Trotzdem schien es unmöglich, dass er mehr als tausend Dollar für eine Decke ausgeben würde, wo Paul weder besonders an Dekorationen für Haus und Heim interessiert war noch zum Frieren neigte. Was bedeutete, dass es sich vermutlich um ein Geschenk handelte.

Für wen?

Bis zu ihrem Geburtstag war es noch eine ganze Weile hin. Paul kaufte seine Geschenke normalerweise nicht monatelang im Voraus, und sie hatte auch nicht um eine kriminell teure Decke als Geschenk gebeten. Oder um irgendetwas anderes. Seit ihrer Hochzeit hatte er auch seiner Mutter kein Geburtstagsgeschenk mehr gekauft, da an diesem Tag alle Geschenkbesorgungs- und Danksagungskartenpflichten auf Miriam übergegangen waren. Sosehr sie sich auch den Kopf zerbrach, ihr fiel niemand ein, dem Paul so etwas kaufen würde. Abgesehen vom Offensichtlichen. Sie müsste schon eine komplette Idiotin sein, es nicht zu erkennen. Oder zu akzeptieren.

Sie ging den Auszug weiter durch. Es gab noch eine

Reihe von gewöhnlichen Belastungen, einige fragwürdige (eine saftige Summe von Benjamin Moore für Grundierung und Farbe und eine sogar noch größere von einer Onlinefirma, die sich auf Rahmen spezialisiert hatte), doch die letzte Zeile nahm ihr den Atem. Direkt vor ihren Augen stand die finale Ausgabe des Monats, am 30. Juni an Coastal Realty, und wieder standen nur zwei kleine bedrohliche Wörter in der Beschreibung: MIETE JULI. Dreitausenddreihundert Dollar. Die aufgeführte Adresse gehörte zu einer Managementfirma in der Stadt.

Eine Collage aus Bildern zuckte durch Miriams Gedanken: ein Liebesnest, sorgfältig gestrichen in den Farben Gebrannter Bernstein und Rauchiger Trüffel von Benjamin Moore, dekoriert mit verschiedenen Kissen und Decken und Bodenkissen, um sicherzustellen, dass jede verfügbare Oberfläche weich genug für den ständigen, erbarmungslosen Sex war, der dort permanent stattfand. Und obwohl sie nicht zu den Leuten gehörte, die zum Erbrechen neigten, nicht mal während ihrer beiden Schwangerschaften und nach einer Menge fragwürdigem Essen im Ausland, beugte sich Miriam vor und übergab sich ohne Vorwarnung mitten in Pauls makellos sauberen Papierkorb aus Walnussholz. Sie musste im Stuhl eingeschlafen sein, denn als sie das nächste Mal die Augen aufschlug, stand Paul mit besorgter Miene über ihr und blickte zwischen dem Computer, dem mit Erbrochenen gefüllten Papierkorb und Miriam hin und her.

»Miriam, was ist los? Warum schläfst du denn hier drin? Bist du krank?«

Der Geschmack in ihrem Mund war so widerwärtig und ihre Zunge so trocken, dass sie ihn lediglich böse anfunkeln konnte.

Paul half ihr zu seiner Ledercouch hinüber, als wäre sie eine ältere Patientin. Das Gefühl seiner warmen, starken Hand an ihrem Oberarm sorgte dafür, dass sich ihr erneut der Magen umdrehte.

»Hier, ruh dich aus«, sagte er. »Ich gebe den Kindern Cornflakes und bringe sie zum Bus. In ein paar Minuten bin ich wieder da, okay?«

Miriam legte sich einen Arm über die Augen, um das Licht auszublenden, als ob sie an einem normalen Kater litt, statt erkannt zu haben, dass ihr bisheriges Leben vorbei war. Sogar diese dramatischen Gedanken fühlten sich falsch an. Miriam war nicht so ein Dramatyp. Sie war fähig und zuverlässig. Sie machte den Kindern jeden Morgen ein ausgewogenes Frühstück mit Obst und Joghurt und proteinreichen Eiern, auch wenn sie selbst Donuts aß. Sie setzte eine tapfere Miene auf, wenn sie müde oder sauer war, fest davon überzeugt, dass die Kinder nicht ihre Erwachsenensorgen mittragen oder aushalten sollten, und sie hielt sich an eine etablierte Routine, die ihr und ihrer Familie die Stabilität und Vorhersehbarkeit erlaubte, die heute in der verrückten, schnellen Welt nötig waren. Doch jetzt lag sie zusammengesunken auf der Couch ihres Ehemanns, nachdem sie großartigen Sex gehabt, anschließend jedoch herausgefunden hatte, dass er sie betrog, genau wie sie vermutet hatte. Und nicht nur betrog, sondern sich auch noch darauf vorbereitete, sie zu *verlassen*, indem er sich eine eigene Wohnung mietete und sie ausstattete. Nein. Das war nicht sie. Und je länger sie hier lag und auf die vertrauten Geräusche ihres Hauses lauschte, während Paul hektisch versuchte, alle drei Kinder anzuziehen, ihnen etwas zu essen zu machen, ihre Schultaschen zu packen und sie in den Bus zu verfrachten, desto wütender wurde sie. *Er* hatte ihr das angetan.

Eine halbe Stunde später, als er endlich von der Bushaltestelle zurückkam, giftete sie ihn an: »Wie kannst du es *wagen*?« Die Übelkeit ebbte ab. Das schwache, zittrige Gefühl, das sie vom Stehen oder Reden abgehalten hatte, verschwand. Und an seine Stelle trat harte, kalte Wut. »Wie kannst du es wagen, uns allen das anzutun? Denn weißt du was, Paul? Das ist hier die eigentliche Tragödie. Ich bin nicht die Einzige, die sich mit den Konsequenzen deiner Fremdgeherei herumschlagen muss. Eins kann ich dir versprechen, *ich* komme darüber hinweg. Ich werde *kein* Opfer sein. Aber unsere Kinder? Das ist was völlig anderes.«

Verwundert starrte Paul sie an. Was? Überraschte es ihn, dass sie so viel Feuer in sich hatte? Sah er sie inzwischen als eine Vorstadt-Mom mit Verabredungen zum Mittagessen, so wie der Rest von ihnen? Hatte er vergessen, dass sie mit ihrer hervorragenden Ausbildung und ihrem besseren Job mehr als er verdient und geleistet hatte, bis ihm das Glück hold gewesen war und er den Hauptgewinn gezogen hatte?

»Hör auf, mich so anzusehen, und sag etwas«, verlangte sie giftig. »Obwohl, wenn ich es mir genau überlege, lieber nicht. Du weißt, was wir jetzt *nicht* tun werden, oder? Wir werden *nicht* die nächsten beiden Stunden hier sitzen, während ich dich um alle Details anbettele – wer sie ist, wo ihr euch kennengelernt habt, was ihr im Bett gefällt und ob sie hübscher ist als ich – und du mich um Vergebung anflehst. Da stehen wir drüber, Paul. Oder zumindest ich. Sparen wir uns noch mehr Kummer und lassen das bleiben. Geh und pack deine Tasche und verschwinde verdammt noch mal aus diesem Haus, und wenn wir beide genug Zeit hatten, über alles nachzudenken, können wir uns wie vernünftige Menschen unterhalten.«

»Bist du fertig?«, fragte er mit bebender Stimme.

»Ja.« Obwohl sie sich sehnlichst wünschte, er würde verschwinden, damit er sie nicht weinen sah, hoffte sie auch insgeheim, er würde genau das tun, was sie ihm verboten hatte: sich ihr zu Füßen werfen und um Verzeihung flehen. Verkünden, dass er bereit war, alles zu tun, um ihre Ehe zu retten und ihre Familie zusammenzuhalten. Sie brachte hier zwar eine Oscar-reife Vorstellung dar, aber unter der tapferen Schale hatte sie wahnsinnige Angst.

»Ich kann kaum fassen, was ich da höre«, sagte er und fuhr sich durch die Haare.

»Ach, *du* kannst kaum fassen …«

Paul schnitt ihr mit fester Stimme das Wort ab. »Ich habe einen Moment gebraucht, um zu begreifen, was zum Teufel hier vorgeht, oder genauer gesagt, was du *glaubst*, dass hier los ist, aber jetzt habe ich es verstanden.« Er deutete auf den Computerbildschirm, wo immer noch seine Amex-Rechnung prangte. »Du siehst Ausgaben, die du dir nicht erklären kannst. Eine Mietimmobilie, die dir nichts sagt. Und das ist merkwürdig, das verstehe ich.«

»Merkwürdig? Das ist jetzt nicht gerade das Wort, das mir als Erstes dazu eingefallen wäre.«

Er blickte sie mit so viel Widerwillen an, dass es ihr beinahe den Atem nahm. »Setz dich ins Auto. Sofort.« Paul ging hinüber zur Couch und griff nach ihrem Handgelenk. Dann riss er sie so grob hoch, dass sie aufjaulte. »Ich meine es ernst, du Verrückte. Ins Auto. Sofort.«

Miriam blickte auf ihr mit Erbrochenem bespritztes

Nachthemd hinab. »Ich habe nicht mal Unterwäsche an«, sagte sie und deutete auf ihre Kleidung.

»Du hast zwei Minuten. Zieh dir etwas an, egal was. Wir treffen uns in der Garage.«

Ihr Kopf war überraschend leer, als sie zerrissene Jeansshorts und ein sauberes T-Shirt vom Boden aufhob. Die Küche sah aus, als wäre ein Hurrikan hindurchgefegt, aber Paul stand in der Tür, hielt den Eingang zur Garage auf und schien ihr deutlich davon abzuraten, auch nur ein einziges Wort über das Chaos zu verlieren.

Obwohl sie es angesichts des eben Geschehenen für unmöglich gehalten hätte, fuhren sie zehn Minuten lang in absolutem Schweigen, bevor Paul auf einen Parkplatz einbog. Er lag vor einem zweistöckigen Gebäude in U-Form, mit grau verputzter Außenhülle und weißen, holzgerahmten Türen und einem Schindeldach. Es sah aus, als gehörte es eher nach Nantucket statt in eine New Yorker Vorstadt. Miriam war schon hundert Mal daran vorbeigefahren, hatte aber bisher nicht wirklich bemerkt, wie viel Charme es besaß.

»Warum sind wir hier?«, fragte sie und blickte sich um. Im Erdgeschoss befanden sich ein Yogastudio, eine Landschaftsgärtnerei und ein Biomarkt, der mit einer Saftbar im hinteren Bereich warb.

Paul hielt ihr eine Tür auf, an der GEMEINSCHAFTSBÜRO stand, und sie folgte ihm die Treppe hinauf zu einem fröhlich hellen Wartebereich. An den drei Türen hier erkannte sie Schilder, die auf die Inhaber hinweisen: zwei Kinderpsychologen und eine Logopädin. Den Flur hinunter gab es noch weitere Türen, jede mit einem Namen beschriftet, und am hinteren Ende des Korridors eine ohne. Paul tippte einen vierstelligen Code in die Tastatur des Schlosses ein – sie erkannte ihn als ihren gemeinsamen PIN-Code für den Geldautomaten wieder – und öffnete die Tür. Dahinter lag ein kleines, aber überraschend spektakuläres offenes Büro mit Eichenparkett und modernen, aber warmen Möbeln: Schreibtisch, Lederdrehstuhl, Bücherregale mit gerahmten Familienfotos und Miriams Lieblingsbüchern als Hardcover-Ausgaben sowie Nippes, den sie im Lauf der Jahre von ihren Reisen mitgebracht hatte. Aber am besten war, dass es von fantastischem Tageslicht erfüllt war, gespendet von den beiden riesigen Oberlichtern und der Rückseite aus Fenstern, die auf einen kleinen Nebenfluss des Byram River hinausgingen. Ein schmaler Balkon davor bot einen Ausblick auf den idyllischen grünen Platz am Fluss, und darunter saß eine Frau Mitte zwanzig an einem Picknicktisch und las ein Buch, während sie eine Kaffeetasse in der Hand hielt.

»Was ist das hier?«, fragte Miriam, obwohl es ziemlich offensichtlich war, jetzt, wo sie den Inhalt der Bücherregale sah.

Paul blickte sie schweigend an.

»Wofür? Ich arbeite nicht genug, um ein Büro zu rechtfertigen. Erst recht nicht ein so schönes«, fuhr Miriam fort und bewunderte, wie der Raum gleichzeitig modern und aufgeräumt sowie gemütlich und einladend wirkte. Sie hätte das niemals so hingekriegt.

»Versteh mich nicht falsch, du bist eine tolle Mutter, und die Kinder haben großes Glück, dass du zu Hause bei ihnen bist, aber wir wissen beide, dass es dich nicht glücklich macht.«

»Das stimmt nicht, es ist nur so, dass …«

Paul legte ihr einen Finger auf die Lippen. »Du sollst wissen, dass ich dir zugehört habe. Seit wir New York verlassen haben, hat sich eine Menge geändert. Hier ist vieles merkwürdig. Es ist gut, das weiß ich, aber merkwürdig. Du willst nicht mehr achtzig Stunden pro Woche arbeiten und zu deinem anspruchsvollen Arbeitgeber in die Stadt pendeln, aber ich merke auch, dass Kurse im Fitnessstudio und Elternabende allein dir nicht reichen. Du bist immer am glücklichsten, wenn du viel zu tun hast, also dachte ich, wenn du ein richtiges Büro hättest, wohin du vor uns flüchten kannst, dann könntest du mehr Fälle hier in der Stadt übernehmen. Natürlich nur, wenn du das möchtest. Kein Druck. Du hast immer abgelehnt, wenn ich dir ein eigenes Büro vorgeschlagen habe, und das Homeoffice habe komplett ich in Beschlag genommen. Es tut mir leid, dass ich alles so geheimniskrämerisch hinter deinem Rücken organisieren musste, und es tut mir besonders leid, falls es dir nicht gefällt, aber Ashley hat die Einrichtung ausgesucht, und ich wollte das sehr gern für dich tun. Weil ich dich liebe. Und weil ich für dich da bin.«

»Du betrügst mich also nicht?« Miriam wusste nicht, wann sie angefangen hatte zu weinen, nur, dass ihr die Tränen über die Wangen flossen.

»Ich betrüge dich nicht.« Paul öffnete die Arme, und sie ließ sich nur zu gerne hineinfallen.

»Du hast nicht jemanden mit einer besseren Vagina gefunden?«

Sanft schob Paul sie an den Schultern zurück und blickte ihr ins Gesicht. »Was hast du gesagt?«

»Ich dachte, das ist der Grund dafür, dass du dich nicht mehr für Sex interessierst. Zumindest einer der Gründe.

Ich meine, du solltest mal hören, wie diese Frauen darüber reden.«

»Miriam! Hast du das wirklich geglaubt? Dass wir jetzt weniger Sex haben, weil mit dir etwas nicht stimmt?«

Sie brachte nur ein Nicken zustande.

»Komm her, Schatz. Es tut mir so leid. Ich weiß nicht genau, was in letzter Zeit los war, aber ich denke, das ist ziemlich normal für Paare, die schon so lange verheiratet sind. So etwas schwankt. Was nicht heißen soll, dass es mir gefällt, aber daran können wir arbeiten. Diese ganze Anpassung an das Vorstadtleben war für uns beide nicht leicht.«

Miriam streckte sich und küsste Paul auf den Mund. Und als sie Pauls Hand nahm und in ihrem wunderschönen neuen Büro herumging, das in beruhigendem Gebrannten Bernstein und Rauchigem Trüffel gestrichen war, entdeckte sie noch etwas. Über einem fabelhaften kleinen Sofa aus Samt in sattem Aubergine lag eine Decke. Sie war grau mit einem cremefarbenen Ikat-Muster, und der Kaschmir war so prächtig und luxuriös, dass sie das Gefühl hatte, sie könnte darin eingewickelt bequem auf dem Holzfußboden schlafen. Auf dem Etikett stand: KASCHMIR UND SEIDE, HANDGEWEBT VON KÜNSTLERN IN NEPAL, EXKLUSIV FÜR SIE VON LOFTED, obwohl sich das Miriam schon gedacht hatte, bevor sie die Worte überhaupt las.

»Es tut mir so leid«, war alles, was sie herausbrachte, bevor sich auch noch Schluchzer zu ihren Tränen gesellten.

»Ich liebe dich, Miriam. Ich liebe unsere Familie. Ich liebe unser gemeinsames Leben«, sagte Paul und zog sie fest in die Arme, bis sie das Gefühl überkam, alles in der Welt wäre genau so, wie es sein musste.

»Ich liebe dich auch.«

Kapitel 27

Der Dalai-Lama der Erpressung
Karolina

Karolina trank einen Schluck von ihrem Nigori-Sake und blickte auf ihr Handy. Es sah Trip gar nicht ähnlich, sich zu verspäten, erst recht, wo er *sie* um dieses Treffen gebeten hatte. Sie wusste, dass Miriam schon früher versucht hatte, ihn zu einer Zusammenkunft zu bewegen, allerdings hatte er das damals abgelehnt. Wie auch immer, Karolinas Neugier, was ihr ehemaliger »Freund« zu sagen hatte, war der Anstoß dafür gewesen, dass sie jetzt hier saß. Ohne ihre Anwältin. Miriam würde sie deswegen vielleicht umbringen. Emily ganz sicher. Der Kellner kam, um ihre flache Sake-Schale nachzufüllen, und Karolina trank auch die prompt aus. Als Trip schließlich auftauchte, war seine Miene unergründlich.

»Danke, dass du dem Treffen zugestimmt hast. Tut mir leid, dass ich zu spät komme«, sagte er und setzte sich neben sie. Der Vierertisch war für zwei Personen gedeckt, die sich gegenübersitzen sollten, doch Trip zog sich einfach das Platzdeckchen heran. Er beugte sich herüber, um Karolina auf die Wange zu küssen, doch sie wich ihm aus.

»Ich habe mir schon ohne dich einen Drink bestellt. Nimmst du mir das übel? Oder hast du nichts anderes erwartet?«, fragte Karolina.

»Ach bitte. Ich weiß, dass du kein Alkoholproblem hast.«

»Warst du nicht derjenige, der mir zuallererst gesagt hat, ich wäre wegen Trunkenheit am Steuer verhaftet? Ich musste so tun, als ginge ich zum Entzug, verdammt noch mal. Meine ›Freunde‹ in Bethesda haben seit dem besagten Abend kein Wort mehr mit mir gesprochen. Seit dem Abend, als dein BFF seine politischen und privaten Verbindungen benutzt hat, um mir eine Straftat anzuhängen, die ich nicht begangen habe, damit er wie das Opfer dasteht statt wie der fremdgehende Mistkerl, der er in Wirklichkeit ist.«

Trip verzog das Gesicht, und Karolina hätte ihm am liebsten eine verpasst.

»Treffen wir uns also heute hier, weil du mir sagen willst, dass es sich lediglich um ein großes Missverständnis gehandelt hat? Dass es Graham leidtut und wir uns jetzt *zivilisiert* benehmen können? Denn falls ja, kannst du gleich wieder gehen. Ich bin nicht interessiert.«

Der Kellner kehrte zurück, und Trip klang verzweifelt, als er um einen Wodka on the Rocks mit extra Oliven bat. »Es hat sich etwas ergeben. Und wir müssen darüber sprechen.«

»Ich höre«, erwiderte Karolina.

Trip räusperte sich. Er war tatsächlich nervös. Wie kann er es wagen, dachte Karolina. Und rief sich in Erinnerung, was Emily ihr seit Monaten eintrichterte: *Keine Gnade.*

Der Kellner erschien, und sie bestellten. Dann entstand ein unangenehmer Moment der Stille. Ganz offensichtlich gab es eine Menge zu sagen, aber sie zögerten, die schwierigen Themen anzuschneiden.

Trip legte eine Hand auf die von Karolina. Und aus irgendeinem Grund riss sie ihre nicht weg. »Zuerst schulde ich dir eine Entschuldigung.«

»Wofür? Das will ich wissen.«

»Ich habe zu ihm gehalten, als er dir diese schrecklichen Dinge angetan hat. Und ich weiß nicht, warum. Vielleicht aus fehlgeleiteter Loyalität? Vom ersten Tag an, als wir uns als Studenten kennenlernten, war er immer für mich da. Als meine Eltern im Abstand von nur sechs Monaten starben. Als die Zwillinge als Frühchen zur Welt kamen und wir mehrere Wochen auf der Intensivstation für Neugeborene verbringen mussten. Als Ellen mich verlassen hat. Er war immer da, und ich schätze, ich hatte das Gefühl, dass ich ihm dafür etwas schuldig war.«

Der Kellner erschien mit zwei kleinen Suppenschüsseln und zwei Salaten mit Ingwerdressing, und sie mussten ein wenig auf dem Tisch umräumen, um für alles Platz zu schaffen.

»Ich muss dich etwas fragen«, sagte Karolina und spürte den vertrauten Kloß im Hals. »Und du musst mir ehrlich antworten.«

»Das werde ich.« Er blickte sie an.

»Wusstest du über die Vasektomie Bescheid?«

Trip zog die Nase kraus. »Die was? Wessen Vasektomie?«

Karolina musterte sein Gesicht: Er sagte die Wahrheit.

»Graham hat sich vor fünf Jahren einer Vasektomie unterzogen und mir das verheimlicht.«

»Du lieber Himmel, Lina. Das kann nicht stimmen.«

»Ich habe es auch nicht geglaubt. Aber es ist wahr.«

Trip legte sich die Fingerspitzen an die Stirn. »Oh mein Gott. Ich weiß nicht mal, was ich sagen soll. Ich schwöre dir, ich hatte keine Ahnung.«

»Kein Wunder, dass es so schwierig für mich war, schwanger zu werden, hm?« Ihr Lachen klang freudlos.

Trip kannte zwar nicht die Einzelheiten von Karolinas verzweifelten Versuchen, ein Baby zu bekommen, aber er wusste in groben Zügen Bescheid. Er hatte Karolina dabei geholfen, einen Fruchtbarkeitsspezialisten zu konsultieren, der aus der Schweiz zu Besuch war und über die höchste Erfolgsquote der Welt verfügte.

Trip schwieg. »Er hat dir von dem, äh, Vorfall auf der Highschool erzählt?«

Karolina nickte und schlürfte ein wenig Misosuppe von dem übergroßen Holzlöffel. »Ja, kurz nach unserer Hochzeit. Ich wusste nicht, dass er es dir auch erzählt hat.«

Trip atmete aus. »Ich glaube nicht, dass er es beabsichtigt hatte. Während unseres letzten Studienjahrs in Harvard hat er sich eines Abends komplett volllaufen lassen. Mehr als sonst. Ich nehme an, es war der Todestag des Mädchens, und er war so blau, dass er nach der Heimkehr aus der Bar vollkommen zusammengebrochen ist. Schluchzend. Es war einer der herzzerreißendsten Anblicke meines Lebens. Aber am nächsten Morgen hat er sich nicht mehr daran erinnert, oder zumindest so getan, und wir haben niemals wieder darüber gesprochen. Ich glaube, er hat dichtgemacht. Vielleicht für immer.«

»Wow. Hat er dir erzählt, was passiert ist?« Sie senkte die Stimme zu einem Flüstern. »War es seine Schuld? Fuhr er zu schnell? Hatte er getrunken? Ich habe ihn nicht danach gefragt, und er hat es mir nicht gesagt.«

»Ich weiß es nicht. Er hat nur erwähnt, dass sie ihm vors Auto gelaufen ist und er sie erwischt hatte, noch bevor er sie überhaupt bemerkt hatte. Ich habe nie jemandem davon erzählt.«

»Ich auch nicht.« Karolina hielt kurz inne, als ihr einfiel, dass sie es vor Kurzem Emily anvertraut hatte. »Na ja, einer Person. Aber die habe ich zur Geheimhaltung verpflichtet.«

»Nichts würde seine politische Karriere schneller ruinieren. Wenn er es von Anfang an zugegeben hätte, es erklärt, es bereut, im Prinzip alles getan hätte, was er sowieso empfindet, dann hätte er eine Chance gehabt, die Angelegenheit hinter sich zu lassen. Aber dafür ist es inzwischen zu spät. Er hat ein schreckliches Geheimnis daraus gemacht, und es würde ihn zerstören.«

»Das sehe ich genauso. Und so verführerisch es ist, damit an die Öffentlichkeit zu gehen, ich würde das niemals tun. Ich will nicht, dass Harry gezwungen ist, sich damit auseinanderzusetzen. Oder dass die Eltern des Mädchens das alles noch einmal durchleben müssen. Das wäre schrecklich grausam.« Sie machte eine Pause. »Bei der Vasektomie liegt die Sache jedoch anders. Da bin ich beinahe versucht.«

Schweigend leerten sie ihre Suppenschüsseln. Erst als Karolina den ersten Bissen von ihrem Salat aß, blickte Trip sie an. »Lina?«

Etwas in seinem Ton ließ sie die Essstäbchen hinlegen.

»Graham hat mich gebeten, dir auszurichten, dass er alles sorgfältig durchdacht hat und der Meinung ist, es wäre das Beste für Harry, wenn er auf ein Internat geht. So wie er und seine Brüder damals.«

Wütend schob Karolina ihren Stuhl zurück und stand auf. »Dieses Tier! Wie kann er überhaupt nur darüber nachdenken, unseren Sohn auf ...«

»Lina, warte.« Trips Stimme war fest. »Er hat alles veranlasst, damit Harry ab dem Herbst nach Choate geht.«

Karolina riss die Augen auf. Choate? Das war direkt hier

in Connecticut. Womit wollte er sie jetzt schon wieder quälen? »Okay …«

»Und er findet, es wäre das Beste, wenn du dauerhaft in dem Haus in Greenwich wohnen bleibst, damit Harry dich an den Wochenenden und Feiertagen besuchen kann, und vielleicht kannst du ab und zu unter der Woche hinfahren, um ihn zu sehen. Mit ihm und seinen Freunden zu Abend essen oder so.«

»Warum sollte er sich freiwillig dazu entschließen, Harry auf eine Schule in meiner Nähe zu schicken?«

»Ich bin nicht so sicher, ob das wirklich freiwillig war«, antwortete Trip leise.

Karolina beugte sich vor. »Was weißt du darüber?«

»Nicht mehr als das, was ich dir gerade gesagt habe. Daher würde ich vorschlagen, dass du einfach diesen Sieg genießt. Denn es ist definitiv einer.«

Es war nicht das erste Mal, dass Karolina in Trips Gegenwart weinte, aber aus irgendeinem Grund waren ihr die Tränen jetzt unangenehmer als in der Vergangenheit. »Glaubst du, er meint das wirklich ernst?« Sie versuchte, sich die Wimperntusche unter den Augen fortzuwischen, aber vermutlich machte sie es damit nur schlimmer.

Trip nickte. »Er hat bereits alle Formulare für die Ummeldung ausgefüllt. Sidwell verlangt, dass er trotzdem das ganze Schuljahr bei ihnen bezahlt, weil es zu spät für eine Abmeldung ist. Und er hat ihn dennoch heruntergenommen.«

»Ich … ich weiß gar nicht, was ich sagen soll.« Karolina schob ihren Salat fort.

»Er hat mich gebeten, es dir persönlich zu erzählen. Meinte, du hättest aufgelegt, als er dich angerufen hat.«

Karolina konnte kaum beschreiben, welches Hochgefühl sie durchlief. Sie war immer noch wütend – fünf Jahre hatte sie wegen seiner Lügen verloren, wenn nicht sogar mehr. Aber zu wissen, dass sie auch weiterhin Harrys Mom sein würde, ein Teil seines Lebens, ihn regelmäßig sehen konnte... Das verdrängte ihre anderen Sorgen in den Hintergrund.

Diesmal nahm Karolina Trips Hand. »Ich muss nach Hause. Können wir das ein anderes Mal beenden?«

Trip würde warten müssen. Alles würde warten müssen. Jetzt war nur wichtig, dass sie nach Hause ging, um mit Emily zu sprechen. In ihrem ganzen Leben war sie noch nie so dankbar gewesen wie in diesem Moment; während sie zum Auto eilte, konnte sie praktisch ihren Sohn in ihren Armen spüren. Sie fuhr, so schnell sie konnte.

Ihr Anruf bei Miriam ging direkt auf die Mailbox, aber da bog sie auch schon in die Honeysuckle Lane ein.

»Emily! Emily! Emm! Mi! Ly!«, brüllte Karolina und rannte so schnell durch die Küche, wie ihre Wedge-Espadrilles es ihr erlaubten. »Emily!«

Karolina blickte sich um. Auf dem Couchtisch stand eine halb getrunkene Flasche Whispering Angel, daneben eine Schachtel Marlboro Lights. Aus dem Fernseher dröhnte diese alberne *Bravo*-Sendung über Jachten. Alle Lampen waren eingeschaltet. Und das Paar hautfarbene Chloé-Sandalen, das Emily seit dem Memorial Day getragen hatte, lag auf dem Teppich. Ganz offensichtlich war sie im Haus. Also warum antwortete sie nicht?

»Emily? Bist du hier oben? Das musst du hören!«, rief Karolina und sauste die teppichbedeckten Stufen hinauf.

Sie sah in den beiden Gästezimmern nach, in denen Emily abwechselnd geschlafen hatte, je nach Laune und einer Reihe Faktoren, die Karolina nicht ganz verstand. »Wo zum Teufel bist du?«

»Im Bad!«, antwortete Emily, die Stimme gedämpft.

»Ich muss dir etwas Unglaubliches erzählen!«, rief Karolina. Sie schwebte regelrecht auf einer Wolke aus Hochgefühl. Sie wollte der ganzen Welt ihre Neuigkeiten verkünden, mit Fremden Salsa tanzen gehen, drei Nächte am Stück lang aufbleiben.

»Kannst du noch kurz warten?« Emily klang genauso gereizt wie Karolina erfreut.

»Klar. Ist bei dir alles in Ordnung?« Karolina wartete unmittelbar vor der Badezimmertür.

»Ist das dein Ernst?«, rief Emily. »Würdest du mir bitte fünf Sekunden Privatsphäre gönnen?«

Karolina grinste. Es war an niemanden gerichtet und hatte keinen speziellen Grund. »Klar, natürlich. Die Zeit läuft ab jetzt.«

Innerhalb von weniger als einer Minute hörte Karolina, wie das Wasser auf- und wieder zugedreht wurde. Die Tür schwang auf, und Emily, die aussah, als wäre sie auf einem offenen Schiff durch einen Tornado gefahren, erschien.

»Was zum Teufel ist so wichtig, dass du buchstäblich das Bad überwachst?«, wollte Emily wissen und ging an Karolina vorbei, die sich beeilte, mit ihr mitzuhalten.

»Emily, ich habe keine Ahnung, was du gesagt oder getan hast, aber was auch immer es war, danke! Graham schickt Harry auf ein Internat. In Connecticut!«

Emily blieb stehen und drehte sich um, ihre Miene neutral. »Und?«

»Was und? Ich bleibe in Greenwich, und Harry kommt an den Wochenenden her. Und ich kann ihn besuchen! Ich werde praktisch alleinerziehend sein!«

Emily seufzte laut.

»Was?«, fragte Karolina.

»Genau deshalb erledige ich die Dinge lieber selbst. Aber wenn sie ihre Hilfe anbietet, kann man sie wirklich kaum kontrollieren.«

Karolina lief weiter hinter Emily her, die sich auf die Wohnzimmercouch fallen ließ und nach der Fernbedienung griff. »Warte, mach das leiser. Über wen sprichst du?«

»Sie hat dir Harry zurückgeholt. Sie war da, als ich sie brauchte. Es ist nicht perfekt, aber zumindest ist es erledigt.«

»*Wer?*« Karolina war kurz davor, Emily zu erwürgen. »Emily! Erzähl mir, was passiert ist. Sofort.«

Emily drückte sich die Handfläche gegen die Stirn, als ob ihr Kopf pochte. »Miranda lässt nicht locker. Sie will, dass ich zurückkehre und mich um die Veranstaltungen kümmere. Versteh mich nicht falsch, das ist schmeichelhaft, aber sie scheint einfach nicht zu ...«

»Emily? Kannst du bitte mit mir über meinen *Sohn* sprechen?«

Emily winkte ab. »Ich habe ihr erklärt, dass ich momentan nicht für sie arbeiten kann, weil ich zu beschäftigt mit dir bin. Sie hat mich gefragt, wie da die Dinge liegen – im Prinzip wollte sie wissen, warum ich das nicht schon längst erledigt habe. Ich habe ihr gesagt, dass es nicht so einfach ist, sich mit einem US-Senator anzulegen. Dann hat sie mir mehr oder weniger ins Gesicht gelacht, wie ich es vorausgesehen habe. Sie hat mir erklärt, sie werde sich darum kümmern, und es werde sie gerade mal ungefähr eine Minute kosten. Ich habe ihr gesagt, das könne sie gerne tun.«

»Es tun? Was bedeutet das genau?«

»Sie hat mich gefragt, was du willst. Harry, war meine Antwort. Sie wollte wissen, ob ich irgendwelche schmutzigen Geheimnisse kenne, die sie bei Graham nutzen konnte. Also habe ich ihr eine Liste geschickt. Den Rest hat sie übernommen.«

»Den Rest hat sie übernommen?«

»Bist du ein Papagei? Hör auf, alles, was ich sage, zu wiederholen.«

»Du hast ihr wirklich von dem Mädchen aus seiner Highschoolzeit erzählt, obwohl du mir geschworen hast, es für dich zu behalten?« Karolinas warmes Gefühl des vollkommenen Glücks machte schnell Platz für Empörung.

»Ja.«

»Und von der Vasektomie?«

»Oh, damit hatte ich Graham bereits konfrontiert. Vielleicht war es also ja der Doppelhaken, der ihn dazu bewogen hat.«

»Emily! Das war *privat*! Nur zwischen uns.«

»Wegen Harry, ich weiß. Ich bin nicht völlig bescheuert. Miranda ist damit nicht zur Presse gegangen, sondern zu Graham. Hat ihn mit Sicherheit aus heiterem Himmel angerufen und ihn daran erinnert, dass sie einige Monate lang als Privatsekretärin für Präsident Whitney gearbeitet hat. Regans Vater. Erinnerst du dich noch an den? Und wie eng Miranda und der Präsident gesellschaftlich verbunden sind? Ich schätze, sie hat Graham rundheraus gesagt, dass Präsident Whitney sehr unglücklich wäre, wenn er einige der Dinge erführe, an denen der künftige Verlobte seiner Tochter beteiligt war. Ich kann mir gut vorstellen, dass sie ihm eine Menge Stoff zum Nachdenken gegeben hat.«

»Oh mein Gott«, war alles, was Karolina herausbrachte.

»Keine Medien, keine öffentlichen Erklärungen oder hässlichen Überprüfungen. Nur eine gute, altmodische Erpressung von einer Frau, die auf Meisterebene operiert. Sie ist wie der Dalai-Lama der Erpressung. Die Grande Dame der Extorsion. Die Priesterin der ...«

»Ich hab's verstanden.« Karolina griff nach der Flasche Rosé, füllte Emilys Glas bis zum Rand und trank dann alles selbst aus.

»Bedien dich. Ich fühle mich sowieso nicht gut«, kommentierte Emily. »Aber ich finde trotzdem, dass Wochenenden nicht ausreichen, oder?«

Karolina starrte sie an. »Seit Neujahr habe ich ihn genau fünf Mal gesehen.«

»Karolina.« Emily sagte das in einem Ton, als würde schon allein das Aussprechen des Namens sie erschöpfen. »Wann hörst du endlich auf, die Welt als einen Ort zu betrachten, dem du etwas schuldest, und fängst an, so zu handeln, als ob sie *dir* etwas schuldig ist? Hast du irgendetwas falsch gemacht? Hast du irgendjemandem wehgetan? Versuchst du, jemanden über den Tisch zu ziehen? Nein. Du willst lediglich ein normales Leben führen und deinen Sohn sehen. Für mich klingt das zwar nicht besonders aufregend, aber hey, jedem das Seine.«

»Was willst du damit sagen?«

»Nur weil Miranda Priestly mit den Wochenenden zufrieden ist und Graham dem zugestimmt hat, heißt das nicht, dass du es musst! Nimm dein gottverdammtes Handy und teile ihm mit, dass der Deal vom Tisch ist, solange

Harry nicht als Tagesschüler nach Choate geht und bei dir wohnt. Oder auf irgendeine andere Schule. Wir sind hier im gottverdammten Greenwich, da muss es mindestens ein Dutzend Schulen geben, die bereit sind, dir fünfzigtausend Dollar abzunehmen, um einen Siebtklässler zu unterrichten. Kümmere dich darum!«

Es war, als hätte jemand eine schwere Last von ihren Schultern genommen. Karolina betrachtete Emily und bewunderte diese Frau, die instinktiv wusste, wie sie bekommen konnte, was sie wollte. Emily hatte recht: Wenn Graham wirklich so versessen darauf war, seine Beziehung mit Regan zu retten, dass er Harry sogar auf ein Internat in Connecticut gehen ließ, dann sollte sie in der Lage sein, da noch ein wenig mehr Druck auszuüben und Harry Vollzeit zu bekommen. Sie holte ihr Handy heraus und begann zu tippen, löschte jedoch schnell alles, nachdem sie beschlossen hatte, dass eine kurze und deutlich formulierte Nachricht besser wäre. Außerdem fügte sie Trip und Miriam als Adressaten hinzu.

Da liegt ein Missverständnis vor. Ich will, dass Harry Vollzeit bei mir in Greenwich wohnt. Du kannst die Schule aussuchen. Du kannst allen erzählen, dass er im Internat ist, falls du damit dein Gesicht wahrst. Aber er wird kein Internatsschüler sein – er schläft zu Hause bei mir, jeden Abend, Jahr für Jahr bis zu seinem Schulabschluss. Er kann dich in Bethesda besuchen kommen, wann immer es euch beiden passt, aber ansonsten wohnt er bei mir. Und ich möchte das juristisch einwandfrei und schriftlich fixiert haben.

Sie musste sich buchstäblich davon abhalten, ihre Forderungen mit weiteren Rechtfertigungen abzuschwächen. Dann drückte sie auf »Senden« und hielt den Atem an.

Die drei Punkte erschienen innerhalb von dreißig Sekunden und blinkten für beinahe zwei Minuten. Dann verschwanden sie. Sie tauchten wieder auf und verschwanden wieder, und Karolina befürchtete schon, sie werde gleich einen Herzinfarkt bekommen. Würde Graham die ganze Vereinbarung rückgängig machen? Entscheiden, dass er lieber Harry bei sich in Bethesda behalten wollte, als Regan zu heiraten? Ihren Bluff durchschauen und ihr sagen, sie solle sich zum Teufel scheren? Karolina lief auf und ab, das Handy umklammert, die Handflächen so feucht, dass es ihr zwei Mal entglitt.

Erst als seine Antwort endlich kam, bemerkte Karolina, dass sie den Atem angehalten hatte. Sie atmete aus und bereitete sich auf die unweigerliche Enttäuschung vor, die gleich über sie hinwegspülen würde, als ihr Blick sich durch die Tränen auf die beiden einzigen Buchstaben fixierte, die er geschrieben hatte. *O.K.* Beides in Großbuchstaben. Keine Bedingungen, keine Drohungen, keine Verhandlungen, keine Diskussion. Nur Zustimmung. Ihr Sohn gehörte wieder ihr.

Kapitel 28

Nur eine kleine Ambien
Emily

Emily sah Karolina hinterher, wie sie aus dem Wohnzimmer und in ihr Zimmer hochlief, vermutlich um Miriam oder ihre Tante oder sonst irgendjemanden anzurufen, der sich über die guten Neuigkeiten in Bezug auf Harry freuen würde. Natürlich freute sich Emily für Karolina, aber sie fühlte sich auch wie eine Versagerin. Vermutlich, weil ich eine bin, dachte sie und zappte sich gedankenlos durch die Kanäle. Ja, sie hatte den ganzen Plan ins Rollen gebracht. Sie hatte auf brillante Weise Karolinas Mommy-Image und ihre neue Botschaft inszeniert; sie hatte dafür gesorgt, dass Karolina in Utah auf Entzug ging – und, nicht zu vergessen, Sex hatte –; und sie hatte Karolina 2.0 zu guter Letzt auf die Lunch-Clique der Greenwich-Frauen losgelassen, die von da ab alles Weitere deichselten. Aber was sie nicht geschafft hatte – weil sie es offensichtlich nicht konnte –, war, Karolina das zu besorgen, was sie am meisten wollte. Als es hart auf hart kam, war es Miranda gewesen, die eingeschritten war und sich darum gekümmert hatte. Letztendlich würde Karolinas Geschichte Emilys Geschäft Aufwind verschaffen – es würde sie doch stark wundern, wenn sie nicht innerhalb der nächsten Woche von Kim Kellys

Leuten hören würde –, aber es war nicht ihr Sieg. Und bei dieser Sache war eins ganz sicher: Miranda hatte nichts davon aus reiner Herzensgüte getan, wegen ihrer Zuneigung zu Emily oder weil sie in Sorge um das Wohlbefinden eines Kindes war, das sie gar nicht kannte. Wie lange würde es dauern, bis Miranda die Bezahlung für diesen Gefallen einforderte? Emily war buchstäblich einen Pakt mit dem Teufel eingegangen.

Da ihr die Energie fehlte, über den Tisch nach ihrem Weinglas zu greifen, setzte sie die neue Flasche, die Karolina gerade erst geöffnet hatte, an die Lippen und trank. Nur half das nicht, die Übelkeit verschwinden zu lassen, die sie schon den ganzen Abend verspürte, oder ihr einen auch nur annähernd anständigen Schwips zu verschaffen. Gereizt, müde und bereits halb verkatert hievte sie sich von der Couch und machte sich auf den Weg Richtung Bett. Sie hatte sich gerade Zahnpasta auf ihre Zahnbürste gedrückt und begonnen, sich so übermäßig aggressiv die Zähne zu putzen, dass es garantiert ihr Zahnfleisch reizen würde, als ihr etwas ins Auge fiel. Dieser Stick. Er lag einfach da neben dem Waschbecken, als ob er darauf wartete, dass ihn jemand bemerkte. Emily spuckte aus und schenkte ihm einen flüchtigen Blick. Da waren sie immer noch, die beiden roten Linien. Entnervt warf sie ihn in den Mülleimer und benutzte Zahnseide, pinkelte und wusch sich das Gesicht, ohne noch einen weiteren Gedanken daran zu verschwenden. Was nützten diese blöden Schwangerschaftstests überhaupt, wenn sie immer ein falsches Ergebnis anzeigten?

Sie war beim Anschauen von *Narcos* auf Netflix eingeschlafen – das iPad war ihr aufs Gesicht gefallen, ohne dass sie es gemerkt hatte –, als sie spürte, wie sie gerüttelt wurde.

»Emily. Emily! Wach auf!« Karolina klang panisch.

»Mm. Was ist?« Es fühlte sich irgendwie so an, als wäre sie für drei Sekunden ohne Bewusstsein gewesen, aber gleichzeitig auch drei Tage lang.

»Wach auf! Sofort! Mach die Augen auf!«

Emily gehorchte, und der Anblick von Karolinas blanker Panik ließ sie schlagartig hellwach werden. »Was ist los? Geht es um Miranda? Bist du krank? Was ist passiert?«, fragte sie und riss sich die Ohrstöpsel heraus, während ihr iPad auf den Boden fiel.

»Wie konntest du mir verschweigen, dass du *schwanger* bist?«, verlangte Karolina zu wissen, das Gesicht so nah, dass Emily ihren minzigen Atem riechen konnte.

Darüber konnte Emily nur lachen. »Weil ich es nicht bin. Musstest du mich wirklich dafür aufwecken?«

»Emily. ICH HABE DIE POSITIVEN SCHWANGERSCHAFTSTESTS IM BAD GESEHEN!« Karolina war jetzt geradezu hysterisch, völlig außer Kontrolle. Warum brüllte sie denn so? Damit konnte sie einen ja in den Wahnsinn treiben.

»Beruhig dich, verdammt noch mal, okay?«, sagte Emily und zog sich die Decke bis unter die Achseln. »Ich bin nicht schwanger.«

»Bist du nicht? Wem gehören dann die Tests im Bad?«

Emily warf Karolina einen bösen Blick zu. »Du hast dein eigenes Bad. Verdammt, du hast sieben eigene Badezimmer.«

Karolina sah aus, als würden ihr gleich die Augen aus dem Kopf fallen. »Ich hatte kein Toilettenpapier mehr! Da wollte ich mir aus dem nächstgelegenen Bad eine Rolle holen. Und siehe da, da drin sieht es aus, als wäre in einer Drogerie die Regalreihe mit den Schwangerschaftstests explodiert! Und jeder einzelne ist positiv! Ganz offensichtlich hast du nicht mal versucht, sie zu verstecken, also komm mir jetzt nicht mit diesem Privatsphärenblödsinn. Oh mein Gott, Emily, ich freue mich ja so für dich!« Die letzten Worte quiekte sie regelrecht, und Emily merkte, dass Karolina kurz davorstand, in Tränen auszubrechen.

»Bevor du jetzt losheulst, hör mir erst mal zu. Ich bin nicht schwanger! Ich habe eine Spirale! Also, ich hatte jedenfalls eine, bis vor Kurzem. Und wegen der Hormone ist meine Periode nie wieder ganz normal geworden. Weil ich mich nicht an die letzte erinnern konnte, habe ich auf diesen Stick gepinkelt. Lieber Himmel, du hast davon ja einen Vorrat wie von Taschentüchern! Ich habe das nicht wirklich ernst genommen, denn ich kann gar nicht schwanger sein, und tatsächlich, er hat ein falsch-positives Ergebnis angezeigt.«

»Ein falsch-positives Ergebnis?«

Emily nickte.

Karolina sprang vom Bett und ruderte wie wild mit den Armen. Noch nie hatte Emily diese Frau so absolut lächerlich wirkend gesehen. »Emily! SO ETWAS WIE EINEN FALSCH-POSITIVEN SCHWANGERSCHAFTSTEST GIBT ES NICHT!«

Die Sicherheit, mit der Karolina das vorbrachte, brachte Emily zum Nachdenken. Hatte sie womöglich recht? Nein, nein, das war unmöglich. »Doch, natürlich.«

»Oh mein Gott, ich fasse es nicht!« Karolina war regelrecht atemlos. »Emily. Wenn du schwanger bist, lässt sich ein bestimmtes Hormon in deinem Urin feststellen. Das aktiviert den zweiten Streifen auf dem Test. Es ist durchaus möglich, ein falsch-*negatives* Ergebnis zu erhalten, weil der

Test das Hormon nicht messen kann, aber definitiv kein falsch-*positives*. Der Test wird nichts erfassen, was nicht da ist.«

Emily hatte das Gefühl, als hätte ihr jemand einen Schlag versetzt. »Bist du dir da sicher?«

»Ich habe den Großteil der letzten fünf Jahre mit dem Versuch verbracht, schwanger zu werden. Glaubst du nicht, dass ich ganz genau weiß, wie ein Schwangerschaftstest aus der Drogerie funktioniert?«

Emily hob widerwillig den Blick.

»Du bist schwanger. Daran gibt es nichts zu deuten.«

»Aber ...«

»Ich gehe morgen mit dir zum Arzt, damit du es dir offiziell bestätigen lassen kannst, aber ich war mir in meinem ganzen Leben noch nie bei etwas so sicher.«

Wieder dieses Gefühl, einen Schlag abbekommen zu haben. Emily sog scharf den Atem ein. »Das kann nicht sein.«

»Warum nicht? Das Ganze ist kein besonders großes Mysterium.«

»Ja, aber ich hatte eine Spirale!«

Karolina warf ihr einen ungläubigen Blick zu. »Du *hattest* eine Spirale? Soll heißen, du hattest *früher* eine Spirale, aber jetzt hast du keine mehr?«

»Zehn Jahre lang!«, blaffte Emily sie an. »Sogar zwei. Und ich wollte mir auch eine neue einsetzen lassen, als sie die letzte entfernt hat, aber die, die ich wollte, war vorübergehend nicht lieferbar, und als die Praxis angerufen hat, um mir zu sagen, dass sie wieder eine vorrätig haben, wollte ich eigentlich einen Termin machen ...«

»Aber das hast du nicht.«

»Weil ich beschäftigt war! Zum Beispiel damit, dir zu

helfen. Außerdem zieht Miles ihn immer raus. Fast immer. Und ich habe vermutlich gerade mal noch drei Eier, wenn überhaupt.«

Karolina presste sich eine Hand an die Stirn und wirkte einen Moment lang zerknirscht. Sie setzte sich neben Emily aufs Bett. »Ich weiß ... ich ahne, dass es nicht unbedingt das ist, was du dir gewünscht hast. Aber es ... es muss nicht zwangsläufig etwas Schlechtes sein.«

»Bitte hör auf. Ich schlafe jetzt weiter.« Emily betrachtete ihre Hände, als ob es sich dabei um faszinierende Pergamentschriften handelte.

»Und ich mache gleich für morgen früh einen Termin aus.«

»Damit verschwendest du nur unser aller Zeit.«

»Ich bestehe darauf.«

Karolina zögerte kurz, bevor sie ging. Doch als Emily einen Moment später zu ihr hinüberspähte, war sie fort und hatte die Tür hinter sich geschlossen.

Emily stieß den Atem aus. Wenn sie absolut ehrlich war, hatte sie schon bereits eine ganze Weile diesen Verdacht gehegt. Die Frage war nur, wie lange? Wann war aus dem beinahe ständigen flauen Magen eine richtiggehende Übelkeit geworden? Wann hatte der früher so köstliche Duft von Zigarettenrauch angefangen, ihr den Magen umzudrehen? Wann hatten ihre Brüste begonnen, auf so komplett neue Weise zu ziehen? Wann genau waren ihre Hosen so eng geworden, dass sie begonnen hatte, Lululemon-Leggings zu tragen wie ein Vorstadt-Mommy-Roboter? Wann war eine einfache Thunfisch-Sushirolle ekelerregend geworden? Seit Wochen verleugnete sie die Tatsachen vor sich selbst. Womöglich sogar schon länger? Verdammt, es war schwer zu sagen. Aber am heutigen Abend, als sie unter dem Waschbecken im Bad nach neuer Handseife gesucht hatte und dabei auf einen Riesenvorrat an Schwangerschaftstests gestoßen war, hatte sie beschlossen, einen auszuprobieren. Nur, um sich zu bestätigen, dass es sich lediglich um einen schlimmen Fall von PMS oder einen Virus oder so etwas handelte. Eine Lebensmittelvergiftung. Im schlimmsten Fall Pfeiffer'sches Drüsenfieber. Aber der erste war positiv ausgefallen und der danach auch. Und dann noch weitere sechs. Aber falls all diese Tests aus derselben Charge stammten, dann stimmte womöglich mit dieser Charge etwas nicht?

Emily griff nach dem Fläschchen mit den Schlaftabletten, das sie für solche Notfälle im Nachttisch aufbewahrte, und schüttete sich einige in die Handfläche. Darunter waren Ambien zu fünf Milligramm, Belsomras zu fünf Milligramm und Lunestas zu zwei Komma fünf Milligramm. Außerdem noch über ein Dutzend Ativans, die sie einer befreundeten Psychiaterin in L.A. verdankte, und ungefähr halb so viele Xanax, die sie von einer netten älteren Dame bekommen hatte, die bei ihrem letzten Flug ihre Sitznachbarin gewesen war. Sogar einige einzelne Valium waren dabei, die sie immer noch für den Goldstandard hielt, obwohl sie inzwischen hoffnungslos aus der Mode gekommen waren. Wenn das Leben besonders stressig war und ein Cocktail nicht mehr ausreichte, war dieses Fläschchen Tabletten Emilys einzige Rettung. Eifrig sortierte und zählte und debattierte sie die Vor- und Nachteile einer jeden Sorte: schön high, aber verkatert am nächsten Morgen im Gegensatz zu langweiligem schnellem Einschlafen, aber dafür keinen trockenen Mund. Schließlich entschied sie sich für Ambien, ihre zuverlässige alte Freundin, und schraubte gerade eine Wasserflasche auf, als ihr ein schreckliches Bild durch den Kopf schoss: ein süßes, kleines Baby mit einem Oberkörper ohne Arme und Beine, das wie verrückt heulte und dessen Blick zu sagen schien: *Du hast mir das angetan.* Emily versuchte, das Bild abzuschütteln, sagte sich, dass es lächerlich war, dass Heroinsüchtige jeden Tag Babys mit Armen und Beinen gebaren und dass eine kleine Ambien keinerlei Unterschied machen würde, aber sosehr sie sich auch bemühte, sie wurde den Gedanken nicht los.

»Fuck.« Sorgfältig schüttelte sie die Handvoll Tabletten wieder in das Fläschchen, schraubte den kindersicheren Deckel auf und warf es dann gegen die Wand. Sie schaltete das Licht aus und zog sich das Kissen übers Gesicht. Es würde eine sehr lange Nacht werden.

Dr. Werner drückte, nicht besonders sanft, mit einer Hand von innen gegen Emily und blickte dabei gen Himmel, als wäre sie hoch konzentriert, wie eine Forscherin, die sich ihren Weg durch eine stockdunkle Höhle bahnte.

»Wenn ich raten sollte, würde ich sagen, knapp siebzehnte Woche, ein paar Tage hin oder her. Aber als Nächstes machen wir einen Ultraschall, damit grenzen wir es genauer ein.« Die Ärztin zog ihre Hand aus Emily, streifte den Handschuh ab und notierte sich etwas in einer Kartei.

Miriam quiekte. »Siebzehnte Woche? Oh mein Gott, das ist real. Vier Monate! Das ist ja fast schon die halbe Schwangerschaft!«

»Kannst du bitte damit aufhören?«, blaffte Emily sie an. Ihr Herz hatte gerade einen kleinen Salto gemacht, und sie versuchte herauszufinden, ob es vor Panik war oder vor Freude oder wegen ihrer Morgenübelkeit.

»Tut mir leid, tut mir leid. Ich freue mich einfach so für dich.«

Emily warf ihr einen bösen Blick zu. »Du bist nur hier, weil Karolina es in einer gynäkologischen Praxis nicht aushalten würde. Was ich jetzt allerdings brauchen könnte, wäre ein wenig ruhige Unterstützung.«

»Verstanden.«

»Okay, machen wir *stumme* Unterstützung daraus.«

Dr. Werner tat so, als ob sie ihnen nicht zuhörte, aber Emily konnte sehen, dass sie sich bemühte, ein Lächeln zu unterdrücken.

»Okay, Emily, es wird nur eine Minute dauern«, versprach die Ärztin, zog einem weißen Stab ein Kondom über und drückte durchsichtigen Glibber auf die Spitze. Sie dimmte die Lampen, zog einen Bildschirm auf einem Rollwagen näher an Emilys Untersuchungsliege heran und führte den Stab ein.

Emily hielt den Atem an. Es tat nicht weh. Sie konnte kaum etwas spüren. Aber das hier würde alles sehr real machen. Bis zu diesem Punkt hatte sie für alles eine Erklärung finden können. Die Heimschwangerschaftstests. Der positive Urintest in der Praxis an diesem Morgen. Die Untersuchung. Die waren alle anfällig für Fehler oder verfügten zumindest über einen gewissen Interpretationsspielraum. Doch einen kleinen Embryo auf dem Bildschirm zu sehen, wo vorher keiner gewesen war, und den Herzschlag dieses kleinen Embryos zu hören, das war ein wenig schwerer wegzuerklären.

»Emily, schauen Sie bitte genau hier hin.« Dr. Werner deutete auf einen schwarzen Klecks auf dem Display. Er schwamm herum wie eine Qualle bei rauer See.

Das Geräusch eines trappelnden Pferdes erfüllte den Raum.

»Was ist das?«, fragte Emily beunruhigt.

»Entschuldigung, der Ton war sehr laut aufgedreht.« Dr. Werner regulierte einen Schalter, und das Pferdegetrappel klang gleich viel mehr wie ein sehr schneller Herzschlag. »Wir haben hier eine gesunde Schwangerschaft, Emily.« Sie bewegte den Stab ein wenig und markierte und maß mithilfe der Tastatur das Bild auf dem Schirm. »Ich war nah dran. Die Messung ergibt fünfzehn Wochen und zwei Tage. Würden Sie gern das Geschlecht erfahren?«

»Nein!«, rief Miriam, bevor sie sich eine Hand vor den Mund schlug. »Entschuldigung. Ich finde es nur so toll, überrascht zu werden. Es gibt nicht mehr besonders viele echte Überraschungen im Leben, und ich fand es wunderbar, dass ich bei keiner meiner ...«

»Dr. Werner?«, sagte Emily mit süßlicher Stimme laut genug, um Miriam zu übertönen. »Da es sich hier um meinen Körper und mein Baby und meine Entscheidung handelt, würde ich das Geschlecht gern erfahren.«

Die Ärztin bewegte den Stab so weit nach links, dass Emily ein wenig zusammenzuckte. »Sehen Sie das? Genau hier. Sie bekommen ein kleines Mädchen.«

»Oh mein Gott. Ein Mädchen? Wirklich?« Die Worte waren heraus, bevor Emily sich daran hindern konnte. Sie fühlte sich bereits schon von den Worten »mein Baby« kurz zuvor benommen, doch das jetzt war beinahe zu viel für sie. Da steckte ein echtes kleines Babymädchen in ihr? Mit einem schlagenden Herzen und einem wachsenden Körper, das zu einem richtigen, lebendigen Menschen werden würde, wenn sie das zuließ?

»Ich kann es nicht mit hundertprozentiger Sicherheit sagen, bevor wir nicht die Ergebnisse des Bluttests vorliegen haben, aber ja, ich würde sagen, das ist eindeutig ein Mädchen.«

»Oh mein Gott, oh mein Gott, oh mein Gott«, wiederholte Emily immer wieder, weil sie nichts anderes über die Lippen brachte oder wollte. Als sie sich schließlich daran erinnerte, dass Miriam auch noch da war, drehte sie den Kopf herum und war kein bisschen überrascht, dass Miriam weinte.

»Sorry«, schluchzte Miriam und wischte sich übers Gesicht. »Es tut mir so leid. Das hier ist dein Moment. Ich weiß, dass ich eigentlich die Gefasste sein sollte, aber ich freue mich so sehr für dich. Ein kleines Mädchen! Was könnte es Schöneres geben?«

Die Ärztin schloss Emilys Kartei und öffnete die Tür. »Herzlichen Glückwunsch. Ziehen Sie sich an, und dann treffen wir uns in meinem Büro, um alles Weitere zu besprechen, okay?«

»Okay«, erwiderte Emily, aber es klang wie ein Quieken.

Sobald die Tür geschlossen war, warf sich Miriam beinahe auf die Liege. Sie holte ihr Handy heraus und begann, wie wild darauf herumzutippen.

»Was zum Teufel machst du da? Du erzählst es doch niemandem, oder?«, wollte Emily wissen. Sie hatte es ja noch nicht mal Miles gesagt.

»Natürlich nicht. Warte einen Moment. Hier, ich hab's. Einen Entbindungsterminrechner. Wenn heute der achtundzwanzigste August ist und du fünfzehn Wochen und zwei Tage schwanger bist, dann bedeutet das, dein Baby wird geboren am ... zwanzigsten Februar!«

»Februar? Mitten im Winter? Dem dunkelsten Monat des Jahres? Sogar in L. A. ist es um diese Jahreszeit deprimierend! Ich will nicht, dass ihr Geburtstag im Februar liegt!«

Miriam lachte lauthals. »Du bist unfassbar verrückt. Aber ich freue mich trotzdem für dich.«

Emily sprang auf, voller frischer Energie, und zog sich ihren Slip und die Jeans wieder an.

Miriam sah ihr dabei zu. »Bereite dich darauf vor, dich von deinen Tangas zu verabschieden. Und von deinen sexy BHs. Im Prinzip von deiner kompletten Reizwäsche. Ab jetzt gibt es nur noch Baumwolle und Stretch. Gummibunde. Du kannst so viel Eis essen, wie du dir nur hineinstopfen kannst, und das alles ohne einen Hauch von Schuldgefühl. Mein Gott, wie ich dich beneide.«

Emily machte ein würgendes Geräusch. »Die Wahrscheinlichkeit, dass irgendwas davon passiert, liegt bei genau null Prozent.« Gerade erst fünfzehn Wochen, und schon hatte sie sich am Morgen in eine Jeans zwingen müssen, als sie eigentlich nichts lieber gewollt hatte, als sich ihre bequemste Lulu-Leggings anzuziehen.

»Ich muss Miles anrufen. Oh mein Gott, mit dieser Neuigkeit verschaffe ich ihm den Höhepunkt seines Lebens.«

»Wird er sogar noch glücklicher sein als du?«

»Ich bin nicht glücklich«, erwiderte Emily automatisch. Sie versuchte verzweifelt, zickig zu wirken, etwas, das ihr normalerweise kein bisschen schwerfiel. Trotzdem schaffte sie es nicht, das Lächeln aus ihrem Gesicht zu verbannen.

»Siehst du? Ich wusste es! Ich wusste, du würdest begeistert sein, wenn du es offiziell bestätigt bekommst. Karolina hat mir gesagt, dass du ein Nervenbündel mit Wahnvorstellungen warst und dass du dich von einem Gebäude stürzen würdest, falls du wirklich schwanger bist, aber ich *wusste*, dass es nicht so kommen würde.«

Emily blickte auf ihre Uhr. »Hast du während der nächsten Stunde etwas vor?«, fragte sie Miriam.

»Ich? Nein. Na ja, eigentlich wollte ich in mein neues Büro fahren ...«

»Hm-hm. Interessant. Aber heute geht es um mich. Nachdem die Ärztin uns die Liste mit den Dos und Don'ts gegeben hat, kommst du dann mit mir mit?«

»Natürlich. Wohin du willst. Carvel? Dairy Queen? McDonald's? Legen wir los!«

Emily blickte Miriam angewidert an und hob abwehrend die Hand. »Hör auf.«

»Was kann man denn außer Essen sonst noch machen, wenn man schwanger ist? Kein Alkohol, keine Zigaretten, keine Drogen. Keine übermäßige sportliche Betätigung, wobei mir das nie wirklich etwas ausgemacht hat. Kein verrückter Sex. Was auch kein Problem für mich war. Aber besonders viel bleibt da nicht mehr übrig«, erklärte Miriam.

»Ich kann immer noch shoppen«, kommentierte Emily und schlang sich ihre Goyard über die Schulter. »Wir gehen zu Bergdorf. Um eine sehr kleine, sehr teure, unglaublich unpraktische Pelzweste von Chloé zu kaufen. In Neugeborenengröße. Bist du dabei?«

Miriam strahlte. »Ich bin dabei.«

Kapitel 29

Bereit, zu tun, was auch immer nötig ist
Miriam

Miriam blickte vom Schreibtisch in ihrem neuen Büro auf den Fluss hinaus und lächelte in sich hinein. Es war Mitte November, und obwohl die Blätter endlich von den Bäumen gefallen waren und es Nachtfröste gab, war dieser Tag herrlich sonnig und warm. Sie wollte gerade los, um sich mit Ashley zum Mittagessen an der Salat-Bar im Erdgeschoss zu treffen, als ihr Bürotelefon klingelte.

»Miriam Kagan«, sagte sie und freute sich über ihren professionellen Ton. Es war erst einige Monate her, seit sie sich in ihrem neuen Büro eingerichtet und erste juristische Aufträge übernommen hatte, und sie war überrascht, wie sehr es ihr gefiel.

»Äh, hallo. Kann ich bitte mit...« Es entstand eine Pause, und die Stimme des Mannes klang, als ob er etwas abläse. »Miriam Kagan sprechen?« Er sprach Kagan wie »Ka-GAHN« aus.

»Am Apparat. Darf ich fragen, mit wem ich spreche?«

»Hi. Hier ist Officer Lewis vom BPD. Dem Bethesda Police Department.«

»Officer Lewis, wie schön, dass Sie mich zurückrufen«, antwortete Miriam, obwohl sie keinerlei Hoffnung hegte, dass sich dieser Anruf von dem guten Dutzend anderer Anrufe unterscheiden würde, die sie bereits getätigt oder erhalten hatte. Durch das Gesetz zur Informationsfreiheit und einige gut platzierte Anwaltsfreunde – na schön, sie würde es zugeben, ihre hoch entwickelten Facebook-Stalkingfähigkeiten – hatte Miriam eine beinahe vollständige Liste der Polizisten zusammengestellt, die am Abend von Karolinas Verhaftung Dienst gehabt hatten. Im Lauf der vergangenen beiden Monate hatte sie Dutzende Nachrichten hinterlassen. Sie hatte mit allen gesprochen, die sie zurückgerufen hatten, und kein Einziger hatte irgendwas Hilfreiches zu sagen gehabt. Ja, sie erinnerten sich daran, dass Karolina die Nacht in der Zelle verbracht hatte. Natürlich. Man bekam nicht jeden Abend einen ehemaligen Victoria's-Secret-Engel – oder, je nach Interessenlage, die Frau eines Senators – ins Gefängnis. Ja, sie wussten damals, dass sie wegen Alkohol am Steuer verhaftet worden war. Einige von ihnen erinnerten sich an Harry und seine Freunde und an Elaine, die sie abgeholt hatte, andere wiederum nicht. Es war egal. Kein einziger Polizist hatte irgendetwas anderes zu sagen gehabt als das, was in den Zeitungen gedruckt worden war: dass man Karolina betrunken, halb hysterisch aufs Revier gebracht hatte und sie sich erst gegen einen Atemalkoholtest und dann gegen eine Blutabnahme gewehrt hatte. Alle gingen davon aus, dass trotzdem eine durchgeführt worden war, nachdem man einen Gerichtsbeschluss dafür eingeholt hatte, aber niemand konnte das beschwören.

»Keine Ursache. Und ich habe zwar eben gesagt, dass ich vom BPD anrufe, aber ich bin seit letztem Monat im Ruhestand. Um das Geschäft meines Vaters zu übernehmen, weil er krank ist. Also, aus juristischen Gründen oder so sollten Sie vermutlich wissen, dass ich nicht länger Polizist bin.«

»Okay«, sagte Miriam. »Das macht nichts.«

Officer Lewis räusperte sich. »Ja danke. Ich fühle mich jedenfalls schrecklich, dass ich nicht schon früher jemandem davon erzählt habe, aber es wäre ... kompliziert geworden. Mit meinen Vorgesetzten und so.«

Miriam sog scharf den Atem ein und hoffte, dass der Excop ihr nicht ihre Aufregung anhörte. »Okay«, wiederholte sie und zog das Wort so beruhigend in die Länge, wie sie konnte.

»Ist dieses Gespräch vertraulich?«

»Natürlich.«

»Also, ich habe überall in den Nachrichten gehört, dass Mrs Hartwell verschiedene Alkoholtests verweigert haben soll. Das deckt sich nicht mit meinen Erinnerungen an diesen Abend. Genau genommen ist sogar das Gegenteil der Fall.«

»Sind Sie da sicher?«

»Ja, Ma'am. Sie hat wiederholt darum gebeten, ins Atemgerät pusten zu dürfen. Sie hat uns sogar regelrecht angefleht.«

»Ach ja?«, fragte Miriam, obwohl Karolina genau das die ganze Zeit über behauptet hatte.

»Ja, Ma'am. Mehrmals sogar.«

»Und da sind Sie sich sicher?«

»Ganz sicher, Ma'am. Ich war der diensthabende Officer bei ihrer Inhaftierung. Die Polizisten, die sie gebracht hatten, gingen am Ende ihrer Schicht, und ich war dafür verantwortlich, den restlichen Papierkram zu erledigen.«

»Ich verstehe«, murmelte Miriam. »Und Sie erinnern sich ganz deutlich daran, dass sie unbedingt einen Alkoholtest wollte?«

»Ja, Ma'am.«

»Und darf ich fragen, warum Sie keinen bei ihr durchgeführt haben? Ist das nicht Vorschrift bei allen, die der Trunkenheit am Steuer verdächtigt werden?«

»Ja, normalerweise schon. In diesem Fall hat uns Chief Cunningham angewiesen, keinen vorzunehmen, weil es sich bei Mrs Hartwell um einen Promi handelte.«

»Und das heißt?«

»Dass Senator Hartwell nicht begeistert davon sein würde, dass wir seine Frau wegen Trunkenheit am Steuer verhaftet hatten. Mir war nicht ganz wohl dabei, die üblichen Vorgehensweisen zu umgehen, aber ich hatte Verständnis für die schwierige Lage.«

»Ja, das verstehe ich«, versicherte ihm Miriam und versuchte, mitfühlend zu klingen.

»Ich hätte Sie früher anrufen sollen …«

Miriam nickte, obwohl er sie nicht sehen konnte. »Natürlich, Mr Lewis. Ich denke, jeder würde Ihr Zögern verstehen. Aber sind Sie bereit, jetzt Stellung zu nehmen und die Sache richtigzustellen? Sie gehören nicht mehr zur Polizei, daher wird es keine persönlichen Konsequenzen für Sie haben. Und Mrs Hartwell, die zufällig eine sehr liebenswerte Person ist und eine Menge durchleiden musste, wird für immer und ewig in Ihrer Schuld stehen.«

Er schwieg für einen Moment. »Würden Sie meinen Namen nennen?«

»Ja«, erklärte Miriam bestimmt. »Das ist die einzige Möglichkeit.«

Wieder Stille, und Miriam hielt den Atem an. Dann hörte sie: »Okay, ich tu's.«

Sie vereinbarten einen Ort und eine Zeit, um sich am darauffolgenden Freitag zu treffen, und Miriam stieß eine Faust in die Luft, nachdem sie aufgelegt hatte. Sie schnappte sich ihre Handtasche und ihre Jacke und stürzte die Treppe hinunter, ohne ihr Büro abzuschließen. Sie und die anderen, die sich diese Büroebene teilten, waren wie eine funktionsgestörte Familie. Sie beschwerten sich jeden Morgen bei einer Tasse Kaffee über das Wetter und gelegentlich auch bei Drinks nach Feierabend. Sie unterschrieben gegenseitig für ihre Pakete und begrüßten die Klienten der anderen, tauschten Neuigkeiten und Diättipps aus. Die Psychotherapeutin namens Dara, die Miriam vergötterte, schleppte sie drei Mal in der Woche mit zu einem verrückten Pilates-trifft-auf-Kickboxen-Kurs, und Miriam war schon um zwei Kleidergrößen geschrumpft.

Als sie atemlos in das Salat-Restaurant stürmte, sah Ashley mit einem merkwürdigen Gesichtsausdruck von ihrem Handy auf.

»Tut mir leid, dass ich zu spät komme. Ich ...«

»Miriam?«, unterbrach Ashley sie und beugte sich weit genug über den Tisch, um Miriam mitten im Satz zu unterbrechen. »Ich muss dir etwas sagen.«

»Kommst du wieder mit Eric zusammen?«, erkundigte sich Miriam, beinahe sicher, dass es sich darum handeln musste, da das im Prinzip die einzige offene Frage war.

Ashley verzog angewidert den Mund. »Eric? Oh, ganz sicher nicht«, sagte sie laut genug, dass sich die Leute hinter der Theke nach ihr umdrehten. »Meinetwegen kann der jede einzelne seiner Ashley-Madison-Frauen pimpern!«

»Okay«, gab Miriam lachend zurück. »Zur Kenntnis genommen.«

»Ich habe jemanden kennengelernt. Mehr als kennengelernt, sollte ich wohl sagen. Ich bin verliebt. Er ist ein Dad hier aus dem Ort.« Ashley senkte die Stimme, obwohl sie die beiden einzigen Gäste waren. »Ich kann nicht fassen, dass wir uns nie zuvor begegnet sind, aber Greenwich ist wohl größer, als ich dachte. Und unsere Kinder sind nicht im selben Alter.«

»Das klingt toll«, erwiderte Miriam ehrlich. Ein geschiedener Dad aus dem Ort klang nach einem der bestmöglichen Ergebnisse aus diesem ganzen Schlamassel.

»Und dabei habe ich dir noch nicht mal das Beste erzählt.« Ashley beugte sich vor und flüsterte: »Er ist Brite.«

»Nicht schlecht!«

»Er sieht toll aus. Und er ist so, so sexy.«

»Wie schön für dich«, sagte Miriam. »Das freut mich wirklich sehr.«

Ashley nickte. »Danke. Ich weiß, es ist ein bisschen komisch, weil du mit Emily befreundet bist und so, aber ich glaube, wir können uns in dieser Sache alle wie Erwachsene benehmen, oder?«

»Emily? Meine Emily?«

Ashley blickte Miriam an. »Sie hat dir nichts erzählt?«

»Mir was erzählt?«

»Normalerweise bin ich ja niemand, der tratscht, und Alistair hat mir versichert, dass sie nichts miteinander haben, aber ich habe ein nacktes Selfie gefunden, das sie ihm aufs Handy geschickt hat.«

»Warte – Emily Charlton? Einem Typen namens Alistair? Das ist lächerlich. So etwas würde sie niemals tun«, behauptete Miriam mit mehr Selbstsicherheit, als sie tatsächlich verspürte.

Ashley zog ihr eigenes Handy aus der Tasche, scrollte und hielt das Display hoch, damit Miriam es sehen konnte.

Miriam kniff die Augen zusammen. »Das sind nur nackte Brüste. Die könnten sonst wem gehören.«

»Ich bitte dich, Miriam. Ich habe ihre Nummer eingespeichert. Hauptsache, sie denkt nicht, ich hätte ihr den Mann ausgespannt oder so. Was auch immer zwischen den beiden war, geht mich nichts an. Du weißt, wie sehr ich sie bewundere. Aber, na ja, ich will nicht, dass sie glaubt, da liefe noch etwas zwischen ihnen. Denn das ist nicht der Fall.«

Etwas an der Art, wie Ashley sie ansah, löste in Miriam den Wunsch aus zu lachen. Sie unterdrückte diesen Impuls und fragte: »Möchtest du vielleicht, dass ich das so an Emily weiterleite?«

Ashley schien darüber nachzudenken. »Wenn *du* das willst. Solange du nicht glaubst, dass sie dann beleidigt ist.«

Miriam lächelte. »Das weiß man bei Emily nie, aber ich werde mein Bestes versuchen.« Ihr Handy vibrierte, und sie warf einen Blick darauf. Es war eine Nachricht von Paul.

Hast du schon zu Mittag gegessen?
Bin gerade dabei, mit Ashley. Sie hat einen neuen Mann.
Das ist gut, weil Eric drei neue Frauen hat.
Paul!
Sorry. Habe für heute Abend eine Reservierung gemacht.
Wo gehen wir hin?

Miriam war so in ihre Nachrichten vertieft, dass ihr nicht mal auffiel, wie sich Ashley erhob. »Tut mir leid, ich muss los«, entschuldigte sich Ashley. »Mein Friseur hat gerade angerufen, dass sie mich einschieben können. Ich will mich vor meinem Date noch föhnen lassen. Danke fürs Zuhören, Miriam. Du bist die Beste.«

»Jederzeit. Und ich freue mich für dich, Ash. Du hast es verdient.« Miriam sah Ashley hinterher, wie sie schwungvoll zu ihrem schiefergrauen Range Rover hinüberging. Schön für sie, dachte sie.

Diesmal klingelte ihr Handy. »Hey, Baby«, sagte sie. »Ich wollte dir gerade zurückschreiben.«

»Hast du Zeit für einen Quickie?«, fragte Paul, die Stimme rau und sexy.

»Nein!«, protestierte Miriam lachend, obwohl sie begeistert war, dass er fragte. Sie versuchten beide, spontaner zu sein. »Ashley ist gerade gegangen, und ich bin auf dem Rückweg nach oben.«

Sie erzählte ihm von der neuen Entwicklung in Karolinas Fall, als sie plötzlich eine starke Hand auf ihrer Schulter spürte und erschrocken zusammenzuckte. Hinter ihr stand grinsend Paul.

»Was machst du denn hier?«, fragte sie und streckte sich, um ihn zu küssen.

Er erwiderte nichts. Stattdessen nahm er ihre Handtasche von der Stuhllehne und griff nach ihrer Hand.

»Wo gehen wir hin?«, fragte Miriam und kicherte beinahe wie ein Schulmädchen. »Ich habe noch nicht mal bestellt.«

»Pst. Kannst du nicht mal eine Minute lang still sein, Frau? Wir überprüfen jetzt, wie weich die unfassbar teure Decke in deinem Büro wirklich ist.«

Kapitel 30

Das Mädchen hat Mumm
Karolina

Die Außenanlagen wurden von niedrigen, leicht altersschwachen Steinmauern, einer wunderschönen Terrasse mit Steinfliesen, Feuerstelle und Efeu dominiert, der über die Backsteinfassade rankte. Drinnen befanden sich eine große Spüle im Bauernküchenstil, drei Kamine, davon einer im Schlafzimmer, und freigelegte Balken in allen Aufenthaltsräumen. Es gab einen kleinen, aber reizenden Salzwasserpool, und am allerbesten war der großzügige Freizeitbereich im Keller, der aus einem Indoor-Sportplatz und einem Heimkino bestand, in das Harry seine neuen Schulfreunde am allerliebsten einlud.

Karolina streckte sich auf ihrem brandneuen Klubsessel aus, einem übergroßen und dick gepolsterten Monstrum von Restoration Hardware, das sie auf beinahe unverhältnismäßige Weise glücklich machte. Alles daran, angefangen vom plüschigen Samtbezug bis hin zur Rücklehnfunktion, zauberte ihr ein Lächeln ins Gesicht. Der Sessel war zwar drei Mal so groß wie nötig, aber trotzdem absolut perfekt. Dieses Gefühl empfand Karolina für das gesamte Haus, auch wenn es zum Großteil immer noch unmöbliert war. Als sie das alte Haus zum Verkauf angeboten hatte, war sie nur allzu bereit gewesen, so schnell wie möglich alles loszuwerden, was Graham ausgesucht hatte. Doch sogar in seinem leeren Zustand vermittelte ihr dieses Haus ein wärmeres und einladenderes Gefühl, als sie je zu hoffen gewagt hätte. Nachdem das alte Haus verkauft worden war, hatte sie sich sofort auf diesen brandneuen Eintrag auf der Maklerwebsite gestürzt. Es stand im sogenannten Back-Country-Teil von Greenwich, der eher ländlich und privat wirkte und ein wenig französisches Landhausgefühl vermittelte.

Karolina hörte das Aufprellen des Basketballs, mit dem Harry und zwei andere Jungs draußen Körbe warfen, und lächelte. Dieser Samstag kann kaum noch besser werden, dachte sie und schlug die *New York Times* auf, vermutlich zum zehnten Mal an diesem Tag. Das letzte Kapitel der Operation Karolina hatte an diesem Tag ein dramatisches, aber wunderbares Ende gefunden, und zwar in der Schlagzeile auf dem Titelblatt, direkt unterhalb des Knicks: NEUE INFORMATIONEN IM FALL VON SENATOR HARTWELLS FRAU AUFGETAUCHT. In der Meldung wurde darüber berichtet, dass Officer Lewis, der nicht mehr länger zum Bethesda Police Department gehörte, Karolina Hartwells Behauptungen bestätigte, dass sie die Polizei nicht nur um einen Alkoholtest »gebeten, sondern sogar regelrecht angefleht« hatte. Was die Frage aufwarf, warum ein solcher Test nicht wie normalerweise üblich durchgeführt worden war. Sowohl die Abteilung für interne Angelegenheiten als auch die Staatsanwaltschaft von Bethesda ermittelten in dieser Angelegenheit. Officer Lewis wurde weiterhin zitiert, dass Karolina »verstört wirkte, was angesichts der Tatsache, dass sie gerade vor den Augen ihres Kindes verhaftet worden war, keineswegs ungewöhnlich schien, aber ansonsten weder einen betrunkenen noch anderweitig beeinträchtigten Eindruck machte. Es kam mir – und anderen vermutlich auch, obwohl wir nicht darüber gesprochen haben – äußerst merkwürdig vor, dass sie ohne jegliche Beweise einfach über Nacht dabehalten wurde«.

Karolina nahm das Handy zur Hand, um Miriam noch ein weiteres Dankeschön zu schicken, doch es klingelte, bevor sie überhaupt dazu kam, und zeigte eine unbekannte Nummer mit der Vorwahl 202 an. Da sie davon ausging, dass es sich um einen Vertreter der Presse handelte und sie heute nur allzu gern eine Erklärung abgeben wollte, nahm sie den Anruf an.

»Karolina Zuraw«, sagte sie selbstbewusst und erfreut darüber, dass sie endlich offiziell zu ihrem Mädchennamen zurückgekehrt war.

»Karolina? Hier spricht Regan. Regan Whitney.« Die Stimme am anderen Ende klang höher, als Karolina erwartet hätte. Und nervös.

»Hallo, Regan«, antwortete Karolina großmütig und war stolz darauf, wie sie es geschafft hatte, ihren Schreck zu verbergen.

»Graham hat mich gebeten, Sie anzurufen, um Weihnachten zu besprechen. Er fände es gut, wenn wir uns kennenlernen, um eine gemeinsame Basis zu schaffen, damit wir Entscheidungen zum Wohle von Harry treffen können.«

»Meine Anwältin, Miriam Kagan, hat Ihnen bereits einen Zeitplan für Harrys Besuche geschickt, dem Trip zugestimmt hat. Ich bin überrascht, dass Graham Ihnen das nicht gesagt hat«, erwiderte Karolina und versuchte, ein Lächeln zu unterdrücken. Sie wartete auf den vorhersehbaren

Stich der Eifersucht oder zumindest Peinlichkeit, aber nichts davon trat ein. Stattdessen empfand sie eine selbstbewusste Ruhe und die neu gewonnene Gewissheit, dass sie mit allem umgehen konnte, womit Graham und Regan sie eventuell konfrontieren würden.

»Ja, nun, wir hatten gehofft, dass Harry gemeinsam mit uns an Elaines traditionellem Essen an Heiligabend teilnehmen könnte. Und natürlich, falls es Ihnen nichts ausmacht, bis zum Weihnachtsmorgen bleiben kann, um seine Geschenke zu öffnen. Wir könnten ihn anschließend vom Fahrer nach Greenwich zurückbringen lassen, damit er zum Abendessen wieder bei Ihnen ist?«

»Das entspricht ganz genau den Vorschlägen meines Plans, Regan. Vielleicht können Sie Graham um ein Exemplar bitten?«, schlug Karolina vor.

Es entstand ein Moment des Schweigens. »Da haben wir vermutlich irgendwie aneinander vorbeigeredet«, sagte Regan schließlich. »Trotzdem danke.« Ihre Erleichterung war sogar durchs Telefon spürbar.

»Keine Ursache.«

»Gut, dann will ich Sie nicht länger aufhalten«, verabschiedete sich Regan.

»Da gibt es noch etwas, das Sie wissen sollten«, sagte Karolina. Die Worte lagen ihr auf der Zunge. Sie wusste, dass sie sich nicht einmischen sollte, man würde es ihr ausschließlich als Boshaftigkeit auslegen, aber Karolina konnte nicht anders. Sie war auch einmal an Regans Stelle gewesen. Und wenn es jemanden gegeben hätte, egal wen, der ihr all diese kummervollen Jahre hätte ersparen können, dann hätte sie es wissen wollen. »Regan?«

»Ja?«

»Ich weiß, dass Sie das jetzt nicht gerne hören werden. Graham hatte vor mehr als fünf Jahren eine Vasektomie. Die hat er vor mir verheimlicht. Er hat mich glauben lassen, dass ich aufgrund von Fruchtbarkeitsstörungen nicht schwanger werden konnte. Er hat zugelassen, dass ich *operiert* wurde, obwohl er ganz genau wusste, dass es sinnlos war. Es geht mich ganz sicher nichts an, aber falls Sie eines Tages eigene Kinder haben wollen, sollten Sie vielleicht darüber nachdenken, was ich Ihnen gerade erzählt habe.«

Die Stille war erschreckend vollkommen. Kein Rascheln oder Klimpern, kein Atemzug. »Regan? Haben Sie mich gehört?«, fragte Karolina.

»Ich habe Sie gehört«, bestätigte Regan leise. »Bitte entschuldigen Sie mich, ich lege jetzt auf.«

Und dann ertönte ein Klicken.

»Mom! Hey, Mom!«, rief Harry, als er ins Wohnzimmer gerannt kam und vor Begeisterung beinahe hyperventilierte.

»Hi, mein Schatz«, erwiderte Karolina, deren Herz immer noch jedes Mal, wenn sie ihn sah, einen kleinen Satz machte. Sie faltete die Zeitung zusammen und versteckte sie unter einem Couchkissen.

»Mom, kannst du mich, Andy und Ethan ins Kino auf der Prospect Avenue fahren? Ein paar Jungs aus der Schule haben uns geschrieben, dass sie sich dort treffen, um sich die *Rocky Horror Picture Show* anzusehen.«

»Ist das nicht ein gruseliger Film? Und was ist mit dem Mittagessen?«

»Mom!«, erwiderte Harry entnervt. »Ich bin *dreizehn*. Bitte.« Hinter ihm erschienen Andy und Ethan und nickten eifrig.

»Sind eure Mütter einverstanden?«, fragte Karolina und

versuchte nicht über die Tatsache zu lächeln, dass Harry vor zwei Tagen dreizehn geworden war.

Wieder ein Nicken.

Sie seufzte. So viel zum ruhigen Tag zu Hause. Aber dadurch hätte sie auch einen guten Grund, ein paar Dinge zu erledigen, solange die Jungs im Kino waren. »Wann wollen wir los?«, fragte sie.

Als Karolina später am Nachmittag nach Hause zurückkehrte, war es beinahe schon dunkel draußen. Sie hatte Harry bei Ethan zum Abendessen abgegeben und war auf eine Tasse Kaffee geblieben. Ethans Mutter hatte sich als überraschend normale Frau herausgestellt, die in der Küche herumlief, in den Töpfen mit Nudeln und Soße herumrührte und versucht hatte, Karolina zu überreden, auch zum Essen zu bleiben. Doch sie hatte sich darauf gefreut, nach Hause zu kommen, sich zu entspannen und ihre Einkaufstaschen mit den Kissen aus Kunstpelz, der Bettwäsche und zwei brandneuen Handtuchsets für Gäste auszupacken. Außerdem hatte sie eine wunderschöne Buddhafigur für den Kaminsims in ihrem Schlafzimmer gekauft und eine hübsche Rattanschüssel für Obst auf der Küchenarbeitsplatte. So muss sich Nestbau anfühlen, dachte sie. Vielleicht würde sie sich eines Tages um Unterstützung kümmern, wie Emily fortwährend vorschlug. Aber momentan fühlte es sich richtig an, alles allein zu erledigen. Karolina war so damit beschäftigt, Preisschilder abzuschneiden, ihre Einkäufe zu betrachten und unterzubringen, dass sie das halbe Dutzend verpasster Anrufe auf ihrem lautlos gestellten Handy gar nicht bemerkte. Als es an der Tür klingelte, ging sie davon aus, dass Harry wieder nach Hause gebracht wurde.

»Hey«, sagte sie und öffnete die Haustür. Doch auf der

Veranda stand Emily und wirkte beinahe hysterisch und … nun ja, dick. Die Arbeit für Miranda in der Herbstnebensaison hatte ihr ein wenig mehr »Freizeit« verschafft, aber das Baby würde bald geboren werden.

»Em! Geht es dir gut? Ist mit dem Baby alles in Ordnung? Hier, komm rein.«

»Ich bin nicht so dick, dass ich nicht mehr allein laufen könnte«, zischte Emily, schob sich an Karolina vorbei und ignorierte die helfend angebotene Hand. Emily blickte sich um. »Ist das Kind hier?«

»Nein, er ist bei …«

»Warum bist du denn nicht ans Handy gegangen? Mein Gott, als befänden wir uns im finstersten Mittelalter! Wie soll ich dich denn erreichen? Per Brieftaube? Nein, stattdessen muss ich meinen riesigen, fetten Arsch ins Auto quetschen und *persönlich* aus New York herkommen.«

»Was ist denn los? Ist mit Harry alles in Ordnung?«, fragte Karolina mit wachsender Panik.

»Ich weiß nicht das Geringste über Harry. Allerdings weiß ich, dass die ganze Welt über deinen Exmann spricht.«

Karolina musterte Emily eindringlich. Sie hatte schon gehört, dass Schwangere manchmal den Verstand verloren und vergesslich und zerstreut wurden. Sie würde ganz sanft mit ihr umgehen. »Ja, das stimmt. Der Artikel in der *Times* heute Morgen war toll, nicht wahr?«, erwiderte sie, um Emily zu zeigen, dass sie Bescheid wusste und ihn hundert Mal gelesen hatte.

»Das ist doch Schnee von gestern, du Irre. Hier, schalt das ein«, verlangte Emily und warf Karolina die Fernbedienung zu, bevor sie sich in den Sessel fallen ließ. »Du liebe Zeit, dieses Ding ist ja riesig.«

»Welcher Kanal?«, wollte Karolina wissen, aber sie brauchte gar nicht erst auf die Antwort zu warten. Jeder Kanal brachte es.

»Falls Sie gerade erst einschalten, wir haben eine Sondermeldung. Mehrere Quellen haben bestätigt, dass Senator Graham Hartwell, der dienstjüngere Senator für den Bundesstaat New York, vor knapp drei Jahrzehnten für den Tod eines vierjährigen Mädchens verantwortlich war. Als Todesursache wird dabei fahrlässige Tötung mit einem Fahrzeug genannt, wobei unsere Quellen sagen, dass Senator Hartwell, zum damaligen Zeitpunkt noch Highschoolschüler, nicht betrunken war. Warum diese Geschichte niemals an die Öffentlichkeit gelangte, ist Teil der exklusiven Untersuchung von CNN. Wir schalten jetzt für die neuesten Entwicklungen zu Poppy Harlow, die sich im Bethesda befindet. Poppy?«

»Oh mein Gott, das darf nicht wahr sein«, sagte Karolina und ging näher an den Fernseher heran. »Oh mein Gott. Das ist mein Haus! Emily! Du hast mir geschworen, nichts zu sagen!«

»Hoppla, warte mal einen Moment! Erstens habe ich dir gar nichts geschworen. Ich war immer dafür, dass diese elende kleine Geschichte ans Tageslicht kommt, und dafür entschuldige ich mich auch nicht. Aber du hast sehr deutlich gemacht, dass du das wegen Harry nicht möchtest, und wider besseres Wissen habe ich deine Entscheidung respektiert.«

»Was willst du damit sagen? Dass nicht du dafür verantwortlich bist?«

»Korrekt. So ungern ich das auch zugebe, aber das hier war ich nicht.«

»Ich kann mir nicht …« Karolina verstummte, als sie plötzlich verstand. Natürlich. Wenn die Familie des kleinen Mädchens dreißig Jahre lang geschwiegen hatte, genauso wie Elaine, Trip oder Karolina, dann blieb nur noch eine Person übrig.

»Kannst dir was nicht?«, fragte Emily mit neu erwachtem Interesse.

»Vielleicht sollten wir uns mit ihr anfreunden?«, schlug Karolina vor, während sich ein Lächeln auf ihrem Gesicht ausbreitete.

»Mit wem? Ich habe nicht die geringste Ahnung, wovon du da sprichst.«

»Ich habe ihr heute Morgen von Grahams Vasektomie erzählt. Frag nicht, ich wollte das gar nicht, es ist mir einfach so rausgerutscht, und jetzt das hier. Das kann kein Zufall sein.«

»Regan!« Emily lachte. »Nein, das kann ich mir nicht vorstellen. Wow. Ich bin beeindruckt. Das Mädchen hat Mumm.«

»Nicht wahr? Schau dir das an.« Karolina deutete auf die Meute Reporter. »Das müssen mindestens hundert sein. Sogar mehr als an dem Tag, als ich verhaftet wurde. Ich bin so froh, dass Harry gerade nicht dort ist.«

»Ich gehe davon aus, dass Grahams und Regans Traumhochzeit erst mal auf Eis gelegt ist. Für immer. Ganz zu schweigen von seinen Präsidentschaftsambitionen.« Emily presste fünf Finger zusammen und küsste die Spitzen. »Bye, bye.«

Wie aufs Stichwort öffnete sich die Tür von Karolinas ehemaligem Haus in Bethesda, und Schweigen senkte sich über die Reportermenge. Trip und Graham kamen in beinahe identischen marineblauen Anzügen und mit blau-weiß gestreiften Krawatten heraus. Hatten sie das abgesprochen? Karolina konnte den Blick nicht vom Bildschirm lösen. Was könnte Trip jetzt wohl noch zu Grahams Verteidigung vorbringen? Würde er so tun, als hätte er nichts davon gewusst? Behaupten, dass es sich um ein riesiges Missverständnis handelte?

Trip und Graham betraten ein Podium, und Graham zog eine Karteikarte aus der Tasche. Dann las er vor: »Meine Damen und Herren, ich bitte Sie darum, in dieser schwierigen Zeit meine Privatsphäre und die meiner Familie zu respektieren. Wir werden versuchen, zu gegebener Zeit alle Ihre Fragen zu beantworten. Vielen Dank für Ihr Verständnis.«

Sofort wurden die ersten Fragen gebrüllt. »Senator, stimmt es, dass Sie für den *Mord* an einem kleinen Mädchen namens Molly Wells verantwortlich sind?«

»Können Sie bestätigen, dass Ihre Familie der Familie Wells Geld für deren Kooperation gezahlt hat?«

»Wusste die Harvard University von Ihrem Verbrechen, als man Sie dort als Student aufnahm? Wusste sonst jemand im Senat davon?«

»Hat Ihr zukünftiger Schwiegervater, Präsident Whitney, Ihnen seine Unterstützung zugesagt?«

»Gehen Sie davon aus, dass der Senat angesichts dieser neuen Informationen ein Amtsenthebungsverfahren gegen Sie einleiten wird?«

»Was möchten Sie jetzt Ihren Wählern sagen? Den amerikanischen Bürgern?«

Und so ging es immer weiter, während Graham sich zunehmend unwohler zu fühlen schien. Schließlich griff

Trip ein, erklärte: »Kein weiterer Kommentar«, und führte Graham fort.

Karolinas Türklingel ertönte. Sie und Emily tauschten einen Blick, überzeugt davon, dass es die Presse auf der Suche nach einer Stellungnahme sein musste, aber dann vibrierten ihre beiden Handys gleichzeitig mit einer Nachricht: *Macht auf, ich bin's.* Von Miriam.

Karolina zog die Tür auf und war erleichtert, nur Miriam und keine Kameras davor zu sehen. »Komm rein«, sagte sie. »Warum bist du so fein angezogen?«

»Wer ist fein angezogen?«, rief Emily aus dem Wohnzimmer. »Könnt ihr dieses Gespräch bitte hier drin führen? Ich bin ein gestrandeter Wal. Zwingt mich nicht zum Aufstehen!«

Karolina warf Miriam einen Blick zu, und sie lächelten beide. »Mit ›gestrandeter Wal‹ meint sie, dass sie dreizehn Kilo zugenommen hat«, erklärte Miriam und folgte Karolina.

»Das hab ich gehört!«, kreischte Emily. »Und ich habe nicht mal annähernd dreizehn Kilo zugenommen, also leck mich!«

Miriam winkte Emily fröhlich zu. »Ich kann nicht bleiben«, erklärte sie und deutete auf den Fernseher. »Aber dafür wollte ich herkommen. Ich denke, man kann guten Gewissens behaupten, dass dieser Albtraum jetzt vorbei ist.«

Miriam hatte recht – es war vorbei. Endgültig und vollständig vorbei. Es würde zu viele Fragen von zu vielen Reportern und zu viele auf sie gerichtete Kameras nach sich ziehen, aber diesmal ging es nicht um Karolina. Harry lebte wieder sicher unter ihrem Dach. Die *New York Times* hatte verkündet, dass Karolina nicht betrunken Auto gefahren war. Und auch wenn Karolina es nicht unbedingt selbst in die Hand genommen hätte, Graham war jetzt diskreditiert. Seine Karriere war vorbei. Das erfüllte sie mit einer gewissen Befriedigung und mit Glück, aber vor allem mit einem tiefen und beruhigenden Gefühl der Erleichterung.

»Ohne euch hätte ich das nie geschafft«, sagte Karolina und betrachtete erst Emily und dann Miriam, während sie sich fragte, womit sie zwei so loyale und echte Freundinnen verdient hatte. »Im Ernst, ihr seid die Besten.«

»Ich bin einfach nur froh, dass alles gut geworden ist«, erwiderte Miriam und umarmte Karolina fest. »Ich hab dich lieb.«

»Bla, bla«, machte Emily und winkte ab. »Genug mit dem Wohlfühlkram. Du liebst uns, wir sind die Besten. Wissen wir. Kannst du uns jetzt was Interessanteres erzählen, Miriam? Zum Beispiel, wer um alles in der Welt dieses Outfit ausgesucht hat? Denn – und ich sage das nur zögernd, das kannst du mir glauben – du siehst beinahe cool aus. Eine taillenhohe Jeans, die du nicht bei J. Crew gekauft hast? Schuhe mit mehr als drei Zentimetern Absatz? Du trägst sogar *Grundierung*? Lob!«

Miriam zeigte Emily den Stinkefinger, und alle drei lachten.

Karolina rannte in die Küche und kam mit einer Flasche Rotwein zurück. »Diese Flasche hat Elaine Graham und mir zu unserer Hochzeit geschenkt. Eigentlich sollten wir sie zu unserem zehnten Hochzeitstag trinken, aber das haben wir natürlich nicht getan. An dem Abend musste Graham angeblich arbeiten, aber ich vermute, er war bei Regan. Egal, wen interessiert das jetzt noch? Aber ich habe diese Flasche gegoogelt, und sie ist dreitausend Dollar wert. Möchte jemand was davon?«

Karolina schenkte ihn in Plastikbechern aus, da die Gläser noch nicht ausgepackt waren. Mit schlechtem Gewissen reichte sie der Schwangeren einen Becher Wein, doch Emily nahm ihn ihr eilig aus der Hand: »Drittes Trimester bedeutet beinahe fertig. Also weiter«, und gemeinsam hoben sie ihre Plastikbecher in Richtung Decke, kicherten wie drei Hexen und prosteten einander zu.

Später, als ihre Freundinnen fort waren und sie überprüft hatte, ob bei Harry, den Ethans Mutter freundlicherweise nach Hause gefahren hatte, auch das Licht aus war, legte sich Karolina ins Bett. Es fühlte sich noch nicht real an – dieses wunderschöne Haus, in dem sie sich wohlfühlte, dass ihr Sohn wieder bei ihr war, ein spontaner Abend voller Wein und Gelächter mit ihren engsten Freundinnen –, und sie fragte sich, ob sie womöglich gerade zum ersten Mal in ihrem Leben richtig glücklich war. Natürlich hatte es auch früher schon glückliche Momente gegeben. Nie würde sie die Sonntage mit ihrer Mutter vergessen, an denen sie im Park spazieren gingen, gemeinsam kochten oder badeten; aber die waren auch immer von Traurigkeit durchzogen gewesen, weil ihre Mutter anschließend wieder fortgemusst hatte. Als sie zum ersten Mal das Titelblatt einer Zeitschrift zierte, zum ersten Mal ausgewählt wurde, bei einer Show von Victoria's Secret über den Laufsteg zu gehen, als man sie zum Aushängeschild von L'Oréal berief – all diese Meilensteine ihrer Karriere hatten sie mit Stolz erfüllt, aber auch ein merkwürdig leeres Gefühl hinterlassen. Sogar die Anfangsjahre mit Graham, als sie sich oft geliebt hatten und viel verreist waren, waren im Nachhinein von Fragen und

Zweifeln geprägt: Hatte Karolina ihn wirklich geliebt? Hatte er sie geliebt? Hatten sie überhaupt gewusst, was Liebe ist? Oder war sie so jung, naiv und verzweifelt bemüht gewesen, es ihrer Mutter und ihrem Ehemann recht zu machen, dass sie sich davon überzeugt hatte, verliebt zu sein, obwohl es gar nicht stimmte?

Als das Handy neben ihr klingelte, zuckte Karolina zusammen. Die Nachttischlampe war eingeschaltet, und der Wecker verriet ihr die Zeit: 23.48 Uhr. Ein rascher Blick auf die Anruferkennung zeigte, dass es Graham war.

»Hallo?«, sagte sie. »Graham?«

»Da bist du ja«, hauchte er. »Tut mir leid, falls ich dich aufgeweckt habe. Ich wollte eigentlich bis morgen früh warten, aber das konnte ich nicht. Ich kann nicht schlafen, ich kann nicht essen, ich kann nichts tun, außer ständig an dich zu denken.«

Karolina hielt kurz die Luft an. Warum fühlte es sich trotzdem so gut an, ihn das sagen zu hören, obwohl sie ihn doch hasste? »Graham ...«

»Bitte, hör mir einfach zu. Ich hab's vermasselt, Lina. Das weiß ich. Die ganze Sache mit Regan war ein schrecklicher Fehler. Ich habe sie nie geliebt, nicht so, wie ich dich geliebt habe. Was wir beide haben, ist anders, Lina. Ich weiß, dass du es auch spürst. Wir haben uns eine Familie aufgebaut, ein Zuhause. Ein gemeinsames Leben. Und ich habe all das wegen meines Ehrgeizes riskiert. Du weißt, dass ich sie nicht geliebt habe, stimmt's? Ich habe meine Karriereambitionen über alles andere gestellt und damit uns aufs Spiel gesetzt. Das weiß ich inzwischen, und ich kann mich gar nicht oft genug dafür entschuldigen. Aber ich werde mir helfen lassen. Ich habe eine international angesehene Psychologin kontaktiert, die auf Männer in hohen Positionen und Untreue spezialisiert ist, und ich bin sicher, sie kriegt das hin. Ich lasse mich vom Senat beurlauben. Ich will ein besserer Mensch werden. Ein besserer Vater für Harry. Und hoffentlich auch ein besserer Ehemann für dich.«

»Du willst ein besserer Ehemann für mich werden?« Die Frage kam wie ein Quieken heraus. So viele Gedanken schossen ihr durch den Kopf – die geplante Verhaftung, die Nacht im Gefängnis und vor allem die vollkommen verschwendeten Tage, Monate und Jahre, in denen sie versucht hatte, schwanger zu werden –, aber das waren die einzigen Worte, die Karolina herausbrachte.

»Ja. Das hast du verdient, genau wie Harry. Ich werde intensiv daran arbeiten, euch beiden das zu beweisen, denn ihr seid alles, was auf dieser Welt für mich zählt.«

Ihr wurde die Kehle eng. Wie oft hatte sie sich genau diesen Moment vorgestellt? Über den Augenblick fantasiert, wenn er auf Knien zu ihr zurückgerutscht kam und all die richtigen Dinge sagte, damit sie ihr Leben endlich wieder in Ordnung bringen konnten? Dass er seine Fehler erkannte, seine Schuld zugab und seine Bereitschaft, sich zu ändern, verkündete? Dass er sie um Verzeihung anflehte? Und jetzt war es so weit und passierte beinahe genau so, wie sie es sich Dutzende, vielleicht sogar Hunderte Male während der vergangenen Monate ausgemalt hatte, und sie wollte nichts weiter als weinen. Sie wollte um die Babys weinen, die sie sich so sehnlichst gewünscht hatte, und wegen der Angst, Harry zu verlieren, und um die alte Karolina, die naive und unschuldige, die nicht vorhergesehen oder überhaupt jemals geahnt hatte, dass Graham zu solch schrecklichen Dingen fähig war. Jetzt war es so weit, aber sie empfand keine Befriedigung, kein Gefühl des Triumphs, sondern nichts weiter als die klare Gewissheit, dass dieses Kapitel ihres Lebens vorüber war.

»Graham, ich möchte, dass du mir jetzt genau zuhörst«, sagte sie und bemühte sich nicht mal, ihre Tränen zu verstecken. »Dich und mich gibt es nur noch als gemeinsame Eltern, und wir werden auch nie wieder etwas anderes füreinander sein. Harry und sein Wohl ist alles, worüber wir uns unterhalten werden. Du bist der Vater meines Sohnes, aber in jeglicher anderer Hinsicht bist du für mich gestorben. Jetzt und für alle Zeit.«

Sie klickte auf die Taste, um den Anruf zu beenden, und ließ sich zurück in die Kissen fallen. Die Tränen hatten eine reinigende, beinahe erlösende Wirkung, und Karolina gestattete sich, alles herauszulassen, so wie ihre Mutter es ihr immer geraten hatte.

»Mom? Ist alles okay?« Harrys Stimme, die inzwischen immer zwischen dem hohen Tonfall eines kleinen Jungen und einem männlicheren Bariton schwankte, überraschte sie. Er stand in der Tür.

»Ach Schatz, mir geht es gut. Komm her«, bat sie und winkte ihn zu sich. Karolina spürte eine Welle der Liebe, als ihr wunderbarer, schlaksiger Junge, der inzwischen beinahe größer war als sie, zu ihr ins Bett kletterte. Er trug eine karierte Schlafanzughose und ein altes Ferienlager-T-Shirt, und seine linke Wange war vom Schlafen warm und gerötet, genau wie früher, als er noch ein kleiner Junge gewesen war.

»Was ist denn los? Warum weinst du?«

Karolina streckte die Arme nach ihm aus, und als er seinen warmen Körper an ihren drückte und sie ihn umarmte, war sie sich sicher, niemals glücklicher werden zu können als in diesem Moment. »Ich weine, weil ich glücklich bin, Schatz.« Sie vergrub das Gesicht in seinen Haaren und atmete seinen vertrauten, köstlichen Duft ein. »Jetzt gerade ist alles genau so, wie es sein muss.«

Kapitel 31

Tschüss, Weizengras, hallo, Sarkasmus
Emily

»Ich kann es immer noch nicht fassen«, sagte Miriam, während sie dabei half, Babyfläschchen mit rosafarbenen Jellybeans darin aufzureihen. »Wie konnte sie dem nur zustimmen?«

Karolina lachte. Sie war gerade damit fertig geworden, die Geschenktütchen für die Gäste mit pinkfarbenen Schleifen zu schließen, und würde als Nächstes Rosésekt in die wartenden Champagnergläser gießen. »Das ist nicht unsere Schuld. Wir haben ihr lauter coole, zurückhaltende Antibaby-Vorschläge gemacht, aber sie hat sich für *das hier* entschieden.«

»Ich kann euch hören!«, rief Emily von ihrem Platz auf der Couch, von wo aus sie die Vorbereitungen für ihre Babyparty wie ein kriegerischer Fluglotse dirigierte, während ihr ein Mädchen von Drybar die Haare föhnte. »Ich verhungere gleich. Kann mir bitte jemand was zu essen bringen?«

Miriam tauchte wie von Zauberhand vor ihr auf. Ihr Blumenkleid war auf Taille geschnitten, und die Overknee-Stiefel ließen ihre Beine lang und glamourös wirken. »Darin siehst du dünn aus!«, stellte Emily vorwurfsvoll fest.

»Super, oder?« Miriam drehte sich und machte eine

kleine Verbeugung. »Ich wiege wieder genauso viel wie vor den Kindern. Wer weiß? Im nächsten Sommer kann ich vielleicht sogar schon wieder einen Bikini tragen.«

»Bitte nicht.« Emily verzog angewidert das Gesicht. »Du hast drei Kinder. Niemand möchte jemals wieder deinen nackten Bauch sehen. Oder meinen.« Sie deutete auf ihre eigene enorme Mitte, die keineswegs so aussah wie der niedliche Basketball-unter-dem-Shirt-Look, den sie sich ausgemalt hatte. Stattdessen sah sie aus, als hätte sie eine ganze Ziege verschluckt. Vielleicht sogar einen Büffel. Ihr Hintern hatte sich verbreitert und war jetzt wie ein halb aufgeblasener Wasserball geformt, ihre Brüste quollen aus dem Still-BH in Größe Doppel-F hervor, in den Emily sie gequetscht hatte, und ihre Knöchel waren vorbildlich geschwollen. Sogar ihr Gesicht war auf beinahe doppelte Größe angeschwollen, und ihre Hälse – Plural! – entrollten sich jedes Mal, sobald Emily es wagte, ihr Kinn zu senken. Seit sechs Wochen hatte sie ihre Füße nicht mehr gesehen. Karlie Kloss hatte sich letzte Woche bei ihr erkundigt, ob sie *Zwillinge* erwartete. Zwischen ihren Brüsten und dem Bauch gab es keine klare Abgrenzung mehr, genauso wenig wie zwischen ihrer linken Brust und ihrer rechten. Es ließ sich nicht leugnen – Emily war geradezu *riesig*. Und das Schlimmste daran? Es machte ihr gar nicht so viel aus.

»Was kann ich dir holen, meine Liebe?«, erkundigte sich Miriam. »Der Partyservice hat einen wundervoll aussehenden Salat mit Rucola und Farro mitgebracht. Ich habe auch eine riesige Obstplatte gesehen. Es gibt auch gegrillten Lachs auf Spinat, ein Quinoa-Gericht mit Cranberrys und Feta und ein...«

»Ich will einen Burger!«, blaffte Emily vor lauter Frust,

dass sie nicht einfach selbst aufstehen und sich etwas holen konnte. Sie hatte von ihrer Ärztin zwar die Erlaubnis bekommen, für die Babyparty das Bett zu verlassen, aber nur, wenn sie die ganze Zeit über saß. Die Frau war eine solche Panikmacherin! Sie hatte irgendwas von einem zu weit geöffneten Gebärmutterhals erzählt, aus dem das Baby angeblich beinahe herausgefallen wäre. Emily war sich bei den Details nicht ganz sicher, aber Miles hatte sich Notizen gemacht, Fragen gestellt und überwachte jetzt jede ihrer Bewegungen, als ob sie die nächste Königin von England gebären würde.

»Wir haben uns gegen Sandwiches für die Party entschieden, weißt du nicht mehr, Liebes?«, rief ihr Miriam mit beruhigender Stimme in Erinnerung. »Zu viele Vegetarier. Oh, aber wir haben Mini-Tomatenbruschetta, beträufelt mit …«

»Ich. Will. Einen. Burger!«, knurrte Emily. »Kein Sandwich. Keinen Lachs. Einen echten, saftigen Burger. Mit Käse und Pommes. Und ich will ihn *jetzt*.«

»Verstanden«, sagte Miriam, und Emily merkte, dass sie sich gerade so ein Lächeln verkneifen konnte. »Ich bestelle dir einen beim Lieferdienst. Müsste in null Komma nichts hier sein.«

»Das ist mein Mädchen«, sagte Miles, der in Jeans und einem Hoodie aus Kaschmir aus ihrem neuen Schlafzimmer kam. Er beugte sich herab und strich über Emilys Bauch. »Und das ist mein anderes Mädchen.«

»Deine Mädchen verhungern gleich«, behauptete Emily und hob das Gesicht für einen Kuss. »Dieses mädchenhafte Mini-Babyparty-Essen reicht dafür nicht aus.«

»Ich muss sowieso los und die Ballons abholen, also sag

Miriam, dass ich dir auf dem Heimweg einen Burger mitbringe, okay?« Er gab ihr noch einen Kuss, nahm seine Jacke und verließ die Wohnung. Jetzt, wo es um ein Baby ging, gab es nichts, das Miles nicht holen, finden oder zusammenbauen würde. Er war so begeistert, aufmerksam und fürsorglich, dass Emily schon befürchtete, noch ein zweites Baby bekommen zu müssen, um sich diese Aufmerksamkeit zu erhalten. Sie lehnte sich entspannt auf die Couch zurück und betrachtete die anderen um sie herum beim Aufbau. Wie schnell die sich bewegten! Wie Gazellen! Sie konnte sich kaum an die Zeit erinnern, als es nicht mit unheimlicher Mühe verbunden war, vom Schlafzimmer ins Bad zu laufen.

Emily war skeptisch gewesen, ob sie wirklich bis zum ersten Dezember in ihre neue Wohnung einziehen und sie bis zur Babyparty am Neujahrstag herrichten konnten, aber sogar sie musste jetzt zugeben, dass es ziemlich gut aussah. Als Miles von seiner Firma erfahren hatte, dass sein Antrag auf Versetzung von Los Angeles nach New York akzeptiert worden war, hatte Emily vor Glück beinahe geschrien. Auf Wiedersehen, L.A.! Tschüss, Weizengras und frühmorgendliche Wanderungen und grässlicher Verkehr, tschüss Surferkultur. Vor allem aber bedeutete es den Abschied von Menschen, die Sarkasmus entweder nicht verstanden oder nicht mochten. Hallo, Schmutz und Bagels und Taxis und Selbstironie und *Edge*. Es war schön, wieder zu Hause zu sein.

Sie hatte wieder ins West Village ziehen wollen, ins Erdgeschoss eines Brownstone-Gebäudes mit einem Garten, so wie früher, aber Miriam und Karolina waren geradezu hysterisch geworden, als Emily das angesprochen hatte. Sie hatten über Treppen, Kinderwagen und Sicherheit gestöhnt und behauptet, dass es praktisch an Kindesmissbrauch grenzte, in eine Wohnung ohne Pförtner einzuziehen, der für die Windellieferungen unterschreiben und Taxis herbeirufen konnte. Wider besseres Wissen hatten Miles und sie also den Mietvertrag für eine Dreizimmerwohnung in einem brandneuen Wolkenkratzer in West Chelsea unterschrieben, wo die High Line durch die zweite Etage des Gebäudes verlief und auf der anderen Seite wieder herauskam. Die Lobby wirkte orientalisch, das Fitnessstudio konnte man mit einer Kunstinstallation verwechseln, und der Pool auf dem Dach verwandelte sich auf Knopfdruck von einem Hallenbad in ein Outdoor-Becken. Es gab sogar einen Gemeinschaftsspielraum, der von Experten für kindliche Entwicklung designt worden war und rund um die Uhr von Studenten der Columbia University betreut wurde. Es war zwar nicht das, was sie sich selbst ausgesucht hätte, aber Emily musste zugeben, dass sie hier ein ziemlich bequemes Leben führte.

»Ich finde immer noch, ihr hättet nach Connecticut ziehen sollen«, sagte Karolina, als sie das Zimmer betrat. »Jetzt, wo du eine Mom sein wirst und so.«

Emily starrte sie an. »Ich werde das nicht mal mit einer Antwort würdigen.« Stattdessen drehte sie sich um und lächelte der Frau zu, die gerade ihre Haare fertig geföhnt hatte und jetzt ihre Utensilien zusammenpackte.

»Ich muss sagen, mir gefällt es inzwischen dort richtig gut«, fuhr Karolina fort. »Der schlechte Ruf ist gar nicht gerechtfertigt. Gut, es gibt natürlich einige vereinzelte Irre, aber im Großen und Ganzen ...«

Emily hielt eine Hand hoch. »Hör auf. Bitte. Wenn ich dich oder Miriam noch ein einziges Wort darüber verlieren höre, wie schön und nett und zivilisiert es in der Vorstadt zugeht, muss ich mich übergeben. Lass dir eins gesagt sein: Ich werde niemals in der Vorstadt wohnen.«

Karolina stellte lächelnd die letzte pinkfarbene Rose in die Kristallvase auf den mit pinkfarbenen Decken verzierten Büfetttisch. »Ja, das sagen sie alle.«

Emilys Handy klingelte, und die Anruferkennung verriet, dass es sich um Helene handelte, die Managerin von Rizzo Benz. »Hallo, Helene?«, begrüßte Emily sie mit einer Stimme, die nur so vor Freundlichkeit triefte. »Wir haben lange nichts mehr voneinander gehört. Wie lange ist Rizzos Nazi-Scherz jetzt her? Ein Jahr?«

»Hi, Emily. Es tut mir so leid, dass ich Sie schon wieder an Neujahr anrufe. Ich verspreche, das wird nicht zur Gewohnheit, aber ich habe eine gute Nachricht. Rizzo würde Sie gern engagieren, mit sofortiger Wirkung. Diesmal geht es nicht um ein konkretes Problem, sondern er möchte gern für alle Fälle auf Ihrer Klientenliste stehen.«

»Das klingt so, als wäre noch jemand nicht gerade erfreut über Olivia Belles kleine … Situation.«

»Das können Sie laut sagen. Rizzo hat sie sofort gefeuert, als er davon erfahren hat, und Ihr Name war der Erste, der danach gefallen ist.«

»Wenn das nicht schmeichelhaft ist«, gurrte Emily. »Ich würde sehr gern mit Rizzo zusammenarbeiten. Allerdings muss er mich dafür persönlich anrufen – morgen, nicht heute, bitte – und sich bei mir dafür entschuldigen, dass er sich das letzte Mal wie ein Arsch benommen hat. Und mir versprechen, dass er ab jetzt das tun wird, was ich ihm sage, ohne Widerspruch und ohne Fragen. Können Sie ihm das bitte von mir ausrichten?«

»Äh, ich kann es ihm sagen, aber ich weiß nicht genau, ob ...«

»Nun ja, so lauten meine Bedingungen. Alles Gute zum neuen Jahr, Helene. Und danke für Ihren Anruf.« Lächelnd legte Emily auf. Sie würde gleich morgen früh von ihm hören. In den achtundvierzig Stunden, seit Olivia Belles Konten gehackt worden waren, was dazu geführt hatte, dass alle möglichen Fotos, E-Mails, SMS, Wohnadressen, sogar einige medizinische Informationen (genauer gesagt Pläne für Schönheitsoperationen) ihrer Klienten den Weg ins Internet gefunden hatten, war Emily von allen ihren früheren Klienten angerufen worden, die sie für Olivia verlassen hatten. Und sie hatte jeden Einzelnen davon wieder aufgenommen, nachdem sie ihnen ausführliche Entschuldigungen und das Versprechen zukünftiger Loyalität abgerungen hatte. Nicht dass Emily so einfach vergeben und vergessen würde, ganz sicher nicht. Aber es war verdammt schön, wieder eine volle Kundenkartei zu haben, und würde ihr den endgültigen Abschied von Miranda und *Runway* nach ihrem Mutterschaftsurlaub deutlich einfacher machen. Miranda während der letzten Monate bei der Planung des Met Balls und der Fashion Week zu helfen war genau so eine Knochenarbeit gewesen, wie Emily es sich vorgestellt hatte. Wie versprochen hatte es viele Vergünstigungen und eine beeindruckende Bezahlung gegeben, aber es war definitiv keine langfristige Karriereoption. Miranda hatte Emily praktisch vorgeworfen, nur schwanger geworden zu sein, damit sie *Runway* wieder verlassen konnte, und Emily hatte ihr nicht widersprochen. Es war die unkomplizierteste Art, ihre befristete Tätigkeit dort zu beenden, ohne es sich mit Miranda zu verscherzen. Und es schien zu funktionieren, d/

Miranda hatte Emilys heuchlerische Einladung zur Babyparty angenommen. Wobei Emily fortwährend daran denken musste, dass sie Miranda heute hier genauso wenig brauchte wie weitere zehn Pfund auf den Hüften.

Bevor sie noch länger darüber nachdenken konnte, klingelte das Telefon. Es war der Pförtner, der sie über die Ankunft der ersten Gäste informierte. »Sie sind hier«, blaffte Emily von der Couch aus. »Kann jemand die Tür öffnen?« Dann schickte sie Miles eine Nachricht: *wo bist du? ich brauche meinen burger!*

Eine nach der anderen strömten die Frauen in das Wohnzimmer im modernen italienischen Design. Jede war schick und gepflegt gekleidet. So stylish. So *dünn*. Und jede einzelne von ihnen log Emily ins Gesicht und behauptete, dass sie wunderschön aussah, dass ihre Haut strahlte und dass man ihr kaum ansah, dass sie zugenommen hatte. Emily blickte hinab auf ihre schwarze Schwangerschaftsleggings, deren Gummibund über ihren Bauch bis hoch zu ihrem BH reichte, und auf die formlose schwarze Tunika, die sie darüber trug, und zwang sich zu einem Lächeln. Was keine der Frauen verstand – Emily interessierte ihr Aussehen einen feuchten Kehricht. In ihr wuchs ein echter, kleiner Mensch heran, noch dazu eine Tochter, und in weniger als sechs Wochen würde Emily sie kennenlernen. Was machte es da schon, dass sie jetzt fett war? Dafür hatte Gott schließlich Ernährungsberater und persönliche Fitnesstrainer erschaffen, nicht wahr? Mit ausreichend Hungern und einer Unmenge Sport würde sie ihren Körper ruck, zuck wieder in Form bringen. Und was nicht an die Stellen zurückkehrte, an die es gehörte, würde von Dr. Feinberg korrigiert werden, direkt in seiner reizenden Privatpraxis an der Fifth Avenue.

Warum machten sich manche Frauen deswegen bloß so einen Stress?

Als beinahe alle geladenen Gäste eingetroffen waren, verteilte Miriam Blätter mit Farbfotos von zwei Dutzend Babys. Ziel des Spieles war, die Namen der berühmten Eltern in möglichst kurzer Zeit unter die einzelnen Fotos zu schreiben. Wer dazu noch den Namen des Babys kannte, bekam Bonuspunkte.

»Willst du wirklich ernsthaft *Promibaby* mit mir spielen?«, vergewisserte sich Emily, und alle lachten. Sobald Miriam »Los!« gerufen hatte, begann sie zu schreiben und hatte das gesamte Blatt innerhalb von anderthalb Minuten ausgefüllt.

»Fertig!«, rief Emily und hielt sich das Blatt über den Kopf. Sie blickte sich im Zimmer um: Alle anderen waren noch nicht mal halb fertig.

»Na schön, ich schreibe noch die Babynamen für die Bonuspunkte dazu«, grummelte sie und kritzelte »Luna«, »Boomer« und »Rumi« auf den Zettel, als schriebe sie ihren eigenen Namen. Dreißig Sekunden später rief sie wieder: »Fertig! Was habe ich gewonnen?«

Aus dem Augenwinkel sah sie, wie die Wohnungstür geöffnet wurde und Miles mit einer Tüte von Shake Shack hereinkam. Oh, wie sehr er sie lieben musste, dass er sich dafür im Januar am anderen Ende der Stadt in diese lange Schlange gestellt hatte! Sie konnte sich nicht erinnern, schon mal so glücklich gewesen zu sein. Doch dieses Glücksgefühl war nur von kurzer Dauer, als sie erkannte, wer ihm in die Wohnung gefolgt war und sich jetzt mit so offenkundiger Verachtung umsah, dass Emily spürte, wie eine Welle der Scham über sie hinwegwusch. Was genau ist denn in

Mirandas Augen so abstoßend?, fragte sich Emily. Vielleicht war es die Couch. Sie wusste, sie hätte lieber das graue Leinen nehmen sollen und nicht diesen geschmacklosen Samt, auf dem der Inneneinrichter bestanden hatte. Oder vielleicht war es der Läufer im Eingang, mit dem abstrakten Muster und den kontrastreichen Farben, der Miranda missfiel? Oder womöglich waren es die Frauen, die auf ihren Absätzen herumstöckelten, Mimosas balancierten und ein wenig zu laut über ein albernes Babypartyspiel lachten? Nein, dachte Emily. Diese Art von Miranda-Abscheu konnte nur einer Sache gelten: Emilys Schwangerschaft. Es war eine Sache, sich fortzupflanzen. Miranda schien zu verstehen, dass es zwar widerwärtig, aber notwendig war. Doch sich selbst auf beinahe doppelten Umfang anwachsen zu lassen, während man der zuvor erwähnten Fortpflanzung frönte? Das war einfach nur obszön. Emily stützte sich mit beiden Händen auf der Couch ab, um sich in den Stand hochzuhieven. Es war wichtig, dass sie Miranda ordentlich begrüßte. Und außerdem brauchte sie jetzt endlich diesen Burger.

»Miranda, ich freue mich so, dass Sie es geschafft haben«, sagte Emily und hoffte, die Lüge war nicht ganz so offensichtlich, wie sie befürchtete. Und obwohl es nicht gerade angenehm war, Miranda als Partygast im eigenen Heim zu begrüßen, sagte es trotzdem etwas über Emilys Stand bei ihr aus, nicht wahr? Etwas Gutes.

»Emily.« Miranda nickte. »Wie ich sehe, kann es jeden Moment so weit sein.«

»Eigentlich habe ich noch sechs Wochen bis …«

Miranda winkte ab. »Tun Sie mir einen Gefallen und holen Sie mir Ihre Freundin Karolina her, meine Liebe.«

»Karolina Zuraw?« Was konnte Miranda denn von Karolina wollen? Sie würde doch hoffentlich nicht die unschöne Angelegenheit mit Graham ansprechen? Und sich dafür loben lassen wollen? Denn Emily hatte damit abgeschlossen und keine Lust, sich heute von irgendetwas die Show stehlen zu lassen.

»Kennen Sie noch eine andere Karolina?«

»Ich hole sie. Kann ich Ihnen gleich etwas zu trinken mitbringen? Ein Perrier? Einen Mimosa?« Emily spürte die vertraute Dauerverlegenheit, die sie immer in Mirandas Gegenwart befiel.

»Ich gehe gleich wieder«, erwiderte Miranda, obwohl sie noch nicht mal ihren langen Fuchspelzmantel abgelegt hatte.

»Natürlich. Ich bin sofort zurück.«

Emily eilte, so schnell sie konnte, aus dem Eingang ins Wohnzimmer. Es fühlte sich an, als ob eine Fünf-Kilo-Kugelhantel auf ihr Becken drückte, aber Karolina war nicht dort. Sie war auch nicht im Bad oder in der Küche. Erst im Kinderzimmer, das sie in beruhigenden Creme- und Beigetönen eingerichtet hatten, fand sie ihre Freundin, die so geistesabwesend über eine Kaschmirdecke im Bettchen strich und den Schaukelstuhl im Midcentury-Design so intensiv betrachtete, dass Emily genau wusste, wo Karolinas Gedanken in diesem Moment waren. Sie stellte sich vor, wie es sein müsste, in diesem Stuhl ein Baby zu füttern.

»Falls du dir mich beim Stillen vorstellst, kannst du gleich damit aufhören«, erklärte sie, obwohl sie sich sicher war, dass Karolina eher sich dort beim Stillen gesehen hatte und es ihr völlig egal war, wie Emily ihre Tochter füttern wollte.

»Das Zimmer ist wunderschön«, flüsterte Karolina.

»Du wirst auch irgendwann in naher Zukunft so eins haben«, versprach Emily und griff nach Karolinas Arm. »Das weiß ich genau.«

Karolina schüttelte den Kopf. »Hoffentlich hast du damit recht. Ich habe nie aufgehört, mir ein Baby zu wünschen, nicht einen Moment lang.«

»Ich habe immer recht. Und jetzt komm mit, Miranda Priestly fragt nach dir.«

»Miranda fragt nach mir?«

»Ich habe keine Ahnung, warum, falls du das wissen willst. Aber beeil dich, Miranda wartet nicht.«

Seit Emily Miranda im Eingang zurückgelassen hatte, waren nur etwa neunzig Sekunden vergangen, und vermutlich maximal drei Minuten insgesamt, seit Miranda Miles durch die Tür gefolgt war. Trotzdem warf sie Emily einen ihrer Wie-können-Sie-es-wagen-mich-warten-zu-lassen-Blicke zu.

»Karolina«, grüßte Miranda knapp und bemühte sich nicht, ihre offenkundige Musterung von Karolinas Figur und Outfit zu verbergen. Dann, als wäre sie erleichtert, dass nicht noch jemand schwanger war, sagte sie: »Sie können während Emilys Mutterschaftsurlaub ihre Stelle übernehmen.«

»Was?«, fragte Emily zur selben Zeit, in der Karolina »Wie bitte?« sagte.

»Das ist eigentlich nicht so schwer zu verstehen, meine Damen«, erwiderte Miranda. »Emily, ich kann Sie nicht länger im Büro beschäftigen, wenn Sie ... so aussehen. Karolina kann Sie während Ihrer Abwesenheit vertreten. Der Met Ball ist wieder einmal nur noch fünf Monate entfernt; glauben Sie, der plant sich von allein?«

»Natürlich nicht«, entgegnete Emily, weil es die einzige Antwort war, die ihr einfiel. Wenn sie raten müsste, würde sie darauf tippen, dass Karolina von dem Vorschlag entsetzt war. Schließlich hatte sie es nicht nötig zu arbeiten. Und warum sollte sie ausgerechnet für Miranda arbeiten wollen? Doch der Ausdruck purer Freude in Karolinas Gesicht strafte ihre Annahme Lügen.

»Sehr gerne«, erwiderte Karolina und verschränkte elegant die Hände.

»Ausgezeichnet«, antwortete Miranda kühl. »Sie werden ein idealer Ersatz sein.«

»Wie bitte? Miranda, das ist aber nicht, was …«

Diesmal hielt Miranda ihre linke Hand hoch. »Bitte. Sie haben gar nicht vor zurückzukommen. Beleidigen Sie nicht meine Intelligenz, indem Sie etwas anderes behaupten.«

Emily schloss den Mund und nickte.

Miranda zog den Fuchspelz fester um ihren Körper und wandte sich zur Tür. »Ich lasse Ihnen von Juliana ein Geschenk für das Baby schicken, sagen Sie ihr also bitte ganz genau, was Sie haben möchten. Karolina, am Montag früh arbeitsbereit um neun in meinem Büro, ja?«

»Ja.« Karolina strahlte. Ihre vor Begeisterung geröteten Wangen ließen sie mindestens zehn Jahre jünger wirken.

Und mit diesen Worten ging Miranda, keine fünf Minuten nachdem sie gekommen war.

»Wo ist sie?«, fragte Miriam, die zu Emily und Karolina ins Foyer stieß. »Ich kann es kaum erwarten, sie kennenzulernen.«

»Ich habe einen Job!«, jubelte Karolina geradezu. »Bei *Runway*. In der Redaktion.«

»Jetzt wollen wir mal die Kirche im Dorf lassen«, warf

Emily ein. »Es ist ja nicht so, als ob du in Zukunft die Titelgeschichten verfasst. Versteh mich nicht falsch, der Met Ball ist wichtig, aber du sollst nicht glauben, dass ...«

»Ach, halt die Klappe, Emily!«, riefen Miriam und Karolina gleichzeitig und brachen in Gelächter aus.

Miles steckte den Kopf herein. »Könnte ich hier drin bitte ein wenig Hilfe bekommen? Ein ganzer Raum voller Frauen in High Heels stolziert überall in unserem Apartment herum, und alle sehen sehr hungrig aus.«

»Wir kommen gleich, Schatz«, versicherte ihm Emily. »Miriam wird alle mit ihrer Taille in Größe sechsunddreißig und der Tatsache, dass sie wieder Sex mit ihrem Ehemann hat, bezaubern, und Karolina hier kann uns berichten, wie man das Leben in der Vorstadt in vollen Zügen genießt. Falls mich jemand sucht, ich werde auf meinem üblichen Platz auf der Couch sitzen und versuchen, sie nicht zu zerbrechen.«

Miriam lachte auf, und Karolina wandte sich an Emily. »Kann ich dir etwas zu essen holen, bevor wir wieder reingehen? Vielleicht noch einen Burger?«

Emily dachte einen Moment lang darüber nach und nahm dann sowohl Miriams als auch Karolinas Hände, bevor sie die beiden den Flur hinunter zurück zur Party führte. »Ja bitte«, sagte sie mit kurzem Händedruck. »Ich dachte schon, du fragst nie.«

Danksagung

Ich habe großes Glück, dass ich während der vergangenen zehn Jahre unter der Obhut der Besten in der Branche stehen durfte: Sloan Harris. Mit Worten allein kann ich meine Dankbarkeit dafür gar nicht ausdrücken, dass du mir immer als Vorkämpferin, Beraterin und Freundin zur Seite gestanden hast. Und manchmal sogar als meine Therapeutin. Ohne dich hätte ich das nie geschafft. Vielen Dank auch an Jenny Harris, meine Leserin hinter den Kulissen und meine Cheerleaderin. Ich bewundere euch beide. Mein Dank geht auch an alle bei ICM, die unermüdlich arbeiten, um Autoren und Künstler Tag für Tag zu unterstützen, aber vor allem an: Alexa Brahme, Diana Glazer, Josie Freedman, Patrick Herold, Jenn Joel, Heather Karpas, Kristyn Keene und Maarten Kooij.

Ich bin unglaublich dankbar für das herausragende Verlagsteam, das hinter mir steht. Das sind bei Simon & Schuster in den USA: Kelley Buck, Elizabeth Breeden, Cary Goldstein, Jon Karp, Zack Knoll, Carolyn Reidy, Sarah Reidy, Katie Rizzo, Richard Rohrer, Jackie Seow und Beth Thomas. Vielen Dank an euch alle, dass ihr mit eurer Magie dazu beigetragen habt, dieses Buch Wirklichkeit werden zu lassen. Mein größter Dank gilt jedoch Marysue Rucci, meiner hervorragenden Lektorin, die von leichten sprachlichen Korrekturen bis hin zu riesigen Plotveränderungen alles im Repertoire hat und es häufig sogar auf ein und derselben Seite anwenden muss. Bei HarperCollins, UK, hat das Buch vielleicht einen anderen Titel, aber auch dort steht ein unglaublich tolles Team dahinter, um es fachmännisch und liebevoll in die Buchhandlungen zu bringen. Ein riesiger Dank gilt dabei vor allem der Lektorin Lynne Drew, die jedes einzelne Wort meines Manuskripts besser macht. Meine Besuche in London gehören immer zu den Höhepunkten meiner Veröffentlichungen, weil ich euch dort alle wiedersehen kann: Charlotte Brabbin, Isabel Coburn, Elizabeth Dawson, Anna Derkacz, Kate Elton, Jaime Frost, Damon Greeney, Hannah O'Brien, Emma Pickard, Charlie Redmayne und Claire Ward. Bei Curtis Brown gebühren Sophie Baker und Felicity Blunt Umarmungen und Dankeschöns für alles, was sie tun.

Oddette Staple, Ludmilla Suvarova, Kyle White, danke, dass ihr mir helft, alles im Griff zu behalten, und mich dabei noch zum Lächeln bringt.

Danke an all die starken und klugen Frauen, die mich in nah und fern, im echten Leben oder auf Facebook ständig unterstützen (»Das wird dein bisher bestes Buch!«), unendliche Geduld mit mir aufbringen (selbst wenn ich wochen- oder monatelang in ein Manuskript abtauche) und mich mit der perfekten Mischung aus Cocktails, Sarkasmus und Lachen versorgen (immer perfekt, wenn alle drei aufeinandertreffen): Heather Bauer, Jamie Bernard, Alisyn Camerota, Helen Coster, Lisa Cummings, Anne Epstein, Jenn Falik, Vicky Feltman, Jane Green, Anne Greenberg, Julie Hootkin, Audrey Kent, Micky Lawler, Mandy Lewitton, Leigh Marchant, Pilar Queen, Arian Rothman, Jena Wider und Lauren Taylor Wolfe.

Aber mein größter Dank gilt meiner Familie, ohne die

nichts hiervon möglich wäre. Ich danke meiner Mom Cheryl und meinem Dad Steve. Ihr wart vom ersten Tag an meine größten Cheerleader und habt mir vorgelebt, wie man das Lesen und Schreiben liebt. Ich danke Bernie und Judy, meinen Stiefeltern, für ihre Unterstützung. Ich möchte mich bei Jackie und Mel bedanken, meinen Schwiegereltern, die eigentlich wie zweite Eltern für mich sind. Ihr inspiriert mich jeden Tag aufs Neue mit eurer Hingabe an die Familie und eurem Abenteuergeist. Dana, neben deinem Sinn für Humor und deiner Loyalität verblassen alle anderen. Wir machen immer noch diese Schwesternsache, wo wir die Sätze der anderen vervollständigen. Seth, Dave, Allison: Es gibt keine drei anderen Menschen auf der Welt, mit denen ich lieber unsere Familien aufziehen und unser Leben teilen möchte.

Danke, meine lieben und überwältigenden R und S, ihr seid mein Ein und Alles. Euch jeden Tag beim Erwachsenwerden zuzusehen ist die größte Freude meines Lebens.

Und schließlich, Mike. Du weißt besser als jeder andere, dass ich nicht zu den Menschen gehöre, die öffentliche Liebesbriefe schreiben, aber diesmal kann ich nicht widerstehen. Danke. Für deine fortwährende Liebe, geduldige Unterstützung und hammerharten Lektoratsfertigkeiten (Bist du dir nur sicher, dass ich nicht irgendwo noch ein »nur« unterbringen kann?); dafür, dass du die Art von Vater bist, mit der sich jedes Kind glücklich schätzen würde und die jedes Kind haben sollte, und dafür, dass du als Ehemann sogar noch liebevoller bist, als ich es mir immer beim perfekten Mann ausgemalt habe. Nirgendwo auf der Welt möchte ich lieber sein als an deiner Seite.

Autorin

Lauren Weisberger hat an der Cornell University studiert und danach für die Modezeitschrift *Vogue* gearbeitet. Sie war dort die persönliche Assistentin der Herausgeberin Anna Wintour. Ihr von eigenen Erfahrungen bei der *Vogue* inspirierter Debütroman »Der Teufel trägt Prada« machte die junge Autorin über Nacht zum Star, und auch die Verfilmung des Buches mit Meryl Streep und Anne Hathaway in den Hauptrollen wurde zum Welterfolg. Es folgten zahlreiche weitere internationale Bestseller, darunter auch »Die Rache trägt Prada« – die brillante Fortsetzung ihres Debütromans. Lauren Weisberger lebt mit ihrem Mann und ihren beiden Kindern in New York.

Mehr Informationen zur Autorin und ihren Romanen finden Sie unter www.laurenweisberger.com

Von Lauren Weisberger bei Goldmann lieferbar:
Die Teufel-trägt-Prada-Romane:
Der Teufel trägt Prada. Roman
Die Rache trägt Prada. Roman
Die Frauen von Greenwich. Roman

Außerdem lieferbar:
Die Party Queen von Manhattan. Roman
Ein Ring von Tiffany. Roman
Champagner und Stilettos. Roman
Die Liebe trägt Weiß. Roman

Sämtliche Romane sind als E-Book erhältlich.

Unsere Leseempfehlung

416 Seiten
Auch als E-Book
erhältlich

Charlotte „Charlie" Silver ist eine Vorzeigespielerin im verrückten Tenniszirkus. Nur an die Spitze hat sie es bisher nicht geschafft. Sie beginnt mit dem Tenniscoach Todd Feltner zusammenzuarbeiten – und ist ab sofort die „Warrior Princess". Prompt stürzt sich die Klatschpresse auf die neuerdings stets in Schwarz spielende Amazone. Doch Siege und Schlagzeilen haben ihren Preis. Während der Stern der „Warrior Princess" aufgeht, weiß Charlie nicht mehr, wer sie wirklich ist. Ist Charlie tatsächlich bereit, ihrer Karriere alles zu opfern? Familie, Freunde und womöglich sogar ihre große Liebe?

www.goldmann-verlag.de
www.facebook.com/goldmannverlag

Um die ganze Welt des
GOLDMANN Verlages
kennenzulernen, besuchen Sie uns doch
im Internet unter:

www.goldmann-verlag.de

Dort können Sie
nach weiteren interessanten Büchern *stöbern*,
Näheres über unsere *Autoren* erfahren,
in *Leseproben* blättern, alle *Termine* zu Lesungen und
Events finden und den *Newsletter* mit interessanten
Neuigkeiten, Gewinnspielen etc. abonnieren.

Ein *Gesamtverzeichnis* aller Goldmann Bücher finden
Sie dort ebenfalls.

Sehen Sie sich auch unsere *Videos* auf YouTube an und
werden Sie ein *Facebook*-Fan des Goldmann Verlags!

www.goldmann-verlag.de
www.facebook.com/goldmannverlag